My Last Chance

De la même auteure dans la collection

addictives

Ne me tente pas

SONIA ESKA

My Last Chance

addictives
POCHE

À Lucine.
J'espère que ce roman saura toucher ton cœur
comme tu as su toucher le mien.

1

Cruz

L'aéroport est bondé. Malgré le service de sécurité qui encadre l'équipe pour notre retour des Championnats du monde, nous piétinons, freinés par les dizaines de journalistes et de voyageurs qui barrent le passage. Je m'efface quand un abruti manque de me faire manger la mousse noire de son micro et laisse Casey seul devant les objectifs pour répondre aux questions sous le regard acéré de notre attachée de presse.

Mon écran affiche trois appels en absence et un message vocal. Une nuée de frissons glacés sillonne ma colonne à l'instant où l'un des deux numéros me fait l'effet d'un violent uppercut. Le souffle court, je relance l'appel sans même écouter mon répondeur. Rien à foutre, il ou elle répétera ! Je dois boucher mon oreille libre pour mieux entendre lorsque, après deux tonalités, l'infirmière de garde décroche.

– Cruz Riveira, m'annoncé-je sèchement. Est-ce qu'elle va bien ?

Putain, je tremble et un début de nausée me tord le bide.

– Celia a été transportée à l'Herald Hospital dans la nuit, explique-t-elle avec peine.

– Est-ce qu'elle va bien ? aboyé-je.

Son silence me glace le sang.

– Est-ce qu'elle va bien ? répété-je d'une voix sortie d'outre-tombe.

– Nous n'avons pas encore de retour, monsieur Riveira, mais je suis sûre qu'elle est entre de bonnes mains.

Je n'attends pas qu'elle continue son couplet sur l'efficacité des équipes médicales et raccroche sans la saluer. Ma bouche est si sèche que je ne suis pas certain qu'elle m'aurait compris de toute façon. Et puis, je m'en fous ! Avant d'écarter de mon chemin les quelques personnes qui font barrage, je tombe sur le regard inquiet d'Aria, la nana de Casey. Je suppose qu'elle a entendu en dépit du brouhaha ambiant, notre proximité fait qu'elle avait presque l'oreille collée à mon portable.

Elle ouvre la bouche aussi rapidement qu'elle la referme sans avoir laissé échapper une seule syllabe. Je ne m'emmerde pas à en faire autant et repousse la foule devant moi jusqu'à trouver Edge.

– Je dois partir, le préviens-je froidement.

Je n'argumente pas. En une œillade, il comprend.

– Donne-moi de ses nouvelles, conclut-il.

J'acquiesce et me fonds dans cette marée humaine. Il ne me faut qu'une minute avant de respirer l'air pollué des abords de l'aéroport et seulement une autre pour me planter face à la rangée de taxis. Si je m'écoutais, je dégagerais les deux couples qui s'installent déjà à l'arrière des premiers véhicules. Putain, si elle… Merde, non, je ne veux pas penser ! Elle m'a juré qu'elle enterrerait le monde entier ! *Abuelita, por favor*[1]…

Mes muscles sont dangereusement raides quand un taxi stationne enfin devant moi. Le conducteur n'a pas le temps de sortir de sa caisse que je suis déjà sur la banquette arrière, le nez sur l'écran de mon téléphone où charge la page d'info de l'hôpital.

– Herald Hospital ! éructé-je au chauffeur en cliquant sur les coordonnées téléphoniques pour lancer l'appel.

1. « Mamie, s'il te plaît… »

Le jeunot derrière son volant pianote trop lentement sur son GPS et, immédiatement, un voile rouge me tombe sur les yeux. Une première tonalité m'agresse le tympan et l'autre con ne démarre toujours pas. Je sens monter en moi l'envie dingue de lui faire avaler ses dents avant de prendre les commandes. Je jure que s'il n'a pas bougé son taxi dans cinq secondes, il pissera le sang sur l'asphalte !

Une mélodie détestable claironne dans mon téléphone quand la portière à côté de moi s'ouvre brusquement. Casey saute sur la banquette, m'oblige à glisser de l'autre côté et fronce les sourcils gravement.

– Je t'accompagne.

Je le fixe tandis qu'il attache sa ceinture et pointe la mienne du menton. Je ne me bats pas. De toute façon, il ne me laissera pas y aller seul. Il sait combien Celia compte pour moi, même si je ne crois pas avoir déjà crié tout l'amour que je lui porte à quiconque. Il le sait, c'est tout. Et c'est suffisant.

– Herald Hospital, que puis-je faire pour vous ? chantonne une voix fluette dans le combiné.

– Celia Díaz, parviens-je à dire alors que la voiture quitte enfin l'aéroport. Elle a été transférée chez vous cette nuit. Je suis en route. Est-ce qu'elle…

Je suis incapable de terminer cette putain de phrase tant l'impuissance et la trouille me compriment la gorge.

– Vous êtes ?

– Son petit-fils, Cruz Riveira.

J'ai l'impression de crever dix fois avant que la secrétaire ne se manifeste à nouveau.

– Oui, Mme Díaz a été installée chambre cinq cent neuf, dans l'aile nord, au service cardiologie. Je vous laisserai vous entretenir avec le médecin concernant les détails de l'intervention.

Eh merde… Je me pince l'arête du nez en imaginant

qu'elle est repassée sur le billard en urgence. Quand je l'ai vue il y a dix jours à la maison de retraite, elle pétait le feu ! Ma grand-mère est une conquérante, une foutue force de la nature. Son caractère est aussi fracassant que sa santé, mais elle emmerde la fatalité ! Et je m'en veux, j'aurais dû être là ! Je ne combattais même pas ce week-end, tout a été pensé par la Fédé et notre sponsor principal. Il fallait que je me montre, que je pose sur les photos, que je soutienne mon coéquipier aux yeux de tous…

Chier !

– Je suis là dans…

Je jette un rapide coup d'œil au temps restant sur le GPS.

– … une demi-heure.

Après cinq minutes d'un silence écrasant, je desserre doucement les doigts de mon téléphone. La coque est brûlante, mes mains aussi. Mes fringues me semblent peser des tonnes et soudain l'air se fait irrespirable dans l'habitacle. Je baisse la fenêtre en grand et laisse le vent vif percuter mon visage. Ce n'est pas la première fois qu'*abuelita* est hospitalisée, nous avons déjà traversé cette épreuve par deux fois l'année dernière. J'ai beau savoir qu'elle s'en est sortie chaque fois, je galère à poser mon souffle.

– Comment elle va ?

Je ravale un sourire en imaginant la réponse que Celia lui ferait s'il lui avait posé cette même question. « Celia Díaz ne laisse pas Dieu décider pour sa vie, malgré tout le respect qu'elle a pour lui. Qu'il vienne, elle l'attend ! » Casey aurait même ramassé un taquet sur l'oreille pour avoir osé l'interroger sur son état de santé ! Enfin, ça, c'est si elle est consciente, si elle peut parler, si la morphine ne l'abrutit pas complètement…

Je grogne et bascule lourdement le crâne sur l'appuie-tête.

– Je n'en sais rien. Edge n'aurait pas dû t'en parler, c'était ton moment de gloire et…

– Edge ne m'a rien dit, me coupe-t-il.

Mon regard sombre dévie jusqu'au sien, concerné et consterné.

– Aria ? demandé-je.

Son bref clin d'œil confirme. Cette femme est une énigme. Encore maintenant, alors que je comprends qu'elle a interrompu Casey en pleine interview pour le prévenir de mon départ précipité, je peine à la cerner. C'est une emmerdeuse, rigide et foutrement compliquée, mais entichée de mon pote.

À quelques détails près, nous pourrions presque avoir des points communs.

– Tu vas te faire chier, ça peut durer des heures, relevé-je.

– Mon agenda est libre aujourd'hui, autant me faire chier avec toi.

Il ment. Je les ai entendus pendant le vol. Lui et Aria parlaient d'aller rencontrer le propriétaire du local commercial qu'elle projette d'acheter pour y installer sa boutique. Pourtant, je ne relève pas. Je suis à cran, mais content qu'il soit là. Je n'ai pas besoin qu'il m'épaule, je sais gérer ça, tout ça, toute cette problématique médicale. Sa présence ne changera pas les conclusions du doc, mais j'aime penser qu'en faisant ça, il essaie de m'enlever un peu de mon inquiétude. Un genre de donnant donnant pour les fois où je l'ai aidé à se sortir de ses phases destructrices.

Nous n'échangeons pas davantage sur les quarante bornes qui nous mènent jusqu'à Herald Avenue. L'hôpital s'étend sur toute la rue, deux bonnes centaines de mètres de longueur je dirais pour moitié moins de largeur. Ce bâtiment est immense, si grand que je m'y suis paumé au début. Aujourd'hui, je m'y repère sans problème, il y a des codes couleur et des inscriptions partout. Nous nous dirigeons vers l'aile nord sans un mot. Je monte chaque étage au pas de course avec cette sensation de vouloir arriver près d'elle au plus vite tout en espérant en même temps que le nombre de marches se démultiplie.

Je veux qu'elle me rassure, qu'elle me gueule dessus, qu'elle me laisse voir dans ses yeux ce brasier de force et de courage qu'elle m'a légué. Mais je déteste l'idée de devoir assister, impuissant, au débriefing du cardiologue et tout ce que cela induira ou induit déjà.

J'aurais dû être là, merde !

J'entends Casey s'assurer auprès d'une infirmière de la présence de Celia dans le service sans pour autant ralentir. Mes yeux furètent sur chaque écriteau numéroté de l'étage pour enfin se stabiliser sur celui qui porte le nombre cinq cent neuf. L'espace d'un court instant, je ne respire plus, je freine mes enjambées et sens un vertige me saisir. Je ne sais pas dans quel état je vais la trouver ni même si mon cœur le supportera. Ma grand-mère est tout ce qu'il me reste de mes racines. J'ai besoin de temps, je ne suis pas prêt, pas encore…

Tendu de la tête aux pieds, j'avance jusqu'au rectangle vitré qui tapisse le haut de la porte sous l'écriteau. Ma déglutition est difficile, voire impossible quand le montant du lit médicalisé m'apparaît. Elle est là, étendue et recouverte jusque sous la poitrine de plusieurs épaisseurs de draps, ses yeux sont clos, ses lèvres pincées et ses joues… gonflées ? La trouille que je sentais me mordre le bide s'efface un peu et laisse l'incompréhension la plus totale prendre le dessus. Paumé, j'abaisse lentement la poignée et fais un pas dans la chambre.

– *¿Abuelita?*

Ses yeux s'ouvrent d'un coup et pétillent dans ma direction tandis qu'elle laisse une grosse bouffée d'air réoxygéner ses poumons.

– *¡Mi nieto*[2]*!* s'écrie-t-elle en souriant démesurément.

---

2. « Mon petit-fils ! »

J'avance encore, complètement largué. Est-ce qu'elle retenait sa respiration ? Vraiment ?

– J'ai gagné !

Ce n'est qu'en entendant ces trois mots prononcés victorieusement par une voix cristalline, presque enfantine, que je remarque la jeune femme blonde assise au pied du lit. Elle porte une blouse blanche – une taille trop grande – sur un jean slim, une grosse paire de lunettes à monture rouge et ses cheveux sont remontés en vrac sur le haut de son crâne. Mon cerveau cherche à trouver une cohérence dans tout ce joyeux bordel quand le sourire qu'elle m'adresse me frappe. Un sourire franc, sincère, doux, dénué de toute malveillance. Mon extrême opposé…

– *¡Ven y dame un beso*[3]*!*

Ma grand-mère écarte les bras pour m'intimer de venir.

– Est-ce que tu vas bien ? finis-je par lâcher.

Casey reste sur le seuil, réprimant sûrement un rire, tandis que j'approche en traînant le pas, pas encore certain de ne pas être l'acteur principal d'un bon vieux gag. *Abuelita* fronce les sourcils en agrippant le bas de mon tee-shirt et m'attire vers elle avec force.

– Qui a dit que je n'allais pas bien ? gronde-t-elle dans mon oreille.

Ouais, je suis largué…

Je l'embrasse sur la joue et me redresse en faisant gaffe de ne pas arracher la perfusion de son bras.

– L'infirmière de la maison de retraite…

Je ne me justifie pas davantage. Pour être honnête, j'en suis à me demander si je n'ai pas rêvé toute ma conversation avec l'infirmière. *Abuelita* a l'air en forme, telle que je la connais, si ce n'est la couleur de son teint qui paraît plus terne que d'habitude et ses cernes plus prononcés.

---

3. « Viens m'embrasser ! »

– Et toi ? tonne-t-elle en direction de Casey. Tu comptes passer ta journée à la porte ?

Mon pote referme silencieusement le battant et rejoint Celia Díaz, le nez sur ses pompes. Ma grand-mère est une sorte de tyran au cœur d'or, elle pourrait mater n'importe qui à coups de phrases cinglantes, même deux freefighters dont l'un est doublement titré. Et très clairement, son fort accent ne fait que renforcer son aura autoritaire !

– Bonjour, madame Díaz, vous êtes ravissante, hasarde Casey en lui déposant un baiser sur la joue.

Quel vendu celui-là !

– Je sais, confirme *abuelita*, mais c'est naturel ! Tout est 100 % d'origine !

Le petit rire derrière moi me rappelle la présence de l'infirmière, ou en tout cas la stagiaire si j'en juge par sa blouse trop large et sa jeunesse indéniable. Le badge sur sa poitrine m'apprend qu'elle s'appelle… Andrew ? C'est super louche comme choix de prénom pour une nana, non ? Peu importe ! Je range rapidement cette info dans la corbeille de mon cerveau et lui demande :

– Que s'est-il passé ?

Ses grands yeux bleus me fixent de longues secondes. Elle me sonde en silence et m'étudie en détaillant chaque centimètre de mon visage. Quand son regard descend sur la croix chrétienne tatouée sur ma pommette gauche et s'y attarde, une sensation inconfortable m'étreint. Andrew est étrange, elle me fout putain de mal à l'aise ! Son œil intrigué me met mal à l'aise ! Ou peut-être est-ce son sourire ingénu ? Et pourquoi ne répond-elle pas, merde ?

– Est-ce qu'elle est sourde ? murmuré-je à ma grand-mère.

– Imbécile !

– Non, intervient enfin Andrew dans un rire candide. J'entends parfaitement. Je laisse le soin au Dr Brollin de vous parler de Celia, je suppose qu'il passera bientôt.

Elle me dépasse, une main logée dans la poche ample de sa blouse, l'autre s'emparant délicatement des doigts de ma grand-mère.

– Je repasserai vous offrir votre revanche après le dîner ! promet-elle.

– Tu es adorable. À tout à l'heure, *linda*[4].

---

4. « Ma jolie. »

2

Cruz

Voilà cinq jours que nous sommes rentrés de Boston, cinq jours que le Dr Brollin m'a donné ses conclusions. Cinq foutus jours que je me réveille avec un parpaing d'angoisse dans le bide. *Abuelita* répète qu'elle va bien, pourtant le diagnostic est alarmant. Mon âme de gosse lui voue une confiance aveugle, mais l'homme de 28 ans que je suis devenu essaie d'encaisser la fatalité sans trop faillir. Aux yeux de tous, je suis Eagle, le roc, le type que rien n'atteint. Pourtant, heure après heure, je sens mes fondations chanceler et s'effriter sous le poids d'un compte à rebours funeste.

À 72 ans, ma grand-mère en est à son second infarctus. Le précédent pontage n'avait fait que stabiliser son insuffisance coronarienne. Aujourd'hui, les artères qui vascularisent son cœur sont en mauvais état et ne peuvent plus faire leur job correctement en dépit de l'intervention récente. Trop peu de sang irrigue son muscle vital…

Le doc a parlé de quelques semaines… Je sais qu'elle n'a écouté que d'une oreille le cardiologue, elle s'obstine, elle sourit, elle…

Je m'arrête subitement de maltraiter le sac de frappe et m'y arrime quand y penser me tourne la tête. Elle m'a tellement rabâché qu'elle survivrait à l'extinction de l'espèce humaine que j'avais fini par l'intégrer, un peu comme une croyance surréaliste à laquelle on s'accroche de toutes nos forces pour éviter de penser au pire. Bien sûr que c'était ridicule, mais… Cette femme représente tout ce que je suis. C'est elle qui m'a fait sortir de Cuba il y a vingt ans, sans un sou, sans papiers, à la seule force de sa détermination et de son amour que je ne méritais pas. Elle aurait pu me laisser crever dans la pauvreté, la drogue, les réseaux de prostitution infantile et tout le merdier abject qui peuple ce pays. Elle n'avait qu'à fermer les yeux. Pourtant, elle a choisi de les garder grands ouverts et de me garder près de son cœur.

C'est elle qui m'a élevé. Elle qui m'a bousculé pour me faire sortir de mon mutisme de gosse. Elle qui m'a foutu une branlée terrible le jour où je me suis pointé dans notre minuscule appartement avec mon premier tatouage. Je n'avais que 12 ans et déjà je bafouais les règles. Pour ma décharge, j'étais à côté de mes pompes. Je ressassais sans cesse mes derniers moments à La Havane, je me sentais bouillir de colère, accablé par la culpabilité, l'aversion. Je voulais hurler au monde combien je me sentais mal, mais aucun cri ne forçait jamais la barrière de ma gorge serrée. J'étais jeune, enragé et influençable. Un CV parfait pour les différents réseaux de contrebande qui pullulaient dans les bas quartiers de Columbus…

– He, *hijo de puta*[1], Edge te demande !

Trigger m'arrache à mes pensées en explosant son poing dans mes côtes. J'ai à peine le temps d'encaisser son coup que cet abruti recule jusqu'au ring et me nargue de son sourire de chieur. Ce mec… S'il n'était pas mon pote, il baignerait déjà dans un baril d'acide au sous-sol…

Je me retiens de l'insulter et avise la large vitre du bureau du coach. J'aperçois deux silhouettes, celle de Casey, bras croisés et torse bombé, debout dos à la porte, et celle d'Edge, bras tendus contre son plan de travail, le nez sur de la paperasse. Je récupère mon portable pour m'assurer que

1. « Fils de pute.

l'hosto ou Celia n'ont pas tenté de me joindre et prends la direction du bureau. Après deux coups sur le fin panneau de bois, j'investis la pièce sous le regard implacable de notre mentor.

– Je vous laisse, prévient Casey avant de s'exfiltrer.

– Viens, assieds-toi, me commande Edge en tirant la chaise pliante qu'il nous réserve en cas de sérieuse mise au point.

Autant dire que ça ne sent pas bon pour moi…

– Qu'est-ce qu'il se passe ?

L'air grave, le coach s'installe en face de moi et dépose ses coudes sur ses genoux en joignant ses mains. Super sérieux… Et plutôt flippant. En tout cas, ça pue la remontrance, sauf que j'ai beau rembobiner mes derniers jours d'entraînement au BLT[2], je ne vois pas où j'ai merdé !

– Tu sais que tu as un vrai potentiel, commence-t-il après un long soupir, je le sais, tout le monde le sait. Tu resteras un des meilleurs de ta catégorie *ad vitam æternam*, c'est d'ailleurs pour cette raison que tu fais partie de mes gars depuis le début. J'ai toujours eu foi en toi, et regarde jusqu'où ta hargne t'a mené ! Les Jeux ! Tu méritais une médaille…

– OK, coach, le coupé-je. Maintenant, crache le morceau.

Une tension désagréable me comprime la poitrine. Il s'excuse d'un rictus en coin, conscient d'être totalement transparent quant à ses intentions.

– Cruz, tes efforts n'ont pas payé, je ne t'apprends rien. Pas une place sur le podium depuis deux ans. La Fédé a tranché, ils ne renouvellent pas ton contrat.

Alors, on y est. Je m'en doutais, d'autres se sont déjà fait éjecter pour moins que ça. Je suppose que ma participation aux JO m'a permis un sursis. Court, le sursis. Ce n'était plus qu'une question de mois, mais j'avoue que savoir l'étau se resserrer si vite sur la fin de vie de ma carrière pro me

2. Beyond Limits Training : centre sportif.

fout la rage. Si encore il y avait une raison à mes défaites, mais non, il n'y en a aucune ou alors celle de tomber chaque fois sur plus balaise que moi. Putain, je suis un type sérieux, je bosse comme un dingue, je suis un régime strict, je ne déborde pas, jamais d'excès. Et on me fout au rebut !

– J'ai combien de temps ? grogné-je.

– Je t'ai négocié un trimestre, je n'ai pas réussi à t'obtenir plus.

Trois mois. Dans trois mois, mon nom sera rayé du registre des athlètes de freefight pro. Fait chier…

– Est-ce que tu as déjà réfléchi à la suite ? reprend-il.

J'exhale bruyamment et laisse le poids de mon crâne basculer en arrière.

– Pas vraiment.

– Prends conseil auprès de ton agent et des avocats. Essaie de voir quelle reconversion te conviendra le mieux. Je ne te laisse pas tomber, tu le sais ? Je vais me renseigner autour de moi mais, dans l'idéal, tu dois d'abord faire le point. Et rapidement.

Faire le point… Le problème, c'est que je ne sais faire que les poings. Mon existence sur le sol américain n'a réellement commencé que lorsque j'ai intégré l'école sous l'enseignement d'Edge. Depuis, la technique rythme mes journées, les entraînements saturent mon agenda, le combat libre coordonne ma vie. Je suis né pour cogner. Et j'adore être payé pour !

– Parles-en avec les gars. Ils auront peut-être des pistes à te soumettre…

Je reviens bloquer mon regard de pitbull cubain dans le sien. Edge a l'air contrarié, vraiment contrarié. Sauf que ça n'aide pas à refroidir mes neurones en surchauffe. Au mieux, ça me permet de ne pas craquer.

– OK, conclus-je en me levant brusquement. On a fini ?

Il acquiesce.

– Tu peux quitter plus tôt aujourd'hui, propose-t-il en s'imaginant sûrement me faire une fleur.

– Il me reste deux ateliers…

J'en ai besoin. La bombe qui vient de m'exploser au visage me ravagera bien plus péniblement si je suis dehors, à ne rien faire d'autre que ruminer. Pour ma santé mentale, il est préférable que je reste au BLT et que je transpire un max. Quand bien même je m'autoriserais à écourter ma journée, je ne saurais pas quoi en foutre.

Je sors du bureau après avoir échangé un bref hochement de tête avec Edge et retourne mécaniquement au sac de frappe que je malmenais avant que cette merde ne vienne remettre en perspective mon avenir dans le sport de haut niveau. Je croise une seconde le regard consterné de Casey jusqu'ici en pleine série de développé-couché. Je suis certain que ma retraite anticipée était leur sujet de conversation tout à l'heure.

Je passe l'heure suivante à fracasser le sac, imperméable au brouhaha qui nous entoure maintenant que le cours de dix-sept heures a commencé, celui qui regroupe une demi-douzaine d'espoirs des écoles alentour. Je cogne, correctement. J'enchaîne. J'ajuste mes trajectoires au millimètre près, je dose ma puissance… Je vise la perfection. Un foutu comble quand on y pense, pourtant je serais bien incapable de ne pas y mettre toute ma force et ma conviction. Je suis comme ça, entier et déterminé. Je ne suis pas comme ces joggeurs qui bouclent leur circuit matinal en traînant la patte sur les derniers mètres, non. Moi, je suis le gars qui accélère, qui refuse de rétrograder en dépit de la ligne d'arrivée en approche. Et ça, ça ne peut être que positif pour la suite. Je ne suis pas mort, en tout cas pas encore. La Fédé m'enterrera dans trois mois, trois mois que je mettrai à profit pour ma reconversion.

Alors oui, ça m'emmerde, mais non, je ne suis pas vaincu.

– Je propose quelques foires d'empoigne, ce soir ! Qui en est ? beugle Trigger que je sens dans mon dos.

Concentré sur le sac de frappe, je ne relève pas et intensifie mes crochets du droit.

– Bof, grommelle Dre en avançant dans ma direction. Depuis la dernière mise à jour, je galère avec le mode construction.

– C'est parce que ta connexion est merdique !

Casey approche à son tour, les mains encore pleines de magnésie qu'il essuie dans une des serviettes-éponges estampillées BLT. Je passe outre leur présence autour du sac et augmente la magnitude de mes coups.

– Et puis tu saoules avec tes directives de dictateur russe pendant les parties, on ne peut pas flinguer un type sans que tu pètes un câble, se plaint Dre.

– C'est juste que mes tactiques de jeu sont plus pertinentes ! En quoi c'est ma faute si vous êtes tous mauvais ? se marre cet enfoiré de Trigger.

– Sérieux, Trigger, s'énerve Casey. Tu m'expliques pourquoi tu continues de vouloir jouer avec nous si on est à ce point des branques ?

– Toi, à la limite, tu te défends, mais Eagle est une chèvre !

Un silence s'étend quelques secondes durant lesquelles je les sens m'épier violemment. Ils s'attendent à me voir réagir, sauf que je m'en contrecarre. J'ai définitivement autre chose à penser. Et passer la soirée à jouer à la PS4 avec cet emmerdeur de Trigger en fond sonore ne m'ambiance pas du tout.

– Tu comptes défoncer ce pauvre sac encore longtemps ? La journée est finie, mon pote, débranche ! m'assène Trigger en se calant derrière mon adversaire en cuir rouge pour le bloquer.

Je soupire bruyamment, les bras à présent ballants le long de mon corps bandé d'efforts. Les poings toujours crispés et prêts à frapper encore des heures. Dre et Trigger me coulent un regard perplexe tandis que je me fais violence pour ne pas les dégager à coups de pompes de mon espace d'entraînement. Casey, lui, serre les dents à intervalles réguliers, conscient de mon état d'esprit bancal.

– Alors ? *Fortnite* ou pas ? me lance Trigger.

Je secoue la tête.

– Je suis crevé, mens-je.

– T'as vachement l'air, c'est clair, raille-t-il. Le coach t'a mis une chasse, c'est ça ?

Je ne réponds pas, noyé dans les bribes de ma conversation avec Edge. Je ne leur en parlerai pas. Pas envie, pas besoin. Pas maintenant.

– On va rentrer, on jouera un autre soir, décrète Casey en me suivant vers les vestiaires.

– Aria est de retour ? lance Dre.

– Pas encore, la semaine prochaine je pense.

– N'oublie pas de t'astiquer le manche, beugle Trigger en ouvrant son casier. Il ne faudrait pas que ta queue se meure…

Le rire gras de Trigger éclate sous l'œil désabusé de mon meilleur pote. Ce mec ne changera jamais, un porc narcissique à l'humour super limite. Notre promiscuité finira par le tuer, enfin nous finirons par le tuer…

Alors que nous récupérons nos sacs de sport, mon téléphone se met à s'agiter dans la poche de mon short. Immédiatement, mon pouls fait une envolée. En trois secondes top chrono, j'ai décroché et collé l'appareil à mon oreille.

– *¿Abuelita?* Tout va bien ?

Elle grogne comme une lionne désespérée.

– Arrête de t'inquiéter si tu veux garder ta langue, *nieto* ! La prochaine fois, je la coupe.

Je roule des yeux avant de tomber dans ceux de Casey qui m'étudient, sur le qui-vive. Je hoche sensiblement la tête pour lui signifier que ma grand-mère va bien. En tout cas, son ton de voix ferme va dans ce sens ! Quoiqu'elle trouverait le moyen de m'engueuler même à cinq minutes de monter supposément au bloc, donc bon…

– Je t'appelle pour te parler de demain…

Demain ? Merde, qu'est-ce qu'il y a demain ?

– Les infirmiers de l'étage proposent des activités en début d'après-midi. Pour les enfants ! J'ai proposé que tu fasses une petite démonstration, tu sais la boxe et tout ça. Tu ne frapperas personne, bien sûr, mais tu pourrais leur parler de ce que le sport t'apporte. Je crois que ça aiderait certains de faire un parallèle avec le combat contre la maladie. Et prends le médaillé avec toi ! Qu'ils voient que ça paie de se battre.

– Je ne sais pas trop, *abuelita*.

– Mais si, tu sais. Sois là pour quatorze heures ! *¡Te quiero*[3], *nieto!*

3. « Je t'aime. »

3

Shenae

Quel temps… La température de l'étage de cardiologie est pourtant idéale, mais voir s'abattre sur les vitres de la salle commune des rafales de pluie sans discontinuer depuis plus d'une demi-heure me fait grelotter. D'instinct, je resserre mes bras autour de mes jambes que je maintiens faiblement contre ma poitrine. J'ai beau être enveloppée dans mon pull en laine ample, celui que je réserve aux journées froides, je n'arrive pas à me réchauffer.

– Comment vas-tu ?

Je me détourne du début de tempête qui saccage Columbus et force un sourire joyeux avant de trouver celui, préoccupé, d'Andrew. À la manière d'un scan, ses yeux quadrillent mon visage, s'arrêtant sur chaque zone d'ombre susceptible de l'alerter quant à mon état. Mes cernes, le contour gercé de mes lèvres, mon teint, le poids de mes paupières, les plis d'expression sur mon front, la couleur de mes sclères…

– Très bien, mens-je.

Andrew n'est pas dupe, je le vois même hésiter à dégainer le thermomètre infrarouge qu'il garde dans la poche de sa blouse en permanence. Personne n'est dupe dans le service, tous me connaissent. Je suis une « régulière », une de celles qu'ils ont vues grandir et se flétrir avec le temps. Ils savent combien je peux être obstinée et maîtresse dans l'art de cacher d'éventuels symptômes de faiblesse. Aujourd'hui n'est pas un bon jour, je suis épuisée, gelée et mon souffle semble s'être égaré par la fenêtre de ma chambre que j'ai entrouverte dès mon réveil. Mais il n'est pas question de retarder ma prochaine sortie, programmée la semaine prochaine si mon état se stabilise enfin. J'ai confiance, il se stabilisera.

– Veux-tu que je te tienne compagnie ? finit-il par proposer devant mon air convaincu.

– Libre à toi, ris-je en pointant des yeux la place libre sur le sofa que j'occupe, pelotonnée contre un des accoudoirs.

Peu à peu, la pièce commune accueille de jeunes âmes atteintes d'un mal plus ou moins semblable au mien. À l'exception de Jackson et Ian qui frôlent la vingtaine, les autres ne sont que des enfants. Certains paraissent en forme, d'autres… d'autres beaucoup moins. Et cet après-midi, ils ne sont pas plus de six. Deux d'entre eux viennent seulement d'entrer dans leur septième année d'existence…

Triste injustice.

J'élargis néanmoins mon sourire quand Maya m'aperçoit et dévie sa trajectoire pour s'installer entre nous. La joie apporte la joie, le rire suscite le rire. Rien n'a plus de sens que ça : nuancer leur journée de bonnes vibrations.

– Alors ? la taquiné-je. Où sont tes gants ?

Elle glousse en se calant contre moi. Je ne me résous pas à l'enlacer comme je l'ai déjà fait. Mes mains, recroquevillées dans les manches de mon pull, lui indiqueraient à coup sûr que ma bonne humeur est factice. Elle n'a pas besoin de ça. Et Andrew n'a pas à le savoir non plus, je suis persuadée qu'il remarquerait la légère dépigmentation sur le bout de mes doigts.

Alors que cette minuscule Demi Lovato se prépare à rétorquer, l'infirmière en chef pénètre dans la pièce et la freine dans son élan. À sa suite, nos deux intervenants du jour. Les mêmes hommes à qui je dois ma victoire contre

Celia au jeu du souffle coupé. Tous deux progressent d'une démarche assurée vers le centre de la salle, épaules fières et carrées, mentons relevés. Tous deux assument leur entrée chargée de testostérone tout en transpirant pourtant d'humilité. Contrairement à leur imposante musculature, laquelle les range indubitablement dans la catégorie des hommes à poigne, ils nous fuient du regard. Ils se défilent, mal à l'aise avec leur audience qu'ils savent pour la plupart condamnée avant l'heure. Je ne leur en tiens pas rigueur, je trouve même cette attitude très humaine. Certains considéreraient cela comme de la pitié, mais pas moi. Ce n'est rien d'autre que de la compassion, même si elle est maladroite. Un reflet de leur bienveillance…

Tous les regards se braquent sur eux tandis qu'ils s'immobilisent en retrait derrière l'infirmière. Le silence se fait en un rien de temps. Rapidement, le doux timbre de l'infirmière capte notre attention déjà affûtée.

– Pas d'atelier artistique cet après-midi, sourit-elle. Nous parlerons « sport ». Casey Dafoe et Cruz Riveira nous font l'honneur de passer un peu de temps avec nous. Ils pratiquent le freefight, un ensemble de sports de combat depuis peu reconnu par le Comité des Jeux Olympiques. Ils sont là pour bavarder avec vous. Vous pourrez leur poser des questions si vous le souhaitez ou encore les écouter vous raconter leurs histoires…

Le son de sa voix s'étouffe, mettant en sourdine la fin des explications sur ce qui semble être le déroulé de cette séance atypique. À vrai dire, je me perds dans la contemplation de ces deux hommes. J'ai toujours aimé détailler les gens, scruter les détails qui font de chaque personne un être unique. La physionomie de ces deux athlètes est telle que j'aurais pu me la représenter, ils sont forts, grands, charismatiques… et abîmés. Oui, abîmés. C'est d'ailleurs ce qui me fait étirer un fin sourire. J'aime les gens abîmés, depuis toujours. J'aime ce qu'ils dégagent, j'aime m'attarder sur leurs particularités et décoder les vices cachés. Sans malveillance, simplement parce que j'aime la singularité. Je suis convaincue que les blessures de l'âme et du corps nous enrichissent en tant qu'être humain et nous rendent beau. Et ces deux hommes sont d'une beauté fascinante !

Je freine l'élan de mon imagination en voyant approcher l'infirmière et Cruz Riveira, celui-là même que j'ai vu hier dans la chambre de Celia. Je suis incapable de me détourner de ce dernier. La couleur de sa peau me captive, l'ourlet de sa bouche barré d'une mince cicatrice m'hypnotise, le froncement constant de ses sourcils m'interpelle, la croix tatouée sous son œil m'émerveille…

– Monsieur Dafoe sera avec Tim, Annie, Luc, Serena et Jackson, nous annonce l'infirmière avant de se tourner vers Cruz. Monsieur Riveira, je vous présente Charlie, Maya, Shenae et Ian.

Cette fois, je quitte ma cible pour aviser mes colocataires de fortune, amassés autour du sofa. Une fois n'est pas coutume, j'étais tant absorbée par ma dissection visuelle que je ne les ai pas vus se regrouper auprès de nous. Lorsque Andrew se lève pour proposer sa place dans le canapé à notre intervenant, le regard de Cruz s'attarde sur l'étiquette nominative de sa blouse, puis revient me trouver, perplexe. Je souris davantage. Si j'en juge par l'étincelle dans ses yeux, je dirais qu'il vient seulement de comprendre que je ne suis pas Andrew. Je pourrais en rire si le calme n'avait pas envahi la salle commune. Je me félicite néanmoins d'avoir su si bien interpréter le rôle d'un homme trentenaire il y a de ça quelques jours !

– Ne soyez pas timides, les enfants, reprend l'infirmière. Ils ont promis de ne pas mordre.

Le trait d'humour fait glousser Maya et donne le top départ de cette séance. Durant les quinze premières minutes, nous écoutons religieusement le boxeur nous parler de son parcours, de son cursus scolaire, de ses premiers affrontements, des autres plus médiatisés. Ian s'intéresse aux compétences indispensables à la pratique d'un sport de combat quand Charlie s'interroge sur le salaire d'un athlète. Et moi, je me retiens de lui poser les questions qui s'engluent dans mon cerveau. Je voudrais savoir s'il a toujours eu ce tic de frôler son menton chaque fois qu'il réfléchit. J'aimerais comprendre son tatouage, le choix de son emplacement, celui des autres que je vois déborder sur ses trapèzes. Je bouillonne de connaître l'histoire de la cicatrice qui habille son poignet. Je désespère de l'entendre me raconter la naissance de cette flamme sombre dans ses yeux, laquelle semble ne jamais le quitter. Pourquoi sourit-il à peine ? Pourquoi limiter ses réponses à si peu de mots ? Pourquoi tant de mystères ?

– As-tu des regrets ? me surprends-je à oraliser.

Ma question le laisse aphone une seconde. J'élargis mon sourire lorsque son index vient immanquablement effleurer son menton recouvert d'une barbe naissante aussi brune que ses cheveux courts.

– Non, annonce-t-il avec un sérieux que je voudrais détendre. Je fais partie d'un super club, j'ai les meilleurs coéquipiers qui soient, je voyage, je vis convenablement.

Pourquoi joue-t-il avec ses phalanges lorsqu'il ment ?

– Est-ce qu'il faut manger plein de légumes pour être fort ? tente Maya d'une toute petite voix, impressionnée par la carrure de cet homme trois fois plus large qu'elle.

– Il en faut, oui, mais pas seulement. Beaucoup d'autres aliments sont nécessaires pour être musclé. Les protéines par exemple. Œuf, viande rouge, fromage blanc…

– Est-ce que je peux aller avec eux ? intervient Charlie en se dressant déjà sur ses jambes, le doigt pointé sur l'autre groupe en pleine démonstration.

– Bien sûr, répond Andrew.

L'infirmier sonde les autres participants, tous intrigués par le cours de pratique qui s'est improvisé à quelques mètres devant nous. Charlie, Maya et Ian désertent presque aussitôt, à la fois excités et craintifs. Cruz les suit également. Quant à moi, je choisis de rester à ma place et d'observer de loin les conseils prodigués par les deux athlètes. Je choisis d'affiler une nouvelle fois mon regard en direction de Cruz. J'étudie sa gestuelle, le positionnement de ses mains, l'ingéniosité avec laquelle il encaisse un coup, même peu puissant. Je me concentre sur sa respiration, la magnitude des mouvements de son torse à chaque souffle qu'il contrôle…

– Shenae ? Le Dr Brollin t'attend dans ta chambre avec les résultats de ton dernier bilan.

Je relève les yeux sur l'aide-soignante en blouse rose pâle, laquelle m'offre son immuable sourire doucereux.

– Maintenant ? Mais l'atelier n'est pas encore terminé.

– Les nouvelles sont plutôt bonnes, me confie-t-elle en me tendant sa main pour que je m'y accroche.

– Parce que tu en doutais ? m'amusé-je.

– Bien sûr que non.

J'accepte son aide pour me hisser hors du canapé, non sans regretter de ne pas pouvoir rester. Je me permets même de quitter la salle à reculons, espérant vainement recroiser une dernière fois le regard de Cruz. La déception de le voir concentré à sa tâche ne fait que m'effleurer. Je ne m'avoue pas vaincue, il reviendra voir sa grand-mère. Si, par malchance, je suis toujours sédentarisée ici, je trouverai le moyen d'en apprendre plus, de décoder certaines de ses attitudes. Je m'autoriserai à poser des questions. J'essaierai même de lui tirer un sourire. Juste pour voir. Juste parce que le rendu pourrait être intéressant. Beau et intéressant.

– De quel droit m'arrachez-vous à mon rendez-vous du vendredi après-midi ? raillé-je en entrant dans ma chambre.

Dr Brollin, toujours très classe sous sa blouse, me décoche un sourire amusé, habitué à ma bonne humeur mutine.

– Je ne vis que pour ça : t'arracher aux ateliers artistiques ! Crois-moi, c'est bien plus exaltant que de faire ce pour quoi je suis payé.

J'attrape son clin d'œil complice et rejoins mon lit en m'efforçant de marcher sans faillir. Je sais faire illusion, bien qu'il coule sur moi un regard acéré en quête d'une défaillance physique.

– Allez, annoncez-moi ma date de sortie maintenant !

– Tu es trop pressée, comme toujours.

– Demain ? Lundi ?

– Peut-on s'entendre sur une éventuelle sortie la semaine suivante ?

– Docteur, le sermonné-je.

– Tes résultats sont satisfaisants, Shenae, réplique-t-il en avisant les feuillets devant lui. Mais il est bien trop tôt pour trancher. Ton nouveau traitement semble stabiliser tes constantes, mais il me faut plus de recul. Pas de symptômes ? Pas d'effets secondaires ?

– Je me sens mieux que jamais !

– Alors, pourquoi caches-tu tes mains ? me demande-t-il soudain sans même me regarder.

J'aurais dû m'en douter. Brollin est un fichu extralucide ! Ce qui d'ailleurs lui vaut le respect éternel de ses confrères cardiologues. Et c'est aussi pour cette raison que je bénis le ciel de l'avoir mis sur ma route. Grâce à lui, son savoir-faire et son sixième sens extraterrestre, je comptabilise plus de levers de soleil qu'il ne m'en avait été annoncé il y a six ans. En plus d'être compétent, il est chic en toutes circonstances, drôle, avenant et indéniablement altruiste. Une perle !

– C'est bien ce que je pensais, reprend-il devant mon mutisme coupable. Donne-moi dix jours de recul et je te signe ton bon de sortie. C'est une chance que le traitement fonctionne, je veux simplement m'assurer de la continuité pour ajuster le dosage si nécessaire.

– D'accord, consens-je en boudant pour la forme.

– Dix jours et je te libère. Encore un peu de patience.

4

Shenae

En dépit de ma courte nuit, j'attends, assise en tailleur sur mon haut lit, le dos droit, et souris au soleil qui perce la masse nuageuse. J'aime les quatre saisons de notre planète, mais l'été... L'été, ce sont les effluves floraux disséminés çà et là dans la ville. C'est une glace à l'italienne vanille-fraise. C'est le battement d'ailes d'un papillon vers le ciel. C'est le rire d'un enfant et le rictus d'un aïeul devant un spectacle de rue. L'été, c'est une bouffée d'air, c'est l'espoir d'une éclaircie prolongée, c'est...

– Prête ?

Ma tonicité musculaire est défaillante aujourd'hui. Pourtant, je bondis presque sur le sol à ce signal et rejoins Manuela qui referme à présent le battant de ma porte. Sans transition, je récupère le sac qu'elle me tend et en sors la tenue qu'il contient. Comme chaque mercredi, Manuela et ses acolytes des Clowns roses arpentent le service. Ils amènent l'émerveillement avec leurs accessoires ubuesques, les éclats de rire avec leurs histoires et inondent l'étage d'un bonheur trop souvent fugace. À force de séjours ici, nous avons créé des liens et, depuis peu, je me greffe à leur tournée. J'ai beau être physiquement diminuée certains mercredis, j'enfile avec plaisir la blouse rose bonbon, les baskets assorties et trop grandes de cinq pointures, les lunettes gigantesques et le nœud papillon hors normes. Ce matin, j'ai même le droit à un serre-tête doté de deux antennes pompons fixés sur ressorts !

Ridicule, mais ridicule avec une certaine classe quand même ! Je suis fan !

– Attends, l'arrêté-je alors qu'elle rouvre la porte une fois ma tenue complète endossée.

Je remonte grossièrement mes longs cheveux blonds en une queue-de-cheval exagérément haute, puis l'ébouriffe pour me donner un look encore plus grotesque.

– Comment suis-je ?

J'écarte les bras dans une pose burlesque et pouffe devant son sourire démesuré.

– Parfaitement dans le rôle !

Parée de la tête aux pieds, je me mêle aux Clowns roses et déambule dans le couloir de l'étage. Le long couloir ! Si long qu'il nous faut habituellement deux bonnes heures pour passer dans chaque chambre. Malgré ça, le temps file à toute vitesse. Disperser des traînées de poudre de joie là où tout est souvent trop maussade prend du temps. Toutefois, être une dealeuse de bonheur me comble chaque semaine davantage.

J'aime ça, parader avec l'équipe, jouer la comédie, faire pétiller les regards d'un service tout entier. J'aime être à l'origine de cette parenthèse que le rire leur apporte. Sans trop de recul ni d'espoir, je pense pouvoir dire que cette branche professionnelle et artistique m'aurait enthousiasmée. Oui, ça m'aurait plu. Fouler les planches d'un théâtre, entendre s'esclaffer tout un public ou encore l'écouter renifler d'émotion entre deux dialogues. Devenir une autre, jongler avec les mots, conter des histoires… Bon, m'amuser dans un couloir d'hôpital, déguisée en clown et blindée de ma bonne humeur, ne signifie pas que j'aurais été douée pour la scène. Je suppose qu'il m'aurait fallu quelques années de rodage, peut-être même passer un temps conséquent sur les bancs d'une école d'art dramatique. Mais je me plais à penser que ça aurait été un choix de carrière audacieux et épanouissant.

C'est avec cette idée délirante que je toque plusieurs coups à la chambre de Maya, la dernière de notre tournée. J'entrouvre sa porte sans attendre mes camarades retenus par d'autres patients, et investis l'intimité trop relative de ma brunette préférée. Clouée dans son lit, Maya esquisse un mince sourire en m'apercevant. Trop mince… Je me retiens de grimacer en découvrant son teint blafard et ses cernes creusés. Elle respire avec peine et… *Eh merde*… Je recule jusqu'à capter l'attention de Manuela dans le couloir et lui indique d'un mouvement de tête qu'il n'est pas nécessaire de me rejoindre dans cette chambre. Je doute que les paillettes et pitreries diverses changent quelque chose à l'état de Maya ce matin.

– Coucou, petite abeille, tenté-je en avançant cette fois jusqu'au lit.

J'ose un rapide coup d'œil à la silhouette abattue et retranchée dans le coin de la pièce. Les coudes appuyés sur ses genoux, Zacharia, son aîné de dix ans, maintient le poids de son crâne, lourd d'impuissance et de chagrin, entre ses mains. Il ne m'offre aucun regard et scrute sa jeune sœur, dépité. Je ne lui en veux pas, je ne le salue même pas, bien trop concernée par cette petite fille épuisée par les battements trop fragiles de son cœur d'enfant.

– Est-ce qu'Andrew est passé te voir, ce matin ?

Je n'attends pas qu'elle confirme et saisis la petite télécommande pour appuyer sur le bouton d'appel. Dans trois minutes, Andrew sera là. Il ne pourra malheureusement pas grand-chose si ce n'est placer Maya sous oxygène, mais je ne peux pas la laisser comme ça, c'est tout simplement au-dessus de mes croyances. J'ôte mon énorme paire de lunettes et m'assieds avec précaution sur le bord du lit. Maya peine à déglutir, entrouvrant ensuite ses minuscules lèvres d'enfant pour parler.

– Ne dis rien, feins-je de la sermonner en gardant pourtant mon air jovial, je vais parler pour deux pour une fois.

Sa poitrine se soulève d'un rire muet tandis que je porte une main sur son front pour le libérer des cheveux humides qui le parsèment. La voir aussi désemparée me broie l'estomac. Pourtant, je ne le lui laisse pas voir. Elle a bien assez affaire avec la fatalité. Maya souffre d'une malformation cardiaque, celle-là même qu'elle a héritée de son père disparu il y a plusieurs années. Maya a beau n'avoir que 7 ans, elle est complètement lucide quant à son avenir proche. Plus les jours passent, plus son état de santé se dégrade. Elle partira bientôt, certains médecins ont même décrété qu'elle serait chanceuse de souffler ses huit bougies. Elle n'ira pas jusque-là ; en tout cas, je ne le crois pas…

– Le petit déjeuner laissait encore à désirer, commencé-je en exagérant mes mimiques. J'ai prévenu Samy : deux petits pots de confiture par chambre, c'est le minimum ! Évidemment, il a ronchonné. Tu sais bien comme il est, ce lutin grognon…

Arrachée à mon anecdote montée de toutes pièces, je me retourne sur Andrew qui pénètre dans la chambre en tirant derrière lui le chariot à oxygène. En moins d'une minute, l'infirmière en chef et l'aide-soignante gagnent également la pièce, toutes les deux soucieuses et précises dans leurs auscultations. Je m'écarte, le cœur lourd et piétiné par cette vision détestable. Mais pas seulement… Voir son frère en triste spectateur de la scène se hisser fébrilement sur ses jambes et agripper ses cheveux avec violence me remue tant que les cendres de mon sourire forcé se désagrègent.

– Sortez, s'il vous plaît, nous intime calmement l'infirmière haut gradée.

J'arrime mon regard peiné à Zacharia, prête à lui proposer mon bras pour seule béquille. Je le sens hésiter une nanoseconde, perdu, terrifié, presque enragé de voir la vie de sa sœur s'envoler un peu plus. Mais lorsqu'il bondit vers la porte et me dépasse en me bousculant d'un coup d'épaule, je comprends qu'il ne fait pas partie de ceux pour qui l'empathie est réconfortante. Ces mêmes personnes qui n'attendent rien des autres et préfèrent noyer leur colère dans une solitude corrosive. Je ne me vexe pas. À vrai dire, je ne saurais pas dire quelle serait ma réaction face à la perte d'un de mes proches. Je n'y ai jamais vraiment pensé. Et pour cause : jusqu'ici, je suis celle pour qui mon entourage s'inquiète, celle pour qui ils se préparent au deuil depuis plus de six ans.

Un haut-le-cœur me surprend une fois dans le couloir. Je ne m'autorise pas à pleurer pour cette petite fille. Pourtant, je suis toute retournée. Je vois à peine les âmes qui vagabondent dans le service tandis que j'avance et enlève, pièce par pièce, mon déguisement. Je n'entends pas mon prénom que prononce certainement Manuela en me voyant m'éloigner vers ma chambre. Tout ce que je capte est l'horloge digitale près du petit écran plat, face à mon lit, alors que je m'assois sur le fauteuil médicalisé de mon antre, les genoux subitement vacillants.

15 juillet. Midi douze.

J'entame ma treizième semaine d'hospitalisation. Treize fichues semaines…

Je me laisse quinze minutes pour souffler et retrouver mon énergie exilée dans le service, peut-être restée auprès de Maya. Quinze minutes où je hurlerai en silence ma rage, pour cette petite puce, pour tous ceux qui partagent mon couloir. Et pour moi. Pour Essie, pour mes parents, mes grands-parents. Pour cette foutue injustice.

Les yeux rivés aux chiffres rouge vif, j'attends que la minute fatidique bascule, les doigts crispés sur les accoudoirs rembourrés. Je ne peux pas être triste ni même me laisser gangrener par la haine, tous ces sentiments me desservent, je le sais. J'ai beau détester ce schéma de vie écourtée, je refuse de sombrer. J'ai encore tant de choses à vivre, à découvrir, à dire. Mon sablier est déjà presque écoulé, alors non, je ne me confondrai pas en pleurs. Hors de question. Je veux voyager. Je veux goûter de nouvelles saveurs, sentir de nouveaux parfums. Je veux aller au théâtre, au zoo, à la plage et pourquoi pas skier ! Je veux me gaver de nouveautés avant de m'en aller !

À la seconde où l'horloge met un terme à ce moment de perdition, quelques coups frappés à la porte résonnent dans ma chambre. Je ne réponds pas, consciente que la personne derrière le battant ne fait que s'annoncer. Quoi que j'en dise, elle entrera. J'inspire un grand coup et m'oblige à sourire en redressant l'échine.

– Shenae, bonjour !

– Docteur Brollin, lancé-je d'une voix que j'espère dépourvue de trémolos. Qu'est-ce qui me vaut le plaisir ?

– Ai-je besoin d'une raison en particulier pour passer voir ma patiente préférée ?

Sa moue malicieuse rend la mienne plus naturelle lorsqu'il s'installe sur mon lit, les mains pleines de mon dossier calé entre ses cuisses.

– Je ne suis pas votre préférée, pouffé-je, seulement la plus fidèle, mais admettons. Est-ce que votre patiente préférée pourrait espérer un bon de sortie anticipé ? Comme une sorte de privilège, vous voyez.

Il se marre, fervent supporter de mes tentatives de corruption, lesquelles restent majoritairement vaines, mais voilà. M'échapper de ma cellule et de cette prison somme toute confortable m'apparaît soudain comme une nécessité. Je me sens mieux, en tout cas aussi bien que mon cœur me le permet, je ne vois pas en quoi il me serait interdit de retrouver mon appartement, ma routine, mes courtes balades quotidiennes, mes livres, mes soirées télé avec Essie, mes fourneaux… Il se pourrait même que la lueur abîmée dans le regard de Maya un peu plus tôt n'ait fait qu'alimenter ce besoin.

– Il me semble que nous avions dit lundi. Ton traitement est concluant, il devrait…

– Docteur, le supplié-je cette fois d'un ton las, sortez-moi de là… S'il vous plaît.

– Shenae, marmonne-t-il en consultant les quelques feuillets pincés sur son porte-bloc, tu sais que j'aimerais te rendre ta liberté, mais tu dois comprendre que…

Je me détourne de son froncement de sourcils trop sentencieux et aimante mon regard à la fenêtre. Je n'ai pas besoin d'entendre la suite, je sais que j'ai perdu cette bataille. Alors, bien sûr, il ne s'agit que d'une poignée de jours, quatre finalement, mais je vis ce refus comme une réelle défaite.

Quatre jours… Maya, elle, n'aura peut-être pas quatre jours. Le temps est précieux, tellement précieux…

– Et puis, cet après-midi, c'est l'atelier sport de combat. Tu ne voudrais pas manquer ça, si ?

À cette simple évocation, le visage de Cruz Riveira vient se dessiner sur la vitre. Je balaie pourtant le raisonnement de Brollin d'un geste de la main. Même si l'idée de passer deux heures à détailler ce gladiateur des temps modernes me fait très envie, ça n'en reste pas moins un trop faible argument. Disons simplement que cet atelier sera mon petit plus de la journée.

– D'accord, maugréé-je, mais j'exige double ration de dessert jusqu'à ma sortie.

Il rit. Et moi, je souris en laissant s'éloigner les réminiscences du visage de Maya. Celui du petit-fils de Celia encombre à présent mes pensées et une liste interminable de questions revient titiller ma curiosité. Plus que quelques heures…

5

Cruz

– Tu penses qu'on pourrait terminer plus tôt que la semaine dernière ?

J'avise mon pote du coin de l'œil tandis que l'ascenseur se stabilise au cinquième. Il zieute une fois de plus sa montre et ça me gonfle, d'autant plus qu'il n'était pas tenu d'être là. Alors, oui, Casey est le médaillé, sa présence en impose vachement plus que la mienne, notamment depuis que sa face de champion du monde est placardée dans les journaux sportifs.

– Tu pars quand tu veux.

J'imagine que mon timbre était un poil trop acerbe, parce qu'il laisse presque aussitôt son espèce d'état de nerfs quitter la cabine lorsque les portes s'ouvrent.

– Excuse, grommèle-t-il. Je suis un peu tendu.

– Sans déconner ? ironisé-je.

Tendu ? Super à cran, ouais ! Casey ravale un grognement devant mon sarcasme et bombe le torse dans une franche inspiration. Je n'ajoute rien, lui non plus. De toute façon, nous connaissons tous les deux la raison de son irritabilité emmerdante : Aria a atterri il y a une heure. Il n'a pas tiré son coup depuis une semaine et ça le démange. Le camion avec les affaires personnelles de sa femme arrive dans quelques minutes à leur nouvelle adresse et il est ici avec moi. Il a un combat demain soir, le sponsor exige sa présence le week-end prochain à un salon, ses dernières vacances datent tellement que je ne suis pas foutu de m'en souvenir… Je peux comprendre qu'il en ait plein le cul, mais ce que nous faisons aujourd'hui – tout comme mercredi dernier –, ça a beaucoup plus de sens que toutes ses contrariétés. Et son silence me prouve qu'il en a conscience.

Nous saluons d'un hochement de tête les deux, trois personnes que nous croisons et progressons dans le couloir quand l'entrebâillement de la porte cinq cent neuf me fait ralentir. Comme toujours, mon pouls s'emballe. Chaque jour, les nouvelles sont bonnes, en tout cas pas mauvaises ! *Abuelita* se porte bien, elle reprend du poil de la bête – sous-entendant qu'elle tyrannise tout un service. Il paraît qu'ils l'aiment tous pour ça : son caractère de feu et sa verve inimitable. *Moi, je l'aime pour tout le reste.* Il n'empêche que j'ai la boule au ventre chaque fois que je suis sur le point d'entrer dans sa chambre d'hôpital.

J'ai à peine poussé le battant que sa voix écorche un cri :

– Halte à vous, malheureux ! Je suis presque nue !

Oh putain ! Je referme direct la porte et m'adosse contre le mur qui la prolonge. Casey se marre en silence de me voir tenter de m'incruster dans le placo. Clairement, je voudrais disparaître, au moins le temps que mon esprit se débarrasse de la représentation de ma grand-mère que j'ai failli voir à moitié à poil ! Mes yeux ne s'en seraient jamais remis. Et ma santé mentale non plus !

Après une minute à se gausser, Casey ravale son sourire de connard et m'indique d'un mouvement du menton la salle commune au fond du couloir.

– Nan, elle…

Je frissonne, encore sous le coup de mon intrusion avortée.

– … elle a demandé que je l'attende. Elle veut assister à l'atelier.

Mon pote n'a pas le temps de croiser les bras sur ses pecs qu'une des portes de l'étage, à une dizaine de mètres devant nous, laisse échapper deux femmes. Deux blondes, dont celle qui n'était pas loin de me foutre mal à l'aise chaque fois qu'elle m'a fixé jusqu'à maintenant. Mais pour lors, elle semble tellement concentrée sur la nana qui l'accompagne qu'elle ne me voit pas dans son dos.

– Allez ! geint-elle. Si ça a commencé, je t'en voudrai jusqu'à la fin des temps !

– Pardon d'avoir eu besoin de soulager ma vessie ! rit l'autre.

Alors qu'elles se jettent un regard complice, le sourire aux lèvres, celle que je n'ai aucun mal à imaginer être sa sœur la bouscule d'un coup d'épaule.

– Tu en fais des tonnes, ma pauvre Nae, je suis sûre que tu extrapoles.

– Tu verras, les deux sont… inspirants ! Mais lui, il… il a ce quelque chose de… différent. Intrigant ! C'est insolent tant c'est troublant. J'en suis même à regretter de ne pas être télépathe. Ou mieux : aveugle, juste pour le plaisir de le découvrir en braille ! Tout décoder, tout comprendre…

– Le petit-fils de ta voisine de palier ?

Je tends l'oreille comme un con quand elles se remettent en marche vers la salle. Je m'en fous d'être celui de nous deux qui la captive à ce point, disons que c'est instinctif, une sorte de curiosité naturelle et totalement machinale. Casey me sourit comme un enfoiré. Bon, lui aussi a pigé qu'il était question de nous, enfin de moi.

– Oui.

Shenae n'a pas fini d'acquiescer qu'elle pivote vers la porte d'*abuelita* pour appuyer ses dires. Porte à côté de laquelle je me tiens adossé. Ses pas se figent net lorsque son regard candide s'arrime au mien. Malgré la timide honte qui rosit ses pommettes de savoir que leur conversation a pu m'arriver aux oreilles, elle ne se démonte pas un seul instant. Elle élargit même son sourire. Un sourire pur, presque innocent. Joyeux et dénué de malveillance. Et pour le coup, foutrement déstabilisant. Elle assume quand un paquet de monde se serait décomposé. Ça aussi, c'est déstabilisant, bordel !

– Salut, lance-t-elle.

Je hoche la tête pour toute réponse. En général, je suis celui qui intimide, les nanas ne s'imposent jamais avec moi et osent à peine me parler, ou seulement si l'alcool les désinhibe. Mais pas elle. Cette nana semble se foutre de ma carrure doublement plus large que la sienne ou de mes tatouages. Elle ne baisse pas les yeux. Au contraire, elle maintient sa trajectoire visuelle quand sa frangine voudrait fusionner avec le chariot médical à proximité d'avoir été prise sur le fait.

– Qui a eu envie de reluquer une vieille femme ? s'époumone soudain *abuelita* en débarquant dans le couloir.

Ma grand-mère s'adoucit aussitôt en me trouvant là et prend mon visage en coupe entre ses deux mains ridées avant de faire claquer une bise sur chacune de mes joues.

– Bonjour, *nieto* ! Merci d'avoir gardé la porte. Les gens sont sans gêne dans cet hôpital ! bougonne-t-elle.

– Encore faudrait-il que tu fermes ta porte, *abuelita*.

Elle ne relève pas, si bien que j'en viens à douter qu'elle m'ait entendu quand elle crible Casey d'un regard assassin.

– C'est toi qui as voulu jouer les voyeurs ? Hein ? Je sais que c'est tentant, avoir une silhouette comme la mienne n'est pas donné à tout le monde, mais un peu de décence, veux-tu !

Casey se retient d'éclater de rire en levant les mains devant lui pour signifier à ma grand-mère qu'il n'est à l'origine d'aucune irruption volontaire dans son intimité. Celia n'en a rien à secouer. De toute façon, elle a décidé que c'était lui et rien ne la fera changer d'avis. Elle agrippe mon bras et s'y enchaîne en m'entraînant en direction de la salle commune. Elle a l'air en forme et ça fait plaisir. Elle gambade déjà et ça, c'est un sacré bon point pour sa convalescence. Et pour mon cœur !

Abuelita ne me lâche qu'une fois l'atelier commencé. J'en sourirais si je n'étais pas occupé à essayer de me rappeler les prénoms des quelques gamins qui constituent mon groupe cet après-midi. Elle adore se pavaner près de moi, le menton fier et la poitrine en avant, à asseoir je ne sais quelle supériorité aux yeux des autres patients. Mais ça me va bien, franchement c'est moi qui suis heureux d'être au bras de cette femme de poigne et d'une générosité sans égale. Celia Díaz est mon mentor, bien plus que ne l'a jamais été Edge qui, pourtant, a été une sorte de repère paternel pour moi. Celia est celle sur qui je pourrai compter à l'infini, celle qui saura à chaque coup dur me montrer combien il est indispensable de faire face.

– Peut-être que M. Dafoe et Riveira pourraient vous montrer quelques enchaînements ? intervient l'infirmière qui supervise l'atelier après une bonne demi-heure de bavardage collectif.

Les enfants couinent de concert. L'ambiance est nettement moins plombante cette semaine. De nouveaux visages sont venus se greffer à la séance, des visages dont le teint n'est plus aussi translucide que mercredi dernier. Même la blonde intimidante a meilleure mine. Cette blonde qui planque ses quelque cinquante kilos sous une tenue trop ample, un pull en laine et un pantalon large. Celle qui ne se maquille pas, ne fait que peu d'effort physiquement, mais qui pourtant est d'une beauté étonnante. Elle pourrait être mon genre… Nan, objectivement, elle est carrément mon genre. Ce n'est un secret pour aucun de mes coéquipiers, j'ai toujours eu un faible pour les blondes à la peau cristalline. Je les préfère avec des formes voluptueuses mais, bizarrement, la frêle silhouette de Shenae est l'exception à ma règle.

Ce n'est qu'en voyant son sourire approcher que je prends conscience de l'irrationalité du cours de mes pensées. Est-ce que je suis vraiment en train de la classer dans la catégorie des nanas que je baise ? *Dios mio*[1]… Si j'ai interprété les signes comme il faut, Shenae est une patiente du service cardio. Qui plus est, une patiente long séjour si j'en juge par la façon dont tous lui parlent avec une certaine familiarité. Elle est juste hors concours ! Je n'ai aucune catégorie pour ce type de femmes, aucune intention, aucune perspective de quoi que ce soit. Eh merde, je ne la connais même pas !

Je secoue la tête pour en chasser ces débilités et me concentre sur mes « élèves » éparpillés autour de moi. Ils attendent, impatients, avec un soupçon d'émerveillement dans le regard qu'ils braquent tous sur moi. *Dont son regard à elle…* Je passe les dix minutes suivantes à leur rappeler l'exercice de la semaine précédente, celui qui consiste à placer correctement ses poings pour parer une attaque. Ces gosses sont impressionnants, de vraies éponges ! J'avoue que leur mémoire me scotche. Ils sont si précis dans le positionnement des bras que je passe vite à l'enseignement suivant ; soit porter un coup avec la partie basse du corps. *Sous son regard à elle…*

Focus, bordel !

– Super ! les félicité-je. Mais pensez à bien placer vos pieds, quatre-vingt-dix degrés… Et on pose sa respiration… avec le ventre, Charlie… comme ça, regarde.

Je me poste devant cette petite nana d'à peine 8 ans et cale une main sur mes abdos en lui intimant des yeux de diriger son attention sur mon ventre. J'inspire par le nez sans soulever mes épaules et gonfle mon abdomen avant d'expirer lentement. Elle copie mon action, rapidement suivie par ses camarades. Je continue ma respiration ventrale

1. « Mon Dieu. »

en les scrutant tour à tour. La majorité d'entre eux y parviennent. Sauf elle. Son pull m'empêche de voir son ventre s'arrondir d'air. Alors que mon esprit tordu s'imagine soulever ledit pull pour contrôler la bonne exécution de l'exercice, un cri d'outre-tombe ricoche dans le couloir et rebondit dans la salle commune par les portes battantes ouvertes. S'ensuit un bruit glacial de métal qu'on encastre violemment dans une surface plane.

En deux secondes, Casey et moi faisons face au couloir, prêts à bondir si l'origine du boucan nécessite notre intervention. C'est instinctif, notre œil s'affûte, notre ouïe s'aiguise et, fatalement, nos poings se préparent. L'atmosphère s'est transformée si vite qu'un effroi collectif fait battre les enfants en retraite. Même *abuelita* reste prostrée dans le sofa, une mine sensiblement paniquée sur ses traits espiègles.

Dans le long corridor du service, un jeune gars fait les cent pas devant une porte entrouverte. À bonne distance, un infirmier tente de le calmer, les mains placées devant lui. Une aide-soignante se hâte de ramasser le matériel médical dispersé sur le sol, non sans s'assurer constamment qu'au moins un mètre la sépare du type enragé.

– Qu'est-ce qu'on fait ? grogne Casey entre ses dents serrées.

– On attend.

Je n'ai pas refermé la bouche que le type envoie son poing valser dans la cloison et pousse un autre cri d'aliéné. Un cri qui pue la détresse et le désespoir… Charlie se met à sangloter. Alors, cette fois, j'amorce une enjambée, quasi en même temps que Casey. Il faut maîtriser ce gamin, il fout la trouille à tout le monde et risque de dégommer quelqu'un quand les murs et le matos autour de lui ne lui suffiront plus. Notre progression est stoppée net par l'infirmière en charge de l'atelier. Elle nous arrête d'un geste tout en disparaissant dans le couloir en direction du triste spectacle.

– C'est Zach…

Je me retourne vivement sur la voix murmurée dans mon dos et découvre Shenae, presque sur la pointe des pieds pour regarder la scène par-dessus mon épaule. Mon premier réflexe est de déployer ma carrure déjà contractée en vue d'être un mur inébranlable derrière lequel elle se tient. Parce qu'à cet instant précis, son sourire n'est plus qu'une fine ligne pincée de tristesse. Je reviens faire face au couloir et la sens se rapprocher timidement. Je ne suis pas convaincu que sa nouvelle proximité soit volontaire ou encore calculée. Ça semble n'être qu'un mécanisme de défense. Peu importe finalement. Et puis, je m'en fous pas mal, de toute façon, Casey et moi ne laisserons rien passer, nous sommes toujours sur le qui-vive.

– … le frère de Maya, poursuit-elle à bas volume. Elle était à l'atelier mercredi dernier. Elle n'allait pas bien ce matin, elle a dû…

Le soupir qu'elle tente de réprimer sera la fin de son explication. Donc la petite est décédée. C'est en tout cas ce que la boule dans mon bide me suggère. Je ne décontracte pas mes muscles, je ne laisse aucune émotion passer sur mon visage sévère. Pourtant, ça me touche. Ces personnes me touchent. Parce que condamnées, sans armes, inaptes à un quelconque combat qu'elles savent déjà tous perdu d'avance. Quelle fatalité de merde… Dès qu'un homme plus âgé sort de la chambre pour contenir la fureur de Zach, je me détends et ose un coup d'œil à *abuelita*. Ce service grouille de gosses, seulement deux ou trois personnes d'âge mûr y séjournent. Dont ma grand-mère. Alors, dans toute cette folie dramatique, je mesure la chance que j'ai de l'avoir toujours près de moi, de la voir sourire encore, de l'entendre blasphémer une phrase sur deux, de savoir que sa vie aura compté et compte plus d'années que la grande majorité de ces enfants et adolescents réunis.

Ce constat ébranle l'homme que je suis, mais pas seulement. Mon pote coule sur moi un regard compatissant, comme s'il avait lu dans mon crâne. Je décline cet échange visuel et me retourne sur notre groupe retranché près des fenêtres. Shenae, elle, n'a pas bougé, si bien qu'en faisant volte-face, je bute contre son frêle corps et manque de la faire tomber. En dépit de ma contrariété, mes réflexes l'empêchent de se retrouver sur le cul. Sauf que maintenant, je maintiens cette femme contre mon torse bandé sans être foutu de la lâcher. Encore une fois, son regard s'enlise dans le mien, à moins que ce ne soit l'inverse. Le temps s'arrête une seconde, comme s'il avait été suspendu, brisé par des forces divines. Plus de focus, ou alors un seul, paramétré sur ce visage un poil usé, excessivement expressif, et sur l'aura qui semble l'entourer. Les battements de son cœur frappent ma poitrine. Ils résonnent. Ils détonnent presque… Pas d'irrégularité, juste des coups francs, rapides, peut-être trop.

Un raclement de gorge ensuite et tout reprend vie : les âmes autour de nous, les voix apeurées, le claquement de doigts de Casey à mon attention dans le dos de Shenae.

Putain, qu'est-ce que je fous ?

Je la libère presque trop brutalement, comme si cette étreinte – si tant est que c'en ait été une – m'avait mordu la peau si fort qu'il me fallait m'en détacher avec urgence. Celle que je suppose être sa frangine se retrouve près de nous et lui offre l'équilibre dont je viens de la priver. J'essaie de reprendre mes esprits et déglutis discrètement.

– Désolé.

Un mot. Un seul mot. C'est tout ce que je suis capable de verbaliser après ce moment étrange. C'est alors que son sourire grandit jusqu'à imprimer sur son visage une moue ingénue.

– Aucun souci, répond-elle calmement avant d'être coupée par la réapparition de l'infirmière en chef.

– Si messieurs Dafoe et Riveira n'y voient pas d'inconvénient, nous allons nous arrêter là aujourd'hui. Peut-être nous feront-ils l'immense plaisir de revenir mercredi prochain pour un dernier atelier ?

J'acquiesce. Casey aussi. Et une effervescence dénuée de la panique qui les tenaillait tous il y a peu emplit la vaste salle. Certains des gamins se mettent à chahuter entre eux, d'autres prennent la direction de leurs quartiers. Comme s'il ne s'était rien passé. J'imagine qu'ils sont habitués à voir partir leurs colocataires un par un. Peut-être même qu'ils ne s'attachent plus, qu'ils se blindent pour ne pas s'abîmer davantage.

– Tu vas rester ? me demande Casey alors que je me dirige vers le sofa pour retrouver *abuelita*.

– Ouais.

– C'est un problème si je…

– Non, vas-y, je prendrai un taxi.

Je ne lui rends pas l'accolade qu'il fait claquer dans mon dos et me penche vers celle que je voudrais sortir de cet hôpital contre l'avis unanime du personnel soignant, simplement pour retarder l'inévitable.

– Tu veux que je te raccompagne à ta chambre ?

– Je peux m'y rendre seule, petit insolent, sourit-elle, mais comment te refuser mon bras ? Allez, ramène ta merveilleuse *abuelita* à son appartement de fortune !

Je souris intérieurement, soulagé qu'elle abuse de sa bonne humeur pour me rassurer. Elle me connaît par cœur. Bien sûr que mon faciès austère l'a alertée, bien sûr qu'elle mettrait un point d'honneur à me dérider. Alors que je suis une énigme pour les autres, elle lit en moi comme dans un livre ouvert. Je lui attrape le bras de mes deux mains et l'aide à se hisser sur ses jambes.

– La terre est basse aujourd'hui, ronchonne-t-elle.

Comme tous les jours, abuelita...

– Tu te débrouilles bien avec ces gamins, *nieto*.

– Tu trouves ? marmonné-je, concentré à traverser la salle avec elle pour rejoindre le corridor.

– Crois-en mon immense expérience. D'ailleurs, crois-moi les yeux fermés ! J'en ai vu défiler des intervenants ces dernières années chez les Singleton, ils se faisaient démembrer en quelques jours !

– Par les gosses ?

– Évidemment ! Ces petites pourritures nourries dès la naissance avec des couverts en or. Combien de fois mes doigts m'ont démangé de leur flanquer une rouste après qu'ils ont salopé mon ménage ? Trop pour les compter ! Des ingrats, je te dis. De la mauvaise graine ! Attention, je ne regrette pas d'avoir usé mes genoux sur le parquet ciré des Singleton, je remets simplement en question leur absence totale d'éducation !

C'est vrai, sans ce job de femme de ménage, nous n'aurions pas eu un début de vie aussi tranquille sur le sol américain. Grâce aux grands-parents Singleton, *abuelita* a pu subvenir à nos besoins dès notre arrivée. Ils étaient bons et particulièrement sensibles à notre histoire d'expatriés cubains. En deux mois de temps, nous avions une carte de résident, un appartement certes en piteux état, mais un toit au-dessus de nos deux têtes ainsi qu'une quantité raisonnable de bouffe dans nos placards. Ce n'était pas la vie rêvée, mais c'était la nôtre. Bancale, mais définitivement plus sereine.

– Heureusement que tu n'as pas connu les derniers nés, continue-t-elle lorsque nous approchons de sa porte. Tu aurais fini par les encorder aux arbres du domaine et moi je les aurais brûlés pour tant d'insolence !

– Cruz ?

J'abaisse la poignée tout en me retournant vers celle que je sais dans notre dos. Shenae et sa presque copie conforme nous scrutent. L'une s'excuse de déranger en enfonçant sa tête un maximum dans ses épaules, l'autre… L'autre ne se démonte pas et amplifie son sourire. Ça ferait presque naître le mien, cette femme ne semble avoir peur de rien. Je n'irais pas jusqu'à dire qu'elle manque de civilité ou regorge d'impertinence. Tout reste subtil avec elle, elle s'impose, mais avec finesse.

– *¡Linda!* L'atelier t'a plu, j'suis sûre ! s'extasie *abuelita*.

– Oui, c'était un régal, comme la dernière fois. Je me demandais, enchaîne-t-elle en revenant ancrer son regard limpide au mien, avez-vous un combat prévu prochainement ? J'aimerais beaucoup y assister.

– Bien sûr qu'il va combattre bientôt, hein, *nieto* ? répond *abuelita* à ma place.

Alors, accessoirement, il se pourrait que je n'aie pas prévenu ma grand-mère de la récente décision de la Fédé, laquelle est de me virer dans moins de trois mois. Le moment était de toute façon mal choisi. Et, franchement, je doute qu'ils me programment un affrontement. Au contraire, ils vont essayer de m'enterrer au plus vite…

– Cruz ? insiste Shenae.

– Rien n'est prévu pour l'instant.

La déception voile son regard un bref moment mais, comme à son habitude, sa gaieté l'évince rapidement.

– Merci pour cet après-midi, se hâte-t-elle de conclure alors que sa sœur l'attire en arrière. Je ne respirerai plus jamais avec le ventre sans penser à vous.

Son clin d'œil taquin me tire un semblant de sourire. Cette nana est… spéciale ! Carrément particulière. Elle est loin de tout ce que je connais des femmes, bien plus jeune que celles que je saute ces derniers temps, plus douce aussi. Plus fouineuse, plus pétillante, plus…

C’est sans avenir, me souffle ma conscience alors que je la regarde faire volte-face. Je n’ai pas le temps pour ça. Et qui sait combien de temps elle a devant clle…

6

Cruz

– Riveira ! Ramène-toi ! beugle Glenn, accroché au battant.

Je descends du ring sous les jappements dégoûtés de Trigger et chope une serviette-éponge sur la desserte avant d'exécuter l'ordre de l'assistant du coach. Ce con de Trigger ne m'a pas épargné, il a même profité que le staff soit en majorité cloîtré dans le bureau pour ne pas contenir ses coups. Je pourrais lui en vouloir, sauf que me défouler sur sa face d'emmerdeur m'a fait un bien fou.

J'avoue être un poil à cran depuis quelques jours. L'état de santé d'*abuelita* a décliné en quarante-huit heures sans que le cardiologue ne puisse véritablement en donner les raisons. Je me retrouve à attendre des conclusions qui n'arrivent pas et ça me fout en l'air. Les deux précédents pontages lui ont permis de retourner à la maison de retraite sous deux semaines. Sauf que nous en sommes déjà à trois et qu'elle peine à recouvrer ses pleines facultés cardiaques.

Et puis, cette histoire de fin de carrière tourne en boucle dans mon crâne. C'est d'ailleurs à ce sujet que le coach a réuni l'équipe aujourd'hui. Je vois bien qu'il se démène, il épluche son carnet d'adresses, il relance les sponsors en binôme avec Keith, notre agent hyperactif. Je n'arrête pas d'y penser. Mon compte en banque me permettra de tenir plusieurs mois sans rentrée d'argent, mais voilà, je ne suis pas le genre de gars qui bulle à longueur de journée, qui se laisse porter par les saisons sans réel objectif. J'ai besoin d'un but pour me sentir entier et vivant. Je suis comme ça et ça ne changera pas. C'est inscrit dans mon ADN !

– Cruz, installe-toi, m'ordonne Edge d'une voix neutre lorsque je pénètre dans le bureau.

Sans parler, je salue l'équipe d'un mouvement de tête et prends place face aux cinq bonshommes. Un peu plus et j'aurais presque l'impression d'être devant des types qui tiendraient ma conditionnelle entre leurs mains, sans la combinaison et le numéro de matricule.

– Entrons dans le vif du sujet si tu veux bien, poursuit-il. Stan t'a dégoté un contrat publicitaire avec un fournisseur de matériel sportif. La marque n'est pas très connue, mais le deal est intéressant. Ils augmenteront leur chiffre d'affaires en t'affichant avec leurs produits et toi tu restes dans la lumière…

Je soupire. Un contrat de pub, sans déconner ?

– Keith a relancé un paquet de journalistes pour envisager un reportage d'une dizaine de pages dans des magazines spécialisés. Ça pourra t'ouvrir d'autres perspectives une fois l'article publié. Combien de sportifs ont vu se profiler des opportunités dingues après ce genre d'exposition publique !

Aucune idée et, clairement, j'ai peur que ça ne me convienne pas. J'aurais juste la sensation de gueuler, sous couvert de sous-entendus : « embauchez-moi, je me suis fait virer ! » Sérieux, je ne mendie pas !

– Troisième possibilité, intervient l'agent, tu optes pour une reconversion totale ! Tu es bourré de ressources, Cruz, d'autres sports te conviendraient ! Regarde Jordan, le mec était un pilier de NBA pour se retrouver en dernier lieu sur un green, avec le polo qui va bien et un max de pognon à la clé.

– Je me fous du fric, grincé-je en levant les yeux au plafond.

Pourtant, cette option est de loin celle qui pourrait me contenter. Je peux repartir de zéro ou presque, choisir un autre sport de combat et me défoncer pour exceller avant de passer la foutue barre des trente piges. Parce qu'une fois cette deadline dépassée, un athlète perd cinquante pour cent de sa valeur, mis au rebut par de jeunes sportifs endurants et super performants. Les blessures sont plus fréquentes, le corps en prend un coup, les clubs ne misent plus sur toi et, comme ça, en une ou deux semaines, tu te retrouves à creuser ta propre tombe alors que tu n'as pas vécu la moitié de ton existence.

– Est-ce que tu as pensé à quelque chose d'autre ? s'enquiert Edge devant mes poings subitement crispés sur la serviette.

– Non. Je veux juste cogner. Le freefight, c'est… Edge, je n'ai connu que ça. C'est ma vie : ce sport, ce club, les compétitions, toi, la rigueur… même cet enfoiré de Trigger ! Je n'arrive pas à réfléchir. En ce moment, je suis un peu largué, mais je vais trouver.

– L'heure tourne, balance l'assistant d'un ton qui mériterait une clé d'étranglement pour toute réponse.

Heureusement pour lui que je gère mes pulsions hors d'une cage, sinon il se soumettait direct ! On ne s'aime pas, lui et moi, ça n'a rien de nouveau, n'empêche qu'il me met la rage !

– Je sais ! m'emporté-je. Ils ont dit un trimestre. Ça n'urge pas, si ?

– OK, tout le monde, on se détend, lance le coach. Tu as le temps, laisse quelques jours passer, tu peux même prendre un congé si ça t'aide à y voir plus clair. On continue de chercher de notre côté et on te tient au courant.

Je me lève sans ouvrir la bouche. De toute façon, ma mâchoire est si tendue que je n'arriverais pas à dire un mot. Je m'exfiltre du bureau et fonce jusqu'à la sortie. J'ai méchamment besoin de prendre l'air au risque de tuer Trigger qui me regarde prendre la fuite, choqué. Rien à carrer, d'autant plus que je fais ça pour lui. Je ne saurais pas retenir mes coups tant je me sens bouillir. Putain, j'ai détesté qu'ils me mettent la pression ! Alors, c'est vrai, j'ai les nerfs à fleur de peau, mais merde !

Je dévale les étages, ignore la remarque aux notes racistes du gardien et commence à trottiner une fois sur le trottoir de Long Street. Il fait une chaleur étouffante aujourd'hui. Pourtant, j'augmente mon allure après l'intersection, une centaine de mètres plus loin. La rue grouille de monde, ce qui n'a rien d'étonnant au vu de l'heure. À vrai dire, je m'en fous, je slalome, j'évite, agile et rapide. Comme dans une foutue cage.

J'ai englouti une quinzaine de bornes quand je me décide enfin à faire demi-tour. Je n'ai pas plus les idées claires, mais je me sens largement moins à cran. Le pouls calé sur mes foulées, je me déporte pour esquiver un groupe de costumes trois-pièces quand une chevelure blonde m'apparaît en terrasse d'un bar. Je ralentis sans vraiment l'avoir décidé, puis reprends mon allure en découvrant qu'elle ne lui appartient pas. La nana en question a au moins vingt piges de plus et ne sourit pas. Elle, elle souriait tout le temps.

Mais… putain, je suis ridicule, ma parole ! Qu'est-ce qui me prend ? Je n'ai tellement pas le temps pour ça : encombrer mon crâne avec des futilités et des sourires ! *Peut-être que tu t'attendais à la revoir ? Peut-être que son absence au dernier atelier t'a retourné la tête ?* Je m'en tape, j'ai dit ! Elle est sortie de l'hosto et alors ? Tant mieux pour elle, et pour moi aussi en définitive. Enfin, ça, c'est si elle en est sortie sauve… C'est ce qu'il faut souhaiter à tous les patients du service cardio, un retour à la normale ou presque. C'est ce que je lui souhaite. Honnêtement, je m'attendais à la voir mercredi dernier, sans aucune arrière-pensée, juste parce qu'elle avait assisté aux deux séances jusqu'alors. Mais elle n'y était pas. Sa chambre était vide. Je n'ai pas posé de questions, d'abord parce que ça ne me concerne pas et ensuite parce que… parce que je m'en contrefous ?

Je. N'ai. Pas. Le. Temps.

Point final. Sujet clos. Sujet qui, par ailleurs, ne fait que freiner mon cerveau, lequel devrait s'activer à trouver un nouvel objectif pro. Je dois compartimenter et balancer à la corbeille tout ce qui est inutile, ça ne fera que me ralentir.

Je foule de nouveau Long Street après une autre heure de course, le souffle en vrac et trempé de sueur. À mesure que j'approche du club, une silhouette massive, installée sur les marches extérieures, me fait plisser les yeux. Casey m'aperçoit et se lève, nos deux sacs de sport à la main.

– Tu sais qu'on a des tapis de course maintenant ? s'amuse-t-il en se redressant.

Je roule des yeux. Bien sûr que je le sais, et il sait que je le sais, il essaie seulement de voir si une conversation est possible. Si ce footing intensif m'a permis d'évacuer le trop-plein. J'avoue, je ne suis pas encore certain…

– Qu'est-ce que tu fous là comme un clochard ? C'est pas le soir « peinture » ?

– Si, mais j'ai envie d'une pizza avec mon futur ex-coloc, ça t'emmerde ?

Je récupère mon sac et en extrais une bouteille d'eau dont je bois la moitié. Sans un mot, nous contournons le bâtiment côte à côte jusqu'au parking, comme avant, quand il n'avait pas d'autre pied-à-terre sur Columbus que le nôtre. Je sais que le retour définitif d'Aria changera la donne – si tant est qu'elle ne l'ait pas déjà changée. On se verra de moins en moins, on ne se parlera qu'au boulot, et seulement ces trois prochains mois puisque je suis amené à sauter.

Vingt minutes plus tard, nous entrons dans notre appart sur Clover Lane, deux pizzas et nos sacs de sport à la main.

Je ne mets pas longtemps à me laisser tomber dans le canapé, plus épuisé par cette journée que je ne l'avais imaginé. Comme souvent, Casey allume l'enceinte Bluetooth et balance du son. Il ne dit rien en s'asseyant lui aussi dans le canapé. Il attend que je l'ouvre en premier. Casey a pigé il y a des années qu'il ne servait à rien de me dégommer la tête à coups de questions. Ado déjà, il ne s'y essayait pas. Il faut dire qu'il n'était pas non plus ultra-loquace. Comme moi. Je parle quand j'en ai envie ou besoin, je ne fais pas de monologue, je ne réfléchis pas à voix haute sur commande, je ne verbalise que si je l'ai décidé. Et sincèrement, là, maintenant, j'en ai foutrement besoin.

– T'as discuté avec Edge ? entamé-je en attrapant une part de ma pizza.

– Ouais. Je ne m'en fais pas pour toi, tu trouveras ton issue de secours.

Je ne sais pas s'il ne dit ça que pour me rebooster ou s'il le pense vraiment. Casey est conscient que le milieu sportif, passé un certain âge, est complexe. Tous les athlètes le savent. Il n'empêche que j'apprécie la manœuvre. J'ai confiance en moi et en mon potentiel, je n'ai juste pas eu de pot ces dix-huit derniers mois.

– Comment va Celia ? enquille-t-il avant d'enfourner une bouchée de sa quatre fromages.

Comme s'il m'avait fallu l'entendre pour reconnecter mes synapses les unes aux autres, je bondis en direction de mon sac échoué dans l'entrée et fouille frénétiquement dedans pour en déloger mon portable. Putain, je me déteste d'avoir zappé de le garder sur moi. J'ai abandonné mon téléphone le temps de l'affrontement avec Trigger et j'ai carrément oublié de le checker ensuite. Mon rythme cardiaque stoppe net son élan en constatant qu'aucune notification d'appel manqué ne barre mon écran. Par contre, j'ai un message.

– Cruz ?

– Nan, rien, elle va bien. En tout cas, l'hôpital n'a pas cherché à me joindre, marmonné-je en revenant m'asseoir sur le sofa, le nez sur mon portable.

Le numéro m'est inconnu et visiblement associé à aucun contact de mon répertoire. J'ouvre sans trop d'hésitation ledit message et pince un sourire.

[Toujours pas de combat
prévu dans votre agenda ?
Bises. Shenae]

Je mords dans ma pizza sans me détourner de ses mots que je relis plusieurs fois. C'est débile, et vraisemblablement insensé, mais son message me fait du bien. Je ne perds pas de temps à me demander comment elle a eu mon numéro puisqu'une seule patiente de l'hôpital a pu le lui donner. Ma fabuleuse et manipulatrice grand-mère ! Reste à savoir qui en est à l'initiative…

– C'est la nana de l'hôpital, réponds-je au regard intéressé de Casey que je sens peser sur moi.

– Celle qui adorerait te décoder à l'aveugle ?

Celle-là même. Ce petit bout de femme solaire en dépit du reflet abîmé dans ses yeux.

– Ouais. Mais c'est aussi celle qui n'a sûrement que 20 ans…

… et qui n'en aura peut-être pas autant à vivre. Ce constat gomme mon semblant de sourire dans la seconde. Elle est trop jeune, elle traîne un bagage médical que peu de gens se sentiraient les épaules de porter, elle…

… Elle est jolie, sans être belle, mais elle pétille. Elle transpire l'espièglerie et la naïveté. Elle est maladivement mince, elle…

Putain, elle est mon exacte opposée… Rien que ça, ça devrait me refroidir. Pourtant, j'adore les contrastes, et c'est bien ce qui me fait hésiter à déloger les pouces de mon écran.

– Est-ce que ça a de l'importance finalement ? réplique-t-il.

– J'avais 8 ans quand elle a vu le jour, c'est un sacré écart, nan ?

– C'est pas comme si t'avais l'âge d'être son paternel, se marre mon meilleur pote avant d'attraper une deuxième part de sa pizza.

– C'est sûr, n'empêche qu'elle me vouvoie.

– Ça s'appelle du respect, mec !

– Peut-être. Mais…

Je retiens un soupir et viens ancrer mon regard au sien.

– Elle est malade, Casey.

Il grimace une seconde, conscient que ce détail a une importance juste capitale.

– Peut-être qu'elle ne l'est plus.

– Tu ne séjournes pas dans un service cardio aussi longtemps quand ta pathologie est en bonne voie de guérison.

– T'as un doctorat en médecine, toi, maintenant ? ose-t-il en ricanant.

Je salue sa tentative de dérider la situation. Sauf que ça ne fonctionne pas, le sujet est trop sensible. La nana en question est trop fragile. Je l'ai vue, plusieurs fois depuis l'hospitalisation d'*abuelita*. Son état oscillait. Tantôt elle avait le teint terne et le sourire défaillant, tantôt elle semblait en forme, comme si aucune maladie cardiaque ne l'habitait. J'en sais rien, c'est… c'est tendu, non ? Je ne dis pas qu'elle ne me plaît pas, bordel non, je ne peux pas. Dans un autre contexte, elle aurait pu être une de celles que je drague en soirée, que je baise, et qui sait ? Peut-être même de celles que je rappelle. Elle a sans aucun doute le physique pour. Mais tout le reste rend ma réflexion sinueuse. Je le voudrais, pour autant je conçois que l'idée soit mauvaise.

Je considère mon portable une bonne minute, prêt à

basculer l'écran en mode veille. Pourtant, sans argument face à ma conscience qui hurle au massacre, je fais jouer mes pouces sur le clavier.

[Toujours rien de programmé.
Je te tiens au courant]

[Avec plaisir !
Il me tarde déjà d'avoir
de tes nouvelles :-)]

Les yeux rivés à son message enthousiaste, je me laisse bousculer par un frisson agréable à la seule idée de la revoir. Ça sonne ridicule et presque dangereux, mais je ne peux pas nier que cette perspective manque de me soutirer un sourire. Après tout, qu'est-ce que je risque ?

7

Shenae

– Tu sais quoi ? braillé-je du balcon alors que la porte d'entrée claque. L'école d'art et de design sur Cleveland Avenue propose un programme de quatre semaines début septembre. J'ai envie de m'inscrire !

Essie débarque dans le séjour de notre appartement, en nage d'avoir monté les deux étages avec les sacs de courses à bout de bras. Elle les dépose près du comptoir et s'éponge le front en avançant jusqu'aux baies vitrées grandes ouvertes.

– Vas-y, répète, je n'étais pas prête !

– Regarde, dis-je en tournant mon ordi portable vers elle. Un mois seulement ! Il faudrait sûrement que je demande une petite rallonge à papa et maman pour les frais d'inscription, mais…

– Nae, soupire-t-elle par habitude, tu es sûre que c'est une bonne idée ?

Je roule des yeux alors qu'elle m'ordonne d'un geste de me décaler et s'assied près de moi sur le lit de soleil. Essie est la voix de ma conscience et le pilier de notre famille, depuis six ans. Elle est le petit ange à mon oreille, la lucidité qui me manque ou que je préfère taire, le pragmatisme, la raison. Parfois, je me demande si ces qualités ne seraient pas moins exacerbées chez elle si elle n'avait pas eu… si elle ne m'avait pas eue pour sœur ! Elle qui était une petite fille malicieuse, audacieuse et tête en l'air se trouve être bien différente aujourd'hui. Le poids de la responsabilité qu'elle s'est appropriée, j'imagine…

– Pourquoi ne pourrais-je pas essayer ? J'ai deux jambes, deux bras, une tête bien pleine, un humour décapant…

Elle glousse et se blottit davantage contre moi en nous basculant à la renverse. Allongée près d'elle, je remonte le PC sur mes jambes pliées et pointe du doigt sur l'écran les différentes activités proposées pour ce stage.

– Improvisation, jeu masqué, lecture, dramaturgie et interprétation. Je vais m'éclater !

– Est-ce qu'il y a des conditions d'acceptation ? grommèle-t-elle.

– Avoir 16 ans et être bourrée à craquer de bonne humeur !

– Pas de certificat médical ?

– *Nope* !

– Est-ce que tu peux te faire rembourser si tu te désistes avant le début du stage ?

Je grogne en l'affublant d'un regard de conquérante agacée.

– Oui, madame la rabat-joie. Si vraiment je ne peux pas y assister, un gribouillis de Brollin suffira pour valider le remboursement. C'est bon maintenant ou tu as d'autres questions ronchonchons ?

Essie ne me veut que du bien. Je l'ai compris depuis des lustres, je n'ai même jamais douté de ses intentions à mon égard. Elle m'a prise sous son aile dès lors que le diagnostic a été posé, et ce en dépit de l'implication de mes parents. Elle a inversé les rôles, je n'étais plus la grande sœur, mais la petite chose fragile qu'elle voulait absolument préserver de tout. Elle a choisi cet appartement parce qu'il est plus proche de l'hôpital que la maison familiale, elle a abrégé son cursus littéraire pour être plus disponible, elle a pris en charge l'administratif lié à ma pathologie, elle… Elle prend tout le négatif pour ne me laisser que le positif !

Je lui serai éternellement reconnaissante pour tout ça. Pourtant, j'aimerais qu'elle laisse son scepticisme à la porte de temps en temps. Je vais bien, mon nouveau traitement est en passe de devenir mon meilleur ami tant il me permet de vivre sans trop d'effets secondaires, j'ai foi en demain, je suis joie et j'aime l'été ! Si ça, ce n'est pas une série de bons arguments pour tenter de vivre mes envies, aussi loufoques soient-elles ?

– Bon, OK, se résigne-t-elle en réajustant l'ombrelle qui nous sert de parasol. Raconte-moi comment tu vois les choses.

Je souris comme une démente, super heureuse de la voir rendre les armes. Il ne me faut que son clin d'œil complice pour commencer un récit ultra-détaillé des quatre semaines que j'idéalise. Essie m'écoute attentivement, coule sur moi un regard aimant, copie mon sourire avec plus de mesure, réagit avec quelques hochements de tête… Elle est fabuleuse, d'autant plus lorsqu'elle me laisse lui peindre un tableau d'une existence à laquelle elle ne croit pas.

– Et tu vois, avec tout ce temps libre, tu pourras enfin te pencher sérieusement sur ta vie amoureuse !

Elle glousse en me fusillant d'une œillade taquine.

– Qui te dit que je n'en ai pas déjà une ?

Cette fois, c'est moi qui éclate d'un rire sincère.

– Si seulement tu disais vrai. Crois-moi, il est grand temps que tu fasses réviser ta tuyauterie.

– Donc je cherche un plombier, c'est ça ?

– Il faudrait qu'il soit bien équipé, feins-je de réfléchir, un doigt sur ma bouche. Histoire de faire une vérification en profondeur, juste pour voir si tout fonctionne comme il faut… T'imagines si ça rouille ?!

Essie me flanque une pichenette sur le nez avant de quitter le lit de soleil.

– Je vais ranger les courses. Je te ramène quelque chose ?

– Un Lipton, s'il te plaît ! En attendant, je vais rédiger ta petite annonce. Donc : cherche plombier compétent avec grosse caisse à outils multifonction…

Essie s'éloigne en riant tandis que j'écarte l'ombrelle pincée au garde-fou pour laisser le soleil caresser mon visage. Comme souvent, je me laisse bercer par la symphonie de la rue en contrebas, laquelle s'amalgame à la brise estivale. Je me concentre jusqu'à humer le fin fumet épicé du resto indien en face, en pleine préparation des plats de ce soir. Je décèle aussi la douce odeur des jardinières fleuries de notre voisine, celles qui pendent du garde-corps que nous partageons. Quand l'ombre réapparaît au-dessus de moi, je me renfrogne et râle :

– Je ne vais pas prendre feu, Essie !

– Non, mais une surexposition n'est pas recommandée et tu le sais !

Je souffle devant son froncement de sourcils. Ce même froncement qui annonce qu'aucune bataille ne la fera plier. Je tempère mon irritation et accepte le verre de thé glacé qu'elle me tend. De toute façon, je repousserai l'ombrelle dès qu'elle ira prendre sa douche de dix-huit heures…

– Papa et maman passeront dîner à l'appartement, demain.

– Super. Je cuisine ? me redressé-je vivement.

– D'accord, mais si tu pouvais te suffire de ce que je viens d'acheter, ça m'arrangerait.

– Pas de problème !

Je n'ai pas le temps d'avaler deux gorgées de ma boisson fraîche que mon téléphone chantonne sur la petite table d'appoint. La sonnerie est brève, tout juste assez pour m'informer qu'un message vient d'arriver. Je fixe Essie et élargis un sourire, oscillant entre excitation en pleine montée et trouille de gamine.

– Ce n'est peut-être pas lui, s'oblige-t-elle à dire.

– Peut-être que si justement !

Nous restons immobiles un instant, toutes deux plongées dans le regard de l'autre. Moi avec une mine chatouillée d'euphorie, elle avec tempérance. Pourtant, son œil brille d'un doux optimisme qu'elle pondère derrière une bouche pincée. J'ai quitté l'hôpital il y a deux semaines et voilà six jours que je me suis décidée à prendre contact avec *lui*. Dire que j'ai hésité serait mentir. Dès lors que j'avais quémandé le numéro de son petit-fils à Celia, je ne pensais plus qu'à ça. Cet homme est le coffre-fort que je voudrais déverrouiller, c'est plus fort que moi, ça tend même à m'obséder légèrement. Pourtant, je suis restée sage, certainement parce qu'Essie a su me convaincre que la subtilité restait la meilleure des approches avec un homme tel que Cruz Riveira. Un homme sombre, mystérieux et d'une beauté atypique.

Je suis sûrement dingue d'espérer approcher ce freefighter d'assez près dans le seul but d'étancher ma soif de curiosité. Il pourrait refuser, me prendre pour une cinglée et me laisser avec des milliers de questions sans réponses jusqu'à la fin de ma vie. Mais oser est tout ce qu'il me reste ! Et s'il avait vraiment voulu me rembarrer, j'aime penser qu'il l'aurait fait dès mon premier message.

– Bon, tu regardes ? lance-t-elle enfin.

Évidemment ! Je m'empare presque aussitôt de mon portable et déverrouille l'écran. J'entends Essie couiner d'impatience lorsque mon sourire pulvérise mes zygomatiques de s'agrandir si largement.

– C'est lui !

[Toujours partante
pour assister à un combat ?]

Un vent de soulagement aère ma poitrine à la lecture de ce message tant attendu. Au-delà de plonger dans son monde, je me réjouis de le revoir, lui. Rapidement, les sensations nouvelles de nos deux corps plaqués l'un contre l'autre il y a quinze jours se rappellent à moi. Notamment le doux frisson qui avait pris ma peau en otage durant ces quelques secondes surréalistes et qui me hérisse délicieusement le poil à cet instant.

[Bien sûr !]

– Qu'est-ce qu'il dit ?
– Qu'il veut me présenter à son frère tueur à gages.
– Nae, déconne pas !

[Ton cœur tiendra le choc ?]

Je fronce sensiblement le nez, pas certaine d'apprécier que ma maladie soit mise sur le tapis. C'est mon affaire, pas la sienne.

[Parce que c'est moi
qui boxerai ?]

Cette fois, sa réponse traîne à arriver. Alors que les secondes s'égrènent, j'en viens à me demander si j'ai bien fait d'user d'ironie dans mon dernier message. Sa question est plus ou moins justifiée, mais je ne suis pas en sucre, seulement malade. Et sous traitement qui plus est. Assister à une rencontre de ce genre ne me tuera pas. Je dois seulement éviter de courir un marathon !

Essie se perd dans une avalanche de mesures préventives quant à l'hypothétique invitation qui ne vient pas, si bien qu'elle finit par me hérisser le poil.

– Relax, grincé-je derrière mon sourire de façade. Est-ce que ça te rassurerait que je n'y aille pas seule ?
– Clairement, oui !
– Donc tu viendras, adjugé-je.
– Moi ?

– Qui d'autre ?

– Papa, une ambulance pleine d'oxygène et un bataillon d'infirmiers ?

– Hors de question, m'esclaffé-je avant de comprendre qu'elle s'essaie à plaisanter pour détendre l'atmosphère subitement électrique.

[35 High Street.
Le Char bar.
20 h 30 ce soir]

– J'ai une adresse, marmonné-je en relevant le nez de mon écran. Cherche dans Google Maps : le Char bar sur High Street.

Essie s'exécute, un brin affolée, quand un nouveau texto s'affiche.

[Rien d'officiel. Attends-moi
près de la porte bleue.]

[Est-ce que je dois avoir
la trouille ?]

[Tu ne donnes pas
l'impression d'avoir peur
de quoi que ce soit.]

[Exact. À ce soir ;-)]

– Tu m'expliques pourquoi il te propose de le rejoindre dans un bar ? C'est louche, trop louche… Google dit juste que c'est un pub somme toute classique. Les avis sont bons, ils servent même des tapas qui font sensation, mais… Merde, Nae, où est le rapport avec le combat ?

Je verrouille mon écran sans lui répondre, dans un doux état d'excitation. Mon pouls s'emballe gentiment tandis que je me représente braver un interdit. Parce qu'il est visiblement question d'un affrontement illégal, c'est en tout cas ce que je comprends dans « rien d'officiel ». Je me languis d'y être sans vraiment savoir ce qui m'y attend. C'est exaltant, et bien plus encore de savoir que je le verrai, lui. J'inspire une large bouffée d'air et m'allonge de nouveau sur le lit de soleil.

– Nae, c'est quand ? Quand dois-tu y aller ?

– Ce soir. Vingt heures trente, réponds-je dans un soupir rêveur.

– T'es sérieuse ? Dans trois heures ? Nan, nan, nan, mauvaise idée ! Super méga mauvaise idée… Je ne veux pas, on ne sait pas où on s'embarque. On ne le connaît même pas, ce gars ! Et ne me dis pas que le type est connu, parce qu'OJ Simpson était connu lui aussi et il a zigouillé du monde !

Je braque sur elle mon plus beau sourire tranquille en m'emparant de sa main tremblotante.

– Va te doucher, prends quinze minutes pour écouter ta playlist « méditation » et prépare-toi. Tout va bien se passer.

Elle marmonne des trucs incompréhensibles en quittant la terrasse, les poings fourrageant sa crinière blond vénitien. Et moi, je souris. Encore. Toujours. Câlinée par les rayons du soleil et pressée d'être à ce soir en dépit de la sonnette d'alarme qu'Essie n'a cessé de tirer ces dernières minutes.

Il ne nous arrivera rien. J'en suis certaine. Tant que nous serons avec ce gladiateur au teint chaud, à la carrure intimidante et au charisme déroutant, il ne nous arrivera rien.

8

Shenae

– Et maintenant ?

Dans l'ombre de la ruelle parallèle au Char bar, je roule discrètement des yeux. Essie panique, tendue de la tête aux pieds et à l'affût. Elle sursaute à chaque bruit, éparpille son regard tout autour de nous, une vraie poule mouillée. Bien que nous soyons dans le halo de lumière que le timide spot jaunâtre diffuse en périphérie de la porte bleue, les deux hauts bâtiments qui nous entourent plongent la ruelle dans une atmosphère un chouïa anxiogène. Je dois à ma sœur cet état de fait, pourtant je n'ai pas peur. Pas une seconde ! Au contraire, je trépigne d'impatience. Mon cœur n'a pas cessé de bondir depuis que nous avons quitté l'appartement, et pour cause : chaque kilomètre que le taxi engloutissait me rapprochait du moment où je me retrouverais avec lui, libre de ressentir la puissance qui émane de cet homme. Libre de détailler une fois encore ses traits, ses tatouages, sa virilité. Libre d'étancher ma soif de nouveautés…

– Nae ! me serine Essie pour me faire réagir.

– On attend, comme il me l'a demandé.

– Dans les films d'horreur, les nanas comme nous se font égorger… Et ça, c'est dans le meilleur des cas !

– T'as fini de dramatiser ? tenté-je. La seule qui verra sa vie écourtée, c'est moi, alors arrête de stresser, tu ne mourras pas ce soir !

Essie me bouscule d'un brusque coup d'épaule, lequel

s'accorde à la grimace agacée qu'elle fixe sur son visage. Elle déteste que je lui rappelle l'inéluctable, même s'il ne s'agit que de la vérité. Mais voilà, ma bonne humeur de naissance ne suffit pas à étouffer le soupçon de culpabilité qui ricoche dans ma poitrine. Je me dépêche alors de déposer un baiser sur sa joue creusée de tension et murmure :

– Pardon, ça manquait de tact. Mais…

Je n'ai pas le temps d'aller au bout de mon excuse que la porte s'ouvre dans un grincement sourd. Cruz apparaît dans l'encadrement étroit. Très étroit. À moins que ce ne soit l'effet d'optique face à l'envergure massive de sa carrure ? Peu importe, parce qu'à présent, son regard, calfeutré sous une casquette à visière droite, s'aimante au mien et ne le lâche plus. Son effet sur moi est immédiat. J'en ai le souffle coupé, tant par l'homme que par l'échéance enfin arrivée à son terme. Un million de minuscules bulles pétillent dans mon estomac et accompagnent mon franc sourire, lequel ne fait pas naître le sien tandis qu'il reste là, immobile. Il hésite, je crois. Le poing d'Essie se resserre dans mon dos et je me risque à faire un pas en avant.

– Salut, lancé-je avec aplomb.

Les épaules de Cruz se soulèvent d'une inspiration profonde qu'il essaie de camoufler tout en scrutant les zones de mon visage à présent en pleine lumière. J'imagine que ma mise en beauté l'interpelle, lui qui jusqu'ici ne m'avait vue qu'au naturel. Non pas que je me sois peinturlurée, j'ai choisi de rester sobre : un peu de mascara, du blush et un gloss à peine plus foncé que la couleur de mes lèvres.

– Tu nous fais entrer ? enchaîné-je quand sa bouche se pince de ce que je prends pour de la réticence.

Il n'est pas question de rebrousser chemin. Essie n'est pas parvenue à me faire changer d'avis jusqu'ici, Cruz n'y arrivera pas non plus. Je suis là, je reste !

– Enlevez la géolocalisation de vos téléphones si elle est

activée, consent-il enfin d'une voix sévère. Pas de photo ou de post sur les réseaux.

Cruz s'efface pour nous enjoindre de passer le seuil, m'ôtant par la même occasion la timide nervosité qui titillait mon estomac. Essie toujours derrière moi, je me décale contre le mur du corridor en attendant que notre chaperon athlétique referme la lourde porte. Presque aussitôt, un filet de musique me parvient, des voix également, le tout étouffé par les murs en pierre qui nous entourent. Contrairement à la ruelle, le couloir est largement éclairé par un chemin de grosses ampoules blanches. Ma sœur balbutie dans mon dos un incessant « je n'aime pas ça ». Pourtant, je me retrouve à tressaillir d'impatience en emboîtant le pas de Cruz.

Je ne sais pas où il nous entraîne, le couloir ne me donne aucune indication, mais ça m'est égal. Je peine même à contenir l'ébullition de mon sourire. Quand, après avoir parcouru une petite vingtaine de mètres, Cruz pousse une seconde porte, un courant d'air tiède s'engouffre autour de nous et fait virevolter mes cheveux. J'ai à peine le temps de remettre une de mes mèches derrière mon oreille que ma vision panoramique s'aiguise. Nous sommes en extérieur, dans une immense cour encadrée par de hauts murs et ouverte sur un ciel bientôt étoilé. Un brouhaha humain et musical assourdissant sature l'air tandis que notre guide cesse net sa progression. Je tente de dénombrer la quantité de personnes présentes dans ce jardin gigantesque aux allures de pré mal entretenu lorsque Cruz se retourne furtivement vers moi et attrape ma main.

– Restez près de moi, grogne-t-il.

Je n'ai pas besoin de m'assurer qu'Essie suit le mouvement, elle n'a pas cessé de cramponner le dos de mon top depuis que nous avons passé la porte bleue. Je ne vois que partiellement la marée humaine au travers de laquelle nous

nous enfonçons, bien trop concentrée à ressentir la chaleur de cette main solide arrimée à la mienne. Ce contact déroutant me plaît, aussi inattendu et grisant qu'il puisse être dans ce contexte particulier. Mais plus encore, il fait écho à toutes ces sensations qui m'avaient étreinte au dernier atelier alors que Cruz me maintenait fermement contre lui…

Alors que je manque de me prendre les pieds dans les siens, ma main libre s'accroche au tee-shirt de mon éclaireur. Je le vois jeter un coup d'œil dans ma direction juste avant de sentir sa poigne se raffermir sur mes doigts fins.

– On va se poser là, précise-t-il en jouant des coudes pour nous faire monter sur une petite terrasse surplombée par une imposante pergola en bois.

Sa main me quitte dès lors que nous rejoignons une des quelques tables hautes qui jonchent notre espace VIP. J'entends Essie soupirer de soulagement lorsque je tente de me familiariser avec l'endroit. En une seconde, mes poumons se bloquent face à la scène qui se joue devant nous. Au-delà du mur humain euphorique, deux hommes à demi nus s'opposent sur une estrade et se déchaînent dans une avalanche de coups. Leur corps-à-corps est d'une violence folle. Pourtant, je sursaute à peine quand l'un d'eux explose son genou dans le flanc de l'autre jusqu'à sécher ce dernier.

– Mon Dieu, suffoque Essie devant le spectacle.

Je ne réponds pas, interdite. La sauvagerie des deux participants me scotche et paradoxalement me captive. Je me suis documentée ces dernières semaines, YouTube et Google m'ont beaucoup aidée à comprendre ce sport. Et si j'en juge par la précision des coups que portent ces deux combattants, l'affrontement n'est officieux que sur le papier. Ils se battent, ciblent les zones de frappe autorisées sans jamais déborder. Ils se transforment en conquérant sans pour autant laisser leur instinct animal prendre le dessus.

Sans le sang qui fatalement coule sur leur visage, ça pourrait presque être poétique. Non, artistique !

– Je ne veux pas voir ça, couine subitement Essie lorsque l'un des deux hommes étrangle l'autre et le soumet à sa puissance.

Je fronce le nez devant le teint marbré de celui qui cogne à présent le sol de défaite. Il survivra, il n'en est assurément pas à son coup d'essai. Pourtant, il me fait presque de la peine tant il galère à retrouver son oxygène jusqu'alors envolé dans le crépuscule.

– C'est intéressant, déclaré-je en faisant volte-face pour trouver Cruz, en retrait derrière moi et accoudé à la table haute.

Trois verres que je ne l'ai pas vu aller chercher sont posés devant nous. Je m'empare d'un d'eux alors qu'Essie a déjà vidé le sien et viens bloquer mon regard curieux sur le seul freefighter de notre tablée.

– Vas-tu combattre ?

Il secoue la tête à la négative. Après ça, un silence s'installe entre nous. Un silence bruyant, rempli des sifflets et paroles enthousiastes du public derrière moi, toujours agglutiné autour de l'estrade. Je reste focalisée sur cet homme mystérieux, lequel me sonde avec une intensité telle que mon sourire s'étrécit un peu. Jusqu'ici j'étais celle qui le désarçonnait, celle qui outrepassait cette espèce de barricade invisible érigée tout autour de lui, mais ce soir, les rôles s'inversent. Je mets un point d'honneur à ne pas montrer combien il me déstabilise quand Essie, elle, se fout de passer pour une pétocharde névrosée.

– Il faut que j'aille aux toilettes, tu m'accompagnes ? débite-t-elle en tirant nerveusement sur la manche de mon top.

– La cabane sur ta gauche, l'informe Cruz en me quittant des yeux une seule et unique seconde.

– Nae, tu viens ?

– Vas-y, je t'attends.

– Nae !

– C'est à moins de dix mètres, gloussé-je en m'arrachant à un échange visuel presque violent. Je t'attends ici. Promis, je ne bouge pas.

Ma sœur danse d'un pied sur l'autre un court instant, puis se décide enfin à foncer jusqu'à la petite cabane qui abrite les sanitaires. Je ris de bon cœur lorsqu'elle crispe une grimace en ouvrant le battant.

– Alors, ça t'a plu ?

Je reviens immédiatement me noyer dans les iris bruns de Cruz, contente de l'entendre ouvrir le dialogue. À croire que la présence de ma sœur le freinait…

– C'était violent, mais travaillé, donc je dirais que oui, ça m'a plu.

Je marque une pause et me rapproche de la table. Cruz ne bouge pas, aussi figé qu'une statue de cire. J'aimerais pouvoir dire qu'il est sur la défensive ou encore qu'il se retient d'avancer vers moi mais cet homme est impossible à décrypter. Je sais que nous ne nous connaissons pas, ou seulement dans le cadre des ateliers qu'il a menés avec son coéquipier à l'hôpital. J'imagine qu'il n'accorde pas sa confiance à n'importe qui. En l'occurrence, ce soir, il ne s'autorise pas à me laisser lire quoi que ce soit en lui.

– D'où viens-tu ? m'enquiers-je sans transition.

Cette fois, il me surprend à étouffer un soupir en détournant furtivement le regard. Presque immédiatement, deux de ses doigts viennent frôler son menton couvert d'une fine barbe. *Encore ce tic…*

– C'était une connerie, marmonne-t-il en attrapant son verre pour en boire deux belles gorgées.

– Qu'est-ce qui était une connerie ?

Curieusement, un léger spasme vient contracter mon

estomac. Il bat en retraite au bout d'une question. Bon sang que c'est mal parti…

– Qu'est-ce que tu veux ? m'assène-t-il d'un ton trop sec.

– Faire connaissance. Discuter. Passer un bon moment.

Encore maintenant, son regard se lie au mien et me fragilise. Je tiens toujours sur mes jambes, je ne me sens pas sur le point de tomber ni même au bord d'une crise cardiaque, je me sens seulement ébranlée. Par lui. Par son incapacité à communiquer normalement. Par sa supposée méfiance et, dans un même temps, par les éclats d'inquiétude qui brûlent à présent dans ses prunelles. Par ce fourmillement enivrant qui chahute mon épiderme maintenant que son odeur se fixe à mes narines. Par ce besoin de contact qui s'impose à moi comme une nécessité…

– C'est tout ?

Non, ce n'est pas tout. Je pourrais noyer le poisson, essayer de me raccrocher aux branches et mentir dans le seul but de ne pas altérer ce début de relation déjà bancale. Juste pour avoir la chance de le revoir et d'assouvir ma curiosité. Sauf que je ne peux décemment pas nier que quelque chose de plus charnel anime mon pouls lorsque je suis près de lui.

– Serait-ce un problème ?

Il ne répond pas. Je me risque alors à contourner la table d'un petit pas dans sa direction. Si Essie était de retour, elle me tuerait ! Mais pourquoi me retenir ? Je n'ai pas la vie devant moi, dans le pire des cas, il me repousse et me donnera une vraie raison d'enterrer mon obsession.

– Ne suis-je pas à ton goût ? demandé-je en souriant malicieusement tandis que j'amorce un nouveau pas vers lui.

– Tu l'es bien trop…

Je tais ma voix intérieure qui entame un chant victorieux et m'accoude à la table lorsque l'épaisseur d'un livre imaginaire nous sépare. Cruz ne me lâche pas des yeux alors que je récupère mon verre pour réhydrater ma gorge curieusement sèche tout à coup. Peut-être que sa proximité me trouble plus que je n'aurais pu le prédire, peut-être même que je paie mon audace. Toujours est-il que je me sens soudainement toute petite à côté de lui et de son faciès rude.

– Je me suis promis de créer les occasions, finis-je par avouer en peinant à stabiliser mon sourire. Je n'ai pas besoin de t'expliquer pourquoi, tu sais parfaitement de quoi il s'agit. Je ne veux pas non plus de pitié, je veux juste profiter des belles choses que m'offre la vie. Ça n'a rien d'un engagement ou d'une contrainte, ça doit être du positif, que du positif.

Je baisse les yeux sur mon verre que je fais tourner sous mes doigts quand une cacophonie derrière moi me scie presque les tympans. Un nouvel affrontement se prépare. Je délaisse mon verre et pivote pour faire face à l'estrade alors qu'Essie débarque en se frictionnant les mains de gel hydroalcoolique.

– Un autre duel, génial, se désole-t-elle en réquisitionnant mon verre pour le finir.

Si la situation ne la mettait pas excessivement mal à l'aise, elle noterait et désapprouverait mon rapprochement avec Cruz. Pourtant, le sentir effleurer mon dos à chacune de ses inspirations est tout ce qui retient mon attention à cet instant précis. Je tente malgré tout de me concentrer sur le combat, consciente de devoir laisser à l'homme tatoué derrière moi le temps d'assimiler ma proposition. Toutefois, après cinq minutes d'affrontement, j'en suis à me demander si mon honnêteté n'a pas tout gâché. Je sais que je peux ficher la trouille en étant si directe et si lucide, mais l'horloge tourne et je ne peux pas me permettre de mettre les formes. Mais il se pourrait que je me sois tiré une balle dans le pied. Il se pourrait qu'en étant trop franche, je me sois condamnée à ne plus le revoir…

Alors que la foule geint de concert devant un uppercut bien envoyé, je me sens perdre mon souffle. À la différence que le combat n'y est pour rien. Seul le contact léger de son torse sur mes omoplates en est la cause. Il ne fait que m'effleurer quand chaque cellule de mon être l'implore de pousser plus, de s'incruster dans ma chair, d'amplifier l'effervescence du frisson qui coule le long de ma colonne jusqu'à s'abattre sur mes reins…

– Je risque de t'abîmer, murmure-t-il à mon oreille.

Je ne retiens pas mon soupir de soulagement et me tourne vers lui. Son regard noir me dévisage avec sérieux, pourtant je souris et approche à mon tour de son oreille.

– Alors, tu devras faire attention…

9

Shenae

– Tu as du courrier ! Nae ?

Emmitouflée dans mon épaisse robe de chambre sous ma couette, je ne bouge pas, ou tout juste la tête pour faire face à l'entrebâillement de ma porte.

– Nae ? répète-t-elle avec inquiétude alors qu'elle n'est plus qu'à quelques pas de ma chambre.

Avant même de la voir, je force mon sourire. J'anticipe, consciente que mes faibles forces me demandent double, voire triple d'effort, et donc de temps, pour effectuer n'importe quel mouvement, basique ou plus ardu. Très honnêtement, je ne me suis pas essayée à grand-chose, ce matin. Je n'avais pas ouvert les yeux qu'une chape de plomb me tombait sur le corps et rendait mes déplacements quasi impossibles. Je ne me plains pas, ou alors juste de me sentir frigorifiée du bout des cheveux jusqu'aux ongles de mes orteils. Ce n'est pas la première fois, d'ailleurs rares sont les levers de soleil où je ne peine pas à me réchauffer. Mais ce matin… Ce matin est un des pires depuis mon hospitalisation. J'ai la sensation que chacun de mes muscles s'est transformé en pain de glace, jusqu'à givrer mes organes. Mes poumons. Mon cœur…

– Merde, Nae ! grogne Essie en accourant maintenant jusqu'au lit.

– Ça va, tenté-je de la rassurer en dépit de mon timbre de voix brisé. J'ai besoin d'une pause, c'est tout. Je serai d'attaque pour le ciné de ce so…

– Tu parles, tonne-t-elle en s'activant déjà.

Dans une suite de gestes précis, elle s'applique à ouvrir la bouteille d'oxygène près de ma table de chevet et vient placer le masque sur ma bouche. Son air soucieux ne fait qu'effleurer ses traits, largement évincé par une colère sourde.

– Tu aurais dû m'appeler !

Tu étais au boulot. Tu en fais déjà beaucoup. Mon téléphone est dans le séjour depuis hier soir. Je n'avais pas la force...

– Eh merde, tu es dans cet état depuis combien de temps ?

– Pas longtemps... soufflé-je en sentant l'air de la bombonne adoucir un peu mes inspirations.

Quatre heures. Quatre heures et presque trente minutes.

– Tu as pu prendre ton traitement ?

Je n'ai pas fini de secouer la tête qu'elle s'affaire déjà à ouvrir mon pilulier et emplir d'eau une gourde propre. Le nécessaire reste sur ma table de chevet, elle me laisse le temps de me réoxygéner, mais son auscultation ne s'arrête pas. Dans un ordre qu'elle connaît maintenant sur le bout des doigts, elle vérifie ma température, checke mes pupilles, contrôle mon pouls et termine par tout inscrire dans le petit cahier qui me sert de carnet de bord. Je continue de sourire, attendrie par ce professionnalisme qu'elle ne devrait pas avoir. Touchée par cette dévotion que je ne mérite pas vraiment. Elle m'avait pourtant mise en garde, hier. Mais hier, tout allait bien, en tout cas pas moins bien que ces derniers jours. Je n'ai simplement pas pu résister à l'appel d'un retour à vélo jusqu'à l'appartement. Nous qui prenons habituellement le bus à la sortie de la boutique de papa et maman, nous avons loué deux vélos et prolongé notre trajet de quelques kilomètres. Il faisait si beau, la brise était délicieuse, l'odeur de barbe à papa me chatouillait les narines et, sans hésiter, j'avais choisi de bifurquer vers le lac pour un détour que les touristes affectionnent particulièrement. Je n'aurais sûrement pas dû, toutefois je ne regrette rien de cette balade. C'était un moment doux à souhait, plein de vie et d'envies inopinées. Je me suis régalée, le vent dans les cheveux et le sourire aux lèvres…

Une fois la pointe de son stylo relevée, Essie m'aide à me redresser et me tend les comprimés.

– Prends ça. Je vais devoir appeler Brollin, Nae, tu ne me laisses pas le choix.

J'ôte le masque rapidement malgré les douleurs articulaires aiguës dans mes membres et fais non de la tête.

– S'il te plaît, la supplié-je avant de caler les deux pilules sur ma langue.

– T'as déconné. Et, en même temps, c'est ma faute ! J'avais dit « non » !

Je suis sur le point de lui répondre qu'elle n'est en rien responsable quand Essie loge la paille de ma gourde entre mes lèvres et m'intime d'un regard sévère d'en aspirer le liquide.

– OK pour annuler le ciné, concédé-je après une gorgée.

– Tu m'étonnes ! De toute façon, il n'y a que peu de chances pour que tu arrives à soulever tes miches de ce lit avant demain.

Toujours avec agilité, elle replace le masque à oxygène sur mon visage et dégage délicatement les mèches humides qui s'agglutinent sur mon front. Elle est en pétard, pourtant la tendresse dans son regard allège la tension entre nous. Sans la quitter des yeux, je tâtonne jusqu'à sa main et l'étreins quelques faibles fois.

– Je t'aime, tu sais, mimé-je du bout des lèvres.

– Bah, moi aussi, figure-toi ! Alors, s'il te plaît, préserve-toi. Je ne te demande pas de tout arrêter, seulement de réfléchir aux conséquences. Est-ce que les deux heures de vélo valent la journée entière que tu vas passer au lit, en lutte constante avec ton corps ?

Oui, elles les valent. Essie sait parfaitement qu'elles les valent pour moi. Je choisis de ne pas répliquer pour ne pas l'inquiéter davantage ni lui faire de peine et parce que la voir se dérider doucement est bienfaiteur.

– Tu as dit que j'avais du courrier ?

– Oui, mais je ne suis pas sûre que tu le mérites, bougonne Essie en se levant pour récupérer l'enveloppe blanche qu'elle a laissée s'échouer sur le sol de ma chambre en me découvrant en piteux état un peu plus tôt. Clairement, ça aussi, c'est une mauvaise idée, mais vu que tu n'en fais qu'à ta tête…

– Ouvre-la.

Alors qu'elle décachette le dos de l'enveloppe, j'aperçois l'en-tête au recto. L'école d'art et de design a répondu à ma candidature pour le stage de septembre ! Si je n'étais pas à bout de force, et ce malgré mon apport vital en oxygène, je trépignerais de trac.

– Qu'est-ce que ça dit ?

Essie lève un doigt dans ma direction pour me faire taire et parcourt le document. Son décryptage me semble durer une fichue éternité quand soudain, elle relève les yeux sur moi et pince un sourire désabusé.

– T'es acceptée.

– Génial, ça va être super…

– Super inconscient, super chargé et super long.

– Ce n'est que quatre semaines.

– Bref, me coupe-t-elle en enjambant ma dépouille pour s'allonger précautionneusement près de moi. On en parlera le moment venu. Pour l'instant, j'ai besoin d'un câlin. Et même pas t'as le droit de refuser après tout ce que tu me fais endurer ces derniers temps. D'abord, ce truc avec les bastonneurs fous et ton Cruz, ensuite le vélo, et bientôt le stage…

Je ne l'entends pas continuer son monologue réprobateur,

d'abord parce que la sentir se lover contre moi équivaut à un shoot d'adrénaline délicieux, ensuite parce que mon cerveau se fatigue à revenir une fois de plus sur cette soirée il y a dix jours maintenant. Sur cette proposition qu'il n'a pas honorée et n'honorera peut-être jamais. Sur la réaction quasi surréaliste de mon épiderme ce soir-là alors qu'il se laissait peser dans mon dos et me chuchotait à l'oreille. J'ignorais combien ce rapprochement aurait un impact sur moi.

Je lui plais « bien trop ». Il l'a dit ; dans ce cas, pourquoi n'avoir donné aucun signe de vie depuis mon départ de cette soirée officieuse ? Je suis d'accord que le contexte ne s'y prêtait pas. Il n'a rien tenté après le second combat et je n'ai rien suggéré d'autre. Essie était avec nous, de même que des dizaines d'hommes et femmes hystériques. C'était si peu intime qu'à mieux y réfléchir, je suis contente qu'il ne se soit rien passé. Pourtant, je ne rêve que de l'embrasser depuis cet instant. Par curiosité, par nostalgie aussi. Et pour ressentir les effets d'un baiser…

Mon dernier remonte à des années, presque trois si mes souvenirs ne me font pas défaut. Quant à la dernière fois que je me suis laissée effeuiller… il faut doubler le tout. Jusqu'ici, faire l'amour ne rentrait pas dans la liste des choses à faire avant mon décès prématuré. Il faut dire que coucher avec les deux seuls hommes que j'ai connus intimement n'y a pas aidé. C'était loin d'être transcendant. Sympa, mais pas incroyable, pas de là à l'inclure dans les cases à cocher. Un cornet de chichis et un mini-pot de Nutella dégustés dans la grande roue d'une fête foraine, ça c'est une case que je veux cocher. Le sexe, pas nécessairement. Je n'en veux pas à mes deux anciens amants, j'étais une adolescente immature, je ne connaissais pas mon corps ni même le sexe. Ceci dit, je n'en connais pas beaucoup plus aujourd'hui. Mais Cruz… Cruz a fait germer tant de questions en moi, il a éveillé tant de nouvelles sensations, tant d'intérêts, que mes pensées et mes terminaisons nerveuses se sont affolées.

Alors, c'est vrai, je suis plus jeune que lui, en moins bonne santé, impulsive et franche, j'aime parler, sourire. Lui est plus mature, en super forme physique, réfléchi, pragmatique et semble faire la tronche à longueur de temps. En vérité, nous sommes certainement trop différents pour qu'une alchimie naisse entre nous. Pourtant, je suis incapable de m'enlever cet homme de la tête. Il est devenu mon défi, sans que je sache vraiment comment le remporter. Et mes chances s'amenuisent chaque jour davantage.

– Est-ce que tu as mangé ?

Essie m'arrache à mes pensées.

– Non…

– Vilaine.

Elle dépose un furtif baiser sur ma tempe et se lève pour rejoindre le couloir.

– Tu me ferais des pancakes ? la hélé-je en forçant sur mes cordes vocales.

– On n'a plus de sirop d'érable.

– Pas grave. Juste des pancakes.

Alors qu'elle fait demi-tour pour enfiler son tablier de pâtissière, je la retiens une nouvelle fois.

– Je veux bien mon portable avant…

– Ça sera tout ? s'amuse-t-elle, rassérénée par notre câlin.

– Un nouveau cœur et tu seras au top.

Elle grimace. Je souris. Notre binôme habituel a enfin retrouvé ses marques. Elle balaie ma remarque d'un geste de la main et disparaît. Il ne lui faut qu'une mince minute avant de revenir avec mon téléphone. Je tends la main péniblement pour le récupérer sous son regard inquisiteur.

– Ne fais rien que je ne ferais pas, me sermonne-t-elle.

– Alors, je suis foutue, ris-je avant de m'étrangler d'une quinte de toux douloureuse.

– Tu vois ! Ça, c'est le bon Dieu qui te punit d'être une sœur insensible !

Sa voix s'étouffe tandis qu'elle s'éloigne en direction de la cuisine une fois que ma respiration s'est faite plus calme. Je suis sur le point de déverrouiller mon écran quand la petite diode lumineuse clignote vert devant mes yeux et m'apprend qu'un message m'attend. Presque aussitôt, sans même savoir qui en est l'expéditeur, une douce chaleur se déclare dans ma poitrine et réchauffe un peu ma carcasse froide.

Pourvu que ce soit lui...

Je souris sous mon masque en découvrant que le Seigneur a entendu mes prières. Même qu'il l'a fait hier soir, tard !

[Combat officiel samedi soir
au club. Un de mes
coéquipiers est à l'affiche.
Tu veux venir ?]

Samedi… Je soupire de soulagement. J'ai deux jours pour me remettre d'aplomb ! Deux jours, c'est parfait !

[Je me suis demandé
si tu n'avais pas égaré
mon numéro ;-)
Tu me montrerais
les coulisses ?]

J'hésite à lui renvoyer un message qui dirait que coulisses ou pas coulisses, je viendrai, quand les ellipses en bas de notre maigre conversation s'affichent. Il écrit ! Suis-je complètement puérile d'adorer le voir répondre si vite ?

[Je vais voir ce que je peux
faire.]

Cette fois, je souffle devant son sérieux. En vérité, j'espérais que le double sens de ma question l'effleure et amène un peu de piment dans nos échanges…

[Comment vas-tu ?]

Pas de réponse. Les yeux vissés à mon écran, j'attends, en alerte et bousculée d'appréhension. J'aimerais qu'il se faufile dans la brèche que je viens de creuser en quelques mots. En même temps, il ne l'a jamais fait jusqu'ici. Cruz est toujours concis, trop concis.

Bon sang, notre compatibilité frôle le zéro et c'est plombant…

[Ça va, je bosse mon
braille en ce moment.]

Nom de Dieu ! Est-il vraiment en train de faire allusion à ma conversation de couloir avec Essie ? Ce mercredi avant l'atelier à l'hôpital alors que je me laissais aller à parler de lui ?

Ventile, Nae, respire, ce n'est pas le moment de perdre le fil !

Je tente de contenir mon euphorie et tape.

[Tu m'en diras tant !]

[Ouais. Je ne suis
pas encore convaincu
que ce soit une bonne idée,
mais sur un malentendu,
je préfère être au point.]

[Tu as tellement raison !]

[Tu le bosses, toi ?]

Est-ce là une façon pour lui de me sonder ? Et s'assurer que je pense à lui ? Qu'importe, ça me plaît !

[Je manque de pratique,
à vrai dire…]

Sa réponse traîne à arriver, mais aucune des secondes qui passent ne fait s'envoler mon sourire. J'adore qu'il use de cette analogie pour aborder un éventuel – et assez prometteur – rapprochement entre nous ! Mince, il pourrait pleuvoir des fientes de pigeon juste au-dessus de mon lit que je ne me départirais pas de ma nouvelle bonne humeur !

[Samedi. Le cocktail
est à 19 h 30.
La cloche sonne à 20 h 30.
Je t'envoie l'adresse.]

[J'ai hâte.]

Mon portable s'échoue sur ma poitrine et je ferme les yeux. Heureuse. Soulagée. Impatiente.

Deux jours. Deux jours que je sais nécessaires à ma convalescence immédiate. Mais deux jours à attendre désespérément de le revoir. Deux jours… Dieu que ça va être long !

10

Cruz

– Eagle, ma parole, t'as fait péter la chemise ! C'est trop d'honneur ! s'époumone Trigger en avançant vers moi d'un pas assuré, à la limite de la suffisance.

Je fous sa remarque dans ma corbeille mentale et rallume l'écran de veille de mon portable lorsque cet abruti se tape l'incruste près de moi après avoir gobé un petit four. Depuis son podium à Rio, Trigger ne se sent plus pisser. Il n'était déjà pas super humble avant ça mais, cette dernière année, il s'est mis à transpirer de prétention par tous les trous. La majorité du temps, je me demande pourquoi on s'emmerde à traîner avec cet égocentrique, et puis je me rappelle qu'on est une « famille ». Le genre de famille que la vie t'impose, mais que tu n'as pas d'autre choix que d'aimer à force de vivre quasi quotidiennement avec. Edge est le patriarche, Casey et Dre mes frangins, et Declan – alias Trigger – le cousin consanguin qui te fait marrer un jour dans le mois, mais que tu rêves d'abandonner sur le bord de la nationale en pleine tempête de grêle tout le reste du temps. Et quand il sautille sur place jusqu'à se foutre complètement de me bousculer avec son épaule, j'ai comme la sensation urticante que, ce soir, ce con me donnera envie de le vendre pour pièces au marché noir…

– C'est qu'il y a du monde ! se vante-t-il en balayant la salle de son regard fier. Je vous avais dit qu'ils viendraient en masse pour me voir foutre Bishop au tapis.

J'avise de nouveau mon portable. Dix-neuf heures vingt-neuf.

– Hé ! beugle-t-il en écartant les bras devant les nouveaux arrivants.

Sapés comme des princes, Dre, Casey et sa rousse nous rejoignent. Après quelques hochements de tête en guise de salutations, Trigger les lance sur un sujet qui le passionne. C'est-à-dire : lui. Bien que je sois particulièrement peu réceptif à son humour ce soir, les autres se marrent. Même Aria paraît plus détendue que d'ordinaire. Je suppose que son projet se concrétise comme elle l'espérait, en plus de se faire sauter sur commande depuis son retour. Je me retiens de grogner sur cette pensée. Clairement, je suis à cran et con, mais c'est l'effet braille qui veut ça.

Dix-neuf heures trente.

Je jette un coup d'œil affûté à la dizaine de personnes qui passent la double porte du BLT et les mitraille. Pas de blonde, ou juste une de soixante piges qui donne l'impression de s'être gourée d'adresse.

Trop à cran, Cruz… Et définitivement trop con !

Il faut que j'arrête de stresser, si tant est que ce soit du stress. À l'exception de l'état de santé d'*abuelita*, je ne stresse jamais. Pourtant, depuis deux jours, je me surprends à avoir le bide serré dès que je pense à cette soirée au BLT.

Inévitablement à elle aussi…

Je me retrouve le cul entre deux chaises, la première se trouve être mon envie de la sentir encore contre moi, la seconde celle de ne plus jamais la revoir. Je ne cherche aucune relation suivie, je n'ai d'ailleurs jamais vraiment cherché, d'où ma décision de proposer à Shenae un ticket d'entrée pour l'affrontement de ce soir. Parce qu'elle ne s'attend à rien d'autre qu'à des bons moments et du plaisir. Une aubaine pour tout un tas de gars. Pas d'emmerdes, que du sexe ! Qui refuserait, sérieux ?

Mais, d'un autre côté, ma conscience ne cesse de me rappeler la pathologie de la femme en question. J'ignore tout de sa maladie, des éventuelles complications, des contre-indications, de ce qu'elle peut encaisser ou pas… Je ne connais même pas son âge !

Est-ce que tu demandes un CV à chaque nana que tu baises ? Non !

Alors pourquoi est-ce que cette histoire me prend la tête ? Pourquoi ai-je l'impression d'être un enfoiré de profiteur sans cœur si je cède à ses avances ?

Une serveuse brise notre cercle et me sort de mes pensées en nous présentant un plateau rutilant de flûtes pour la majorité pleines de jus de fruits. Nous la délestons de quatre boissons sans alcool et d'une avec des bulles pour la seule femme de notre groupe. Je regarde à peine l'hôtesse s'éloigner poliment. Pourtant, le regard intéressé de Dre et celui plus salace de Trigger m'apprennent que je loupe quelque chose.

– Un peu de subtilité, s'il vous plaît, marmonne Aria avant de porter son verre à ses lèvres sous le rire étouffé de Casey.

– Excuse-moi, surjoue Trigger, reluquer un cul comme le sien n'est pas encore interdit !

– Pense quand même à ôter cet air vicieux de ton visage la prochaine fois, tu passeras moins pour un pervers.

Je souris intérieurement. Aria tient tête à Declan alors qu'elle osait à peine ouvrir le dialogue avec nous à son arrivée sur Columbus. Tout change visiblement, tout et tout le monde, même les rousses un peu revêches.

– Visez-moi un peu ça ! Aïe, aïe, aïe, alerte canicule… geint soudain Trigger en frappant mon torse et celui de Dre du dos de ses mains ouvertes.

Cet abruti s'est figé, les traits de sa gueule de relou aussi, mais son regard, lui, ne s'arrête plus de monter et descendre en direction de la double porte devant nous. Comme un seul homme, nous suivons cette même trajectoire et…

Elle est là.

Le temps se met à ralentir ou alors mon cerveau bugue. Dans les deux cas, le monde autour de nous semble avoir cessé de tourner. Exit les fringues trop amples de l'hôpital, exit la tenue *casual* de notre dernier rencard. Ce soir, elle est… Putain, elle est divine. Escarpins prune, *skinny* noir – ses jambes sont dingues –, pull blanc en laine fine dont elle a coincé le recto sous la boucle de sa ceinture, nuque dégagée, créoles grande taille, chignon haut impeccable…

Une bombe. Une foutue bombe qu'un paquet de types vont essayer de faire exploser, ce soir. Presque aussitôt, une vague de jalousie me coule dans la gorge. Je vais détester ça, c'est sûr ! Alors que les aiguilles du temps reprennent leur course folle, je m'emploie à détailler son visage qu'elle a maquillé pour l'occasion. J'aimerais dire que le noir autour de ses yeux fait ressortir le bleu profond de ses iris, sauf que je ne vois que sa bouche peinte en rouge qu'elle étire de son foutu sourire.

Sublime… Tentante, trop tentante…

Je me retiens de jurer en sentant ma poitrine se charger d'une chaleur brutale et mon entrejambe se gorger de sang. Je retire tout ce que j'ai pensé tout à l'heure en ce qui concerne mon hésitation, parce qu'à l'instant où ses yeux me trouvent enfin, je ne souhaite qu'une seule chose : la traîner jusqu'aux vestiaires ou tout autre coin reculé et dévorer sa bouche.

– Elle est à moi, grogne Trigger.

J'en rirais si je n'étais pas complètement hypnotisé par la démarche à la fois innocente et gracieuse de Shenae.

– Intouchable, le préviens-je dans un souffle.

– Carrément touchable, ouais ! Cent billets qu'elle finit sur ma glace deux boules !

– Arrête avec tes paris, personne ne te suit plus depuis des lustres, déclare très justement Dre.

– De toute façon, vous êtes déjà hors concours. Regardez-la venir vers moi comme une abeille sur un pot de miel…

– C'est toi qui es hors jeu, se marre Casey.

Foutrement hors jeu même…

– Bonsoir, lance-t-elle d'une voix claire en s'arrêtant à notre hauteur.

Elle salue notre groupe d'un geste avant de revenir poser ses doigts délicats sur la pochette noire qui lui sert de sac à main.

– Salut Shenae, ravi de te revoir, enchaîne mon meilleur pote devant mon mutisme de gosse. Je te présente Aria, Dre, Declan…

– Trigger, le reprend-il en tendant sa paume à Shenae. C'est un plaisir, jolie demoiselle !

– De même, répond-elle avec un entrain que je trouve un brin exagéré.

– Je ne te présente pas Cruz, rebondit Casey avec – ma main à couper – un sourire satisfait.

– Effectivement, les présentations sont déjà consommées, me sourit-elle. Merci pour l'invitation, il me tardait de voir dans quel lieu vous évoluez au quotidien tous les quatre.

Elle s'est renseignée… Tout le monde a accès à tout ce qu'il veut grâce à Internet de nos jours, mais ça n'empêche que j'adore l'imaginer mener son enquête numérique en attendant d'être au jour J. En ce qui me concerne, j'ai seulement fouillé ses réseaux, souvent le soir, seul dans mon pieu ou devant la téloche. Ses parents ont une boutique de fringues dégriffées dans le centre-ville, elle habite avec sa frangine dans un petit appart avec balcon et elle se plaît à décliner chaque nuance de son sourire devant l'objectif.

– Vous vous connaissez ? s'effare Trigger.

Eh ouais, mon pote !

Putain, comme j'aimerais le voir fulminer alors qu'il prend conscience qu'il est bon dernier ! Sauf que ça induirait forcément de détourner mon regard de Shenae et, franchement, entre elle et lui, y a pas photo !

– Shenae a assisté aux ateliers qu'on a proposés à l'Herald Hospital, précisé-je.

Après un caca nerveux de Trigger quant au choix des intervenants qu'a préféré le personnel soignant pour ces ateliers, les conversations s'enchaînent. Shenae se fond dans le groupe, elle s'intéresse à tous les sujets abordés, elle pose des questions – beaucoup de questions –, notamment lorsque le revirement de carrière d'Aria est abordé après que nous avons résumé les JO. Elle rit, elle plaisante, elle compatit, elle… Ce petit bout de femme me scotche par son aisance à communiquer quand je suis globalement effacé. D'ordinaire, je suis un chouïa plus loquace, sauf que mon entière attention est braquée sur elle ce soir.

– Tu n'as pas l'air bien vieille, l'interroge Aria alors que Trigger est appelé à s'éclipser en vue du combat imminent.

– Je fêterai mes 22 ans cet automne.

– Je t'en donnais deux ou trois de moins.

– Ça, c'est parce que j'ai signé pour une jeunesse éternelle.

Son clin d'œil mutin fait largement sourire la rousse. À l'inverse, je me rembrunis. Cette pseudo-vérité me ramène presque trop violemment à ce problème cardiaque avec lequel elle cohabite. Et par association, au malaise que ce non-engagement implique. Je ne sais pas quoi foutre de tout ça ni même si ça vaut la peine que je me triture le crâne avec une relation de ce genre. Encore une fois, j'ai d'autres projets qui demandent ma totale implication et je m'en voudrais de bâcler le boulot pour un cinq-à-sept de temps en temps.

C'est alors que certains détails sur son visage me sautent aux yeux. Comme s'il avait fallu que je passe outre sa beauté indéniable de ce soir pour les remarquer. En dépit de l'anticernes qu'elle a assurément appliqué sous ses yeux, une ombre brune persiste. Ses joues semblent aussi un poil plus creuses lorsqu'elle ne sourit pas. Et sa respiration me paraît rapide, peut-être même qu'elle s'essouffle après une phrase trop longue…

J'en sais rien… Est-ce que je ne suis pas simplement en train de me chercher des excuses ?

– Je t'emmène faire un tour en coulisses ? me surprends-je à lui proposer sans transition aucune.

Elle sourit démesurément et acquiesce, des étincelles de contentement plein les yeux. Motivé par mes propres questionnements et par son timide soupir d'aise, j'abandonne notre bande et oblige Shenae à faire demi-tour en calant une main dans son dos. Juste là, à l'endroit exact de l'attache de son soutien-gorge. Ça sonne comme une réaction puérile, toujours est-il qu'un long frisson s'empare de mes doigts et se fraie un chemin jusque dans mon bas-ventre. Voilà, j'ai de nouveau le cul entre deux chaises ! Et la queue en alerte…

Sans trop réfléchir, je l'entraîne derrière les hautes vitres en plexi qu'a fait poser Edge en début d'année, celles qui délimitent l'espace combat – pour l'heure aménagé en salle de réception – et l'espace entraînement. La foule éparpillée près du ring pour le cocktail ne manquera rien de ce que nous ferons, mais leurs bavardages incessants seront étouffés par la cloison transparente.

– Tu viens t'entraîner tous les jours ? se renseigne-t-elle en avisant le bac de magnésie.

– Sauf le dimanche.

– Et que fais-tu de tes dimanches ?

Elle approche à présent des machines cardio et s'y intéresse. Par automatisme, je reste d'abord muet, les poings dans les poches, puis abdique dès lors qu'elle insiste en m'offrant un sourire d'encouragement.

– Je cours. Je passe voir Celia. Ça m'arrive aussi de jouer en ligne avec les gars.

– Ils sont sympas, avoue-t-elle en revenant vers moi après avoir fait le tour d'un des nouveaux tapis de course. Trigger est un peu lourd, mais il m'amuse.

Elle poursuit en s'immobilisant devant moi :

– Comment t'es-tu fait cette petite cicatrice ?

Son index pointe sa lèvre supérieure plutôt que la mienne. Cette fois, et pour la première fois ce soir, je souris pour de vrai. Mon sourire n'est rien en comparaison de celui qu'elle étire et qui illumine une pièce tout entière, mais il a au moins le mérite d'allumer une petite flamme de satisfaction dans son regard. Comment aurais-je pu ne pas réagir face à sa question ? Ce stigmate de mon premier combat officiel se remarque à peine, notamment parce qu'il dort à l'orée de ma barbe courte, pourtant elle l'a vu…

– Un cadeau de mon adversaire lors d'un interclub, il y a plus de dix ans.

Elle fronce le nez. Je suppose qu'elle se représente la douleur du coup que ce petit con de Riley Gunderson m'avait envoyé en pleine face sans que j'aie le temps de porter mes bras en position de défense. Je n'ose pas imaginer la tête qu'elle aurait faite si elle avait assisté à la dérouillée que m'a mise l'Italien à Rio…

– Comment tu te sens ? enchaîné-je.

Elle hausse les sourcils. Je n'ai pas mis les formes, c'est vrai, mais seulement parce qu'elle me fait face et que chaque détail de son visage m'apparaît nettement. J'ai l'impression qu'elle se bat ce soir contre ses paupières lourdes de ce que j'espère être du sommeil. Pourtant, elle fait face sans broncher, elle relève même le menton avec assurance. Un petit mètre seulement nous sépare lorsque Shenae laisse filer quelques secondes sans répondre. Un petit mètre que je me représente facilement pulvériser pour prendre son visage en coupe et en caresser les contours…

– Tu n'as pas à t'inquiéter pour moi. Essie s'en charge bien assez. Je vais bien. Tu me montres la suite des coulisses ?

Je n'enchéris pas. En réalité, je ne vois pas vraiment quelle serait ma légitimité à lui demander de développer. Il reste des vestiges d'une fatigue évidente sur ses traits, mais je me contenterai de son « je vais bien ». Elle a raison dans le fond, je n'ai pas à m'inquiéter pour elle. Sa proposition précisait clairement « sans engagement ni contraintes ». Alors, faisons ça, tenons-nous-en à notre échange tacite de bons procédés.

Je la guide dans la partie inoccupée du club, normalement fermée au public ce soir, et passe avec elle la porte qui donne sur cette autre superficie traversée par un long couloir. L'effervescence des journalistes et invités s'estompe totalement à l'instant où nous investissons le corridor. Objectivement, il n'y a pas grand-chose à voir de ce côté-là, juste la salle de réunion, le local de rangement pour le matériel, la salle de pause, quelques placards et les sanitaires réservés à l'équipe qui encadre notre pratique sportive. Rien de transcendant ! Mais ça reste les coulisses, donc bon…

Je la sens dans mon dos et m'approche de la première porte en vue de l'ouvrir quand ses doigts viennent s'emmêler aux miens. Je n'ai pas tourné la tête vers elle qu'elle m'impose délicatement de freiner mes enjambées.

– Cruz…

Son timbre de voix vacillant d'impatience et de trac anime mon pouls dans la seconde. Sans dénouer nos doigts, je pivote pour lui faire face. Shenae ne bouge plus, le dos à présent calé contre le mur. Elle attend, ses lèvres lissées d'un sourire timide.

Elle m'attend…

Je tue la voix réprobatrice dans mon crâne, progresse vers elle et me plante face à ce corps si mince, délicieusement mis en valeur ce soir. Elle me supplie du regard en portant ma main sur sa joue. Le simple contact de ma paume épousant sa peau tiède manque de me faire céder, mais je tiens bon. Pourtant, elle… Merde, elle est juste offerte, prête à me laisser l'embrasser, presque frustrée. Je plaque ma seconde main à plat contre le mur derrière elle et la sonde.

– Tu es sûre de toi ? soufflé-je en sentant mon cœur s'emballer de plus belle d'être si proche d'elle, de sa bouche et de sa poitrine qui grimpe au rythme de sa respiration intensifiée.

– Résolument. Et toi ?

Moi ? Je doute encore que l'idée de m'engager dans cette voie soit bonne, et ce en dépit de l'attirance implacable que je sens gangrener chaque cellule de mon corps bandé.

– Que du positif, Cruz, s'empresse-t-elle d'ajouter devant mon mutisme.

En trois mots, Shenae balaie mon hésitation. Comme ça, en un claquement de doigts délicieux. Je réduis la distance qui nous sépare encore. À cette seconde bien précise, j'oublie sa maladie et mes réticences. Tant pis pour demain, tant pis si une migraine me torpille au réveil à cause de mes mauvais choix. Je décide de faire de cette femme mon positif. Mon foutu positif au milieu de tout le négatif qui encombre mon quotidien ces derniers temps.

À mesure que j'approche lentement de ses lèvres, ses doigts transis de tremblements glissent sur ma nuque et accompagnent l'impact. La fraîcheur de sa bouche me fait frissonner intérieurement, à moins que ce ne soit la chaude humidité de sa langue qui s'y faufile maintenant. Je m'en fous… Je me fous du lieu, du jour, des conséquences. Je me fous de tout à cet instant. Tout sauf elle…

Je me laisse aller entièrement et englobe son visage de mes deux mains, conscient de me sentir plus léger. Je tente de calmer mes ardeurs et joue avec sa bouche demandeuse. J'essaie de ne pas me consumer de désir lorsqu'elle se colle davantage contre mon torse et presse ses seins sur mes pecs. L'embrasser est aussi divin que je me l'étais imaginé. Forcément, mes sens sont au garde-à-vous. Au-delà de l'incendie qui se déclare dans ma poitrine et ravage mes terminaisons nerveuses, je ressens le besoin presque violent de la préserver, de la choyer, de l'estimer sans passer par la case « baise bâclée dans un couloir sombre ». En tout cas, pas encore, et cc malgré les palpitations presque douloureuses de mon érection.

Un petit râle s'échappe de sa gorge lorsque je lui impose de laisser ma langue l'explorer en profondeur. Cette fois, je prends littéralement feu, fiévreux de son application à lécher chaque centimètre carré de ma bouche. Putain, cette nana est incroyable, elle me soumet en un baiser et, plus fou encore, j'adore ça. Je jure que je pourrais passer ma soirée à faire danser sa langue, à la sentir onduler contre moi, se cramponner à mon cou, gémir…

Après un laps de temps que je ne saurais définir, son souffle court m'alerte et m'impose d'adoucir notre baiser. Je jure que ça me coûte, une partie de moi voudrait jouer les prolongations jusqu'à rassasier le désir qui me broie l'entrecuisse et anime ses ongles férocement plantés dans ma nuque. Mais l'autre choisit d'assouplir la cadence de nos langues. Dans une lenteur qu'elle m'accorde sans avoir besoin de mots, je m'applique à goûter sa bouche par petites touches en dépit de la raideur globale de mon corps. Je rejette les flashs érotiques qui s'invitent dans mon crâne et l'embrasse docilement. Je picore chaque centimètre de ses lèvres, je lèche chaque carré de sa pulpe gonflée, je la savoure…

Elle retrouve son souffle doucement entre deux assauts modérés de ma bouche et esquisse même un sourire, signe qu'elle n'aime pas moins cette intensité langoureuse. Ses doigts se perdent dans mes cheveux quand je balise un chemin humide sur sa joue pour rejoindre la parcelle de peau fine sous son oreille.

– Cruz…

Son gémissement s'étouffe dès lors que la porte située au bout du couloir s'ouvre brusquement. Sans me décoller de son corps, je m'écarte de son cou pour dévisager celui qui vient de faire éclater notre bulle, piloté par une sévère envie de meurtre. Glenn se tient dans l'encadrement, une main sur la poignée, et me crible d'un œil désabusé.

– Trigger monte sur le ring, lâche-t-il. Il faut que tu sois sur les photos.

Je me retiens de lui adresser mon majeur et acquiesce furtivement. La porte se referme derrière l'assistant-connard d'Edge et je laisse mon front peser contre celui de Shenae. Les paupières closes, je me donne quelques secondes supplémentaires pour imprimer cet instant dans ma chair. J'ai beaucoup trop aimé ça, ces minutes d'abandon, elle, ce baiser d'abord torride, puis plus tendre… Clairement, je suis saoulé d'être rappelé à mes obligations contractuelles, soit jouer au coéquipier exemplaire et poser pour les journalistes au bon vouloir d'une Fédé qui ne veut plus de moi dans ses rangs.

– C'était très agréable, soupire Shenae d'une satisfaction sincère.

Je contiens mon rire de gorge. C'était tellement plus qu'agréable, putain… C'était dingue. Libérateur. Frustrant aussi. Inspirant. Troublant. Trop court…

– Regarde-moi, me demande-t-elle d'une voix amusée tout en m'enjoignant de me décoller de son front.

Son regard pétille d'une douce lueur quand je m'y plonge et presque aussitôt, mon pouls se remet à pédaler à vive allure. Et quand elle porte son pouce à ses lèvres pour l'humecter, le sang dans mes artères se met à ruer.

– J'ai laissé des traces sur toi, sourit-elle en essuyant de son doigt le pourtour de mes lèvres vraisemblablement pigmenté de son maquillage. Voilà, comme si de rien n'était.

Son clin d'œil mutin manque de me faire sourire.

– Est-ce qu'il y a un endroit où je pourrais me rafraîchir ? poursuit-elle en dessinant un cercle imaginaire autour de sa bouche, elle aussi marquée des vestiges de notre baiser.

– Oui, juste là, réponds-je sans me détourner de son visage sublime en pointant une porte que je sais sur notre gauche.

Toujours calée contre le mur, Shenae dépose délicatement ses paumes sur mon torse sans pour autant m'intimer de reculer et exhale d'aise en griffant délicatement mes pecs.

– Tu peux y aller, je te rejoins dans cinq minutes.

Comme un fichu rappel à l'ordre, les acclamations de début de combat traversent la cloison et nous parviennent. Je n'ai pas envie d'y aller. Pourtant, je recule et m'enfonce dans le couloir faiblement éclairé, consumé par le manque surréaliste de sa chaleur.

– Cruz ? me retient-elle soudain.

J'opère un quart de tour et la trouve immobile à l'endroit même où je l'ai laissée, sa pochette à la main et un sourire délicieux épinglé sur ses lèvres.

– Merci pour ce moment, il était la définition exacte de mon positif.

Cette fois, la malice dans son regard fait naître mon sourire. Je lui offre un hochement de tête confondu et recule sans la quitter des yeux. Dire que c'est elle qui me remercie, elle n'a pas idée de combien cet intermède avec elle m'a été salutaire. Et me contenir pour ne pas rebrousser chemin est un foutu calvaire, parce qu'il est évident que je reste sur ma faim. Ce baiser démentiel ne me suffira pas, je le sais. Il m'en faudra encore. Encore d'autres…

11

Cruz

Je ne suis pas sorti de l'ascenseur que mon téléphone claironne brièvement. Je réajuste la visière de ma casquette en vue de planquer la naissance de mon sourire et récupère mon portable.

C'est elle, bien sûr que c'est elle…

[Salut. Bien dormi ?]

Après m'être soulagé sous une douche glacée, oui…

[Plutôt bien. Et toi ?]

Je contrôle la distance qu'il me reste à parcourir avant d'atteindre la chambre cinq cent neuf et reviens scruter mon écran.

[J'ai rêvé de la dernière leçon
de braille. Il se pourrait
qu'une séance de rattrapage
me soit utile.]

Je m'arrête un petit mètre avant la porte entrouverte d'*abuelita* et craque ma nuque.

Comme si ça allait réduire la pression entre mes cuisses, sérieux…

Un rattrapage ? Un approfondissement, ouais ! Repenser à sa bouche, à sa langue pointilleuse, à la chaleur brute qui m'étreignait, à ses doigts dans mes cheveux, à… Repenser à tout ça me plonge dans un état presque fébrile et j'avoue ne pas savoir si ce sentiment est à mon avantage. Parce que cette femme, c'est… L'audace et la candeur réunies, un mélange surprenant que je n'aurais jamais pensé possible et qui pourtant me plaît ! C'est déroutant – elle est déroutante –, mais ça me plaît. De même que j'aime ce petit jeu de sous-entendus dans nos échanges de messages. Je pense qu'elle a compris que je n'étais pas à l'aise avec les mots, bien qu'elle ait réussi à m'en soutirer vachement plus en une soirée que certains autres qui gravitent dans mon périmètre depuis des années.

[T'es dispo cette semaine ?]

[Quand tu veux,
excepté jeudi.]

Je ferme les yeux en tentant de visualiser mon agenda des jours à venir, en vain. À vrai dire, je suis juste incapable de me projeter, parce qu'une blonde au sourire rouge carmin met le bordel dans mon organisation mentale. Et c'est comme ça depuis qu'elle a quitté le BLT hier soir. Peut-être même que mon esprit déconne depuis notre rencard au Char bar… Depuis le dernier atelier à l'hôpital ? Eh merde, j'en sais rien…

[Je te tiens au courant.]

Je bascule la sonnerie sur vibreur et range mon téléphone sans attendre une éventuelle réponse, puis pousse la porte d'*abuelita* avec le spectre de Shenae devant les yeux. Sauf qu'en passant le seuil, elle s'évapore et mon cœur se déchire. Elle est là, ma grand-mère, ce roc aujourd'hui érodé par les années et la maladie. Allongée sur son lit, elle fixe l'immense fenêtre, les paupières lourdes. Putain, j'ai envie de hurler ! J'approche, impuissant et en colère devant son état. Elle qui a toujours été si coriace, si proactive… Prête à porter le monde sur ses épaules pour que ma vie soit plus douce…

– *Abuelita*… m'annoncé-je dans un murmure grinçant.

Je la vois retenir un soupir avant de pivoter son visage terne vers moi. Elle semble à bout de force. Pourtant, son sourire pointe. Un sourire sincère, mais si usé que ça me ravage un peu plus.

– *Nieto*, comment vas-tu ?

Je m'assieds sur son lit, attrape sa main entre les deux miennes et l'embrasse tendrement. Même sa peau sent différemment…

– Cruz Riveira Díaz, réponds donc à ta vieille *abuelita*, ronchonne-t-elle à bas volume.

J'esquisse un sourire maladroit. Elle a beau être en fin de course, elle reste la même. Impatiente et dictatrice.

– Je ne connais pas de vieille *abuelita*, feins-je de m'étonner.

Son rire de gorge peine à sortir.

– Alors, réponds à ta *maravillosa*[1] *abuelita*.

– Je ne vais pas bien si tu ne vas pas bien.

Ses doigts se resserrent autour des miens lorsqu'un voile de tristesse traverse ses prunelles brunes. Ses lèvres se pincent de chagrin, les miennes reviennent déposer un baiser sur ses mains. Elle ne confirmera pas que son état est alarmant, elle n'avouera même pas se sentir au plus mal, pour me préserver ou pour s'éviter l'angoisse d'un envol prochain. Je sais qu'elle vit sa dégénérescence comme une défaite et Dieu sait que je la voudrais éternelle. Personne d'autre qu'elle ne mériterait d'être immortelle. Elle a voué sa vie entière à sauver ceux

1. « merveilleuse »

pour qui elle nourrissait un amour inconditionnel. Résultat des courses : elle a achevé son œuvre en me sortant, moi, de l'enfer. Son mari est tombé en premier, ensuite ses enfants, les uns après les autres, mes deux oncles d'abord, puis son fils. Mon père. Mon frangin s'était évaporé, il ne restait plus que moi. Alors, elle a agi, contre un gouvernement corrompu, contre un cartel menaçant et meurtrier, en dépit de ce que j'avais fait. Envers et contre tous.

Elle m'a sauvé la vie à de nombreuses reprises et je ne suis pas foutu de lui rendre la pareille une seule putain de fois ! Si seulement je pouvais lui filer mon cœur, je le ferais. Je jure que je le ferais, sans regrets, sans hésitation !

– Tu vas devoir vider mes tiroirs à la maison de…

– Ne dis pas ça, la coupé-je sèchement.

– *Nieto*… je suis fatiguée, tu comprends ? balbutie-t-elle, les yeux brillants d'émotion. Ça me coûte de le dire, mais ce con là-haut est en train de gagner…

– *Abuelita*…

– Attention, je ne dis pas que je ne botterai pas son petit cul céleste en arrivant. Crois-moi, il va regretter de m'avoir proposé une colocation dans son paradis.

C'est à mon regard maintenant de se brouiller d'une pellicule humide, pourtant je refuse de pleurer. Pas tant que le combat n'est pas perdu.

– Que dit le cardio ?

– Il dit des mots qui n'ont pas de sens, mais ce matin, ça ne sonnait pas joli. Lui aussi mériterait que je lui botte le cul.

– Je vais aller lui demander des…

– Non, tu restes là et tu me racontes. Comment ça se passe au boulot ? Est-ce que tu sors un peu de ta salle de sport ? Est-ce que tu es heureux ?

Je reste un moment à la regarder m'implorer en silence. Elle voudrait que je la rassure, elle voudrait m'entendre lui dire qu'elle a bien bossé et que je ne manquerai de rien, sauf qu'elle est tout pour moi. Malgré cette vérité, je choisis de lui mentir et lui peins le tableau d'une vie enjolivée. Elle m'écoute religieusement, ne réagit pas comme elle en a l'habitude. Elle s'imprègne de mes mensonges avec un fragile sourire aux lèvres, elle me contemple et s'applique à enregistrer chaque détail de mon visage.

Elle se prépare à partir et je déteste ça. Putain, oui, je déteste ça !

Le nœud de tristesse dans ma gorge devient si conséquent que parler m'est à présent impossible. Un mot de plus et je crois que je chiale. *Abuelita* n'enchérit pas, elle sait combien c'est dur. Elle comprend qu'en s'en allant, elle m'ampute de la moitié de mon cœur. Ma famille, la vraie, c'est elle, juste elle. Alors, que vais-je devenir sans elle ? Une moitié de famille à moi tout seul ? Foutaises, je ne serai plus personne…

Après que l'infirmier est venu contrôler ses constantes et remplacer la poche de médocs sur le mât de perfusion, je rapproche le fauteuil au plus près de son lit et m'y vautre en capturant à nouveau la main de celle qui sera à jamais mon unique figure maternelle. Je me sens vidé et en même temps gavé de ressentiments. J'en veux à la Terre entière, moi y compris. Et ça me bouffe toute mon énergie.

– *¿Nieto?*

– *Sí, abuelita.*

– Est-ce qu'une jolie blonde t'a appelé ?

– Tu lui as donné mon numéro, lui reproché-je dans un soupir.

– Évidemment puisqu'elle me l'a demandé. C'est une gentille fille, tu sais.

Je le sais, oui, mais à cet instant, sa pathologie revient me frapper le crâne comme un boomerang. Qu'est-ce que j'ai foutu, franchement ? Elle aussi va partir, tôt ou tard, alors pourquoi ? Pourquoi faire une place à cette femme dans ma vie quand elle en disparaîtra bientôt ? C'était complètement con !

– *Nieto*, elle est adorable. Et mignonne. Et drôle.

– Elle est malade, *abuelita*.

– Oui, pourtant elle sourit. Et elle est aussi seule que toi…

– Alors quoi ? Tu voudrais que je joue au garde-malade ? Je ne veux pas de…

Je marque une pause, pleinement conscient de ne pas réussir à peser mes mots si je ne prends pas quelques secondes pour respirer correctement et m'ôter un peu de l'irritation qui me gangrène. Je sais où ma grand-mère veut en venir et, égoïstement, il y a encore une heure, je pensais que cette relation sans avenir était jouable. Et puis, tout a changé à l'instant où j'ai posé un pied dans cette chambre. L'unique femme de ma vie me quittera bientôt et la douleur qui en découlera sera proportionnelle à l'amour que je lui porte. Passer du temps avec Shenae entraînera forcément une sorte d'attachement. Et putain, je ne veux pas être amené à souffrir plus que je ne souffrirai déjà dans quelques semaines, un mois, deux peut-être.

– Dans un autre contexte, ça aurait pu donner quelque chose, mais… *Abuelita*, pas dans ces conditions-là.

– Est-ce qu'au moins tu cherches à faire entrer quelqu'un dans ton cœur ?

– Tu prends déjà toute la place.

– Justement.

Je grogne.

– Je n'ai pas besoin de ça, de quelqu'un. J'ai les gars, le freefight, les voyages…

– Écoute-moi bien, s'agace-t-elle malgré son essoufflement. Je refuse que tu te maries avec la solitude sous prétexte que ton quotidien est déjà bien rempli. *Nieto*, nous n'avons pas traversé les frontières et les galères pour que tu finisses aigri, sans personne à tes côtés.

– Comment veux-tu que… *Abuelita*, je n'ai pas…

Je ne finis pas ma phrase et pousse un grognement exaspéré en frottant brutalement mon crâne. Je l'aime, mais elle m'emmerde. Je n'ai pas envie d'avoir cette discussion pour la simple et bonne raison que je me fous de finir tout seul ! Et quand bien même, qui dit que je serai plus heureux accompagné ? Ça ne dure jamais vraiment. L'« amour toujours » est un leurre, en aucun cas une nécessité !

– La vie est un collier de perles, *nieto*… marmonne-t-elle.

Hein ? Je la considère, perplexe. Est-elle en pleine crise de démence ? Qu'est-ce qu'elle me parle de perles ?

– Range ton air idiot et entends la voix de la sagesse. Chaque perle de ton collier sera quelqu'un ou quelque chose qui a de l'importance pour toi. Je suis une perle sur ton collier et tu es la plus brillante du mien. Rien ne sert d'avoir mille perles, je te l'accorde. Il s'agit simplement de bien les choisir. Notamment celle qui sera collée à la tienne sur le cordon de ton existence. Trouve ta perle rare, *nieto*…

– Et si je ne veux pas de ton fichu collier ?

Elle fronce les sourcils devant mon entêtement.

– Ce n'est pas une suggestion, c'est un ordre.

Je n'ajoute rien. Il n'y a de toute façon rien à répondre quand *abuelita* me jette ce regard implacable. Je fais mine d'abdiquer en baissant les yeux sous son air contenté.

– Bien, conclut-elle. Allume donc la télé, histoire qu'elle te tienne compagnie si je ronfle.

Je m'exécute et fixe le défilement d'images sur le petit téléviseur. Je crois que je m'endors cinq minutes après que son ronronnement épuisé couvre les dialogues du téléfilm. Lorsque la porte de la chambre couine et me sort du sommeil, je sursaute jusqu'à décoller du fauteuil. Presque aussitôt, je scrute *abuelita*, le pouls filant. Ses paupières sont toujours closes, mais dès lors que je distingue les mouvements de son abdomen, mon souffle se fait moins court.

– Mauvais rêve ? me taquine l'infirmière dans un murmure.

Mauvais rêve et mauvais réveil, ouais… Je crois que mon subconscient s'est bien marré pendant ma sieste. J'ai comme le vague souvenir d'avoir été parachuté dans une mercerie onirique et de m'être senti paniquer devant des centaines de bacs de perles…

J'observe l'infirmière approcher du matos médical de l'autre côté du lit et s'intéresser au petit écran de contrôle sur lequel plusieurs séries de chiffres apparaissent. Sans bruit ni gestes brusques, elle prend des notes et vérifie chaque cordon relié à sa patiente. Lorsqu'elle repart vers la sortie en m'adressant un rictus contrit, je me décide à me lever.

– Attendez, la rattrapé-je dans le couloir. Qu'est-ce que ça donne ? Je veux dire, ses constantes et tout le reste ?

Elle n'hésite qu'une petite seconde avant de déclarer :

– Son état est stationnaire aujourd'hui. Grâce à la morphine, elle ne souffre pas trop. Ça n'est plus qu'une question de jours, monsieur Riveira, vous m'en voyez désolée.

– Je veux voir le cardiologue, rétorqué-je.

– Je ne fais que le citer, monsieur, se désole-t-elle.

Son sourire pincé de consternation me file la nausée. Je tourne sur moi-même et agrippe ma nuque en allant et venant devant la porte cinq cent neuf. Le décompte macabre est lancé et je ne peux rien. Ça m'incendie la poitrine autant que ça me cisaille les genoux.

Je ne peux rien…

Je me laisse tomber sur un des sièges du couloir, dépité et foutrement en colère.

Elle va me laisser…

Alors que je tente de calmer mon souffle erratique, une longue vibration agite la poche arrière de mon fute. Je déloge mon portable et raccroche direct. Casey ne m'en tiendra pas rigueur et, même si c'était le cas, je n'en aurais rien à carrer. Qu'il retourne dorloter sa rouquine !

Je suis sur le point d'éteindre mon portable quand la notification d'un message non lu me retient. Un message de Shenae, lequel date d'il y a plus d'une heure et demie. Je pourrais dire que j'hésite à l'ouvrir, mais ce n'est pas vrai. Je suis plus convaincu que jamais de mettre un terme à ce début de je-ne-sais-quoi entre elle et moi. Est-ce que ça fait de moi un type sans cœur ? Sûrement, mais tant pis.

Son message ne comporte que deux émoticônes : un sablier aux trois quarts vide et un smiley clin d'œil… Je tape, le cœur au bord des lèvres.

[Ça ne va pas le faire. Désolé.]

[D'accord, la semaine prochaine alors !]

[Non. Ce truc entre nous, c'est impossible.]

Pas de réponse et c'est très bien. De toute façon, il n'y a rien de plus à ajouter. Je verrouille rageusement mon téléphone et m'affale contre le dossier inconfortable, la nuque lourdement ployée en arrière. Les doigts agrippés à mes cheveux, je ferme les yeux en urgence comme si cette action pouvait faire disparaître le chaos. Pourtant, j'ai toujours la gorge nouée, les poumons en feu et la poitrine gonflée d'un parpaing de colère. Et au milieu de tout ça, le spectre d'un visage candide, d'un sourire presque enfantin, d'une bouche…

12

Shenae

Dubitative, j'avise mon reflet une dernière fois dans le miroir de la salle de bains et pivote vers Essie. Du canapé, pelotonnée contre l'accoudoir, ma sœur me considère de haut en bas en grignotant le bout de ses doigts, indécise.

– Le pull ? suggéré-je en tirant légèrement dessus.

– Nan. Le pull, ça va.

Je baisse les yeux sur mon slim noir, pourtant convaincue que le supposé problème ne vient pas de là. Je suis habillée sobrement, j'ai même choisi de ne pas me maquiller.

– Tu penses que je dois attacher mes cheveux ?

– J'sais pas trop…

Ma sœur cesse de ronger ses ongles et écarte les jambes en me faisant signe de venir m'installer entre. Je traverse les quelques mètres qui nous séparent en retenant un soupir. Je sais que la situation la tracasse, comme un bon nombre de situations en règle générale, mais sa moue un tantinet boudeuse aujourd'hui m'asticote. Toutefois, je m'abstiens de le lui répéter et m'assois entre ses jambes. Sans un mot non plus, Essie sépare mes cheveux en trois parties égales et s'applique à les tresser. Les paupières closes et la tête sensiblement basculée en arrière, j'accueille ce moment de répit avec un fragile sourire et me laisse bercer par les bruits de la rue, laquelle s'anime maintenant que les salariés quittent les bureaux.

– Tu es sûre de vouloir y aller ? grommelle Essie dans mon dos.

– Oui.

– Même après qu'il…

Elle ravale la fin de sa phrase. À vrai dire, elle n'a pas besoin d'en dire davantage, j'ai parfaitement compris où elle voulait en venir. Pourquoi assister aux obsèques de Celia Díaz alors que son petit-fils m'a clairement fait comprendre que nous n'avions rien à faire ensemble ? Malgré le fait que me jeter par texto soit discutable, je ne peux qu'accepter sa décision. Ma maladie viendra à bout de mon optimisme mais, en attendant, je refuse de me laisser abattre, et ce en dépit des quelques rudes réveils cette semaine. Il me paraît évident que Cruz ne m'évince pas de sa vie pour une question d'alchimie, il n'aurait pas passé autant de temps à me savourer avec une langueur exquise il y a bientôt dix jours s'il n'avait pas apprécié ce moment. J'imaginais même qu'il en aurait accepté bien plus, peut-être que j'aurais préféré ne pas me sentir si vite accablée de fatigue pour lui en proposer davantage… Quoi qu'il en soit, et quelle qu'ait été l'issue de notre rapprochement, assister aux funérailles m'est apparu comme une nécessité.

Je n'ai connu Celia que quelques semaines, assez peu finalement. Pourtant, mon cœur s'est serré de chagrin lorsque Andrew m'a prévenue de son décès mercredi dernier. Elle était de ces personnes qui partagent ma vision de la vie mais, plus estimable encore, elle était de ces femmes qui ne plient jamais devant l'adversité. Forte, généreuse, hardie, sincère, inspirante. Une femme de caractère et de poigne, qui forçait l'admiration. Je lui dois bien cet adieu, ne serait-ce que pour saluer la femme d'exception qu'elle était.

J'ai mis un point d'honneur à ne pas me rendre aux diverses obsèques de mes compagnons de route, perdus au détour d'un battement de cœur trop faible, mais pour elle – *pour lui* – je me dois d'être présente. Je le ressens ainsi, même s'il est certain que des rafales de tristesse viendront me bousculer.

– Tu ne veux pas que je t'accompagne ?

– Non. Et ce n'est pas comme si tu raffolais des enterrements…

– En même temps, toi non plus.

C'est vrai. De toute façon, je ne m'imposerai pas. Je resterai seulement pour la cérémonie et je rentrerai. Il se peut même que je demande au taxi de laisser tourner le compteur.

– Fini, marmonne-t-elle.

Je récupère le bas de ma tresse et me lève en direction de la console dans l'entrée. Après avoir fouillé dans le bol à vrac en quête du Graal, je noue l'élastique au bout de mes cheveux et contrôle l'heure. L'office commence à cinq heures trente. Bien qu'il ne me faille qu'une quinzaine de minutes pour me rendre aux pompes funèbres, j'enfile déjà mes baskets et passe la bandoulière de mon sac à main sur mon épaule.

– Tu m'appelles si…

– Oui, mais tout ira bien. Crois-moi.

Elle roule des yeux pour toute réponse. Encore une fois, je ne relève pas et me faufile dans le couloir de l'immeuble. Je ne pense plus à ma sœur dès lors que mon pied foule le trottoir, Cruz et Celia sont les seuls à encombrer mon esprit. Lorsqu'un taxi répond à mon geste d'appel, le ciel s'assombrit. Il va pleuvoir. Comme souvent, la météo s'accorde à mes émotions. Et sans grand étonnement, mon chauffeur n'a pas fait cent mètres qu'une fine pluie parsème le pare-brise. Derrière la vitre, les citadins s'agglutinent sous des parapluies monochromes, d'autres se précipitent sous des auvents ou dans les boutiques alentour. Je souris mollement devant leur obstination à éviter les gouttes. Ce n'est qu'une petite bruine, rien qui devrait leur coller à la peau, d'autant que le mercure plafonne à vingt-cinq degrés depuis quelques jours. Ils seront tous secs en moins de deux.

– Nous y sommes, m'informe l'homme dégarni derrière son volant alors qu'il stationne son véhicule en double file.

– Pensez-vous pouvoir patienter jusqu'à mon retour ?

– Non, m'dame, j'ai d'autres courses.

Je lui tends alors le montant dû en billets de dix dollars et le remercie avant de sortir de la voiture. J'entends à peine son moteur vrombir dans mon dos tant une tension désagréable surchauffe ma poitrine et mobilise toute mon énergie une fois face au bâtiment qui abrite Celia. Personne n'aime les funérailles. Je ne déroge pas à la règle. Je dois même avouer que me trouver là me renvoie inévitablement à ma courte ligne de vie. J'exhale un grand coup en apercevant de l'agitation derrière la vitre fumée de l'accueil et reporte mon attention sur ma montre. La cérémonie ne commencera que dans une dizaine de minutes. Je pousse le portail extérieur et investis l'enceinte morose de la maison funéraire, le pas lourd. Je m'arrête à trois pas de la porte et m'efface en lui tournant le dos. Les secondes défilent dans une lenteur abominable, même la circulation dans la rue semble ralentie. Plus le temps passe, plus ma conscience me torture, si bien que j'en viens à douter de ma légitimité à être là. Puis arrivent d'autres âmes en peine, des personnes âgées pour la plupart, que je salue d'un humble hochement de tête. Certains restent sous la bruine, d'autres disparaissent dans le bâtiment, mais tous arborent un air attristé de circonstance.

Adossée contre le mur, j'aperçois au travers de la foule restreinte agglomérée devant moi une berline noire s'arrêter sur la place réservée à la famille. Instantanément, mon pouls s'emballe. J'en suis à contrer les prémices d'une bouffée de chaleur quand la portière arrière s'ouvre et laisse sortir Cruz Riveira. Aujourd'hui, il ne ressemble que peu à l'homme charismatique et imposant pour lequel j'ai indubitablement craqué. Il est toujours magnifique, mais tellement abattu que je dois me faire violence pour ne pas courir jusqu'à lui et le prendre dans mes bras.

Je ne nourris aucun ressentiment pour lui, même après qu'il a choisi de ne plus me revoir. Cachée partiellement par le mur disparate d'hommes et de femmes devant moi, je me sens me craqueler de compassion. Pourtant, je n'ose rien quand il progresse en direction de l'entrée principale, le nez sur le macadam et le dos voûté. Je ne m'annonce pas, je ne risque rien. J'encaisse le malaise qui m'envahit vicieusement et ferme les yeux dès que le battant claque derrière lui.

Je n'explique pas ma réaction, moi qui habituellement m'acharne à ne pas me laisser consumer par les aléas de mes compatriotes. Force est de constater que cet homme me touche et me trouble depuis notre première rencontre.

– Shenae ?

Je rouvre les yeux sur la voix féminine à peine audible. La compagne de Casey Dafoe me fait signe avant de zigzaguer jusqu'à moi. Quelques mètres derrière elle, les autres freefighters et une bonne dizaine de mâles en costumes sombres. L'œil affûté de Casey me trouve, mais ce dernier ne dévie pas sa course et entre dans le bâtiment. De même que le reste des personnes éparpillées sous l'enseigne.

– Triste journée, s'autorise-t-elle à dire une fois que nous nous retrouvons seules.

Je pince un sourire, bien plus bouleversée par cette dernière minute que je ne l'aurais voulu.

– Je suis désolée, m'essoufflé-je, incapable de faire illusion quant à mon état.

– Ne t'excuse pas, ce n'est jamais facile, consent-elle en inspirant une large bouffée d'air. La cérémonie va commencer, ça va aller ?

J'acquiesce et m'oblige à bouger mon amas de muscles tendus pour la suivre à l'intérieur. J'ai beau savoir que je ne suis là que pour rendre un dernier hommage à Celia, mon regard furète la salle dès que j'y pénètre. Je le cherche sans parvenir à me contrôler et prends place à côté d'Aria sur la dernière rangée de bancs. Si je n'étais pas concentrée à écouter les mots du maître de cérémonie, vraisemblablement payé pour parler au nom de tous, je m'étonnerais qu'Aria ne se soit pas installée avec la famille, avec Casey et les autres, près de Cruz. Or ça ne m'effleure pas une seconde. Nous ne sommes qu'une quarantaine. Durant l'office, certains se lèvent pour lire un texte quand d'autres reniflent en entendant les paroles d'un chant aux consonances latines. Les vapeurs de bougies m'indisposent, les essences florales qui s'y mélangent me font déglutir douloureusement mais, à aucun moment, je ne décroche mon regard de Cruz. Face au portrait de Celia, il bascule légèrement d'avant en arrière, le dos rond du poids du chagrin qu'il porte, les coudes plantés dans ses cuisses.

Bon sang, je souffre pour lui. C'est insensé, je le sais, mais c'est réel. Si réel que je ne peux rien contre la larme orpheline qui dévale ma joue en fin de cérémonie. Parce qu'il se lève. Parce qu'il peine à déployer sa carrure massive. Parce qu'il grogne en caressant furtivement le cercueil. Parce qu'il s'effrite un peu plus avant de prendre la fuite par la sortie de secours…

– Tiens, murmure Aria en me tendant un mouchoir.

Je l'accepte sans honte, presque soulagée de constater que ses pommettes sont humides de larmes silencieuses.

– Tu connaissais bien Celia ? tenté-je en voyant les rangées de bancs se vider devant nous.

– Non, mais je connais la douleur qu'engendre la perte d'un être cher. Il va s'en remettre, mais rien ne sera plus jamais pareil.

Elle se lève sur ces mots, toujours arrimée à un point vague devant elle. Je marche dans ses pas, les jambes vacillantes et l'estomac noué à mesure que j'approche du cercueil scellé. Je ferme la marche, tous sont sortis, seul le maître de cérémonie est toujours à son poste, près de la porte. Je garde une main sur le linceul qui recouvre le cercueil un moment, honorée d'avoir eu la chance de rencontrer cette femme incroyable. Mais triste aussi, fatiguée et fatalement consciente qu'un jour prochain, je serai celle pour qui il faudra se recueillir. Mon cœur se met à tambouriner à cette simple pensée, comme s'il me rappelait que je suis toujours vivante, comme s'il refusait de se taire alors qu'il sera celui qui me réduira au silence.

– Mademoiselle ?

Je souris gauchement à l'homme en noir et suis la direction qu'il m'indique d'un timide mouvement de main. Plongée dans la pénombre d'un corridor, je me laisse envahir par mes émotions et par la bourrasque qui s'y engouffre. Je n'aurais pas dû venir, il était clair que je n'allais pas en sortir indemne, je le savais, mais je n'en ai fait qu'à ma tête. J'entends d'ici les reproches d'Essie lorsqu'elle verra ma mine défaite passer la porte de notre appartement. Elle aura raison, peut-être même qu'elle se plaira à m'entendre lui dire que j'ai eu tort…

Le ciel pourtant gris m'aveugle une fois dehors, et puis ses deux prunelles sombres prennent le relais. Figée par son regard, je perds le rythme de mes inspirations. Quelques mètres seulement nous séparent, quelques personnes également. Pourtant, je ne vois que lui. Tout comme il ne semble voir que moi. Je louche sur mes baskets une seconde, contrite de lui imposer ma présence dans ce moment pénible. Alors que je reviens vers lui, il me surprend à me scruter avec une triste tendresse. Beaucoup ne lui trouveraient qu'un faciès dur, accentué par le tatouage qui jalonne sa joue ou les autres qui débordent de son col, et ce malgré sa peine immense, mais pas moi. Je vois au-delà de sa colère et de sa rudesse, en tout cas je le crois sincèrement. J'ai même la sensation d'entendre son appel à l'aide, son besoin de réconfort qu'il ne verbalisera jamais. Et Dieu que je voudrais le prendre dans mes bras. Sans un mot, sans aucune attente, simplement pour l'alléger d'un peu de son désarroi.

– Nous organisons une veillée à la boutique, est-ce que tu te joins à nous ?

Je m'arrache à notre échange visuel intense et découvre Aria sur ma droite. Je ne suis pas certaine d'avoir bien compris sa question. J'imagine que mon air perplexe l'alerte, car elle développe :

– La boutique a une arrière-cour, on a fait appel à un traiteur, rien de trop formel, juste quelques plateaux de charcuterie et de fromage. Nous ne serons qu'une petite dizaine, tu es la bienvenue si tu veux.

Je pince un sourire. Pas sûre que ce soit une bonne idée…

– Et je ne serais pas contre une présence féminine, conclut-elle laconiquement.

Je reporte mon attention sur Cruz, tiraillée entre mon envie de respecter la distance qu'il a instaurée entre nous et celle d'être présente pour lui dans cette pénible épreuve. Il n'a pas bougé et m'a gardée dans sa ligne de mire. C'est même à se demander s'il a cligné des yeux pendant qu'Aria me proposait de prolonger les funestes festivités. Toujours cette étincelle de tendresse dans son regard…

– D'accord, murmuré-je sans quitter Cruz du regard.

Juste un peu. Pas longtemps. Sans rien espérer de plus. Il n'aura qu'un mot à dire et je partirai…

13

Shenae

Voilà trente bonnes minutes que mon chauffeur tourne et vire en périphérie du lieu de rendez-vous. Je lui suis reconnaissante d'avoir accepté de me promener dans le seul but de retarder mon arrivée à la veillée. J'ai besoin d'un moment pour reprendre les commandes de mon corps que je sens amoindri suite à la cérémonie de Celia, et la banquette arrière du taxi m'a semblé la meilleure alternative. Bien que mon nouveau traitement soit un des plus efficaces jusqu'ici, il est des situations qui me coûtent et enrayent mes facultés physiques. Rester debout et immobile par exemple ou encore piétiner. Marcher devient ensuite pénible et j'ai du mal à respirer. Couplons le tout avec des émotions en pagaille et je finis sur les genoux. D'où l'importance de faire une pause pour récupérer. Je refuse qu'ils me voient en difficulté, d'autant plus que je n'aspire qu'à me fondre dans le décor, ce soir.

– Nous en sommes à soixante-dix dollars, miss. Est-ce que je continue ?

Je passe rapidement en revue la cadence de mon souffle, la raideur de mes jambes, l'amplitude de mon pouls, la mobilité de mes articulations, et conviens :

– Non, amenez-moi à l'adresse que je vous ai indiquée, merci beaucoup.

Jusqu'alors avachie contre le rembourrage approximatif de la banquette, je m'étire calmement, me redresse et sors mon portable de mon sac à main.

[Je vais à la veillée de Celia.
Je serai de retour après dîner,
ne m'attends pas.]

[OK. Ça a été ?]

[C'était aussi facile à vivre
qu'une angioplastie.]

[Imagine-moi en train
de soupirer…]

[Je visualise parfaitement.]

[Tu passes me faire un bisou
en rentrant ?]

Je souris cette fois, paresseusement, mais je souris. D'ordinaire, je n'aime pas qu'elle s'inquiète pour tout et rien. Pourtant, ce soir, lire qu'elle ne s'endormira pas avant de me savoir à l'appartement, saine et sauve, m'attendrit.

– On y est, miss ! m'informe le chauffeur en ralentissant son allure sur Grant Avenue.

[Évidemment ;-)
Je te laisse, j'arrive
à destination.
Je t'aime <3]

Je range mon portable dans mon sac et en extirpe les quatre-vingts billets de course. Mon repos en taxi m'a coûté les yeux de la tête, il ne me reste plus qu'une dizaine de dollars. Soit pas assez pour mon retour en taxi à l'appartement. Je me force néanmoins à sourire en sortant du véhicule, je n'aurais qu'à prendre le bus en dépit des recommandations de ma sœur. Elle a horreur de me savoir seule, la nuit, dans les transports en commun. Je ne suis pas non plus très fan, mais à défaut de pouvoir rentrer en courant, je n'aurai pas vraiment le choix. La perspective de ne rien lui dire ne fait que m'effleurer, parce qu'aussitôt sur le trottoir, mon regard accroche l'enseigne fraîchement peinte de la boutique de bijoux en plein aménagement. Quelques spots l'éclairent et font scintiller les paillettes vraisemblablement incrustées dans la peinture. C'est justement dosé, pas trop tape-à-l'œil et en même temps suffisant pour attirer l'attention. J'aime beaucoup. Et j'admire encore plus le courage et l'audace dont Aria a dû faire preuve pour monter son entreprise.

Plantée à présent devant la porte vitrée, j'hésite à frapper pour m'annoncer. La boutique est plongée dans l'obscurité, à peu de chose près semblable à la pénombre qui enveloppe l'avenue. C'est alors que le contenu de la proposition d'Aria me revient en mémoire. Il était question d'une arrière-cour. Je jette un coup d'œil rapide de part et d'autre du local en cherchant un autre accès. L'avenue est grande et comptabilise bon nombre de bâtiments mitoyens, dont la plupart des rez-de-chaussée sont à utilité commerciale. Aucune ouverture sur l'arrière.

Ma conscience me chuchote qu'il est encore temps de rebrousser chemin. Le trac me grignote l'estomac. Savoir Cruz à seulement quelques murs de moi me remue. J'ai furieusement envie d'être près de lui. Pour autant, je conçois que la situation ne s'y prête que moyennement. Objectivement, Cruz ne m'a pas interdit la veillée, il n'a même rien dit du tout. Il m'a simplement écrit que notre arrangement était impossible, et cela date d'il y a plusieurs jours. Il n'a jamais été noté que je ne devais plus l'approcher, si ? Non, donc…

J'inspire largement sur ce raisonnement bancal et frappe une première fois. Pas un bruit. Pas même un halo de lumière dans le fond du local qui m'indiquerait que mes coups ont été entendus. Je frappe une seconde fois, plus fort. Toujours rien. Bon sang, est-ce un signe ?

Lorsqu'un sifflet égrillard retentit dans mon dos, suivi par un « Hé, beauté ! T'es à la rue ? », j'agrippe précipitamment la poignée et l'abaisse. Dieu soit loué, c'est ouvert ! Je m'introduis à l'intérieur du magasin et verrouille la porte en deux secondes chrono. Je ne suis pas une trouillarde, mais il fait nuit et la rue m'est inconnue, tout comme ses habitants. Si encore j'étais une sprinteuse hors pair, j'aurais fait front. Or je suis une piètre joggeuse avec un cœur fragile, la proie parfaite pour des types éméchés en manque de chaleur humaine…

Les tempes battantes, je récupère mon portable et enclenche la fonction lampe torche en quête d'une autre porte qui mènerait à la fameuse arrière-cour. Je n'ai pas à chercher plus de quelques secondes. Ladite porte est dans le fond de la boutique, juste derrière le comptoir, d'où filtre un faible éclairage. À mesure que je m'engage dans l'étroit couloir derrière le battant, un mélange de voix masculines me parvient et me guide. Une dizaine d'inspirations plus tard, j'arrive dans la cour intérieure tapissée de verdure et enluminée de grappes éparses de lampions. Rien de festif ni de formel effectivement. J'aperçois rapidement Aria, trois des freefighters et celui que je crois être leur entraîneur rassemblés autour d'une table ronde. Un seul manque à l'appel. Cruz… Un vent d'inquiétude me soulève l'estomac à la simple pensée qu'il puisse avoir déserté les lieux avant même que je n'arrive.

Le premier à m'apercevoir est le fameux Trigger, ce gars un peu lourd, mais plutôt distrayant. Et visiblement sur les dents si j'en crois le sourire carnassier qu'il m'offre en se levant pour m'accueillir.

– Shenae, le devance Aria en se tournant vers moi. J'ai bien cru que tu ne viendrais pas.

– J'avais quelques bricoles à régler.

– Viens t'asseoir, enchaîne Casey, Trigger allait justement foutre le camp.

– Va te faire…

– C'est bon, se marre le métis de leur bande en délaissant sa chaise pour me la proposer.

– Merci, Andreas, accepté-je, un brin mal à l'aise.

J'imagine que le contexte de ce regroupement chahute ma façon d'interagir avec eux tous parce que je reste muette un moment. Je suis sociable en temps normal, je n'ai eu aucun souci à converser avec eux le soir du cocktail, mais voilà, ma fatigue physique, l'absence de Cruz, la sensation d'être en trop, tout ça bride mes réactions. Ce qui ne semble pas les étonner outre mesure, car tous alimentent une discussion animée. Ils ne crient pas, mais échangent leur point de vue à bas volume sur un sujet qui m'échappe complètement.

– Tu veux boire quelque chose ? me murmure Casey en se penchant vers moi par-dessus l'accoudoir de son assise.

– Avec plaisir. Sans alcool, s'il te plaît.

Cet athlète, ce soir habillé d'un bas de survêtement noir et d'un simple tee-shirt blanc, embrasse la tempe de la propriétaire des lieux avant de bondir vers le bar de fortune aménagé sur l'appui d'une des fenêtres de l'arrière-boutique. Je me hâte de faire un tour d'horizon pour trouver celui qui a motivé ma venue ici, puis m'excuse à demi-mot en quittant la table. Je rejoins Casey à l'instant où il referme la bouteille de limonade.

– Où est-il ?

Ma question le prend au dépourvu, ma présence à ses côtés aussi. Casey me scrute une poignée de secondes, les traits soudainement tirés d'inquiétude.

– Je veux simplement lui présenter mes condoléances, m'obligé-je à préciser.

Je ne sais pas ce que Casey connaît de notre bout d'histoire, je ne sais même pas combien lui et Cruz sont proches, mais son hésitation à répondre me fait dire qu'il cherche à protéger son coéquipier. C'est vrai que je suis féroce, ironisé-je mentalement, je fais si peur que l'homme en deuil ce soir m'a embrassée pendant de longues et exquises minutes il y a moins de deux semaines…

Je récupère mon verre jusqu'alors enserré dans son poing, espérant que ça le fasse réagir. Et c'est le cas ! Sans un mot, Casey place ses mains sur mes épaules et m'impose de pivoter face au jardin. Attentive à la moindre silhouette dans l'obscurité de la nuit, je balaie des yeux l'étendue de pelouse et ébauche un sourire soulagé en devinant Cruz au fond de la cour. Assis au pied du seul arbre de cet espace délimité par de hauts murs en briques claires.

– Que boit-il ? poursuis-je sans quitter du regard mon futur point de chute.

Casey s'active dans mon dos, puis colle dans ma main libre un gobelet aux effluves alcoolisés.

– Ça fera l'affaire, marmonne-t-il avant de reprendre la direction du petit salon où continuent de se chamailler ses amis.

Sans plus me préoccuper des autres, j'amorce ma progression vers Cruz. Je me retiens de courir jusqu'à lui tant la peine que je sens crépiter autour de la zone qu'il occupe m'ébranle. Je sais que ça peut paraître insensé, pourtant ma poitrine se charge d'une chaleur désagréable. Je ne connais rien de cet homme, seulement ses origines, son métier, l'odeur de son parfum et le goût de sa langue. Toujours est-il que je me sens attirée par son magnétisme, ce soir électrisé de tristesse.

Ma vision s'acclimate à la pénombre et me le laisse voir

un peu plus clairement lorsque deux petits mètres nous séparent encore. La tête lourdement calée contre l'écorce, Cruz me dévisage, amorphe. Mon cœur se déchire de voir cet homme, d'ordinaire combatif et si peu expressif, anéanti par le chagrin. Il est à la dérive et tout ce qui m'anime maintenant que je freine mes enjambées est de jeter l'ancre pour lui éviter de se perdre dans des eaux trop sombres.

– Tiens, dis-je en lui tendant son verre.

Plusieurs secondes s'écoulent avant qu'il ne daigne récupérer sa boisson. Le cœur battant, je m'installe sur le sol, à côté de lui, en prenant soin de laisser une distance convenable entre nous. Nous ne trinquons pas, nous ne nous regardons pas, nous restons là à fixer ses amis sans vraiment les voir, tous les deux mués dans un silence lourd du poids qui l'accable. Je compatis sans le lui dire, juste en étant près de lui, et je suppose que cela lui suffit. Ça me suffirait à moi. En tout cas, je le crois. En vérité, les mots ne sont pas utiles, aucun mot ne pourrait lui ôter le mal-être chaotique qui l'étreint d'avoir dit au revoir à celle qui semblait tant compter pour lui.

Celia ne cessait de parler de son *nieto* lorsque nous cohabitions. Elle lui vouait une admiration sans borne à laquelle se greffait l'amour puissant qu'elle nourrissait pour lui. Seul un aveugle n'aurait pas compris combien Cruz était tout pour Celia, ça allait au-delà d'un amour régi par les lois du sang. C'était juste évident. Et intense. Je ne connaîtrai certainement jamais les raisons qui ont rendu leur lien si puissant, et finalement ça n'a pas d'importance. Parce qu'elle est partie et rien ne pourra venir à bout de la souffrance qu'éprouve Cruz. Pas même son gobelet d'alcool ni les quelques autres ingurgités avant mon arrivée dont les cadavres jonchent le sol autour de nous.

– C'était injuste, maugrée-t-il soudain.

Je contiens un soupir d'assentiment. Il prêche une convertie…

– Il n'y a pas de justice dans la mort, tenté-je.

– Nan, toi et moi…

Mes muscles se raidissent de concert. Je porte mon verre à mes lèvres sans me détourner de l'agitation devant nous, avec pour seul objectif de me focaliser sur autre chose que les rouages hyperactifs de mon cerveau et d'étouffer la nuée de frissons qui caracolent dans ma poitrine. Je n'avais pas imaginé une seconde que mon corps me trahirait à ce point, de la même façon que je n'avais pas prévu d'aborder le sujet auquel il fait référence. Il ne me doit aucune explication, encore moins aujourd'hui. Et puis, il est saoul…

– Ça n'aurait été juste pour personne, continue-t-il avec une gravité défaillante.

– Je ne t'en veux pas.

– Tu pourrais.

– C'est vrai, mais je n'en ai pas envie.

J'ose un sourire conciliant dans sa direction et me fais surprendre par son regard posé sur moi. Un regard tendre en dépit de son triste état. Si tendre, peut-être même noyé de remords. Encore maintenant, je me sens fondre, troublée par le terne éclat dans ses yeux et par mon besoin criant de le serrer contre moi.

– J'ai aimé t'embrasser, soupire-t-il.

Seigneur… Il est ivre et définitivement loquace sous l'emprise de l'alcool. Suis-je une vilaine fille d'apprécier qu'aucun filtre ne l'empêche de se livrer ?

Il vient de perdre sa grand-mère, alors oui, tu es super vilaine…

– Je n'en ai pas douté, osé-je dans un timide rire.

– T'embrasser, c'était comme respirer. C'était facile, nécessaire et… inévitable. Je sais que j'ai déconné, mais t'es tellement… tellement tout ce que j'aime.

Sainte Marie mère de Dieu…

En apnée, je suis des yeux ses doigts qu'il amène dans

une lenteur éthylique jusqu'à une mèche de mes cheveux échappée de ma tresse. Cruz la fait rouler entre son pouce et son index avant de la caler gauchement derrière mon oreille. Sans que je n'y puisse grand-chose, ce contact réveille un bataillon de fourmillements, lesquels coulent sur ma peau jusqu'à me faire frissonner d'envie. Envie de garder son empreinte sur moi, de l'intensifier, de la multiplier…

– Blonde comme j'aime. Pétillante, espiègle, risque-tout… Et ton sourire…

Je relâche l'air que je maintenais bloqué dans mes poumons et frissonne lorsque ses doigts dévalent l'angle de ma mâchoire avant de retomber lourdement sur ma cuisse. Jc voudrais me reconnecter au monde qui nous entoure, faire en sorte de ne pas me laisser envoûter par sa révélation, laquelle n'est probablement que le fruit de son enivrement, parce que la situation ne s'y prête pas, pas du tout ! Pourtant, je suis incapable de repousser sa main chaude et immobile, tout comme je ne parviens pas à me détourner de ses yeux dans lesquels je crois deviner de la sincérité sous ses paupières lourdes.

– Tu souris tout le temps, reprend-il sans entrain. Pourtant, tu vas mourir…

Cruz fronce le nez dans une grimace laborieuse. Je me rembrunis, abîmée par ce verdict on ne peut plus pragmatique. C'est vrai, je vais mourir, comme chaque personne ici-bas, j'aurai simplement eu moins de temps sur terre. J'ai accepté cette destinée depuis des lustres, alors pourquoi suis-je contrariée de le voir dégainer cet argument ?

– Raison de plus, noté-je en essayant de calfeutrer ma déception.

Je suppose que ma manœuvre ne lui échappe pas, car Cruz n'ajoute rien. C'est aussi bien. Quoi qu'il en soit, je respecte sa décision. Je suis une femme à part, mariée de force à une maladie qui aura raison de son existence. Le pointer du doigt n'était pas très subtil. Toutefois, il a raison, je ne survivrai pas à ma valvulopathie, et je comprends que ce soit un obstacle à une relation, qu'elle soit anecdotique ou plus sérieuse.

– Toutes mes condoléances pour Celia, c'était une femme exceptionnelle, annoncé-je avant de prendre appui sur le sol pour me redresser.

– Attends, me retient Cruz en agrippant mon poignet.

Encore une fois, ses doigts sur moi font se déclarer une ondée de picotements délicats sur ma peau. Incapable de contrer la réaction instinctive de mon corps, j'encaisse l'accélération de mon pouls sans rien laisser paraître et me tourne vers lui en m'efforçant de sourire devant la torpeur qui voile ses prunelles noires.

– Est-ce que tu m'embrasserais encore si je te le demandais ? Juste pour m'aider à respirer…

Dieu qu'il est doué… et saoul. Et ravagé de tristesse en plus d'être désespérément attirant. La tension qui malmenait ma poitrine vient de s'envoler. Sans prévenir, sans même me laisser des cendres de ma récente indignation.

– Non. En tout cas, pas comme ça.

Contrairement à ma réponse, je roule mon poignet pour le faire lâcher prise et viens enlacer ses doigts avant de les porter à ma bouche. J'y dépose un baiser, un long et sincère baiser. En dépit de mon envie indéniable de retrouver le chemin de ses lèvres, la raison veut que je n'abuse pas de sa fragilité et de son état d'ivresse avancée.

– Tu l'as dit toi-même : ce ne serait juste pour aucun de nous.

Je le vois déglutir avec peine, comme s'il lui fallait avaler cette réalité pour l'intégrer.

– Prends soin de toi, Cruz, conclus-je en lui rendant sa main.

Il ne répond rien et ne me retient pas quand je me hisse sur mes jambes sous son regard vitreux. Je fais demi-tour avec un parpaing dans l'estomac et m'éloigne, le cœur usé de ce moment. Je suis tout ce qu'il aime, mais je vais mourir, voilà ce qu'il faut retenir.

14

Cruz

– Merde, mec…

Mes paupières, lourdes du demi-litre de whisky que j'ai bu avant de sombrer, se soulèvent à peine quand la voix de Casey résonne dans mes tympans bourdonnants. Presque aussitôt, une masse de douze tonnes s'excite dans ma boîte crânienne et la défonce dans un rythme sinistre.

– Allez, viens… relève-toi… Cruz, mon pote, fais un effort…

Je laisse ses deux bras en béton armé passer sous les miens et tenter de m'asseoir sur le canapé que je squatte depuis deux semaines. Une loque, sans plus aucune dignité. Évidemment que c'est pitoyable, pourtant je m'en fous. Je me tape d'être sapé comme un sac, de ne bâfrer que des glucides, de ne m'hydrater qu'à l'alcool bon marché… Parce que c'est plus simple comme ça et ça fait moins mal… vachement moins mal…

Alors que Casey me stabilise contre le rembourrage du dossier, un bruit de fond vient s'ajouter à mon râle irrité. Quelqu'un d'autre est à l'appartement. Ce con a pris du renfort. Les yeux fermés, je souris comme un demeuré quand les pas du renfort en question arpentent le salon. J'entends le froissement des emballages de bouffe, puis le couinement de la baie vitrée. Le vent frais s'engouffre dans mon antre en deuil, mais ce n'est pas ce qui me réveille. La gifle sur ma joue le fait !

– Tu viens de me claquer la gueule ? bafouillé-je, la langue pâteuse.

Mes cils papillonnent cette fois. Casey est installé en face de moi sur la table basse et me foudroie d'un regard dégoûté. Sauf que derrière cette moue écœurée se planque une inévitable compassion… Il compatit à… à mon état déplorable. Parce qu'elle est… *Abuelita* est… Une douleur lancinante me saccage le crâne jusqu'à me faire serrer les dents. J'ai beau picoler comme un trou depuis la veillée, je ne parviens pas à colmater les ruines de mon cœur. Pourtant, je tâtonne les coussins à la recherche de ma bouteille entamée. Par habitude et parce que je ne sais pas quoi faire d'autre pour étouffer la rage qui me consume ces quinze derniers jours… Mon frère d'armes rattrape fermement mon geste et jette ma main sur mes cuisses.

– Qu'est-ce que tu fous ? m'engueule-t-il. L'idée, c'est de te laisser crever, c'est ça ?

– Tout est une question de temps, ricané-je, amer.

– Abruti ! Si tu n'étais pas déjà misérable, je te démolirais la face !

Et il ne lui faudrait pas s'acharner longtemps avant de me mettre au tapis… Un seul coup et j'embrasserais le parquet… Un coma, un coma, c'est bien aussi, peut-être même plus efficace que me saouler jusqu'à frôler l'évanouissement !

Je m'imagine repartir dans une somnolence éthylique quand une silhouette en mouvement derrière Casey retient mon attention bancale. Là-bas, derrière l'îlot, à s'affairer dans notre super cuisine. Malgré ma vue floutée, la couleur de ses cheveux ne laisse aucun doute quant au prénom du renfort du jour.

– Est-ce qu'elle n'a pas autre chose à foutre ? balancé-je en pointant Aria d'un mouvement de tête approximatif. Est-ce qu'au moins tu la paies pour faire la vaisselle ?

Je n'ai pas le temps de ravaler l'acidité de ma question que Casey me chope à l'épaule et soulève ma dépouille imbibée du canapé. Sans un mot, il me traîne sur plusieurs mètres, mes pieds s'efforcent de suivre, mais je manque de me vautrer un paquet de fois avant d'atterrir devant la cabine de douche. Casey ne me lâche pas en ouvrant l'eau à fond, puis me balance dessous sans ménagement. La froideur du jet me pique à peine le visage tant il est engourdi de whisky. De chagrin aussi… Et d'un putain de sentiment d'impuissance dévastateur !

La porte de la salle de bains claque ensuite et s'accorde au bruit sourd de mon corps sans force qui s'écroule sur le carrelage. Je suis à gerber, je le sais, mais je ne sais pas faire autrement… Je ne sais plus exister depuis qu'*abuelita* est partie. Je ne sais plus qui je dois être, comment ressentir, quoi penser. Je ne sais plus si ça vaut le coup de me battre…

Je galère. Je dépéris. *Elle n'est plus là.*

Je déguste. Je me détruis. *Elle ne reviendra pas.*

Plus rien n'a de sens, putain…

Adossé contre la faïence, je laisse l'eau glacée me recouvrir entièrement et ne faire qu'un avec la tiédeur de mes larmes silencieuses. Les secondes s'écoulent, les minutes s'enchaînent. Sans bouger, j'attends que l'image de ma grand-mère s'efface. J'attends que mon organisme purge l'alcool de mon sang. J'attends que mon cœur cesse de chialer et de souffrir. J'attends… Mais rien ne se passe, rien ne s'atténue. Tout me fait terriblement mal…

– Allez, sors de là.

Sa voix est moins sévère. J'imagine que m'avoir abandonné à mon triste sort et sous une douche glaciale l'a fait cogiter. Sa poigne moins rude, à présent qu'il m'aide à me relever, s'évertue à me maintenir debout.

– Tu ne m'as jamais laissé tomber, déclare-t-il. Comprends que je te rende la pareille, OK ?

Sans chercher à retenir quoi que ce soit, je sanglote comme un gamin. Casey soupire, un éclat sincèrement peiné dans le regard. Je sais qu'il veut m'aider, mais j'ai peur que rien ni personne n'y arrive. Pour cause : j'ai l'impression que ma vie s'est arrêtée à l'instant où son cœur à elle a cessé de battre…

– T'as le droit d'être malheureux, reprend-il, t'as le droit de pleurer ou de déprimer, on s'en fout, d'accord ? Mais tu dois sortir de cette spirale. On peut prendre rendez-vous chez un psy, te trouver des groupes de parole ou d'autres trucs du genre. Quoi qu'il en soit, tu arrêtes de boire. Dis que t'es d'accord !

Je ferme les yeux, la gorge défoncée des pleurs que j'essaie maintenant de retenir. Clairement, je ne sais pas si je suis capable d'aller mieux. Je suis dans le fond d'un foutu puits et lever les bras pour choper le seau qui me remonterait à la surface me paraît insurmontable. Voilà comment je me sens. Voilà où j'en suis…

– Dis que t'es d'accord ou je rallume le jet !

Je ne réponds pas.

– Dis que t'es d'accord ou je te fais interner ! reformule-t-il avec plus de détermination.

– OK…

– Bien. Maintenant, tu te désapes. Je t'ai mis des fringues propres dans le lavabo, tu nous rejoins dès que t'es prêt. On t'attend pour dîner.

Dès qu'il quitte la pièce, la partie de mon esprit curieusement valide en dépit des semaines de déchéance que je viens de lui faire avaler se met à piloter mes gestes. Dans une lenteur que je ne suis pas à même d'accélérer, je dégage mes vêtements trempés, me sèche, puis enfile mécaniquement un jogging et un tee-shirt. Les vapeurs d'alcool me tournent la tête à plusieurs reprises, mais je ne flanche pas. Il se pourrait que la douche froide m'ait aidé à dessaouler.

Un peu. Après un brossage de dents, je décide à contrecœur de retourner dans la pièce de vie de mon appartement.

Je ne suis pas arrivé à destination qu'un fumet agréable chatouille mes narines. La nuque lourde et le pas maladroit, j'avance jusqu'au séjour où Casey et Aria sont installés autour de la table sommairement dressée. Je m'arrime à la chaise vacante sous le regard soucieux de mon pote tandis qu'Aria se hâte de récupérer nos assiettes pour les remplir du plat qu'elle a vraisemblablement cuisiné pendant ma douche forcée. Une gêne évidente nous laisse tous muets, seul le bruit de nos couverts se fait entendre les cinq premières minutes de ce dîner inopportun. Je sais Aria mal à l'aise, de la même façon que je le suis quand elle et moi sommes contraints de coexister dans un espace restreint. Elle ne lève les yeux de son assiette que pour aviser son gars ou nous servir de l'eau. Casey, lui, se retient d'ouvrir le dialogue plusieurs fois. Je le vois à la cadence irrégulière de ses coups de fourchette. Je suppose que la situation le déstabilise, d'autant plus qu'il me sait particulièrement peu avare de mots.

Je m'oblige à manger. Pourtant, c'est plutôt bon : viande hachée, sauce tomate, riz blanc, le tout recouvert des restes de parmesan qui boudaient dans le bas du frigo. Sauf que j'ai le bide en vrac, le cerveau embrumé et la force d'un gamin de 2 ans quand il s'agit de porter mon couvert à ma bouche. C'est le début de la gueule de bois, avec un début de nausée en prime…

– On va rester dormir là, annonce Casey après cinq autres minutes silencieuses.

Je me rencogne sur ma chaise en lâchant un poil trop brutalement ma fourchette dans mon assiette. Je n'ai pas envie de les avoir dans les pattes, je n'ai pas envie de faire un putain d'effort ce soir, je veux juste… Mon cœur se remet à saigner et, fatalement, mes yeux me piquent. Je veux juste qu'on me foute la paix…

– On va rester dormir là, répète-t-il pour confirmer qu'il a entendu ma plainte muette et qu'il s'en tape royalement. Et demain, tu retournes bosser.

– Sérieux…

Son rire de gorge me coupe. Un rire bref et ironique.

– Tu n'as pas le choix, Eagle.

Quel enfoiré… Utiliser mon pseudo d'athlète dans le seul but de me remettre face à mes responsabilités, celles-là mêmes que j'ai revues largement à la baisse depuis les obsèques.

– Et puis, enchérit-il, la moitié du staff s'est fait décimer par un virus. Edge a besoin de nous. Il doit tout gérer de front alors qu'il ne devrait avoir à se concentrer que sur les présélections des CWFC[1]. C'est dans une semaine et il galère à nous trouver un vol direct pour San Antonio…

– Vous trouver, le corrigé-je.

Casey soupire lourdement, conscient que son « nous » ne m'inclut pas. Je ne suis pas convié à cette compétition, il le sait ou en tout cas il s'en doutait. Visiblement, il peine à intégrer que je ne ferai bientôt plus partie de son quotidien. Nous avons évolué dans ce sport, côte à côte, depuis le début, depuis l'école. Alors, dans le fond, je peux comprendre que ma rupture de contrat perturbe sa façon de penser le « nous ».

– Ça n'empêche que tu te lèveras demain matin et on ira filer un coup de main. On prendra ma caisse et…

La sonnerie de son portable le coupe dans l'élaboration de notre planning. Il y jette un furtif coup d'œil et grimace en sondant Aria. Elle acquiesce pour l'autoriser à décrocher, ce qu'il fait dans la seconde. Sans avoir vu le nom de l'appelant, je mettrais ma main au feu que c'est le coach. C'est l'inconvénient d'être « parent » avec ton entraîneur, tout est prétexte pour dégainer le téléphone… D'ordinaire,

1. Cage Warriors Fighting Championship.

je me tape qu'ils s'appellent. D'ordinaire veut dire : quand Casey habitait encore ici. Son nom est toujours sur le bail, mais il passe son temps chez Aria depuis qu'elle a posé ses valises à Columbus. Sauf que, ce soir, ce coup de fil entraîne Casey hors de la pièce de vie et me laisse seul avec Aria.

Déjà que l'ambiance était pesante, mais elle s'alourdit un peu plus à chaque nouvelle seconde qui passe. Nos rapports avec Aria sont… particuliers, pour ne pas dire tendus. Me retrouver seul avec elle et ma gueule de bois devient vite urticant. Après une bonne minute dans un silence de cathédrale, je repousse mon assiette, prêt à me lever pour me retrancher dans ma piaule et éviter de nous mettre encore plus mal à l'aise. Nous n'avons rien à nous dire, pourquoi faire traîner le foutu suspense de « qui ouvrira le dialogue » ? Notamment quand il n'en sortirait que des banalités affligeantes. Rien à secouer, je me tire !

– J'ai perdu ma mère.

Je repose mon cul que j'avais à peine soulevé de la chaise et l'observe tandis qu'elle scrute son verre pour ne pas avoir à me regarder. Je savais que sa mère était décédée, tous ceux qui ont tapé le nom d'Aria Dunhill sur le Net connaissent cette donnée. Pourtant, personne ne sait, pas même moi, combien cette perte l'a affectée. Je ne pense pas qu'elle soit sur le point de se confier, je prie d'ailleurs pour qu'elle s'abstienne, j'ai bien assez à gérer avec mon calvaire journalier, clairement je ne saurais pas compatir. N'empêche que je reste là à attendre la suite, interdit devant le ton intime de ses quelques mots alors que nous n'avons vraiment échangé que deux fois depuis que nous nous sommes rencontrés.

– C'était dur. Ça l'est encore parfois. Loin de moi l'idée de comparer ce que j'ai vécu avec ce que tu vis, toutefois…

Elle marque une pause avant de relever le nez de sa boisson et fixe son regard ému au mien.

– Le temps apaise la douleur. Je comprends que ça puisse te sembler inimaginable pour l'instant, c'est encore trop récent, trop à vif. En réalité, je ne suis pas suffisamment proche de toi pour que mon discours t'impacte. Pourtant, je vais m'autoriser à te donner mon avis, avec le recul que j'ai. À l'époque, entendre les sages paroles d'une personne ayant traversé cette même épreuve m'aurait probablement permis d'aborder ma guérison autrement. On ne le saura jamais, il n'empêche que tu dois les entendre.

J'ai beau n'être que le dixième du quart de moi-même ces derniers jours, j'accroche la sincérité dans son regard pudique et ne la quitte pas. Je me mords l'intérieur de la joue pour ne pas me laisser submerger par mes émotions subitement en roue libre quand Aria prend une profonde inspiration et énonce :

– Fais ton deuil, Cruz. Ne te perds pas dans la colère ou dans les regrets, ne cherche pas la rédemption dans le fond d'une bouteille comme j'ai cru bon de le faire dans un bassin de natation. Entame le processus. Consulte quelqu'un, accroche-toi aux personnes qui te veulent du bien et relève la tête. Je ne te dis pas que ce sera facile ni même rapide. Au contraire, ce sera pénible et long. Mais tu verras, une fois la peur, la tristesse et la résignation estompées, viendront des jours plus doux. Tu composeras ta vie différemment, comme tu choisirais de créer un nouvel enchaînement de coups.

Elle sourit nerveusement avant de rompre le contact visuel.

– Je ne suis pas certaine que l'analogie soit pertinente, excuse-moi.

Je n'en suis pas convaincu non plus. Chaque parade, chaque technique est figée sur papier, l'improvisation n'a pas sa place dans notre sport. Pourtant, j'apprécie qu'elle se soit essayée à adapter ses conseils au peu qu'elle connaît de moi. J'ai toujours la sensation que ma poitrine va exploser sous la pression de mon cœur en lambeaux. J'ai encore envie de chialer et de me terrer dans mon pieu, je ne me sens pas mieux après son discours, mais je cadenasse son laïus dans mon coffre-fort mental. Qui sait ? Peut-être qu'un jour, il me servira…

– Je suis crevé, conclus-je en me redressant.

Casey réinvestit la pièce à ce même moment et braque sur moi son œil inquisiteur.

– Je vais juste me coucher, me défends-je dans un grognement.

– Six heures demain, mon pote ! beugle-t-il alors que je suis déjà devant la porte de ma chambre.

Mon réveil affiche vingt et une heures douze quand je m'échoue sur mon pieu avec pour seul éclairage les halos des réverbères de la rue. Je crois que je m'endors sur un oreiller humide de mes larmes quinze minutes plus tard, pas convaincu que demain sera un bon jour pour tourner une page que j'ai refusé de déchirer jusqu'ici.

15

Cruz

– On y va quand tu veux, me prévient Casey en sortant du bureau du coach.

Je termine ma série de sauts à la corde sous le regard concerné de mon meilleur pote et m'éclipse jusqu'aux vestiaires pour une douche éclair. Je vais détester ce qui va suivre, je le sais. D'ailleurs, je déteste tout ce qui concerne cette soi-disant nouvelle étape à franchir. Pourtant, j'avance malgré les poids, d'une tonne chacun, que je traîne à mes pieds comme des boulets. À gauche : mon agonie. À droite : mon inapaisable colère.

Reprendre le chemin du BLT n'a rien atténué, j'ai toujours mal comme un chien, mais c'est vrai que m'occuper l'esprit a au moins le mérite de mettre sur pause tous les sentiments négatifs qui m'encombrent. Alors, depuis bientôt une semaine, j'essaie de relever la tête, les épaules et le dos, mais jamais les yeux. Pas encore, leur compassion me donne envie de hurler au mensonge. Ils ne savent rien de ce que j'endure ni de ce que cette femme représentait pour moi.

Putain, j'ai horreur de parler d'elle au passé ! Ça me dégomme…

Encore hier, j'ai failli ne pas me pointer au boulot. Parce qu'à la seconde où mon esprit se réveille, ma mémoire me rappelle ce que mon subconscient a effacé pendant la nuit et une foutue chape de plomb m'asphyxie. Et puis, me revient l'argument que Casey m'a balancé ce fameux premier matin, le lendemain de la douche froide : « Tu sais qu'elle te laminerait si elle te voyait renoncer ! » L'effet est presque immédiat, comme une sorte d'électrochoc. *Abuelita* me botterait le cul, elle refuserait tout net de me voir abandonner.

Se lever, affronter la douleur, faire face, quoi qu'il en coûte. Voilà ce qu'elle me gueulerait en claquant l'arrière de mon crâne si elle pouvait revenir du pays des morts le temps d'une mise au point aussi cinglante que fugace.

Elle me manque tellement…

Je sors du vestiaire, mon sac de sport sous le bras, et rejoins Casey qui patiente près de la sortie, en grande conversation avec Dre. Je me retiens de lever les yeux au plafond. Je suis sûr qu'ils parlent de plomberie ou de charpente. En tout cas, je parierais ma bécane qu'ils épiloguent sur les derniers travaux de la boutique d'Aria.

Casey met un terme à leur discussion en m'apercevant et salue mon futur ex-coéquipier d'une accolade. Je l'imite sans un mot et vais pour m'envoler par la double porte quand Edge me siffle. Une main sur le battant, je m'immobilise et me retourne vers mon entraîneur, franchement pas enclin à entendre une nouvelle proposition de reconversion. Le faciès austère du coach se radoucit dès lors qu'il capte mon air saoulé.

– Vous partez déjà ? s'étonne-t-il en jetant un rapide coup d'œil à sa montre.

– Oui, on t'en a parlé vendredi. La maison de retraite et l'hôpital, se dépêche de préciser Casey.

– Merde, grimace Edge. C'est vrai, ça m'était sorti de la tête, désolé. Je vous garde une petite minute et vous pourrez filer.

Son attention se reporte sur moi et, presque immédiatement, il revêt sa casquette d'homme à responsabilités multiples, dont celle de gérer un club qui a vu le nombre de ses adhérents quadrupler en deux ans.

– J'ai besoin que tu t'occupes des cours la semaine prochaine, exige-t-il dans un froncement de sourcils autoritaire. Lundi, mercredi et vendredi. On décolle ce week-end pour San Antonio et il faut assurer les séances d'entraînement avec les espoirs.

What the fuck!

– Je sais ce que tu vas me dire, poursuit-il. Mais non, je n'ai personne d'autre. Keith, Markus et Glenn prennent l'avion avec nous, il ne me restait que Julian et Warren pour assurer les cours. Comme tu le sais, Julian est cloué au lit à cause de ce foutu virus et Warren vient dc dégueuler dans ma poubelle. Ils en ont pour la semaine.

– Et Brett ? m'insurgé-je, dégoûté.

Le coach se fige en écarquillant les yeux.

– Le type de l'entretien ? T'es sérieux ?

Ouais, d'accord, je me suis emballé, mais très franchement, je n'ai pas plus les compétences pour encadrer un groupe de jeunes que Brett ! Et puis, je n'en ai pas du tout envie, ces ados et adultes en construction sont sous tension tout le temps, des grenades armées prêtes à être dégoupillées dès que deux d'entre eux montent sur le ring. Je doute de pouvoir les canaliser, d'abord parce que je me fous de ces gars ou de leurs perspectives d'évolution et ensuite parce que je ne suis pas pédagogue ! Putain, c'est à peine si le staff a entendu le son de ma voix depuis qu'ils bossent ici !

– Écoute, je comprends que ça te gonfle. Moi, ce qui me gonfle, c'est d'avoir mon équipe réduite de moitié, mais il est hors de question qu'on annule les entraînements. Tu ne viens pas à San Antonio, donc tu enseignes. Pas de négociation possible.

Je grince des dents, à cran et dépité. Je sais que ça ne

sera que trois séances de deux heures. Pourtant, je suis vert. Peut-être que je m'attendais à ce qu'Edge me foute la paix. Je suis dans une putain de mauvaise passe ! Est-ce trop demander que de terminer ce dernier mois de contrat peinard ?

Sans déconner…

Je le regarde, éberlué, s'éclipser et fais volte-face en direction des escaliers de l'étage, Casey sur mes talons. Ce dernier s'abstient de tout commentaire, même lorsque le connard d'agent de sécurité au rez-de-chaussée nous titille avec son humour dégueulasse. Un jour, ce gars finira par en ramasser une, et plus tôt que tard !

J'ai encore les poings serrés en montant dans la berline de Casey. En vérité, je ne m'oblige à refaire circuler le sang dans mes doigts qu'une fois la maison de retraite en approche. Presque immédiatement, l'air semble déserter l'habitacle, trop vite remplacé par une espèce de brume invisible aux relents d'amertume et lassitude. Je sais que j'aurais dû y venir bien avant, sauf que c'était au-dessus de mes forces. Ça l'est toujours au bout du compte, mais les nombreux messages que la secrétaire a laissés sur mon répondeur ont eu raison de mon déni.

Je dois récupérer ses affaires. C'est ça ou les quelques cartons d'effets personnels finissent dans l'incinérateur ou donnés aux bonnes œuvres. Certaines familles choisissent de tout faire cramer, de ne rien garder du défunt, comme si détruire les restes matériels d'une vie pouvait aider à leur guérison. Je n'en fais pas partie. Putain, j'en serais malade. Je veux tout conserver, tout sentir, tout toucher et la retrouver par ce biais. Ce ne sont que des fringues, des bouquins, des albums photos, des bibelots, et autant de souvenirs que je refuse de réduire en cendres. Voilà mon héritage, le seul qu'elle m'ait légué, le seul qui ait vraiment de l'importance.

– Prends le temps dont tu as besoin, me lance Casey en coupant le contact face au portail de la maison de retraite. Je peux rester dans la caisse ou t'accompagner, c'est comme tu préfères.

Je soupire, incapable de décider. Je reste un long moment à fixer la bâtisse, laquelle est d'une architecture des plus classiques, sans extravagances autres que les aménagements détente éparpillés dans le vaste jardin clos. Des tables en bois, des chaises assorties, le tout peint dans des tons pastel. Ces mêmes nuances de couleurs qu'*abuelita* adorait critiquer. D'après elle, rien ne valait un rouge ou un orange quand je préférais des teintes plus neutres, moins chaudes, moins agressives.

– Viens avec moi, lâché-je en dépit de ma gorge obstruée d'un nœud de tristesse.

D'un même mouvement, nous sortons de la voiture et remontons l'allée jusqu'à l'accueil. Casey ne dit rien, il reste même trente centimètres derrière moi pour ne pas empiéter sur mon espace vital, mais il est là, il m'épaule en silence, il m'aide à gravir cette marche sans un mot, par la seule force de sa présence et de son amitié. Je le remercierai un jour, peut-être même que je lui dirai combien il a eu raison de me pousser à avancer malgré tout. Un jour, pas tout de suite, pas demain non plus, seulement quand je me sentirai apte à verbaliser tout ce bordel émotionnel. Et uniquement lorsque je constaterai que ce combat n'était pas vain.

Dix minutes plus tard, ma gorge a doublé de volume sous l'effet du chagrin, mais les sept cartons sont dans le coffre. La fragrance d'*abuelita* se diffuse tout autour de nous – un mélange déchirant de mûre, de jasmin et de violette – et nous accompagne jusqu'à l'hôpital. Sans poser de questions, mon pote me suit jusque dans le hall et grimpe avec moi les cinq étages. Alors que mon cerveau se bridait pour ne pas laisser remonter trop de souvenirs récents, il se met à pédaler à toute vitesse dès lors que nous foulons le couloir du service cardio. J'encaisse l'équivalent d'un double crochet du droit, comme ça, à la seule vue de cet espace qui, il y a un peu plus de trois semaines, avait abrité mes premières larmes.

– Bonsoir, monsieur Riveira.

La voix féminine, fragile de compassion, qui s'élève du petit bureau m'arrache à cette réminiscence douloureuse et guide mon pas.

– Bonsoir, je viens chercher les affaires de Celia, parviens-je à débiter sans bafouiller.

J'ai juste envie d'en finir et de me casser de ce corridor trop calme aux dizaines de portes derrière lesquelles sévit la maladie. C'est raide, bien plus que ne l'était notre passage à la maison de retraite, et je suis fatigué… Fatigué de devoir me battre pour ne pas perdre la face…

– Oui, bien sûr. Je vous prie de patienter, je vais chercher ça, je reviens dans une minute.

La blouse rose pâle s'évapore derrière une porte quand une autre s'ouvre de l'autre côté du long couloir, là où sont regroupés les bureaux des professionnels de santé, pour les consultations externes. Machinalement, mon regard erre dans cette direction et se fige sur la large silhouette du cardiologue. Il s'échappe de son bureau, un rire sur les lèvres, et s'adosse à la porte pour en laisser sortir un patient.

Fait chier…

Ce n'est pas un patient, mais une patiente. Une belle, espiègle et souriante patiente. Je ne suis pas loin d'avoir envie de me tirer une balle entre les deux yeux pour que cette journée s'arrête… Est-ce que l'univers ne se foutrait pas un peu de ma gueule ? Si encore je pouvais rejeter la faute sur Casey, mais je suis celui qui a décidé la date et l'heure de notre tournée éprouvante. Si je suis là, comme un connard statufié devant l'aura solaire de cette femme, c'est uniquement à cause de moi.

Appuyé contre le ridicule bureau de la secrétaire, je voudrais détourner les yeux, ne plus la regarder, ne pas sentir mon cœur se déchirer davantage… Parce qu'inévitablement, des fragments de la veillée reviennent danser dans ma tête. J'étais ivre d'alcool et de chagrin, et maladroit en plus d'être sans filtre ce soir-là. Je m'en veux, forcément que je m'en veux. Pourtant, je n'ai pas menti. Elle est tout ce que j'aime, mais son espérance de vie est trop courte… Trop courte, putain !

Je la détaille sans remuer un cil. De toute façon, mon corps ne m'autorise rien d'autre, juste de la contempler. Elle semble en forme, de loin et à présent de dos. Je n'entends pas ce qu'elle dit, mais la fréquence de sa voix est chantante, pleine de malice. D'ailleurs, Brollin se marre en lui décochant un clin d'œil avant qu'elle ne se retourne pour rejoindre les ascenseurs. Mon pouls fait une envolée terrible lorsque Shenae relève les yeux des feuillets qu'elle maintient à hauteur de poitrine et m'aperçoit. Son pas ralentit une fraction de seconde, accordé au rétrécissement de son sourire.

C'est maintenant que tu devrais cesser de la mater, mec. Ne lui donne aucune raison de venir jusqu'à toi. Ignore-la. Maintenant !

– Salut.

Je n'ai pas bougé, contrairement aux recommandations véhémentes de ma conscience. La voilà devant nous à partager son regard entre Casey et moi.

– Salut, Shenae, répond mon binôme devant mon absence de réaction.

À vrai dire, j'en suis à scanner le visage de cette femme, lequel présente des signes de fatigue en dépit de l'éclat lumineux dans ses prunelles. Je me demande comment elle va, si les feuilles à présent enroulées entre ses doigts sont des ordonnances, une programmation d'intervention ou de simples fiches d'information. Je me pose trop de questions et ça me gave… Je ne peux pas me rajouter ça !

Ses grands yeux se concentrent sur moi, sur la torpeur qui fige mes traits, sur la barbe plus fournie qui recouvre mes joues, sur le froncement austère de mes sourcils. Puis, sans se départir de son sourire, elle commente d'une voix douce :

– Tu as l'air épuisé.

Je ne sais pas si le mot est assez fort pour définir mon état des trois dernières semaines. Pourtant, je confirme d'un hochement de tête. Elle esquisse une moue empathique et dessine des yeux une ligne invisible qu'elle semble se retenir de caresser avec sa main. De ma tempe jusqu'à l'angle prononcé de ma mâchoire. J'inspire largement, pris au piège par cette sensation d'aise qu'elle pourrait m'offrir en un geste délicat. J'aimerais ça, sentir patiner ses doigts le long de mon visage. Ce constat me retourne l'estomac, parce qu'il est clair que ça ne se produira pas. Ça fait chier, mais c'est comme ça…

– J'espère que tu iras vite mieux. Prends soin de toi, Cruz, termine-t-elle en déposant furtivement sa main sur moi. Casey, j'ai été ravie de te revoir, passe le bonjour à Aria pour moi et remercie-la une nouvelle fois de m'avoir raccompagnée après la veillée.

Une fois de plus, je la regarde disparaître. Et je déteste avoir l'impression cruelle de passer à côté d'un truc. J'imagine que mes émotions en vrac me font réfléchir et ressentir n'importe comment. Toujours est-il que la voir s'éloigner me file la boule au ventre. Dans un autre contexte, dans une autre vie, je l'aurais rattrapée. J'aurais exigé qu'elle panse mes plaies, qu'elle m'embrasse encore et me fasse oublier combien je suis malheureux d'avoir perdu la femme que je considérais comme ma mère.

Sauf que dans cette vie, je perds deux femmes. Et ça me déprime.

16

Shenae

Pelotonnée sur un des strapontins, j'écoute d'une oreille distraite Lawrence s'essayer à la lecture du conte « Les mouettes du lac salé ». Il y met ses tripes, mais sa voix ne porte pas assez dans le petit amphithéâtre que nous occupons depuis lundi et où se succèdent les différents professeurs. Je pourrais lister tout un tas de raisons qui expliqueraient mon décrochage, comme l'heure qu'affiche l'horloge digitale près de la porte, laquelle sonnera bientôt la fin de cette journée et de cette première semaine. Ou encore ma fatigue physique que l'augmentation temporaire de mon traitement n'est pas parvenue à endiguer. Il est clair que piétiner entre chaque cours n'aide pas…

C'est comme s'il manquait quelque chose dans l'équation de ma vie. Mes camarades sont pourtant agréables, avenants, dynamisés par cette formation express. Je m'entends bien avec eux, nos échanges sont faciles. Notre complicité étonnante a donné lieu à de nombreux clichés en groupe relayés sur les réseaux. Les intervenants aussi sont extra, très inspirants. L'école est somptueuse, vaste, moderne et indéniablement à la hauteur de mes attentes. Tout est super, mais je ne suis que peu impliquée. Trop peu… Le contraste avec mon état d'esprit de la semaine dernière est assez violent, moi qui bouillonnais de nouvelles lubies. Mon cerveau tournait à plein régime, comme chaque fois que je fais face à une contrariété. Cruz était cette contrariété.

Tomber sur lui à ma sortie de consultation avec Brollin m'a remué le cœur. Il avait l'air si mal en point. Debout, mais bousillé… J'ai détesté, une fois encore, devoir me brider, ne pas le serrer contre moi, ne pas le toucher ou l'embrasser. Cette frustration m'abîme. Il devait sortir de ma tête.

Je me suis alors laissé porter par mes envies voraces, pensant naïvement que cela suffirait. Je me suis baladée dans le vieux centre, j'ai chiné dans des brocantes, je suis allée nager, j'ai passé des heures devant mon écran à me gaver de tutoriels en tout genre, j'ai terminé trois gigantesques puzzles, j'ai déniché de nouvelles adresses pour bruncher… Jusqu'à cette excursion en duo avec papa dimanche. L'idée était exquise : partir en virée là où il n'avait jamais emmené personne. Son petit coin de paradis m'a plu à l'instant où j'y ai mis les pieds.

Un lac, entouré à la fois d'un bois, d'une longue barrière de roches brunes et d'une colline. En prime de ce panorama pictural, le pépiement de quelques oiseaux, le bruissement des feuillages et le clapotis léger de l'eau chahutée par la fine brise. Une merveille, un condensé de plénitude, une surdose de calme et d'osmose avec la nature. Nous y avons pêché, du moins nous avons essayé. Mon père n'a jamais appris à manier la ligne et l'hameçon, d'où sa piètre façon de m'enseigner les rudiments de la pêche. Malgré ça, je me suis sentie si bien avec lui, si sereine dans ce décor de carte postale que je n'ai pas résisté à l'envie de capturer l'instant et d'ajouter la photo de mon sourire apaisé aux autres publications de mon profil Instagram. J'avais rechargé mes batteries, je ne me sentais plus oppressée. Je prenais enfin le temps de prendre le temps. Et puis, il a suffi d'un commentaire. Un seul pour que mon cerveau se remette à matérialiser Cruz en permanence.

[Tout ce que j'aime.]

Depuis ces quelques mots, mon crâne est un gigantesque écran où est projeté le film de notre fugace relation. Je n'arrive plus à penser sans être interrompue par une image, une scène, une sensation et chaque fois le même constat : j'en aurais voulu encore. Mais voilà, il est en deuil, fragile et certainement perdu. Je ne peux pas m'imposer dans son quotidien ni forcer le destin. Cruz avait raison sur une chose : tout ceci est injuste.

– On va boire un coup au Dixit, t'en es ?

La voix fluette de Lorie me fait décrocher du point vague face à moi et, par la même occasion, me permet un rapide coup d'œil circulaire à l'amphi. Le cours est terminé, la plupart de mes camarades sont déjà debout et s'agglutinent près des portes de sortie.

– Shenae ?

Je fige un sourire de circonstance et réponds sous les regards impatients de Stephen, Lawrence, Bonnie et Xander :

– Oui, pourquoi pas !

Rapidement, leur euphorie ricoche sous le haut plafond et anime notre progression vers le couloir. Je me dépêche de prévenir Essie par texto de mon retour plus tardif à l'appartement quand Xander enroule un bras possessif autour de mon cou. Je soupire mentalement et marche en direction des escaliers sans m'extraire de son étreinte. Je le devrais sûrement, car le laisser me tenir contre lui de cette façon ne fait qu'alimenter les espoirs qu'il fonde quant à une supposée idylle entre nous. Xander est un type plutôt agréable à regarder, c'est vrai, son charisme ne laisse aucune femme indifférente, pas même moi si je dois être complètement honnête. Mais, il est trop… trop intrusif ! Même sur les selfies de groupe, il s'évertue à se coller à moi, comme s'il voulait faire croire à tous que nous sommes déjà ensemble. En plus d'être sans gêne, il est un brin opportuniste… Bien trop rentre-dedans, ce gars ne connaît pas la subtilité et j'avoue, ça fiche tout par terre.

Avant Cruz, je n'avais aucune envie de me rapprocher d'un homme. Mon corps n'était pas en demande, je me suffisais du reste, de tout le reste : mes parents, mes activités, mes ambitions éphémères… Et puis, je l'ai rencontré. Tout s'en est vu bouleversé. Je me suis mise à ressentir à nouveau, à apprécier toutes ces sensations retrouvées. Des zones de mon anatomie se sont réveillées, celles qui avaient été endormies par des années de traitement et un diagnostic irréversible. Aujourd'hui, j'admets avoir envie de me sentir choyée dans les bras d'un amant, sous ses lèvres, contre son corps avide, d'où ma décision de ne pas repousser Xander. Qui sait ? Il fera peut-être un second choix intéressant…

– T'as des projets pour la soirée ? m'interroge mon camarade lorsque nous poussons enfin la porte principale de l'école.

Je réfléchis une seconde, chahutée par la brise fraîche de ce vendredi nuageux. Je n'ai rien de prévu ou alors bosser quelques-unes des thématiques abordées aujourd'hui avant de dîner en tête à tête avec ma sœur.

– Rien de particulier.

– Si ça te dit, on peut traîner ensemble. On mange sur le pouce et je t'emmène au City Lounge, un bar de nuit super sympa près du Capitole.

Je baisse la tête pour camoufler une grimace. Xander et la bande ne sont pas au courant de mon problème cardiaque. D'abord parce qu'il ne définit pas qui je suis et ensuite parce que je n'ai pas à communiquer cette information à mon entourage, notamment lorsqu'il n'y a que peu de chances pour que nous nous revoyions. Toutefois, je me surprends à avoir envie d'informer Xander de ma déficience, elle serait à coup sûr ma meilleure échappatoire. Je ne peux plus danser sans m'essouffler et l'alcool n'est pas compatible avec mon traitement, ça fait deux bonnes raisons de refuser un pseudo-rencard.

– Une autre fois, peut-être.
– Allez, viens, je te promets d'être un parfait gentleman !
– Pas ce soir, décliné-je encore.
Je redresse l'échine pour marquer mon refus et prie pour que ma posture fasse glisser son bras de mes épaules. Xander ne s'avoue pas vaincu et enchaîne une suite de supplications grotesques quand Bonnie s'immobilise net devant nous en forçant Lorie à en faire de même. J'évite la collision de justesse, prête à râler, quand Bonnie bafouille :
– Oh, mon Dieu… tu vois ce que je vois ?
– Dur de le manquer, rétorque Lorie.
– C'est moi ou ça pue le danger à mort ?
– Il fait grave flipper, ouais…
Curieuse de découvrir l'objet de leur attention, j'esquive un pas de côté et manque de m'étouffer avec ma propre salive. À moins que ce ne soit la prise que Xander resserre autour de mon cou…
Suis-je en train de rêver ? Je bats des cils plusieurs fois. Cruz a l'air tellement réel, même sous la grisaille qui assombrit le jour, même à cette distance…
– Il nous regarde, nan ? s'inquiète Lorie.
– Je m'en fous, je dirai que c'est ta faute… marmonne Bonnie.
– Mais ma faute de quoi ? T'es gonflée !
– Laissez, osé-je en délogeant calmement le bras de Xander. C'est pour moi…
J'entends à peine mon camarade prétentieux bredouiller tant mes sens s'animent maintenant que j'avance dans sa direction. Cruz est là, devant moi, appuyé contre une moto parquée le long du trottoir, un casque en main. Il ne porte qu'un jean noir, aussi sombre que sa mine contrariée, et un tee-shirt blanc qu'il a recouvert d'une veste en cuir légère. Le tout est un véritable délice pour les yeux, chaque pièce de tissu moule les muscles de son corps bandé à la perfection.

Je n'ai pas prévu de défaillir. Pourtant, les palpitations violentes de mon cœur m'annoncent que mon état s'en approche durement. J'ai peur je crois, sa présence me déstabilise autant qu'elle me surprend. Il est ici pour moi, son regard rivé au mien me le confirme, et quand bien même, pour qui serait-il venu ? Je ne connais pas grand-chose de cet homme énigmatique, mais je doute qu'il ait des connaissances dans ce secteur de Columbus.

Cruz se déploie sensiblement à mesure que je réduis la distance entre nous. Il ne me quitte des yeux qu'un court instant pour observer le groupe d'étudiants que je viens de planter pour le retrouver. Je ne le lâche pas, le souffle court, et détaille avec minutie les traits tirés de son visage. Un voile de tristesse plane toujours dans ses prunelles obscures et s'accorde malheureusement avec ses cernes marqués. Pourtant, chaque seconde qui passe annihile mon appréhension, remplacée par un sentiment grisant. Chaud et bienfaiteur.

– Salut.

– Salut, répond-il avec un soupçon de gravité.

– Tu viens pour les cours du soir ?

Bon sang, je dis n'importe quoi, mais notre proximité m'achève. Moins d'un mètre nous sépare maintenant que je suis immobile devant sa carrure massive. Et Dieu que je dois me battre contre mes instincts pour ne pas bondir sur lui. De joie, évidemment, mais pas seulement…

– Pas vraiment, soupire-t-il discrètement.

– Tu voulais me voir ?

Cruz reste muet un instant, comme souvent lorsque je prends les devants. J'aurais pu y mettre les formes et lui laisser le temps de verbaliser la raison de sa venue, mais j'ai besoin de savoir, c'est plus fort que moi.

– Ça se pourrait.

Mon sourire rehausse mes pommettes jusqu'à m'en faire

mal. Impossible de contrôler le soulagement que je sens m'envahir de part en part.

– D'accord.

– Est-ce qu'on peut… ?

Il referme ses lèvres avant de terminer sa question. Ce mec d'ordinaire intimidant me touche terriblement, tant par sa maladresse que par son malaise évident. J'imagine qu'il est encore trop abîmé par la perte de sa grand-mère. Mais il n'y a pas que ça. Je le vois, en tout cas je le ressens. Il semble hésiter, vouloir reprendre la parole pour ensuite se raviser.

– Oui ? l'encouragé-je à continuer.

– J'avais envie de te voir, avoue-t-il en essayant de bomber le torse pour assumer ses mots.

Je ne peux pas sourire davantage, je suis déjà à mon maximum, alors j'approche jusqu'à ne laisser qu'une trentaine de centimètres entre nous. Je meurs de ne pas le toucher, mes doigts me démangent, mon poil se hérisse et toutes mes terminaisons nerveuses s'affolent. Toutefois, je m'abstiens et contourne son flanc d'un geste pour caresser la selle de sa moto derrière lui.

– Tu m'emmènes faire un tour ?

Alors que nous respirons le même air tiède, je le sens se détendre. La pointe de mes seins est au plus proche de son corps et effleure son torse à chacune de mes inspirations. C'est alors qu'une timide flamme se met à virevolter dans son regard, une flamme de besoin pareille à celle qui mangeait l'entièreté de ses prunelles tel un brasier vertigineux, le soir où nous nous sommes embrassés.

Il étire un minuscule et bref sourire.

– Est-ce que le gars qui me flingue du regard, là-bas, va poser problème ?

– Xander ? m'enquiers-je en retenant un petit rire. Non, il n'a rien à dire.

– Vous aviez l'air plutôt proches…

Ai-je le droit de me réjouir que Cruz soit jaloux ? Mon sourire me trahit sûrement, mais ça m'est égal. Je me sens toute puissante à la simple idée que Cruz nourrisse ce genre de sentiments en m'imaginant avec Xander.

– Il aimerait qu'on le devienne, c'est vrai.

J'abuse, j'en suis consciente. La réaction de Cruz est immédiate, ses joues se creusent sous sa fine barbe et s'harmonisent au regard glacial qu'il jette par-dessus mon épaule. Je peux presque sentir la rage qui explose silencieusement en lui tant elle raidit sa musculature déjà imposante. Oui, il est jaloux. Ma petite voix intérieure me félicite de cette avancée quand Cruz s'empare de ma main et y dépose le casque.

– Tiens, prends celui-là.

Je m'écarte à contrecœur pour mettre la protection et le vois en récupérer une autre, suspendue à l'une des poignées de son deux-roues. Je ne me retiens pas de lui décocher un clin d'œil ravi. Il avait anticipé ma réponse, il l'espérait au point de s'équiper en double, n'est-ce pas exaltant ? Un vent d'euphorie tournoie dans ma poitrine.

– Es-tu déjà montée sur une moto ? se fige-t-il soudain, son casque à mi-chemin de son crâne.

– Non, mais il me tarde.

Cruz serre les dents, visiblement contrarié.

– Est-ce un souci ?

– J'en sais rien, marmonne-t-il, à toi de me le dire.

Son regard dévie de sa trajectoire jusqu'à s'arrêter plusieurs secondes sur ma poitrine, à l'endroit exact où mon cœur pulse délicieusement pour lui.

– Il n'y a pas de contre-indication, assuré-je d'un ton déçu.

Mon excitation vient de se prendre une gifle magistrale. Je me détourne, pas loin de porter les doigts aux lanières de mon casque pour le retirer. Je veux bien entendre qu'il s'inquiète, mais ça n'empêche que je me rembrunis, agacée d'être une fois de plus réduite à mes valves cardiaques défaillantes.

– Shenae, murmure-t-il en agrippant ma main pour me contraindre à lui refaire face.

La caresse tremblante qu'il exerce de son pouce sur ma peau fraîche me frustre. Parce que trop modérée, trop brève, trop hésitante. Je voudrais tant qu'il ne se retienne pas… D'un geste plus sûr, Cruz ouvre la visière de mon casque et me supplie du regard.

– Je ne veux pas t'abîmer…

Je craque… Sa voix presque triste me retourne le cœur, de la même façon qu'elle me donne envie de l'embrasser, ici, maintenant, sans aucune autre intention que celle de chasser son appréhension.

– Tu feras attention, chuchoté-je à mon tour.

Après avoir relâché un long soupir, Cruz s'équipe et enjambe sa moto. Il me désigne la place que je dois occuper dans son dos, mais me freine avant même de me laisser prendre appui sur le repose-pieds rutilant.

– Mets ça, m'ordonne-t-il en enlevant sa veste. T'as rien sur le dos.

Je souris sincèrement en attrapant son cuir. Ce dernier sent son odeur musquée. Je me dépêche de passer sa veste et chevauche la bête dont le moteur gronde à présent. J'agrippe brusquement les pans de son tee-shirt dès lors que Cruz déloge la béquille du bolide, bousculée par cette sensation de perte d'équilibre soudaine. Sans un mot, Cruz lâche le guidon et vient s'approprier mes mains qu'il passe avec précision autour de son ventre contracté.

– Comme ça, c'est mieux… l'entends-je dire tandis qu'il contrôle la circulation en jouant avec l'accélérateur.

Lovée contre son dos, je ne regarde ni la route ni même

mes acolytes de la semaine. Je ferme les yeux, bercée par mon ressenti puissant d'être contre lui. Je serre fort. Pourtant, je n'ai pas peur une seule seconde. Ou plutôt, si, j'ai peur, mais seulement que ce moment ait une fin. Parce que ça, lui, c'est tout ce que j'aime…

17

Cruz

Je ne sais pas vraiment dire depuis combien de temps je roule dans les artères de Columbus avec Shenae arrimée à mon corps. Je sais seulement que je ne veux pas que ça s'arrête, cette balade silencieuse et le sentiment presque insolent qu'elle est la seule à faire naître sous ma peau dure. Inutile de se voiler la face, cette nana est ma foutue faiblesse. Je crois que je l'ai toujours su, je refusais simplement de l'admettre. Moi qui suis déjà sérieusement amoché par la disparition d'*abuelita*, je me retrouve à m'accrocher à ce petit bout de femme comme à ma rédemption.

J'avais choisi de me concentrer sur le boulot, d'accepter que Casey m'aide à remonter la pente, je m'étais même mis à étudier quelques pistes concernant mon avenir professionnel. Mais, dimanche après-midi, j'ai vrillé. Le BLT était fermé, mes coéquipiers s'étaient envolés pour San Antonio, j'étais seul avec ma mélancolie et j'ai merdé. J'ai ouvert mon Insta. Comme un con, j'ai tapé son nom et son sourire m'a fait l'effet d'une putain de bouffée d'air. Si mon pote avait été là ce jour-là, il aurait kidnappé mon portable avant même que mes pouces ne jouent sur le clavier. Ouais, s'il avait été là, je n'aurais jamais commenté sa publication…

On dira qu'il est responsable. Parce que, bordel, c'était son taf de m'empêcher de faire n'importe quoi ! Ou même de récidiver… Oui, j'ai récidivé hier soir, avachi dans mon canapé, seulement accompagné du ronronnement nocturne de la circulation, qui s'infiltrait chez moi par l'entrebâillement de ma baie vitrée. Après avoir fait défiler toutes les photos de son profil, je me suis intéressé aux publications dans lesquelles elle avait été identifiée. La plus récente m'a sorti de mon état indolent en quoi ? Une seconde chrono ! Je jure que j'ai senti chacun de mes poils se hérisser d'une jalousie piquante en voyant ce type la presser contre lui.

Il fallait que je la voie. C'était devenu incontrôlable. J'avais à peine réussi à fermer les yeux après ça. Je ne pensais plus qu'à elle et à cet enfoiré qui avait osé la toucher. Après une courte nuit d'un sommeil agité, rien n'avait disparu. Ni la photo, ni le connard, ni leur foutu rapprochement. Je ne me souviens pas à quel moment j'ai décidé d'arrêter de lutter, mais je me suis pointé devant son école de bourgeois avec deux casques avant que ne sonnent dix-sept heures. Je n'avais aucune foutue idée de ce que j'allais lui dire, j'en étais même à me demander si je ne devenais pas complètement taré. Et puis, je l'ai vue. L'éclaircie de cette journée blafarde, si belle, si candide. Tout est devenu limpide. Me battre contre mon attirance pour elle n'avait plus lieu d'être, parce qu'à la seconde où son sourire m'a été destiné, ma cage thoracique s'est aérée et j'ai retrouvé le souffle de vie qui me manquait.

Oui, elle est toujours malade et condamnée. Oui, je suis toujours bourré d'incertitudes, mais je ne nierai plus cette sensation d'accalmie qu'elle me procure lorsque je choisis de baisser les armes. Mon malheur m'épuise, ma solitude écrasante aussi. Tant pis si j'en bave après coup, tant pis si les conséquences de ma décision m'éclatent au visage d'ici-là. Tant pis si ça ne dure pas, aujourd'hui j'ai besoin qu'elle soit mon positif.

Shenae raffermit sa prise une énième fois autour de mon abdomen. Je jette un furtif coup d'œil à ma montre. Eh merde, je suis à quinze minutes de devoir ouvrir les portes du club pour l'entraînement des espoirs… Je soupire en ralentissant notre allure et stoppe la Victory lorsque le feu tricolore de Scott Street passe au rouge.

– Je dois aller bosser, me résigné-je en tournant légèrement ma tête vers elle.

– Emmène-moi.

Je souris derrière ma visière et reviens fixer l'avenue. Encore maintenant, ma respiration s'amplifie d'aise. Putain que ça fait du bien ! Je n'oublie pas que je pleure la mort d'*abuelita*, je n'oublie pas que chacun de mes réveils est chaotique, mais égoïstement, je veux mettre tout ça sur pause. Avec elle. Quelques heures…

Dix minutes plus tard, je coupe le contact sur le parking du BLT. Un froid polaire court sous ma peau à la seconde où Shenae me lâche pour descendre de ma bécane. J'enlève mon casque sans jamais la quitter des yeux. J'ai un pouls qui frôle les cent vingt battements minute. Bien que je ne doute pas qu'elle ait apprécié la balade, je suis impatient de voir son sourire me le confirmer. Cette femme sourit tout le temps et, à cet instant, je n'attends que ça pour me sentir respirer à nouveau.

– C'était fantastique, décrète-t-elle en se libérant de son casque.

J'exhale une profonde goulée d'oxygène en apercevant les commissures de ses lèvres étirées à leur maximum. Avant même que je ne trouve quoi dire, Shenae approche et porte une main dans mes cheveux pour y remettre vraisemblablement de l'ordre. Encore maintenant, je brûle d'être si proche de sa bouche, je n'aurais qu'à me pencher pour l'embrasser et savourer son goût d'innocence.

– Comment je suis ? demande-t-elle d'une voix à la fois douce et espiègle tout en levant les yeux sur son front.

Parfaite. Tentante. Pétillante en dépit de la fatigue qui ternit ton teint.

– Rien à signaler.

Shenae pince un sourire froissé, à la limite de la déception, puis pose une paume sur mon torse. Son regard se fait plus malicieux, plus entreprenant. Je comprends sans mal ce qu'elle n'oralise pas et pour cause : je crève de la même envie qu'elle. Pourtant, je me retiens et allège sa main de son casque dans le seul but d'occuper la mienne qui ne demande qu'à choper la nuque de cette blonde délicieuse pour anéantir la mince distance entre nous.

– Les gars doivent m'attendre.

Je me déteste. J'ai même du mal à saisir mon putain de problème ! Elle n'attend que ça, moi et mon lâcher-prise, sauf que…

– OK, couine-t-elle en tentant un pas en arrière.

– Tout à l'heure, m'écrié-je presque.

Shenae incline sensiblement la tête et plisse les yeux. Elle me scrute intensément. Elle cherche la faille, elle essaie de comprendre. J'aimerais qu'elle en soit capable, qu'elle parvienne à décortiquer mes pensées sans que je sois obligé de les verbaliser. Ce serait tellement plus simple.

– Si je commence, je ne m'arrêterai plus, avoué-je devant sa mine intriguée.

Des étincelles de contentement pétillent en masse dans son regard.

– Je préfère ça, s'amuse-t-elle.

Soulagé, j'ouvre la marche à ses côtés et contourne le bâtiment pour rejoindre l'entrée principale de l'immeuble. Chacune de mes enjambées me fait regretter la promesse que je viens de lui faire. N'importe quel « tout à l'heure » sera trop long, je le sais.

– Ça ne devrait pas durer plus d'une heure.

– Aucun souci, j'ai deux trois notes à revoir. Je bosserai mes cours en t'attendant.

Nous tournons dans East Long Street. Nous ne sommes

qu'à quelques mètres des escaliers qui mènent au hall quand les rires de mes élèves nous parviennent. Les six jeunes que j'encadre cette semaine sont regroupés près de la porte et se chambrent. Ils ont l'air en grande forme, à l'instar des deux derniers entraînements. En début de semaine, j'ai failli en dégager deux dans le lot ! Ces petits cons n'écoutent rien et ne sont motivés que par le goût du sang. J'ai laissé pisser. Clairement, je me fous de leur implication boiteuse, de la même façon que je me contrefous d'être bon pédagogue !

– Hé, hé, hé ! siffle Neil, perché sur la rambarde de l'escalier en pierre.

– Nouvelle recrue, coach ? enchaîne Dalton.

– Mademoiselle, vous êtes exquise ! exagère Cody en finissant par mordre son poing.

Tous ont les yeux grands ouverts sur Shenae et bavent comme des prépubères devant un *Playboy*. Les réflexions pleuvent et mon sang ne fait qu'un tour. Ils vont ramasser ! J'accélère et grimpe deux par deux les marches avant d'attraper les deux plus proches abrutis par l'oreille. La température vient de chuter de dix degrés sur ce perron, si ce n'est plus. Dalton et Luke gémissent sous la pression de mes doigts et se cassent presque la gueule en passant le seuil que les quatre autres ont survolé en détalant comme des petits merdeux.

Après m'être brièvement assuré que Shenae nous suivait, j'entraîne les deux idiots jusqu'au second niveau. D'ordinaire, j'arrive avant le groupe, la salle est prête dès qu'ils passent la porte, mais mon état de nerfs les rend curieusement vachement plus volontaires. Les lumières sont allumées et déjà les casiers s'ouvrent aux vestiaires. Je délivre Luke et Dalton de leur punition douloureuse et les regarde se sauver pour retrouver leurs coéquipiers.

Je me félicite. En fait, ces gars ont besoin d'être malmenés pour être opérationnels ! Cette technique ne fonctionne pas avec tout le monde, mais visiblement, avec eux, c'est du pain béni. Et ils n'ont encore rien vu, je vais les épuiser ! Ils finiront par me supplier de ralentir.

– C'est si calme…

Je me retourne vers Shenae qui semble s'émerveiller de la superficie du club, ce soir vide de toutes âmes. Elle maintient l'anse de son sac de cours à deux mains et marche lentement jusqu'à moi.

– … Y a-t-il un endroit où je pourrais me poser ? Un coin de table me suffira.

Je la laisse s'installer près du local qui abrite le bureau d'Edge, sur la desserte où sont habituellement empilées les serviettes-éponges propres. Je bombe le torse quand les six freefighters en herbe sortent des vestiaires dans une file indienne impeccable. J'ai l'ascendant sur ces têtes de con ce soir et je dois dire que les voir courber la nuque de gêne me plaît assez. Comme le leur a appris Edge, ils progressent jusqu'aux pieds du ring et s'immobilisent en ligne, les bras croisés dans leur dos.

– Le respect, tonné-je. Respectez les règles, les codes. Respectez l'autre, qu'il soit votre adversaire ou l'enfoiré qui a couché avec votre nana. Respectez-vous. Le freefight va bien au-delà de l'image que s'en font les détracteurs. Pour eux, nous ne sommes que des brutes sans scrupule. Certains comparent même notre pratique à des combats de chiens clandestins. Est-ce vraiment ce que nous voulons leur montrer ?

– Non, coach, marmonnent-ils en chœur.

– Alors, arrêtez de jouer aux cons et concentrez-vous. Dix minutes d'échauffement poussé, grondé-je avant de les voir se mettre à trottiner autour de la salle. Ensuite, on bossera le respect des techniques par binômes : Cody et Dalton, Luke et Matthew, Neil et Raph. On accélère ! Plus haut les genoux !

Les six espoirs de cette année s'exécutent sans broncher. D'habitude, il y en a au moins un pour se plaindre ou se foutre de ma gueule mais, ce soir, leurs grandes bouches sont toutes fermées. Un sentiment agréable débarque dans ma poitrine. Je suis satisfait d'avoir su capter leur attention avec une notion toute conne et pourtant indispensable à la pratique de notre sport. Et, franchement, je kiffe de les voir filer droit !

L'entraînement dépasse mes espérances, et de loin. Je n'attendais pas grand-chose au final, mais ces petits merdeux me bluffent. Ils écoutent et intègrent chaque commandement, chaque explication. Plus grisant encore, ils se battent sans soif de victoire et s'appliquent à cogner avec respect. Raph qui, jusqu'ici, ne cherchait qu'à amocher son adversaire me surprend à cibler les points d'impact avec justesse. Cody aide même Dalton à se remettre debout après l'avoir soumis à une clé articulaire. Pas de vantardises, pas d'impertinences, rien de tout ça.

Je suis presque fier en les congédiant une fois les soixante minutes écoulées. Évidemment, j'ai toujours une mine sombre, aggravée par le froncement de sourcils que je m'impose de garder en les saluant d'un petit mouvement de tête. Cette attitude fait partie de ce que je suis dans le freefight et dans la vie, mais j'admets qu'elle a servi mon statut de coach ce soir.

J'ose un coup d'œil à Shenae avant de ramasser les cerceaux qu'ont utilisés les gars pour leurs placements. Assise sur une des chaises inconfortables de la salle, elle maintient sa tête contre son poing, accoudée à la petite table où sont éparpillés quelques polycopiés. Un sourire flotte mollement sur ses lèvres et ses paupières sont closes. Ses inspirations tranquilles sont le signe qu'elle flirte avec le sommeil. Un pincement me pique la poitrine d'imaginer qu'elle puisse être épuisée après sa journée de cours. Je m'en veux presque de ne pas l'avoir ramenée chez elle avant l'entraînement. Et puis mon cœur prend le relais et se met à battre plus fort. Elle est magnifique, trop magnifique pour un type comme moi… Je suis dingue de me lancer dans un truc avec elle, je le sais. Pourtant, je n'arrive pas à avoir de regrets en caressant des yeux les zones que je voudrais chérir de mes doigts. Je me sens comme un gosse qui s'apprête à faire une connerie, à la fois nerveux et galvanisé par l'interdit. Je sais que c'est une folie, pourtant je suis foutrement incapable de faire machine arrière…

Je ne réponds pas quand les espoirs passent la porte du club en me souhaitant une bonne soirée. Je ne suis plus apte à rien sauf à la regarder battre des cils pour s'acclimater aux lumières artificielles de la salle. Elle me capte la seconde qui suit et comme un foutu déclic, je progresse lentement jusqu'à elle.

– J'ai dû m'assoupir, ronronne-t-elle en passant les doigts dans ses cheveux pour les tirer en arrière.

– C'est que tu en avais besoin.

– J'aurais aimé assister à tout l'entraînement.

– Une autre fois.

Ma réponse égaie ses traits assouplis par son temps de repos et une lueur satisfaite éclaire ses prunelles bleues. Je me fige devant elle, contraint de retenir la vive pulsion qui contracte mes muscles à présent que je suis seul avec elle et si proche.

– Avec plaisir, accepte-t-elle.

– Tu as faim ?

– Pas nécessairement.

En vérité, je n'ai pas faim non plus, ou seulement de cette femme. Je dirais même que j'ai une dalle d'enfer ! Une bonne minute s'étend dans un silence assourdissant au cours de laquelle mon besoin insolent de me nourrir d'elle se heurte à son sourire sincère et malicieux.

– Tu veux que je te ramène ?

Son petit rire de gorge me fait craquer, putain…

– Non plus.

Elle marque une pause sans détacher son regard du mien et reprend :

– J'ai une question.

– Je t'écoute.

– Est-ce que nous sommes « tout à l'heure » ? Parce que ça me plairait beaucoup.

Je m'humecte les lèvres dans un sourire amusé et avance jusqu'à m'agenouiller entre ses cuisses. Elle vient de sonner la cloche du top départ et rien ne pouvait me faire plus plaisir. Avant même d'assurer mon équilibre, je chope son visage et l'approche du mien. Je n'aperçois qu'une seconde le soulagement dans ses yeux ébahis et me concentre à cueillir sa bouche. Chaque mouvement de mes lèvres ressemble à une quête d'oxygène. Chaque roulement de ma langue est un accroc à mes croyances. Je m'abreuve de cette femme, de sa chaleur, de ses gestes sûrs, de son impétuosité pareille à la mienne. Je respire, putain, et j'aime ça ! Ses doigts patinent sur ma nuque et remontent à l'arrière de mon crâne pour appuyer notre baiser déjà dément. Toute ma frustration s'envole et rejoint la sienne sous le haut plafond du BLT. À cet instant, Shenae n'est en rien la petite chose fragile que mon esprit préférait se représenter, elle est un feu ardent que je détesterais voir s'éteindre. Un feu que je veux attiser encore. Lorsqu'elle se rapproche du rebord de la chaise pour faire se rencontrer nos deux corps, mon érection palpite durement. Sans parvenir à me contrôler, ma main se perd dans sa chevelure blonde et s'y enroule. Shenae couine en suivant le mouvement que mon poing lui indique en tirant sur sa longueur de cheveux. Son cou est à moi, déployé, couvert d'une peau aussi douce que parfumée. J'en goûte chaque centimètre carré, avide, insatiable. Son halètement près de mon oreille est une mélodie divine et les ondulations de son corps contre le mien la plus érotique des danses.

– Tout ce que j'aime, gémit-elle.

Je souris en remontant sous son menton jusqu'à revenir contre ses lèvres béates.

– Usurpatrice, chuchoté-je dans un sourire miroir du sien.

Le souffle en vrac, nous nous embrassons avec moins de passion. Pourtant, je n'en aime pas moins l'intensité. Sa bouche se fait plus subtile et ma langue plus délicate quand elle pousse doucement sur mon torse pour me faire m'asseoir sur mes talons. Shenae glisse ensuite et s'installe sur mes cuisses, brûlante d'une fièvre que je ne lui connais que depuis ce soir.

Ses seins sont plaqués contre mes pecs lorsque je m'octroie le droit de sinuer mes doigts sous son haut, le long de son dos. Je grogne contre sa bouche en arrivant à l'attache de son soutien-gorge. J'ai juste envie de l'arracher. De tout arracher ! Pourtant, je me retiens, conscient de rouler au-dessus de la limite de vitesse, bien que mon levier soit déjà prêt à passer au rapport suivant. Elle se tortille sous mes caresses appuyées et le rythme de sa respiration se brise.

– Cruz ? glapit-elle en récupérant sa langue pour la faire courir sur la pulpe de ma lèvre inférieure.

– Shenae ?

– Je n'ai pas…

Mon autre main se resserre sur son cul dans le but de la plaquer davantage contre moi et la coupe dans un hoquet sexy.

– Je n'ai pas fait l'amour depuis au moins deux siècles, avoue-t-elle en faisant coulisser ses paumes sur mes bras. Je suis peut-être un peu rouillée.

Je ralentis instantanément mes mouvements et réduis leur

ampleur. Je me décolle sensiblement de ses lèvres pour capturer son regard et la sonder. Alors que je l'aurais imaginée mal à l'aise par sa confession, elle m'étonne à garder son sourire espiègle en faufilant ses doigts fins sous mon tee-shirt. Je tressaille une seconde lorsque ses empreintes arpentent mon dos. Ce contact est délicieux, mais ses derniers mots parasitent mon ressenti immédiat, ou en tout cas le modèrent.

– Je suis désolé, annoncé-je.

– Ne t'excuse pas. Surtout pas. Je ne me suis pas sentie aussi en phase avec mon corps depuis des lustres.

– Est-ce que tu peux… Je veux dire, est-ce que coucher est autorisé pour toi ?

Elle soupire discrètement. J'ai toujours une érection solide. J'ai même plus que jamais envie de fusionner avec elle, mais je refuse de faire quoi que ce soit qui pourrait l'abîmer ou abîmer son cœur. Cette soudaine responsabilité me file mal au bide.

– Est-ce envisageable que tu oublies un jour ma maladie ? rétorque-t-elle.

– Il y a peu de chances.

– OK, se résigne-t-elle en fuyant mon regard assombri.

Je baisse les yeux, dépité par la tournure que prend ce rapprochement inévitable. Je me suis laissé guider par mon besoin sans plus penser à ce paramètre cardiaque qui pourtant fait d'elle un être humain à part. J'ai merdé. Fait chier !

Je ne retrouve son contact qu'une fois son front calé contre le mien. Sa déception me fout en l'air. Je voudrais vraiment être capable de passer outre sa particularité. Sa massive particularité. Sauf que je ne sais rien de sa maladie, je navigue à vue et c'est juste impensable d'approfondir quoi que ce soit sans être armé comme il faut.

Nous restons une poignée de secondes silencieux, l'un et l'autre contrariés par l'avortement d'un moment qui aurait pu être libérateur en plus d'être exquis. Ce n'est que lorsque la sonnerie de son portable retentit derrière elle que Shenae choisit de mettre fin à notre étreinte. Elle reprend sa place sur la chaise et décroche.

– Oui, ça va… Non, attends-moi, je ne vais pas tarder… En taxi… Promis…

Je me relève, chaque parcelle de mon anatomie transie d'un fourmillement désagréable. Je suis dégoûté. J'aurais dû réfléchir avant d'agir ! Mon crâne se met à me faire un mal de chien alors que je piétine sur quelques mètres, les nerfs à vif. Ça ne pouvait être qu'une mauvaise idée, tout ça, moi, elle. Je le savais. Pourtant, j'ai foncé, convaincu qu'elle pourrait atténuer le mal-être qui bousille mes entrailles… Quel con !

– Je vais rentrer, annonce Shenae derrière moi.

Je ne me retourne pas. Je l'entends ramasser ses cours et les ranger dans son sac. J'attends sans savoir quoi dire ni comment me comporter. Je perds tous mes repères avec elle. À dire vrai, je fais de la merde depuis qu'*abuelita* m'a laissé…

Quand ses pas résonnent, mon cœur se braque, il refuse de ressentir le manque et, dans un même temps, il se craquelle de savoir cette femme sur le départ. Et puis, les bras de Shenae encerclent mon torse tandis qu'elle se colle dans mon dos et dépose son menton sur mon épaule.

– Hé… murmure-t-elle.

Je ne bouge pas, tétanisé par la tendresse de son timbre en totale contradiction avec le chaos qui règne en moi.

– Laisse-toi quelques jours pour repenser à tout ça. Comme je te l'ai dit, ça ne doit être que du positif. Peut-être que c'est trop tôt pour toi… Je ne veux pas être un problème ni une source d'inquiétude. Pour personne et certainement pas pour toi.

Incapable de rester de marbre lorsque ses lèvres s'égarent

sur ma nuque pour y parsemer une pluie de doux baisers, je viens nouer mes mains aux siennes.

– Je suis disposée à répondre aux questions que tu te poses, sur tous les sujets, notamment celui de ma maladie. Si et quand tu en auras envie, on prendra le temps d'en parler.

Son dernier baiser sous mon oreille dure plus que les précédents et me fait fermer les yeux à la fois d'aise et de dépit. Je ne saurais pas dire ce qui me déchire de l'intérieur à cet instant, le fait qu'elle soit condamnée ou qu'elle soit sur le point de partir. Je retiens un cri désabusé quand ses doigts se démêlent des miens et patinent sur mes flancs jusqu'à me quitter définitivement.

– Bonne nuit, Cruz.

18

Cruz

J'immobilise le sac de frappe et m'y accroche, vidé d'avoir passé dessus ma frustration et mon humeur de chien pendant une bonne heure. Je m'impose de respirer plus calmement quand mon regard traverse la salle et s'arrime à la table d'appoint. Celle qui est accolée à la cloison du bureau d'Edge. Celle qui supporte un tas de serviettes blanches impeccablement enroulées. Celle que Shenae occupait il y a trois soirs. Juste là, à l'endroit où je n'étais plus vraiment marqué par le chagrin, où ses lèvres m'ont donné l'impression de ne plus être seul. Là où j'ai fini par paniquer…

– Est-ce que tu entretiens une relation particulière avec les serviettes ? C'est quoi ? Une espèce de télépathie sexuelle ?

Trigger, posté sur ma droite, les mains pleines de magnésie, me surprend une fois encore à déconner sans en faire des tonnes. J'ai presque de la peine pour lui. Depuis le décès d'*abuelita*, mon pote pondère son humour dégueulasse pour ne pas me faire vriller. Disons que je suis plutôt irritable ces derniers temps. N'empêche que ça doit lui coûter. Il ne tiendra pas deux semaines de plus avant de retrouver sa verve d'emmerdeur, mais j'apprécie l'effort.

– T'as prévu un truc, ce soir ? enchaîne-t-il sans attendre ma réponse. Tu veux passer à l'appart ?

Cette fois, je me sens limite minable. Clairement, ma mine sombre lui fait pitié. Je vois bien qu'ils se modèrent tous, je ne suis pas complètement lobotomisé par mon deuil ni par une blonde ingénue ! Pourtant, ils auraient eu des masses de trucs à raconter après leur semaine à San Antonio. En définitive, j'en aurais eu aussi, sauf que je ne suis pas façonné ainsi. J'écoute, je donne mon avis quand on me le demande, mais je ne parle pas plus que nécessaire. Mes coéquipiers le savent et s'en contentent. Trigger le premier, ça lui permet de gagner mon temps de parole pour fabuler sur sa vie et les multiples femmes qu'il dit mettre dans son lit.

– Non, c'est bon, décliné-je en essuyant mes tempes perlées de sueur d'un revers de poignet.

– Tu vois Casey ? Il crèche toujours chez toi ?

Je me détourne de la pyramide de serviettes pour l'affubler d'un regard incrédule.

– C'est moi ou tu cherches désespérément de la compagnie ?

– Moi ? s'offusque-t-il. Attends, c'est pour rendre service, je voulais juste t'éviter de passer la soirée à chialer comme une gonzesse.

Traduction : je lui fais pitié. Je grogne et contourne aussi sec le sac de frappe pour rejoindre les vestiaires. Sans un mot, je dépasse Dre et Casey qui discutent « tactiques » avec Edge et m'enferme dans une des douches. Ma peau fume presque autant que mon crâne tant je me sens à fleur de peau. Je bous, littéralement. Les deux paumes écrasées sur la faïence, je m'immerge entièrement sous le jet et force une longue expiration, comme si ça pouvait suffire pour me décharger de l'inconfort détestable qui obstrue ma poitrine depuis vendredi soir. Putain, je voudrais revenir à ma vie d'avant, avant l'hospitalisation d'*abuelita*, avant Shenae, avant le verdict de la Fédé. Parce que tout était plus simple. Mes journées se ressemblaient, mes émotions ne partaient pas dans tous les sens, mon agenda était calqué sur du papier à musique, j'avais une vie sexuelle correcte… J'aimais ce quotidien sans vague, jamais perturbé par les aléas. Aujourd'hui, j'oscille entre douleur permanente et trouille, je ressasse, je déconne, le tout avec la sensation que j'évolue à tâtons, et je ne gère rien.

– Dalton, petit enfoiré, se marre une voix dans les vestiaires. Dis-moi que c'est ta cousine sur ta dernière publi !

Les espoirs viennent d'arriver… Je récupère deux doses de savon dans le dévidoir mural et me savonne rapidement. Il est temps que je me tire, je suis au BLT depuis sept heures ce matin, la fatigue commence à peser sur mes réactions, surtout que j'ai à peine dormi ce week-end… Bref !

– C'est ma frangine, gros ! Putain, lis un peu les légendes !

– Lire ? éclate-t-il de rire. Impossible, reluquer ta sœur était tout ce que je pouvais faire. Mon pote, elle est canon ! Tu la prêterais ? Juste pour un muffin au petit déj évidemment !

Raph, Neil, Matthew et Luke se bidonnent tandis qu'un claquement métallique retentit. Une porte de casier, sûr ! Cette même porte qu'a assurément explosée Dalton pour tenter de faire fermer la grande bouche de Cody. S'ils pouvaient se magner de se préparer pour le cours, ça m'arrangerait, histoire que je n'aie pas à partager le même espace qu'eux.

– T'es pas son genre, passe ton chemin, grommelle le frère exaspéré.

– Laisse-moi au moins essayer !

– Pour que tu joues le connard avec elle ?

– Arrête, je serai parfait ! J'ai bien retenu la leçon.

– Le respect ! confirme Raph.

– Tout à fait, fanfaronne Cody. D'ailleurs, j'ai souffert tout le samedi. J'ai même découvert des muscles dont j'ignorais l'existence !

– Pareil, j'ai morflé, ajoute Neil, mais c'était cool. La séance était top !

– Ouais, marmonne Dalton, Eagle a du potentiel. C'est juste dommage qu'il n'ait décidé de partager que le dernier soir.

– Il voulait peut-être impressionner sa blonde, ose Matthew à mi-voix.

– Cette meuf… Trop jolie, je vous jure… gémit Neil.

– Grave, consent Cody.

Cette fois, je coupe l'eau et enroule une serviette autour de mon bassin. Le calme règne dans les vestiaires lorsque je pousse la porte de la douche. Six paires d'yeux me trouvent et s'écarquillent avant de loucher sur le sol. Ils doivent s'attendre à ramasser mes foudres. Pourtant, ce n'est pas mon envie première. En vérité, je me sens curieusement satisfait. Ce que j'ai entendu m'a plutôt fait plaisir et rien de ce qui a été dit sur Shenae n'était irrespectueux ou erroné. Je les crible d'un regard noir malgré tout. C'est de cette façon que j'ai dompté ces sauvages, il n'est pas question qu'ils reprennent l'ascendant sur moi, ou en tout cas qu'ils pensent le reprendre !

– Bonjour, coach, balbutie Dalton, rapidement copié par les cinq autres.

Je hoche sévèrement la tête avant de me diriger vers mon casier. La bande s'exfiltre en un rien de temps et me laisse seul avec un flottement de sourire complaisant. C'est vrai que le dernier cours était intéressant. Ça m'a botté de les faire transpirer, presque autant que j'ai aimé leur transmettre ma vision du freefight. L'heure est passée à une allure dingue et si je n'avais pas foutu en l'air le reste de la soirée, j'aurais pu parler de ce vendredi soir comme d'un bon souvenir. Sauf que…

– Déjà prêt à dégager ? me lance Casey dans mon dos alors que j'enfile mon polo.

Mon meilleur ami s'adosse à son casier, lequel jouxte le mien, et me sonde avec attention. Toujours à l'affût, un peu comme je l'étais pour lui avant qu'Aria ne prenne le relais l'été dernier.

– Ouais.

– Je vais rentrer aussi, déclare-t-il en faisant volte-face pour récupérer son sac de sport dans son casier. Tu cuisines ?

– Tu ne vois pas ta femme ?

– Non, mais seulement parce que j'ai envie d'un picadimo !

– *Picadillo*, ne puis-je m'empêcher de rire. Faut qu'on passe faire des courses alors !

Trois quarts d'heure plus tard, je vide les courses sur le plan de travail et sors le fait-tout. Casey me regarde faire, assis sur un des tabourets hauts qui me fait face. Curieusement, je me sens bien en comparaison de l'état de nerfs qui ne me quittait pas jusqu'à ma douche au BLT. Je ne peux pas dire que je suis heureux, ça me semble juste impossible maintenant que je suis le dernier survivant de mon arbre généalogique, mais force est de constater que ma poitrine ne me fait pas souffrir le martyre.

– Comment c'était San Antonio ? marmonné-je en ciselant les poivrons.

– C'était bien, la coloc avec Trigger était explosive, mais que c'était bon de le voir se faire souffler la première place de sa poule par un petit jeune ! Il n'a pas tenu un round contre lui, tu aurais kiffé.

– C'est clair. Et toi ? Qualifié ?

– Nan, je m'en suis sorti à la quatrième place.

– Merde… Et Dre ? demandé-je, le nez sur ma découpe minutieuse.

Son silence traîne quelques secondes avant que je ne me décide à lui jeter un coup d'œil surpris. Casey me scrute, mal à l'aise. Il attrape son portable pour le manipuler. Piètre tentative pour camoufler sa nervosité subite. Je hausse les sourcils. Il soupire, vaincu, et marmonne :

– Il s'est sélectionné. Premier de sa poule avec une soumission en un round.

J'avoue ne pas prendre la complète mesure de son annonce sur l'instant. Je suis un peu largué à vrai dire. Pourquoi Casey est-il à ce point gêné de m'annoncer la victoire de Dre ?

Peut-être parce qu'il ne veut pas te balancer à la gueule la réussite de ton pote quand il te sait toi-même dégoûté d'avoir perdu tous tes combats ces deux dernières années ?

– C'est super, conviens-je d'une voix blanche. Il le mérite, je le féliciterai demain.

– On aurait fini par te le dire, confesse-t-il, contrit. On voulait attendre que tu sois en meilleure forme, c'est tout.

Donc, ils étaient tous d'accord pour ne rien me dire… C'est un poil malsain, non ?

Ça s'appelle de la considération.

Ou alors ils commencent d'ores et déjà à me désolidariser de l'équipe. Ça me saoule, même si je comprends leurs motivations. Je ne suis qu'à quelques semaines d'être giclé du club, autant amorcer la rupture en douceur. Je me retourne pour sortir une casserole et la remplis d'eau. Je reporte les étapes viande hachée, ail, oignons et épices. Je ne suis pas encore prêt à refaire face à Casey et à lui montrer ma déception.

– Aria inaugure la boutique demain soir, se force-t-il à reprendre d'un ton qu'il espère nonchalant. Ça te dit de venir ? Il n'y aura pas grand monde, juste deux ou trois journalistes, son fournisseur principal et quelques-unes de ses connaissances ici. Ah, et le coach Dunhill fait le déplacement avec ma tante, sa frangine et Pierce aussi.

La totale. Ce sera un genre de remake des Jeux sans le soleil brésilien. Je ne suis pas certain d'avoir envie de ça.

– Est-ce que je peux venir accompagné ?

Je me raidis, en apnée.

Est-ce vraiment moi qui ai lâché ça ? Sans déconner !

Je délaisse le manche de la casserole pour me pincer

l'arête du nez, dépité. J'ai dit que j'étais crevé, non ? Eh bien, voilà le style de connerie que la fatigue me fait faire… Il faut croire que mon cerveau n'en fait qu'à ses neurones, lesquels semblent indubitablement connectés à Shenae.

– Je… Oui, évidemment que tu peux… bafouille Casey de stupéfaction dans mon dos. Putain, qu'est-ce que j'ai loupé ?

Cette fois, sa curiosité s'entend, mais une curiosité un poil stressée quand même. J'imagine que le moment est venu de lui parler d'elle et de ce qui ravage le cours de mes pensées à longueur de journée depuis vendredi.

– Je l'ai revue, avoué-je sans bouger, les yeux rivés aux timides remous d'eau salée qui recevront le riz dans une minute.

– Quand ?

– Il y a trois jours.

Je n'ajoute rien, pas certain de la façon d'aborder les choses. Casey sait que Shenae et moi nous étions rapprochés au cocktail. Je n'avais pas eu besoin de le lui dire, il l'avait lu sur ma tronche d'homme contenté une fois de retour du couloir. Il était ravi pour moi, en tout cas son sourire de connivence me l'avait fait comprendre. Mais nous n'avions pas développé après ça, il était occupé à roucouler avec sa rousse et moi je veillais au chevet d'*abuelita*. Inutile de préciser qu'une fois les obsèques passées, aucune discussion à ce sujet n'était possible, je n'étais qu'une foutue serpillière en mode « laissez-moi crever ».

– OK, répond-il seulement.

– Elle me fait du bien, confessé-je dans un soupir.

– C'est une bonne chose.

– Sauf que je fais tout foirer chaque fois.

– C'est-à-dire ?

Je le fixe enfin.

– Elle me plaît vraiment, mais je suis foutrement incapable

d'agir comme je le ferais avec d'autres. Je n'arrive pas à m'ôter de la tête qu'elle va…

Je marque une pause et ravale ce putain de verbe qui me lacère la gorge.

– … tu sais bien qu'elle est malade.

Il pince un sourire confus, puis croise les bras sur sa poitrine en se rencognant contre le dossier de son assise.

– Qu'est-ce qu'elle en dit, elle ?

– Elle me veut, moi.

Casey ébauche maintenant un sourire réjoui.

– Elle ne cherche pas les complications, poursuis-je. Il n'est pas question de s'engager ou de planifier quoi que ce soit, elle veut juste profiter. Dans l'idée, ça me va, mais…

– Mais quoi ?

– J'en sais rien, je… J'ai l'impression qu'accepter de la revoir reviendrait à grimper dans une Lambo lancée à pleine vitesse sur un circuit. Pas de ligne d'arrivée, juste un putain de mur. On va se crasher, c'est inévitable. Et elle, elle y restera…

– Profite juste quelque temps et descends de la caisse avant que les airbags se déclenchent.

Je fais mine de réfléchir. Pourtant, je sais que je n'arriverai pas à descendre à temps. Elle est fascinante, en plus d'être une bouffée d'air régénérante. C'est juste impensable que je ne finisse pas par m'attacher. C'est sûrement déjà le cas. Sinon, pourquoi en suis-je à me retourner le crâne sans arrêt après deux baisers ?

– Et si ma ceinture restait bloquée ?

Casey fronce les sourcils.

– Vas-y, désactive le mode métaphore.

Je roule des yeux avant de grogner :

– Et si je finis par ressentir des trucs pour elle ? J'ai pas les épaules, Casey, je suis déjà en ruine, je n'y arriverai pas. Est-ce que je ne dois pas me protéger avant tout pour m'éviter de souffrir ? Toi, est-ce que franchement tu te serais lancé dans une relation avec Aria si tu la savais condamnée ?

Casey bascule lourdement sa tête en arrière devant ma question et attrape ses cheveux d'une poigne ferme. J'attends, les bras tendus et poings serrés posés de part et d'autre de ma préparation en pause. Je ne sais pas ce que j'espère comme réponse, je ne sais même pas si sa réponse, quelle qu'elle soit, me permettra de trancher quant à ma conduite à tenir. Dans le fond, je crois que je voudrais l'entendre me dire qu'il n'y serait pas allé, que la deadline l'aurait fait trop flipper, qu'il se serait préservé. Ce serait plus facile en fin de compte.

– Oui, reconnaît-il enfin avant de venir bloquer son regard convaincu dans le mien.

– Oui ? Tu aurais pris le risque de morfler ?

– Mais j'ai pris le risque de me ramasser, mon pote. Pourtant, Aria est en bonne santé ! Et puis, merde, elle est chiante ta question.

– Bienvenue dans mon crâne ! lâché-je en levant les mains au plafond.

– Et qu'est-ce que t'en sais qu'elle y restera ? Hein ? Tu sais ce qu'elle a ? Quelles sont ses chances ? La médecine a vachement évolué, si ça se trouve c'est elle qui t'enterrera !

– Elle a proposé qu'on en parle, avoué-je en reprenant la découpe des poivrons.

– Alors, fais ça. Discutes-en avec elle, vois si elle peut encaisser les mois ou les années et prends une décision après ça ! Putain, ça m'a filé mal à la tête…

– Moi, j'ai la tête à l'envers depuis des semaines.

Casey s'apprête à rebondir quand son portable se met à claironner et affiche un appel entrant du coach. Je lui fais signe de dégager pour décrocher et réserve les poivrons détaillés dans une assiette. À présent concentré à hacher menu les deux gousses d'ail, je me repasse mentalement notre conversation. Je ne suis pas plus avancé, même si d'après lui le risque « zéro souffrance » n'existe pas dans une relation. Tout ce que je veux, c'est respirer, je ne demande pas la lune, nom de Dieu ! Et contre toutes attentes, celle qui m'aide le mieux à faire enfler mes poumons d'un air salvateur, c'est elle. Shenae. Ma blonde ingénue.

Sans préméditation, j'abandonne couteau et planche, m'essuie succinctement les mains et chope mon téléphone. Mes pouces tapent à une allure folle, simplement pour m'empêcher une prise de conscience soudaine. C'est insensé, mais, merde, ça m'obsède, il faut que ça s'arrête !

[Inauguration de la bijouterie
demain soir. On s'y rejoint ?]

Je pourrais passer la chercher et me shooter de ses bras enserrés autour de mes abdos le temps du trajet, mais ce serait me tirer une balle dans le pied. Je dois absolument éviter le contact avant que nous ayons mis les choses à plat.

Le nez sur mon écran, j'attends sa réponse avec une boule d'appréhension dans le bide. Putain, je suis pathétique…

– Tu sais, me fait sursauter Casey en retrouvant sa place sur le tabouret, la problématique « maladie cardiaque » mise à part, je te trouve très mignon, mon chou !

L'enflure…

– Va te faire foutre, maugréé-je avant de voir la réponse de Shenae s'afficher.

[Quelle heure ?]

– Quelle heure, demain ? m'empressé-je de demander à Casey.

Le pouls déconnant, je ne laisse aucune émotion passer sur mes traits. Pourtant, je bous à l'intérieur. Un mélange de trouille, d'impatience et de soulagement.

– Ça commence vers dix-huit heures.

[18 h à Agate & Co.
Toujours OK pour discuter ?]

[Bien sûr.]

– Alors ?

– Elle viendra, conclus-je en rangeant mon portable.

– C'est bien, ça va te permettre d'avancer.

Sans répondre, j'opère un demi-tour pour faire face aux plaques de cuisson et m'empare du sachet de riz d'un geste que je voudrais plus assuré. Mes doigts tremblent un peu. Pourtant, je me sens parfaitement ancré au sol. C'est seulement que… Je n'en sais rien, je me sens entre deux eaux, à la fois bousculé par une excitation en pleine montée et parasité par un trac de gosse. Je voudrais déjà être à demain, mais je redoute de crever l'abcès avec elle. Il n'y aura pas vingt alternatives, juste deux : accepter que ce truc entre nous suffise à me faire faire abstraction de sa maladie, ou mettre un point final à tout ça, quitte à crever de regrets.

19

Shenae

La tempe collée à la vitre fraîche du bus, je regarde les rues de Columbus défiler à faible allure avec un sourire flou sur les lèvres. Flou et fatigué. Encore deux arrêts et je serai à l'appartement. L'horloge sur la façade du Community Center affiche dix-sept heures seize lorsque nous tournons sur Frambes Avenue. Être à dix-huit heures à la boutique d'Aria va s'avérer compliqué. Je dois me changer et mettre un peu de couleur sur mon teint aujourd'hui trop pâle. Même avec la meilleure volonté du monde, je n'arriverai pas à temps pour la découpe du ruban.

Je me détache de ma contemplation lorsqu'un message fait vibrer mon portable jusqu'alors emprisonné dans mes doigts.

[Juste pour info :
pot de départ surprise
à l'animalerie.
Benton part en retraite !
Il paie un resto à l'équipe.]

[Amuse-toi bien !
Et rentre tard surtout.]

[Nan mais je suis
joignable si besoin !]

[… je passe… dans un…
tunnel…]

[Très marrant !]

[Je sais, je me félicite
aussi. Profite de ta soirée
pour méditer sur mon
avenir d'humoriste !]

[Ouais, j'y penserai.
En attendant, tu m'appelles
si tu veux que je te
ramène après l'inauguration !]

[Je rentrerai en taxi.]
[J'arrive à l'appart, bises]

Sans attendre sa réponse, je range mon téléphone dans la petite poche extérieure de mon sac de cours et me lève en direction des portes accordéon. Un vertige me surprend lorsque le chauffeur freine d'un pied brusque et manque de me faire perdre l'équilibre. Fichue fatigue… Je souris néanmoins en captant l'œillade contrite du conducteur dans son large rétro et le salue d'un geste avant de descendre les quelques marches, une main fermement arrimée à la rampe.

Comme la semaine précédente, l'épicier dont la boutique fait face à l'arrêt de bus me fait signe, puis repart dans l'agencement de son étal. Deux mètres plus loin, Mme Harris claque sa porte d'entrée en bougonnant, éternellement agacée par l'excitation de sa jeune chienne à l'approche de la promenade. Dix enjambées plus tard, le soufflement du sèche-cheveux qu'Alejandro manipule avec dextérité s'échappe par la fenêtre du salon de coiffure. Tous ces petits détails élargissent mon sourire et gonflent mon cœur d'un doux bien-être. J'ai toujours aimé observer le monde, la vie, les gens. Les voir agir, réagir, s'aimer, rire ou même pleurer. Ça n'a de cesse de m'émerveiller. L'être humain est une œuvre d'art à lui seul, une multiplicité de couleurs et une réelle source d'inspiration pour qui prend la peine de bien regarder. Mary Ellen Mark l'avait si bien compris. Cette photographe de talent était adepte du portrait social. Son book recèle de clichés d'hommes et femmes insolites. Un travail extraordinaire que j'ai eu la chance de découvrir un après-midi d'automne, il y a plusieurs années, au détour d'une galerie d'art qui exposait ses œuvres.

La photo… Oui, ça me plairait, la photo ! Je secoue la tête, amusée à l'idée de parler de cette nouvelle envie à Essie. Je l'entends d'ici soupirer.

Je ne suis qu'à quelques lentes enjambées de mon immeuble quand mon regard sillonne la rangée de véhicules parqués le long de l'accotement, puis se fige sur une moto. Un hoquet de surprise me coupe le souffle une microseconde. Je n'y connais rien mais je pourrais reconnaître la Victory de Cruz dans un parking plein de deux-roues. On n'oublie jamais sa première fois, c'est aussi simple que ça.

Motivée par l'accélération progressive de mon pouls, j'étends mon périmètre d'observation jusqu'à trouver son propriétaire. Un spécimen à la musculature imposante, au teint chaud et traits marqués par la vie, mais d'une beauté sans pareille. Un spécimen rare, d'une profonde complexité et d'une richesse inexplorée. Un homme. Cet homme. Celui auquel je ne cesse de penser. Celui pour qui je mènerais une guerre dans le seul but de le faire sourire. Celui qui n'aurait pas dû être là, assis sur les marches de mon immeuble, les coudes verrouillés à ses genoux, lesquels s'agitent comme des ressorts.

– Salut.

Cruz lève le nez sur moi. Bon sang, ses yeux s'accrochent aux miens avec une telle intensité que je pourrais en mourir asphyxiée. À moins que ce ne soit ma subite envie de ses baisers langoureux qui me donne cette impression ?

– Que fais-tu ici ? Ne devions-nous pas nous retrouver à la boutique ?

Cruz se mord l'intérieur de la joue, mal à l'aise, puis se décide à quitter les marches en laissant derrière lui un seul et unique casque. Je ravale ma déception et affiche un port de tête confiant, à l'opposé du sentiment prédominant qui me comprime la poitrine.

– J'ai fini ma liste de questions, déclare-t-il après une profonde inspiration. J'ai pensé qu'on pourrait en parler avant la soirée.

J'acquiesce avant d'enchaîner :

– Comment as-tu su où me trouver ?

– Aria, avoue-t-il dans une furtive grimace.

Est-ce que ça me plaît qu'il soit allé recueillir des informations quant à mon lieu de résidence ? Clairement ! Se peut-il que ce soit bon signe en dépit de l'absence du second casque ? J'ose espérer que oui. Suis-je anxieuse à l'idée d'aborder le sujet de ma maladie avec lui ? Un peu, c'est en tout cas ce que mon cœur semble me chuchoter à chaque battement.

– Tu m'autorises cinq minutes ? J'aimerais me changer.

Il hoche la tête en me suivant du regard tandis que je le contourne pour accéder à la porte du hall. Son parfum me chatouille les narines et commande à mon corps de venir le humer directement sur sa peau hâlée. Pourtant, je m'empare de la poignée. J'ai compris que ma défaillance cardiaque jumelée à son attirance pour moi lui posait un réel cas de conscience. Aussi, je contiens ma frustration et garde le battant ouvert pour le laisser investir le hall à son tour.

– Je peux attendre dehors, grogne-t-il, immobile au pied des marches.

– Tu ne veux pas monter ?

Une multitude d'émotions traverse son regard foncé alors que j'arque les sourcils d'étonnement. Il semble à la fois indécis, impatient, triste et soulagé. Aurait-il peur de se retrouver seul avec moi ? Mais peur de quoi ? En vitrine, il est le méchant loup, tatoué, musculeux et sombre. Je ne suis que le petit agneau. Fragile, frêle et sûrement trop naïf. Qu'il se rassure, je ne ferais pas le poids.

– Je te propose un périmètre de sécurité.

– Pas sûr que ça suffise, grommèle-t-il.

Une chaleur indécente se répand en moi jusqu'à faire réapparaître mon sourire. Je pourrais craquer, comme ça, sans préméditation, et seulement parce qu'il me conforte dans l'idée que notre magnétisme est difficilement réfrénable. Je ne suis pas la seule à avoir envie de faire s'arrêter les aiguilles du temps pour assouvir fougueusement le besoin insolent qui anime mon pouls. Il le voudrait aussi, malgré notre conversation à venir.

– Discutons d'abord, tu aviseras ensuite, murmuré-je en m'effaçant un peu plus.

Après plusieurs secondes d'hésitation, Cruz amorce son ascension. L'un derrière l'autre, nous grimpons jusqu'au second étage dans un silence absolu. Je ne m'en offusque pas, moi le petit agneau chétif qui sent le regard du loup peser sur sa croupe. Cruz n'est pas adepte du bavardage sans intérêt, celui qui ne sert qu'à masquer un potentiel malaise et combler les blancs. Beaucoup se seraient rués sur des échanges banals sur la météo ou l'actualité locale, mais pas lui. Pas Cruz. Ni moi finalement, en tout cas pas avec lui.

– Tu peux te servir quelque chose à boire, je me dépêche, le préviens-je en désignant la cuisine une fois mon trousseau de clés déposé sur la console de notre petite entrée.

Sans un coup d'œil vers lui, je rejoins ma chambre, récupère une tenue et file dans la salle de bains. J'habite cet appartement depuis bientôt deux ans. Pourtant, aujourd'hui, j'ai la sensation de ne pas en reconnaître l'odeur. C'est comme si la seule présence de Cruz brouillait mes repères sensoriels dans mon propre foyer. Je le sais à quelques mètres, je le sens au travers des cloisons qui nous rendent invisibles aux yeux de l'autre et ça change la donne. Ma peau est curieusement plus réceptive, polarisée par cet homme abîmé qui erre supposément dans la pièce de vie.

Après une douche express, je passe ma robe en denim souple et jauge mon reflet dans le miroir tout en nouant la fine ceinture autour de ma taille. Au-delà du rose naturel qui colore mes pommettes, je n'ai pas bonne mine. La faute à mon agenda bien rempli, à l'école d'art, au café avec ma bande de camarades, à mes nuits courtes… Je me hâte de relâcher mes cheveux jusqu'alors en chignon et sors ma trousse de maquillage. Je ne veux pas lui donner matière à s'inquiéter plus qu'il ne le fait déjà. Je vais bien, je ne serai jamais apte au marathon ni même au semi, mais c'est une constante avérée depuis six ans. Le pouls filant, j'applique du fond de teint léger et du mascara, puis prends la direction du séjour. Mes mains tremblent un peu en découvrant Cruz face à la baie vitrée, les poings joints dans le bas de son dos. Il a ôté sa veste en cuir, laquelle gît sur le dossier du fauteuil cabriolet prune. Ses biceps sont massivement contractés sous les manches de son tee-shirt. Presque immédiatement, je voudrais sentir sa force autour de moi. Sentir ses bras tatoués jusqu'aux poignets me maintenir contre lui, me bloquer, m'interdire de rompre un rapprochement que je sais être exquis.

Je refoule le crépitement délicieux qui vogue au creux de mon ventre et m'installe dans le canapé.

– Par quoi veux-tu commencer ?

Mon brin de voix le fait se retourner. Aussitôt, ses deux billes ébène passent mon corps au crible. J'en ai presque des palpitations lorsque son regard revient se fixer sur les traits de mon visage. Encore maintenant, je me retiens de bondir jusqu'à lui. Je sais que c'est complètement insensé, pourtant je me sens bouillir d'être si près de lui sans pouvoir le toucher... D'autant plus que la réciproque semble vraie à présent que ses joues se creusent sous la pression de sa mâchoire tendue. Je lui montre le fauteuil pour l'enjoindre de s'y asseoir et ne manque pas un seul de ses mouvements quand il abdique et prend place à l'extrémité de la table basse.

– Je t'écoute, l'encouragé-je avec douceur.

Il soupire, vraisemblablement chahuté par l'amas de questions qui encombre son esprit tourmenté.

– Parle-moi de ta maladie, marmonne-t-il enfin.

C'est parti...

– Je suis atteinte d'une valvulopathie depuis mes 15 ans. Cette pathologie se résume à un dysfonctionnement des valves cardiaques, les clapets qui permettent le flux de sang. En ce qui me concerne, le rétrécissement des valves est généralisé et réduit considérablement le débit du sang.

– Est-ce que tu souffres ? Au quotidien ?

Je pince un sourire en demi-teinte.

– Non. Mon récent traitement est efficace, je ne ressens pas de douleurs à proprement parler, seulement des désagréments de temps à autre.

– Comme ?

– Fatigue, difficulté à respirer correctement et vertiges.

Un lourd silence s'étire. Un lourd silence que je voudrais briser sans vraiment m'en sentir capable. J'ai conscience que ce moment est décisif pour Cruz, pour ce qu'il prévoit de vivre avec moi, alors je me refuse à prendre les devants. Je n'ai pourtant aucun souci à parler de mon problème majeur de santé, je n'en ai jamais eu, le diagnostic ne m'avait pas même tiré une larme. C'était ainsi, que pouvais-je bien y faire ?

– Est-ce que tu guériras ? tente Cruz d'un ton austère.

– Non.

Ses narines s'élargissent d'une trop franche inspiration, puis un voile traverse son regard jusqu'ici embrumé par une colère sourde que je sais ne pas m'être destinée. Un voile triste, caressé par son empathie évidente. Toutefois, son faciès ne se déride pas, ses traits sont toujours marqués par sa rudesse originelle, celle que j'ai aimé assouplir quelques fois depuis notre rencontre.

– Combien de temps ?

Je hausse les épaules.

– Personne ne le sait. Quand bien même nous pourrions l'estimer, je ne souhaiterais pas le savoir. Il y a cinq ans, les médecins parlaient d'un sursis de deux années maximum, ajouté-je en souriant timidement. Comme tu vois, j'ai déjà gagné cette bataille.

Mon trait d'humour ne l'atteint pas. Au contraire, Cruz se rencogne contre le dossier du fauteuil et fourrage ses cheveux d'une irritation qu'il s'efforce de brider. Je l'observe, attentive, troublée de voir qu'il est affecté par ma ligne d'arrivée funeste. Mes doigts se mettent à me démanger quand son froncement de sourcils s'accentue à mesure qu'il ferme les yeux. Son combat intérieur me touche alors même que nous ne nous connaissons que peu.

– Viens près de moi… m'étranglé-je, prise à la gorge par une émotion inédite.

J'ai peur tout à coup, peur de le voir capituler pour de bon, peur de perdre un temps qui m'est fatalement précieux, peur de ne pas être celle qui le rassurerait. Cruz me scrute sans bouger, les doigts arrimés aux accoudoirs avec une telle force que ses phalanges en blanchissent. Pourtant, un éclat de tendresse suinte de ses prunelles, un authentique et délicieux éclat, lequel n'a d'effet que de me faire répéter.

– Viens…

Cette fois, quelque chose change. En lui, sur ses traits, dans son regard et dans la contraction de ses muscles. Même l'amplitude de son souffle se modifie pour devenir plus profonde. Il abdique en se levant lentement et avance dans ma direction. Je le sens toujours paumé, mais guidé par un besoin qu'il ne commande plus. J'attrape sa main dès lors qu'il se pose à mes côtés et la porte à mes lèvres. Je voudrais sa bouche, je voudrais faire pleuvoir un millier de baisers salvateurs sur son visage pour gommer son appréhension. Toutefois, je me contente de ses doigts chauds qu'il resserre presque instantanément autour des miens.

– Quelles sont les contre-indications ? soupire-t-il avec un soupçon d'impuissance.

– Je ne dois pas fumer ni boire à outrance et éviter toute source de stress. Les voyages en altitude me sont interdits, tout comme la prise d'un contraceptif. Une alimentation saine est à favoriser, une activité physique adaptée également…

Sa main s'extrait délicatement de la mienne et vient s'enrouler autour de mon cou. Cruz me dévisage sans plus remuer un cil. J'attends, le souffle haché, qu'il m'impose de venir à lui, mais rien, Cruz reste à me sonder, mué dans une réflexion intense.

– Et pour le sexe ? grogne-t-il.

Impossible de retenir mon sourire soulagé. Sa main possessive emprisonne davantage ma nuque sans pour autant revendiquer mon approche.

– Le sexe est hautement recommandé, assuré-je sur le ton de la confidence.

Les muscles de ses joues se tendent sous sa barbe naissante lorsqu'un léger sourire effleure ses lèvres pincées. Si je n'étais pas entièrement captivée par sa bouche, je verrais peut-être ses épaules s'affaisser d'un lâcher-prise nécessaire ou sa poitrine se gorger d'un nouvel air. Mais je ne vois rien d'autre que cette pulpe d'ordinaire plus charnue.

– Recommandé ? reprend-il.

– Complètement autorisé.

– Aucune restriction ?

Un rire à la fois embarrassé et libérateur m'échappe.

– Non, ou seulement parce que je manque de pratique.

Noyée à présent dans ses prunelles brunes, je me sens mourir de ne pas déjà être contre lui et sur ses lèvres. J'ai conscience qu'il a déposé les armes. Pourtant, je refuse d'être celle qui fera le premier pas. C'est à lui, à lui seul, de décider s'il veut faire partie de mon positif.

– Qu'en penses-tu ? ne puis-je m'empêcher de demander après une déglutition pénible.

D'une poigne ferme, sa main libre vient attraper ma hanche et me déporte jusque sur ses cuisses. En deux secondes à peine, je me retrouve assise à califourchon sur lui, galvanisée par son corps bandé pressé contre le mien, essoufflée par ce délicieux revirement de situation. Je le surplombe de quelques centimètres, prête à me décharger de toute la frustration que j'ai accumulée ces derniers jours. Je ne suis qu'à un doigt de retrouver sa bouche experte et, inévitablement, je me consume.

– Je propose qu'on y aille doucement, murmure-t-il avant d'attraper ma lèvre inférieure entre ses dents.

– Rien ne nous y oblige, ahané-je.

Mes mains ne répondent plus, perdues dans l'exploration de sa nuque, ses cheveux, ses épaules…

– Alors, juste aujourd'hui, gronde-t-il.

Sa verge palpitante entre mes jambes semble me crier l'inverse, pourtant Cruz ne tente aucune impétuosité. Il choisit de rester maître de ses gestes quand enfin nos bouches se trouvent. Sa langue habile et audacieuse aspire mon souffle sans attendre. Je me laisse emporter, transcendée par le bonheur insolent qui m'étreint d'être de nouveau dans ses bras. Il veut de la douceur, je la lui offre, sans contestation. Tout me convient, tout m'enivre lorsque je suis contre lui, tout me plaît lorsque je savoure sa bouche. Tout…

En dépit des commandements de mon cerveau, mon bassin se met à onduler subtilement. Chacun de mes allers-retours sur son érection contenue sous sa braguette fait naître un chemin de frissons sur ma peau. Premier terminus dans mon bas-ventre. Deuxième terminus le long de mon échine. Troisième terminus dans mes seins… Mon corps a déjà vibré pour lui pas plus tard que la semaine dernière. Pourtant, l'effervescence qui prend d'assaut mon anatomie tout entière est inédite. J'en ai presque le souffle coupé tant je prends feu rapidement sous ses lèvres.

– Touche-moi, osé-je en saisissant une de ses mains pour la porter jusqu'à ma poitrine subitement lourde.

Le râle rauque que Cruz vocalise en englobant mon sein sous mon ordre me fait perdre le fil conducteur de mes pensées. C'est comme s'il n'existait plus rien d'autre que lui et mon désir inassouvi. Tout le reste a disparu, enterré dans les limbes de ma conscience. J'ai peur de devenir folle tant sentir ses doigts à même ma peau devient nécessaire, voire obsessionnel. Tout en me rassasiant de sa bouche généreuse, je passe les mains entre nous, dénoue la ceinture de ma robe, puis détache urgemment les boutons qui courent tout du long.

– Aide-moi, le sommé-je alors que je me bats avec ce fichu pan de tissu.

– Nae… gémit-il en s'exécutant.

Aussitôt ma robe balancée sur le canapé, je m'empresse de porter les mains dans mon dos pour dégrafer mon soutien-gorge. Je suis une bombe armée, je n'attends que ses mains sur moi, je ne respire plus, dominée par le besoin violent de sentir ses paumes brûlantes sur ma peau. Mes tétons sont durs comme de la pierre, raidis par les étincelles que je sens se concentrer dessous. Est-ce normal que ça en soit presque douloureux ?

Une fois à demi nue devant lui, Cruz me renverse sur le canapé et se loge entre mes jambes. Je m'embrase littéralement sous l'itinéraire visuel qu'il se plaît à dessiner sur mon buste. Ses doigts qui accompagnaient le trajet de ses yeux jusqu'alors s'immobilisent un instant dans la rigole entre mes seins. En apnée, je me mets à supplier le Tout-Puissant. Parce qu'il détaille l'entrelacs de cicatrices qui y résident, long d'une dizaine de centimètres... Les vestiges de mes interventions chirurgicales passées.

Impassible, Cruz les fixe sans plus respirer non plus. Et bon sang, j'ai peur de faire craquer les sutures pourtant vieilles de plusieurs mois tant mon cœur tambourine dessous ! Je crois que je pourrais en pleurer s'il décidait cette fois encore de prendre la fuite. Mais, après un temps qui me semble interminable, ses empreintes s'y posent et en tracent les courbes avec délicatesse. Quand sa bouche prend le relais, l'air revient gonfler mes poumons en une inspiration vitale et ma tête tourne presque. Sa langue jalonne cette zone sinistrée et la câline sans peur, sans plus d'hésitation. Il n'a pas idée du cadeau qu'il me fait en s'abandonnant ainsi, en acceptant enfin cette part de moi.

Après ça, tout devient plus sauvage : sa poigne, ses mouvements, sa délectation de mes seins, sa respiration. Je crève, cambrée à mon maximum pour lui donner tout loisir de chérir ma poitrine. Je ne suis pas vierge, pourtant je découvre avec lui des sensations inouïes et inconnues. Je n'ai aucunement oublié la mécanique, mon corps lui-même s'en souvient en s'arc-boutant généreusement, mais je jure que jamais je ne me suis sentie plus femme qu'à cet instant.

Mon halètement irrégulier finit par le faire remonter jusqu'à mes lèvres entrouvertes de béatitude.

– On avait dit doucement, marmonne-t-il en faufilant pourtant sa main sous mon nombril, là où mon intimité pulse dans un tempo rapide.

Je ris avant d'être coupée net par deux de ses doigts en moi. Cette fois, je tremble pour de vrai. Bon sang, c'est tellement… dingue ! Mes poumons se bloquent au premier aller-retour, empêchant l'oxygène de s'en échapper. Encore une fois, j'accuse le coup, hébétée, émerveillée par l'avalanche de sensations que cette exquise intrusion réveille en moi.

– Ça va ? s'inquiète-t-il en suspendant son va-et-vient.

– Oui, oui, ne t'arrête pas…

Je peine à garder les yeux ouverts tant le frémissement entre mes cuisses est explosif. Cruz pondère néanmoins la cadence, comme s'il se retenait d'être trop brusque. Je pourrais m'en plaindre si mon clitoris ne fourmillait pas si fort sous son pouce agile. Ma gorge se contracte, ne laissant passer qu'une suite de sons hachés. Le feu monte au creux de mon ventre, je sens les flammes s'attiser, si vite, si brutalement alors que Cruz use et abuse d'une délicate précision. Seigneur, c'est…

– Cruz, je…

Trop tard… Ma jouissance explose sous le grognement animal de Cruz. La fulgurance de mon orgasme me tient en apnée tandis qu'un incendie dévaste chaque parcelle de mon anatomie. Les mains vainement agrippées au cou de Cruz, j'encaisse sans mesure la puissance de mon exultation et gémis son prénom, sidérée par cette intensité sans pareille. Je ne saurais pas dire s'il me regarde, s'il se touche en retour, s'il sourit ou m'étudie à présent que je jouis sous ses doigts. Je suis ailleurs, transportée par la déflagration qui résonne encore et fait convulser mon intimité. Ce n'est qu'en sentant sa bouche couvrir mon cou que je reprends conscience du temps qui passe et du rythme effréné de mon pouls.

– Merde… pardon, je… Cruz, je… balbutié-je en sentant sa verge solide se mouvoir docilement contre ma cuisse.

Je crois l'entendre rire, peut-être même que ses lèvres s'étirent d'un sourire entre deux baisers sous mon oreille. Je me sens soudainement honteuse de m'être laissée égoïstement aller à ces préliminaires. C'est simplement que… Mince, je n'ai rien contrôlé, c'est allé si vite, je n'ai rien pu faire.

– Ça avait l'air foudroyant, murmure-t-il.

Exactement !

– Je vais… tenté-je en dépit de mon souffle saccadé. Donne-moi cinq minutes et je te rends la pareille.

Sa bouche remonte lentement jusqu'à la mienne et s'en empare. Il ne me brusque pas, pourtant son érection est toujours ferme. Il se fait tendre, attentionné, et je m'abandonne, fragilisée par mon orgasme dévastateur. Je croise les bras derrière son cou et copie ses coups de langue sensuels. Si seulement ça pouvait ne jamais s'arrêter, si seulement je pouvais mourir de cette façon, sous sa bouche, contre lui, épuisée de bonheur…

– Allons-y tranquillement, ajoute-t-il à voix basse tout en picorant la commissure de mes lèvres. Tu te rhabilles, on file à l'inauguration, on mange un truc et on verra.

– Mais…

Je n'ai pas le temps d'en dire plus qu'il colle son index sur ma bouche pour me faire taire.

– J'en ai envie, Nae, foutrement envie… maugrée-t-il en faisant patiner son doigt sur mes lèvres jusqu'à s'insérer entre.

Son regard n'est qu'avidité et brasier obscur lorsque ma langue s'enroule paresseusement autour de ses phalanges. Il me veut, c'est tellement évident. En une microseconde, mon corps se remet à frémir. Cruz bloque mes nouveaux mouvements de bassin en calant une jambe sur les miennes et précise, sa paume à présent pressée contre ma poitrine nue :

– Ton cœur bat comme un fou… Laisse-lui un moment pour retrouver son calme.

– Et après ?

Il esquisse un sourire pervers.

– Après l'inauguration, je le referai accélérer…

Les baisers mouillés de Cruz sinuent jusque sous mon oreille avant qu'il ne susurre :

– … mais cette fois, je serai en toi.

20

Cruz

Accoudé au long pupitre qui fait office de point d'encaissement, je détaille Shenae tandis qu'elle évolue dans la boutique. Elle semble s'être trouvée des centres d'intérêt communs avec la frangine d'Aria, l'autre rousse médaillée olympique. Voilà dix bonnes minutes qu'elles discutent joyeusement autour d'un verre de soda, parmi la vingtaine d'invités. Par chance, le local n'est pas très grand, ce qui me permet de ne pas perdre de vue cette blonde délicieuse au goût d'accalmie. J'ai du mal à croire qu'elle ait réussi sans même le vouloir à dégager l'oppression dans ma poitrine. Pourtant, c'est une réalité, ça fait bientôt deux heures que je me sens respirer sans entraves.

Un sentiment dévorant de culpabilité m'envahit à l'instant où l'image d'*abuelita* s'imprime devant moi. Je ferme les yeux une grosse seconde quand un pincement vif me lacère le cœur. La douleur est toujours là, tapie au fond de mes entrailles, mais calfeutrée par une femme dont je ne connais que le nom et, depuis peu, le diagnostic vital.

– Hé ! Tu planes ou quoi ?

Le coup d'épaule que m'envoie Casey m'arrache à mes pensées. Je me redresse machinalement et trouve son regard suspicieux. Aria se tient près de lui, légèrement en retrait, prête à se fondre derrière son gars pour nous éviter une situation gênante.

– Aria demandait si tu voulais qu'elle te remette à niveau ?

grommelle Casey en jetant un rapide coup d'œil à mon verre vide.

– Non, c'est bon.

La propriétaire de la boutique et de l'appartement en rénovation du premier étage hoche la tête et détale élégamment sur ses talons pour rejoindre un autre groupe d'invités. Mon pote, lui, ne bouge pas d'un iota. Au contraire, il bloque davantage son œil affûté sur moi. Je vois bien qu'il essaie de décrypter l'espèce d'attitude nonchalante qui me définit ce soir, sans vraiment y parvenir. Je ne la comprends pas moi-même. Je me sens presque saoul sans avoir bu une goutte d'alcool. C'est plutôt flippant quand on y pense…

– Tout va bien ? s'autorise-t-il après une petite minute d'un silence chahuté par les bavardages qui nous entourent.

– Ça va.

– T'as pu discuter avec elle ?

J'acquiesce et repars en quête de son sourire à elle, comme s'il m'était nécessaire pour envisager d'aborder ce sujet avec Casey. Honnêtement, je ne sais pas si j'ai envie de développer ou de me justifier. En dépit de cet état quasi second dans lequel je suis plongé depuis que nous avons quitté l'appartement de Shenae, je ne suis pas encore convaincu d'avoir pris la bonne décision… Avant même qu'elle ne réponde à ma dernière question, j'avais décidé de ne pas donner suite. Je viens de perdre l'unique femme de ma vie d'une maladie plus ou moins semblable à la sienne, c'était juste inconscient de rejouer le film en changeant seulement quelques lignes du script. Et puis, la tendresse dans son regard m'a fait basculer. La douce fréquence de son timbre aussi.

Cette femme fout en l'air mon sens logique par sa seule proximité, craquer était presque inévitable. Peut-être qu'il me fallait son assentiment. Peut-être que l'entendre me dire que je ne risquais pas de l'abîmer était ce dont j'avais besoin. Ou alors je ne suis qu'un lâche… Une petite voix intérieure et définitivement accusatrice me souffle que je n'ai baissé ma garde que pour combler un vide. J'imagine que ce n'est pas complètement faux, *abuelita* me manque chaque jour, mais je ne peux pas croire que cette raison soit la seule.

Tu veux être une bonne âme charitable.

Rien à voir.

Tu veux te vider les bourses ?

Oui, mais non !

Tu veux la faire sourire…

Assurément.

– Edge se pointe, débite Casey dans un chuchotis, on en reparlera plus tard si t'as besoin.

Je délaisse Shenae et son air rieur pour guetter l'arrivée du coach, lequel maintient son portable contre son oreille en urgeant ses enjambées vers nous. Son froncement de sourcils contrarié s'accentue lorsqu'il s'immobilise face à moi et raccroche sans formule de politesse. J'avoue, j'ai comme l'impression qu'il va m'annoncer un truc qui risque de ne pas me plaire des masses…

– Cruz, commence-t-il dans un grognement, je vais devoir m'absenter à la première heure demain matin, ma sœur est…

Il marque une pause, exhale une lourde bouffée d'air et reprend, un voile de tristesse dans les yeux :

– … Ce n'est qu'une question de jours. Le staff s'occupera de faire tourner le club, mais j'ai besoin que tu gères les espoirs.

– D'accord.

– Je sais que ce n'est pas ta came, mais tu connais les gars et le déroulement des entraînements. Sur le papier, il ne te reste qu'une quinzaine de jours à tirer et je…

– J'ai dit d'accord, le coupé-je.

Edge se tait alors et accroche un point vague derrière nous, abruti par les rouages de son cerveau visiblement lancés à plein régime. S'il n'était pas si préoccupé par ce récent coup de téléphone, il aurait dénoté mon soupçon d'impertinence par une moue irritée, mais il n'est déjà plus là – de corps et d'esprit – maintenant qu'il rebrousse chemin vers la sortie en pianotant sur son écran tactile.

– Je vais aller voir, marmonne Casey en ne lâchant pas son tuteur des yeux.

La seconde qui suit, je me retrouve esseulé au milieu de tous ces invités baignés de la bonne humeur festive qui inonde le lieu. D'un côté, un duo de journalistes éméchés, Dre et l'adjoint au maire. De l'autre, le coach Dunhill, la tante de Casey et Trigger pour un trio surprenant. Près de la bibliothèque, une poignée de clientes surclassées et, autour d'un portant de bijoux, Aria, son meilleur ami, sa frangine et elle.

Shenae. Son rire cristallin retentit brièvement et rebondit jusqu'à moi. Une chaleur agréable s'infiltre aussitôt sous ma peau et me file des frissons. Son rire est aussi enivrant que ses sourires. Aussi percutant que son audace juvénile. Et presque aussi grisant que ne l'étaient ses lèvres béates de jouissance ou encore mon prénom sur sa langue pendant son orgasme. Je me sens monter doucement en pression en y pensant et, immédiatement, mon regard dévie sur sa robe. Elle la porte parfaitement bien, n'empêche que j'ai préféré – et de loin ! – voir ce morceau de tissu abandonné en vrac sur le canapé. Shenae n'a pas de courbes généreuses : ses hanches sont marquées par l'absence de graisse, son ventre est un peu trop creusé, ses seins tiennent tout juste dans mes paumes… D'ordinaire, je les aime avec plus de volume, pourtant je suis dingue de son corps. Je ne me l'explique pas, j'imagine que c'est un tout, un splendide tout qui m'a fait perdre les pédales sans effort. Même les cicatrices entremêlées qui surplombent son cœur n'ont pas réussi à me faire débander. Elles étaient là, sous mes yeux, et la seule chose que je voulais était les embrasser. En dessiner le contour de ma langue, les goûter et y laisser mon empreinte.

Je craque ma nuque par deux fois en sentant ma peau s'incendier au souvenir de cet instant dément. Je me suis promis de ne rien brusquer et ce pour deux raisons. La première : elle n'a que peu d'expérience si j'en crois ses dires. Et force est de constater qu'elle a joui en un temps record tout à l'heure, signe que ça n'était pas arrivé depuis un bail. La seconde : sa foutue mine fatiguée. Elle a eu beau m'affirmer que le sexe n'était pas un problème, j'ai peur d'y aller trop fort et de l'esquinter davantage. Il n'y a qu'à voir combien son pouls pétait un record de vitesse après son orgasme. Alors, c'est vrai, j'avais une méchante érection, mais ça n'a pas suffi à me faire céder.

Je lui donnerai ce qu'elle attend selon mes conditions et uniquement parce que je m'interdis d'aller trop vite. Foutu paradoxe finalement, vouloir freiner les choses alors que le temps s'écoule trop rapidement pour elle…

Je m'efforce de gommer cette idée quand la plus jolie blonde de cette soirée progresse aux côtés d'Aria en direction du comptoir contre lequel je suis appuyé. Le sourire qu'elle m'offre en approchant me désarme et me comble en même temps. Comme souvent, il est contagieux et bienveillant. Ça semble si facile pour elle, à croire qu'il est inné. Je ne saurai jamais sourire comme elle. Non pas que ça m'emmerde, je ne suis simplement pas paramétré pour. Et, contre toute attente, elle ne semble pas s'en formaliser. Elle a jeté son dévolu sur moi malgré mes traits sévères, malgré mes tatouages et ma rudesse, malgré nos différences flagrantes.

Elle est le soleil quand je suis la nuit. Deux opposés qui

ne peuvent fonctionner l'un sans l'autre, tenus de s'accorder pour que le monde tourne normalement.

– Je suis amoureuse, déclare Shenae, pleine d'enthousiasme, en déposant ses paumes à plat sur le plan de travail.

Je me raidis en une putain de seconde, statufié par ses mots, atone et en apnée. Elle est… Hein ? Merde, mais qu'est-ce qu'il lui prend de lâcher une bombe pareille ?

– C'est un très bon choix, Shenae, convient Aria en jouant des doigts sur sa caisse enregistreuse ultramoderne.

J'ose un coup d'œil éclair à la rousse, médusé qu'elle abonde dans son sens. Je sais bien que la nana de Casey ne me porte pas dans son cœur depuis Rio, mais bordel, qu'elle la ferme !

J'assiste, muet par la force de l'instant, à un échange de carte bancaire quand, enfin, l'unique employée d'Agate & Co dépose un bijou dans la main impatiente de Shenae.

– Regarde, m'intime cette dernière en passant autour de son cou ce que mon esprit reconnaît être un collier.

En dépit de ma paralysie soudaine, je bloque sur la fine chaîne en or, un chouïa plus longue qu'un ras-de-cou, de laquelle pend un pendentif. Une pierre ronde où se mélangent nuances bleues et vertes, emmêlée d'un fil doré. Ce n'est qu'à ce moment précis que mon cerveau se remet en état de marche et, accessoirement, relance toute ma machine corporelle. J'oserais même un énorme soupir de soulagement si Shenae ne me sondait pas intensément dans l'attente d'une réaction de ma part.

– C'est super joli, assuré-je.

Elle est donc amoureuse du bijou qu'elle vient d'acheter ! Sérieux, j'ai cru crever sur place… Mon pouls qui explosait les compteurs jusqu'alors se consolide lentement. J'observe plus attentivement le pendentif sous le commentaire d'Aria toujours derrière son comptoir.

– Il te va merveilleusement bien. Toute la collection

Ézishop est sublime, je ne regrette absolument pas mon partenariat avec cette marque française. J'adore que tu aies choisi ce bijou-là, la chrysocolle est une de mes pierres préférées. En connais-tu les propriétés ?

– Du tout !

– La chrysocolle est une pierre très positive. Elle aide à l'acceptation des situations compliquées et redonne confiance. Elle élimine les peurs, diminue les tensions et apporte la joie.

Un peu comme celle qui la porte en fin de compte… Shenae baisse le regard sur son pendentif, puis l'étreint délicatement du bout des doigts.

– Ça me plaît, annonce-t-elle, songeuse. Tout comme sa forme et les petites imperfections incrustées dans la matière…

Je considère une fois encore la pierre qui décore son cou et comprends ce qu'elle sous-entend par « imperfections ». La chrysocolle a été polie de sorte à représenter une sphère, mais contient à quelques endroits des défauts de confection. Rien qui dénote au premier regard, je dirais même que ça ne donne que plus de cachet à cette perle.

Une perle. Elle a choisi une perle… Presque immédiatement, le souvenir d'une de mes dernières conversations avec *abuelita* me revient en mémoire et accompagne la bouffée de chaleur que je sens dévorer ma poitrine. Je dois être crevé, il y a même fort à parier que cette histoire avec Shenae me retourne le cerveau. Il n'empêche que cette foutue coïncidence me sort de mon état indolent.

Trouve ta perle rare, nieto.

Je relève les yeux sur Shenae qui s'émerveille en avisant son reflet dans le petit miroir d'appoint du comptoir. Cette femme est sans aucun doute une perle rare, singulière, précieuse… Tentante, scintillante… À part.

Mon cœur se met à tambouriner dès que Shenae tourne

son sourire délicieux vers moi. Un uppercut invisible fout ma constance au tapis en une fraction de seconde. *Dios mio*, je veux embrasser cette bouche. Maintenant ! Ça me brûle de l'intérieur tant ce besoin soudain me foudroie. C'est une nécessité, un putain d'impératif que mon corps me réclame violemment sans même que mon esprit n'ait son mot à dire. Alors, oui, peut-être que repenser à *abuelita* a créé un manque immédiat, peut-être qu'inconsciemment je ne cherche qu'à remplir un vide. Il se pourrait même que Shenae soit mon placebo, cette substance éphémère qui apaise sans pour autant guérir. Mais je m'en fous ! De toute façon, je ne vois plus rien d'autre que les secondes qui s'écoulent et tendent à me faire sombrer dans une aliénation incontrôlable.

La mâchoire tendue à son maximum, je chope le poignet de Shenae et l'attire jusqu'à la sortie sans mesurer ma précipitation. Je ne sais pas si les regards convergent vers nous ou s'ils nous dévisagent. Je ne sais même pas si celle à qui je tiens fermement le bras continue de sourire. Je voudrais dire que ça m'emmerde de me comporter comme un primate, parce que clairement, je ne suis qu'un foutu pantin gouverné par ses instincts primaires, mais je ne ressens que le besoin puissant et irrépressible de me retrouver seul avec elle pour dévorer sa bouche.

Je passe le seuil de la boutique et bifurque aussitôt sur ma droite. En ligne de mire : le renfoncement entre deux bâtiments quelques mètres plus loin. Enfin, ça, c'est si mes souvenirs sont bons ! L'œil affûté, je creuse un sourire en coin en apercevant la zone ombrée à dix mètres et accélère le rythme de mes enjambées.

– Cruz, qu'est-ce… balbutie Shenae dans mon dos.

Pas le temps de parler, d'expliquer ou de demander la permission. Je tourne à l'angle de l'immeuble et pousse Shenae contre le mur avant de foncer comme un affamé sur ses lèvres. La pression dans ma poitrine se désagrège un peu en sentant sa langue me donner ce que mon corps exige. Mais, putain, c'est encore trop peu ! Je plonge davantage dans sa bouche, les mains à présent amarrées à son visage pour un parfait contrôle de ce baiser. Elle gémit quand mon grognement vorace s'écrase sur son palais, puis enroule ses bras possessifs autour de mon cou.

Bordel...

Le mur derrière elle est une bénédiction. Je nous écrase l'un contre l'autre, je bouffe sa langue gourmande, j'avale son souffle, incapable de raisonner décemment. Incapable de m'arrêter, nom de Dieu !

J'explore chaque centimètre de sa bouche sans vergogne pendant un temps indéfini dans l'ombre de ce décroché urbain aux allures de ruelle lugubre. Je me contrefous de l'heure qu'il est, des passants qui pourraient nous voir, de la véhémence exacerbée dont je fais preuve en me libérant de ma frustration. Par contre, ses seins tendus sous sa robe trouvent mon intérêt, son râle de plaisir aussi. Quant à ce balancement exquis qu'elle exerce contre mon érection : un putain de délice !

– Emmène-moi… chez toi… parvient-elle à supplier quand ma poigne ceinture une de ses jambes autour de mes hanches.

Ses mots pourraient me faire débander. D'abord parce que je me suis juré d'y aller doucement et, en l'occurrence, je la brusque comme un toxico en manque. Et ensuite parce que l'endroit est foutrement inapproprié pour notre première fois ! Alors non, ma queue ne perd pas en vigueur, mais mes neurones se reconnectent. Je me décolle sensiblement de ses lèvres et cale lourdement mon front contre le sien, subitement conscient d'être en train de merder. Toujours agrippée à ma nuque, Shenae tente de retrouver son souffle. Ses lèvres sont rougies par nos dernières minutes intenses, elles brillent d'humidité et me tentent, encore… Sans trop réfléchir, je porte mon pouce à sa bouche et en caresse la pulpe pour contrecarrer mon envie de la posséder à nouveau.

– OK, murmuré-je sans pour autant la libérer de mon poids. Donne-moi juste une minute…

– Pareil, s'étrangle-t-elle.

Les bruits de l'avenue se mêlent à nos respirations saccadées tandis que nous restons là, essoufflés par mon avidité et son ardeur, l'un contre l'autre, presque immobiles. Je n'essaie pas d'analyser ma foutue réaction, je ne pense pas même à ce que sera la suite de la soirée. Je ne force rien, j'attends que son pouls se régule et me nourris de la sensation savoureuse de ses doigts qui cajolent paresseusement mes trapèzes.

– C'était intéressant, ose-t-elle dans un petit rire.

Impossible de retenir mon sourire devant sa constatation mutine.

– Juste intéressant ?

– Tellement intéressant qu'il me tarde de découvrir le reste du programme… susurre-t-elle.

Mon érection jusqu'ici en pause se remet à palpiter. Je grogne en lui volant un dernier baiser exigeant et relâche sa jambe. Cette femme me tue, sans déconner ! À croire qu'elle sait exactement comment me faire plier. Je m'écarte vivement et reprends sa main pour la guider dans l'avenue principale. Je suis sur le point de héler un taxi quand Shenae me retient en enroulant son bras autour du mien. Elle progresse à côté de moi jusqu'au bord du trottoir, un sourire groggy sur les lèvres. Ce n'est qu'en la voyant tituber et raffermir sa prise contre moi que la lourdeur de ses paupières me frappe.

– Est-ce que ça va ? me hâté-je.

En alerte, je scrute chaque centimètre de son beau visage tandis qu'elle hisse mollement son bras pour arrêter un véhicule en approche.

– Bien sûr.

Elle a beau m'offrir le plus brillant des regards, la luminosité artificielle des réverbères me prouve qu'elle a tort. Son teint n'est plus aussi coloré et sa déglutition semble périlleuse…

– Ce n'est pas l'impression que tu donnes.

– Le trajet va me remettre d'aplomb, tu verras.

Son clin d'œil traînant me fait grincer des dents alors que notre chauffeur demande l'adresse de notre point de chute. J'hésite avant de lui filer la mienne, puis capitule devant la supplication silencieuse de la femme accrochée à mon bras. Nous ne roulons pas depuis plus de deux minutes que sa tempe se place confortablement sur mon épaule. Seulement quelques secondes plus tard, sa respiration s'apaise d'un sommeil inévitable…

21

Shenae

Je n'ai pas posé un pied sur la première marche qui donne sur l'entrée principale du bâtiment que mon téléphone s'excite dans mon sac à main. Derrière la double porte vitrée, le gardien s'active à ordonner son petit bureau en vue d'un départ imminent.

Deux minutes. C'est tout ce que mon interlocuteur aura !

Je récupère mon portable et roule des yeux quand le nom qui barre mon écran m'apparaît. Figée sur les marches, je fais face à la rue et décroche.

– Vous ne devriez pas avoir déjà fini votre journée ? entamé-je dans un faux sourire, sans aucune formule de politesse préalable.

– Bonjour, Shenae. Non, je fais quelques heures sup' pour prendre des nouvelles de ma patiente préférée.

– Je vais très bien, merci.

– C'est à espérer puisque tu as dormi plus de dix-huit heures d'affilée, semble-t-il.

Plus de chaleur dans sa voix d'ordinaire bien moins autoritaire. Un picotement irrité vient chahuter ma poitrine. Je vais zigouiller Essie… Je l'aime, à la folie même, mais je la tuerai d'avoir mouchardé ! J'avise rapidement le gardien dans le hall et reviens perdre mon regard sur les immeubles qui tapissent le trottoir opposé.

– C'était très réparateur, assuré-je. Je me sens en superforme !

– As-tu noté d'autres changements hormis la fatigue

physique ? s'enquiert-il en mettant plus de solennité encore dans notre échange.

– Rien de plus, non.

– Accroissement des douleurs articulaires ?

Un peu...

– Non.

– Vertiges ?

– Non, mens-je une fois de plus.

– Essoufflement ? Sueurs froides ?

– Docteur, ça va, tenté-je de couper court dans un rire forcé. J'ai effectivement manqué une journée de cours, mais seulement parce qu'il me fallait recharger mes batteries. C'est chose faite. Arrêtez de vous tracasser.

L'appel d'air dans mon dos me fait me retourner dans la seconde. Je grimpe les dernières marches pour atteindre la porte qu'un couple vient d'ouvrir avant de s'extraire du bâtiment et m'arrime à la poignée.

– Je veux te revoir cette semaine, exige Brollin alors que j'adresse un sourire poli au gardien de l'autre côté du battant.

– Quand vous voulez.

Tout ce qu'il veut du moment qu'il abrège !

– Vendredi, à dix heures quinze.

– Je serai à l'école d'art et de design, maugréé-je dans l'espoir de l'amadouer.

– Je te ferai un mot d'excuse.

– Sinon, je passe dans l'après-midi !

– Vendredi, dix heures quinze. Si tu manques le rendez-vous, je serai contraint de t'assigner à résidence, et pas celle que tu quittes le matin pour aller t'épuiser dans les couloirs d'une école.

Je grimace. Il parle du service cardio évidemment. Inutile de préciser qu'une hospitalisation n'est pas du tout prévue dans mon programme des prochains jours. Ni des prochaines semaines d'ailleurs !

– D'accord, bougonné-je.

– Ai-je besoin de te rappeler que la prise de ton traitement n'est pas négociable ?

– Non, mon capitaine, pas besoin.

Le silence qui suit ma réplique teintée d'humour trahit son amusement. Il a beau avoir endossé sa blouse de cardiologue en chef soucieux et intègre, je sais qu'il ne peut pas résister à ma bonne humeur taquine. Il y est sensible et j'en abuse, c'est vrai, mais aux grands maux les grands remèdes. Et puis, un peu de manipulation positive n'a jamais fait de mal à personne, si ?

– C'est entendu alors ? reprend-il. Repos, traitement et rendez-vous vendredi !

– Il me tarde.

– Et arrête de courir partout !

– Bonne soirée, capitaine !

Je mets fin à la conversation sans attendre qu'il me rende la politesse et pénètre dans le bâtiment qui abrite le BLT. Appuyé contre le bureau d'accueil, le gardien a déjà enfilé son manteau et me scrute tandis que j'approche à la hâte.

– Bonsoir, me lance-t-il en ourlant un sourire graveleux.

– Bonsoir. Merci d'avoir attendu.

– Avec plaisir ! Je m'en serais voulu de manquer une si belle plante…

Ma bienséance n'est pas loin de ficher le camp quand je m'empare du stylo et appose mon nom ainsi que ma signature sur le registre des entrées. L'homme a manifestement une estime surdimensionnée de son sex-appeal, alors qu'il ressemble davantage à un acteur quarantenaire de seconde zone qu'à une gravure de mode… Je relève le nez sur sa dégaine, note au passage l'alliance à son annulaire gauche et m'écarte en direction des escaliers.

– Pensez à arroser votre propre jardin, observé-je dans un clin d'œil. Cela vous évitera d'envier celui des autres !

Je n'attends pas que sa mine ahurie s'éclaire en comprenant ce à quoi mon analogie fait référence et monte les marches deux par deux. Je suis déjà au premier palier lorsqu'il marmonne un « bonne soirée ». Je ne réponds pas, à présent engluée dans un état d'impatience que je suis incapable de refréner. C'est avec cette même sensation dévorante que je me suis réveillée il y a deux heures, dans mon lit alors que j'aurais dû être dans le sien. En vérité, c'est d'abord la déception qui m'a parasitée. Peut-être que je m'en suis voulu aussi d'être passée à côté d'un moment qui s'annonçait aussi charnel qu'extatique. Je ne me souviens que de notre baiser et du taxi, après ça, c'est le noir complet. Si je tiens ce que m'a raconté ma traîtresse de sœur pour acquis, Cruz m'aurait ramenée à l'appartement et déposée dans mon lit aux alentours de minuit. D'après Essie, il avait l'air contrarié. Je n'ai pas hésité longtemps avant de me ruer sur mon portable pour le contacter. Un message m'attendait et ce depuis plusieurs heures.

[Prends soin de toi.]

Juste ça. Juste quatre petits mots qui ont eu raison de l'engourdissement de mes muscles. Je me suis plongée sous l'eau tiède de la douche en dépit des réprobations de ma sœur. Elle ne s'arrêtait plus. Pourtant, je ne l'entendais pas. Seuls les battements frustrés de mon cœur trouvaient le chemin de mes tympans. Trente minutes plus tard, je sautais dans un taxi et me voilà. Ici. À la seule adresse que je lui connais. Les doigts enserrés sur la poignée et le pouls filant. Je détesterais le voir battre en retraite alors qu'il semblait enfin occulter ma défaillance. Je n'ai ni appelé ni envoyé de messages, j'ai agi. Est-ce culotté de m'imposer dans son agenda ? Absolument. Risque-t-il de désapprouver ? C'est possible. Aurais-je dû me contenter de le relancer par texto ?

Peut-être. Toutefois, la nuée de frissons qui parcourt mon dos lorsque j'ouvre en grand le battant du BLT enterre chacune de mes incertitudes en me rappelant combien son baiser était grisant.

J'inventorie l'espace en investissant l'immense salle d'entraînement. Seul le ring est occupé. Les espoirs sont là, quatre d'entre eux sont regroupés autour des cordes et deux autres en plein cours particulier avec… avec ma cible, celle sur qui je braque un sourire victorieux. J'oublie que mon corps est encore fragile, j'oublie que Cruz est le genre d'hommes qu'il ne faut pas brusquer, j'oublie tout pour ne me concentrer que sur lui. Seulement sur lui et cette bombe de chaleur délicieuse qui explose dans ma poitrine quand son regard me trouve. Bien qu'une bonne dizaine de mètres nous séparent, ses deux billes noires me font l'effet du plus ardent des charbons. Je me consume sous ma veste et l'ôte en reculant jusqu'à la petite table jonchée de serviettes. Son air abasourdi se transforme en considérant ma tenue. Je suis allée à l'essentiel, disposée à mettre toutes les chances de mon côté. Un pull fin et moulant dont l'échancrure flirte avec la naissance de mon décolleté et une jupe plissée. Courte la jupe.

Alertés par le stoïcisme subit de leur professeur, les six élèves se retournent vers moi et me saluent d'un geste respectueux. Je hoche la tête et m'installe sur la chaise, en proie à une fièvre que j'ai peur de ne pas pouvoir maîtriser. Il le faut pourtant, je ne peux décemment pas virer les espoirs sous prétexte qu'un brasier incendie maintenant le creux de mon ventre. La faute aux réminiscences de notre dernier baiser et à la silhouette athlétique de celui qui reprend à présent son cours. Cruz porte un bas de survêtement noir dont la ceinture élastique marque son bassin, bien en deçà de son nombril, et me laisse entrapercevoir le bas de ses abdominaux. Je m'applique à détailler le sublime

V de ses obliques qui se dessine de part et d'autre pour disparaître sous son pantalon. Plus haut, ses muscles bandés dans un débardeur blanc duquel dépassent quelques tatouages. Cet homme est juste…

Je me bats contre les soubresauts de mon intimité durant la fin de l'entraînement – soit une éternité – quand, enfin, Cruz met un terme à la séance en congédiant ses élèves. Je me relève et souris à ces six jeunes adultes tandis qu'ils me dépassent pour rejoindre les vestiaires. Ça ne dure qu'une poignée de secondes, pas plus, pourtant je perds patience. J'aimante aussitôt mon regard mangé d'audace à Cruz et vais à sa rencontre. Je le sens hésitant dans ses enjambées, comme s'il choisissait d'ores et déjà d'émettre des réticences quant à ma venue inopinée.

– Salut.

– Bien dormi ? marmonne-t-il en s'immobilisant un mètre devant moi.

Trop loin… Assurément trop loin…

Je rejette ce périmètre de sécurité et me rapproche, parce qu'à cet instant, sa bouche me tente bien trop. Bien sûr, je ne lui saute pas dessus, il est sur son lieu de travail et quelques adhérents sont encore présents. Je veux seulement sentir l'électricité entre nous et m'enivrer de son parfum viril.

– Plutôt bien, c'est le réveil que j'ai trouvé pénible.

Il tique et fronce les sourcils. Je souris davantage.

– J'aurais préféré être dans ton lit, précisé-je.

Une flamme de désir bouffe ses prunelles si vite que j'en ai subitement du mal à respirer.

– Comment te sens-tu aujourd'hui ?

– Reposée. Ambitieuse et impatiente de recommencer, avoué-je en avançant d'un autre pas.

Un minuscule sourire chatouille ses lèvres à mesure que les secondes silencieuses s'égrènent. Des secondes que je voudrais réduire à néant en plaquant dès maintenant ma bouche contre la sienne. Lorsque Cruz louche subtilement sur mon décolleté, je contiens un geignement. Dieu que je voudrais arracher mon fichu pull pour lui laisser apprécier ce qu'il cache ! Son œillade brûlante de désir m'informe qu'il se représente faire la même chose. Je vais finir par m'embraser sous ses yeux s'il continue de me regarder de cette façon. Comme la plus sexy des sucettes qu'il se promet de lécher jusqu'au bout !

– Quand est-ce qu'ils partent ? m'étranglé-je.

– Très bientôt, grogne Cruz en serrant les poings pour contrer le besoin violent qui le submerge.

– J'ai terriblement envie que tu m'embrasses… partout, susurré-je.

– Nae…

Sa complainte meurt sur mes lèvres qu'il s'approprie précipitamment. Je me presse contre lui et soupire d'aise sur sa bouche. Je ne sais pas ce qui me plaît le plus, qu'il n'ait pas réussi à se contenir jusqu'au départ des espoirs ou qu'il ne garde aucune rancœur de notre nuit avortée. Et ça n'a aucune importance parce qu'à cet instant précis, je ne suis plus qu'une poupée de chiffon manipulée par la hargne et la gourmandise de ce marionnettiste. Il peut faire ce qu'il veut de moi, je ne nous refuserai rien.

– À plus, coach ! résonne une voix dans mon dos.

Je reste suspendue au vide que l'abandon des lèvres de Cruz a initié tandis qu'il regarde par-dessus mon épaule et salue muettement ses élèves. Ma tête tourne presque de manque et je m'agrippe aux pans de son tee-shirt pour m'éviter de flancher.

– Viens, m'ordonne-t-il en m'enjoignant de faire demi-tour.

Arrivé à la porte d'accès, Cruz nous enferme à l'intérieur d'un vif tour de clé et baisse les deux stores sur les portes vitrées. Il n'y a plus que nous dans ce complexe et chaque particule d'air crépite autour de nous. Le maître des lieux ne traîne pas à revenir s'emparer de ma nuque pour étancher sa soif, laquelle semble vitale quand il oblige mon dos à rencontrer le mur près des battants. Encore maintenant, sa langue et ses lèvres me chérissent avec une frénésie qu'il ne veut pas ou ne peut pas tempérer. Pourtant, sa main libre reste sur ma joue, trop docile, trop immobile.

– Touche-moi, Cruz, le supplié-je. S'il te plaît, touche-moi. Je n'ai pensé qu'à ça, à toi. Je vais être bonne à enfermer si tu n'accélères pas…

Son sourire teinté de lubricité dénote avec la croix tatouée sous son œil, mais s'accorde parfaitement au trajet qu'exécute sa main en longeant mon flanc avant de se faufiler sous le volant de ma jupe.

– Comme ça ? feint-il de s'interroger.

Un gémissement m'échappe en sentant deux de ses doigts s'insinuer sous la couture de ma culotte et trouver mon sexe. D'instinct, j'écarte sensiblement les jambes.

– Ou comme ça ?

Cette fois, il fait pression sur mes barrières humides de désir et s'y enfonce.

– Comme ça, oui, confirmé-je dans un souffle.

Cruz repart un court instant à la conquête de ma bouche avant de se perdre dans mon cou et d'en mordiller toute sa hauteur. Ses va-et-vient s'accentuent sous mes « encore » alors que j'encaisse délicieusement, le crâne lourdement calé contre la cloison, les assauts frémissants de mon intimité. Ça me dépasse, toutes ces sensations me dépassent et me font perdre le fil. Je referme mes bras autour de sa nuque et ondule pour accompagner ses mouvements. Ce n'est qu'en sentant mon orgasme pointer que je lui impose d'arrêter net.

– Attends… Cruz, attends…

Cruz s'écarte immédiatement en figeant ses gestes pourtant

exquis et me sonde, les lèvres gonflées et les traits soudainement tirés d'inquiétude.

– Attends, reprends-je après une profonde inspiration. Je vais jouir si tu continues.

– C'est justement le but, éclate-t-il d'un rire bref.

– Je ne veux pas jouir sans toi. Hier, tu as tout stoppé en prétextant que mon cœur devait ralentir. Ce soir, je veux que nos pouls perdent les pédales ensemble.

Plus de sourire, juste une expression incandescente sur son faciès habituellement plus rude. Je connais le Cruz avide, j'ai eu affaire à lui hier, par deux fois, mais à cet instant… À cet instant, alors qu'il me fait l'amour par la seule force de son regard noir, je découvre un autre homme. Il est toujours magnifique, d'une beauté que je ne me lasserai plus d'apprécier, mais il se révèle déterminé, carnassier, intimidant, provocant… Comme s'il voulait appuyer sa domination, Cruz effectue un lent aller-retour dans mon sexe et lèche mes lèvres.

– Comment ? demande-t-il d'une voix érotiquement grave.

Je pourrais rire de sa question si je n'étais pas entièrement sous le joug de son aura magnétique et vicieuse. Comment ? Comment quoi ? Comment ai-je envie qu'il me fasse jouir ? Trop de réponses sont possibles, toutes les façons de jouir me vont du moment qu'il en est à l'origine ! Jamais je ne pourrai en favoriser une plutôt qu'une autre. Cruz s'attelle à mouvoir ses doigts en moi une nouvelle fois pour me pousser à répondre, en vain. C'est bien trop bon, si bon que ma gorge semble ne plus vouloir émettre un son !

– Comment ? En douceur ?

Je secoue la tête.

– D'accord, s'amuse-t-il avec une lubricité que je lui découvre.

Sans prévenir, ses doigts quittent mon antre et empoignent mon pull qu'il fait passer au-dessus de ma tête. Je frémis d'être à demi nue. Pourtant, ma température corporelle doit avoisiner les quarante degrés tant je suis réceptive.

– Où ? poursuit-il en refermant ses bras dans mon dos pour dégrafer mon soutien-gorge.

– Je m'en fous, balbutié-je.

– Dans les vestiaires ? Dans la douche ?

Sans prendre en considération les frissons d'excitation qui prennent ma peau nue en otage, Cruz recule d'un petit pas pour se délester de son débardeur et me contemple. Son regard avide coule sur moi, sur ma poitrine dressée, sur mon ventre creusé d'une respiration erratique, puis termine sur ma jupe. Je suis hypnotisée par sa musculature saillante, imposante et divinement recouverte de tatouages. Magnifique…

– Dans le bureau du coach ? continue-t-il en se penchant vers mes seins. Ici, contre le mur ? Sur la table ? Où ?

Une vague de chaleur me lèche brutalement la peau quand sa langue entoure un de mes tétons et joue avec. Puis ses doigts agiles s'occupent de faire céder la fermeture Éclair de ma jupe et la vague se mue en une déferlante. Je ne respire plus lorsque ma jupe gît sur mes baskets, inapte à gonfler mes poumons maintenant que Cruz, agenouillé face à moi, goûte la peau fine sous mon nombril.

– Tout ce que j'aime, grogne-t-il en abaissant lascivement ma culotte.

Mes doigts s'emmêlent à ses cheveux et font pression sur son crâne pour lui ordonner de choyer la dernière partie de mon corps mise à nu. Je ne sais pas quelle folie me pousse, personne ne m'a jamais embrassée à cet endroit. Je ne saurais même pas dire si j'aime ça ou non. Pourtant, je meurs de sentir son souffle chaud sur cette zone. Et puis…

– Merde, Cruz… ahané-je.

Chaque détonation sous sa langue experte se réveille d'un coup et me rapproche d'un orgasme qui pourrait être dévastateur. Tout mon corps se met à tressaillir, tout mon être vibre. C'est trop et pas assez, c'est… L'arrière de mon crâne s'écrase contre le mur quand je vocalise avec peine :

– Sur le ring… Fais-moi l'amour sur le ring…

Je le sens s'animer sur mes mots, ce qui n'a d'effet que d'affoler encore plus mes zones érogènes délaissées. Il va me tuer de plaisir avant même de m'avoir pénétrée !

– Dans mon sac… le préservatif… l'exhorté-je dès lors que ses attentions exquises me délaissent.

Je n'ai pas consolidé mon souffle qu'il remonte jusqu'à ma bouche et m'embrasse avec nécessité. Mon goût se retrouve sur ma langue et m'excite davantage. C'est particulier, mais pas désagréable comme j'aurais pu le penser. Je dirais même que sur ses lèvres, c'est terriblement alléchant…

– Accroche-toi, me commande-t-il en me soulevant subitement de terre pour me caler sur ses hanches.

J'enroule mes bras et jambes autour de lui tandis qu'il progresse jusqu'au ring sans cesser de choyer ma bouche. Je suis en feu, presque sur le point de jouir lorsque Cruz me dépose sur le bord du ring jusqu'à laisser mon dos peser contre les cordes.

– Dépêche-toi, l'imploré-je alors qu'il baisse son pantalon et son boxer pour laisser sa verge solide se dresser entre nous.

Nom de Dieu… Soit il a massivement envie de moi, soit cet homme a été diablement gâté par la nature. J'oublie jusqu'à ma réflexion quand Cruz s'applique à dérouler le latex sur son érection. Il est coutumier de l'acte, du sexe, pas moi, et il semblerait que mon manque de pratique me file soudain le trac. Pourtant, je n'ai pas peur lorsqu'il se place entre mes cuisses. Je ne suis toujours qu'euphorie lorsqu'il me fait glisser d'un coup sec au bord de cette haute estrade dans le but de caler nos deux corps sur un même axe.

Je ne pense à rien d'autre qu'au plaisir indécent que Cruz fait résonner en moi à la première pénétration. Lente, savoureuse. Le va-et-vient qui s'ensuit retentit dans mon ventre et en fait osciller chaque parcelle jusqu'à réveiller toutes ces sensations oubliées. Je happe l'air, consciente de renaître, de redécouvrir mon intimité, de ressentir à nouveau, mais avec tant de force que ça en est sidérant. Plus de trac, juste une sensation folle d'être enfin complète. Avec lui. Sous ses doigts qu'il fait à présent courir sur mes seins et dont les caresses exigeantes exacerbent mon plaisir déjà indécent.

Mon esprit embrumé de désir a beau chercher des similitudes avec mes maigres expériences, rien n'est semblable. Tout est inédit, mon corps vit chaque intrusion sauvage comme une première fois. Sans douleur, sans appréhension d'aucun ordre. Mon cœur, lui, s'emballe et confirme : jamais je n'avais vécu ça auparavant. La mince ardoise de ma vie sexuelle s'efface ce soir pour ne plus porter que les quatre lettres du prénom de cet homme bestial.

Chaque allée et venue me sèche, tant par la puissance de ses mouvements que par les zones qu'il stimule. La taille de son membre, sa vigueur, ses frottements à des endroits que je ne soupçonnais pas, tout est invraisemblable. Mais bon sang, j'aime beaucoup trop ça ! L'air autour de nous est saturé de luxure, sa poigne sous ma cuisse est acérée pour lui offrir une trajectoire idéale et, fatalement, l'oxygène me fait défaut. Cruz s'impose en moi sans réserve, il accélère, claque contre mon entrejambe dans des bruits d'une salacité orgasmique, son regard de braise m'enfièvre. Cet homme est dément, bouillant, entièrement dévoué à notre cause alors que je ne peux qu'encaisser béatement les vagues de plaisir qui s'amplifient et m'inondent à intervalles réguliers.

– Plus vite… gémis-je en sentant les minuscules étincelles poindre et s'intensifier à chaque impact.

Cruz s'exécute avant de fondre sur ma bouche pour aspirer

le cri de jouissance que je m'entends pousser. L'intensité de mon orgasme est telle que je ne peux lui rendre son baiser animal. Je ne peux que subir l'embrasement de mon bas-ventre, lequel s'étend sur chacune de mes terminaisons nerveuses et les calcine. C'est à peine si je sens Cruz exploser à son tour. Seuls les soubresauts décousus de ses mouvements m'informent qu'il perd pied lui aussi. Je suis vide d'énergie quand ses allers-retours perdent en magnitude. Pourtant, je puise en moi la force de me coller contre son torse.

Le son de son rythme cardiaque en roue libre fait instantanément écho au mien et me tire un sourire hagard. La mélodie est belle, un peu rapide, mais à l'image de ce corps-à-corps. Je calque ma respiration sur la cadence plus allongée de la sienne et me laisse peser à présent dans ses bras qu'il condamne dans mon dos. Épuisée, je m'enivre de cet instant de calme. Ce doux moment qui fait suite à l'effervescence de notre combustion. J'attends, les paupières closes, le menton posé lourdement sur son épaule, et hoquette lorsque Cruz me libère de son érection. Après un demi-tour habilement exécuté, il me soulève jusqu'à nous asseoir à même le sol. Lui adossé contre le montant du ring, moi à cheval sur ses cuisses, lovée contre son torse massif.

– Est-ce que ça va ? murmure-t-il après plusieurs minutes de communion muette.

– Très bien…

Je couvre son épaule de quelques baisers paresseux et reviens y caler ma joue. Ses doigts patinent le long de ma colonne avec délicatesse, loin de la véhémence avec laquelle il m'a fiévreusement fait l'amour.

– Est-ce qu'on pourra remettre ça ? hasardé-je d'une voix traînante.

Sa poitrine se soulève d'un rire silencieux avant que ses lèvres ne déposent un doux baiser sur mes cheveux.

– On pourra.

Sa réponse me tire un sourire réjoui. Comment pourrais-je ne pas en vouloir encore après m'être sentie revivre ? Je n'avais qu'une seule attente, celle de fusionner avec lui pour assouvir un besoin charnel redoutable. Or il m'a donné tellement plus. Et il me tarde déjà d'être à la prochaine fois !

22

Shenae

L'horloge affiche vingt-deux heures douze lorsque je me pose dans le canapé, la tête calée sur les cuisses de papa et les jambes étendues sur Essie et maman. Nous sommes vendredi, le 18 septembre exactement. Ce même jour qui m'a vue naître il y a maintenant vingt-deux ans. Le rituel reste le même ces six dernières années. Nous dînons tous les quatre au Namaste où un gâteau décoré de bougies m'est apporté au dessert. L'équipe est extra et se ravit de me voir passer la porte chaque automne, consciente qu'une année de plus est un cadeau en soi. Le repas est toujours délicieux et animé de conversations aussi loufoques que joyeuses, mais jamais entaché par ma maladie. C'était mon exigence, la seule qui avait vraiment de l'importance, et tous s'y sont pliés sans problème. Je crois que cette parenthèse, ces quelques heures d'insouciance, nous fait du bien à tous. Maman resplendit, papa rit à gorge déployée, Essie me taquine et toute la morosité qui voile leur regard au quotidien disparaît jusqu'au lendemain. Une vraie bouffée d'air !

Mon moment préféré reste l'arrivée du gâteau. La salle entière finit par entonner un « joyeux anniversaire » collégial jusqu'à me donner des frissons d'une félicité inouïe. Chaque année, une association de saveurs différentes pour la pâtisserie commandée à la boulangerie française de Huntington Avenue et livrée au Namaste par leur bon soin. Ce soir, Essie m'a fait la surprise d'opter pour un *layer cake* violettes, cassis et citron. C'était surprenant. Plutôt bon, mais réellement déroutant. Je ne suis même pas sûre qu'elle ait aimé, maman non plus d'ailleurs, car papa et moi avons été les seuls à nous resservir, ce qui explique peut-être que nous soyons arrivés bons derniers à notre partie de jeu. Destin, ce jeu de société intergénérationnel où chacun est libre de choisir son avenir, son métier, sa famille. Y jouer est également une étape de notre rituel annuel. Tout comme finir la soirée vautrés tous les quatre dans mon canapé trois places, devant une diffusion ou rediffusion de *The Tonight Show*.

Il n'y a rien que je voudrais changer. Ni la voix nasillarde de Jimmy Fallon, ni la main délicate de mon père dans mes cheveux, ni les caresses aimantes que maman effectue sur ma cheville… Rien. Tout est parfait, même mon pouls las et mon souffle fragile.

– Vous êtes passés par Green Street pour venir ? lance Essie sans décoller du téléviseur.

– Non, ton père a préféré tourner sur Sullivant Avenue… maugrée maman.

– Ça bouchonne toujours sur Green Street, se défend-il.

– J'ai aperçu un paquet de camions sur la place, élude Essie. Je crois qu'ils vont installer la fête foraine.

Mes paupières lourdes s'ouvrent d'enthousiasme.

– Tu penses ? réagis-je immédiatement.

– L'un des camions portait un logo de cornet de chichis, donc…

Je souris largement et plante mon regard émerveillé dans celui de mon père. Exit le discours moralisateur de Brollin ce matin, je suis joie et presque prête à courir les manèges. Oui, presque, pour lors je suis en pleine digestion et la fatigue me guette. Mais dès demain, j'irai faire un tour sur Green Street pour m'assurer que les forains sont bien arrivés. J'aime tant cette ambiance un peu électrique des allées, tout comme j'adore voir les mines ébahies des enfants ou sentir les effluves sucrés qui embaument la brise. C'est à la fois doux, magique et apaisant, un condensé de ressentis dont je ne me lasse pas chaque fois qu'il m'est permis d'errer dans une fête foraine.

Les yeux perdus dans la contemplation de notre plafond, je me projette, bravant la foule euphorique et les ballons gonflés d'hélium quand une courte vibration en provenance de la table du séjour résonne. Je capte l'œillade d'Essie qui considère son portable sur la table basse avant de revenir vers moi, l'air mutin. Cet air qui dit « C'est pas mon téléphone, mais le tien. Lève tes miches et va le chercher si tu veux voir qui te texte. » Sauf que je suis parfaitement calée et que ma flemme est proportionnelle à la quantité de gâteau que j'ai engloutie contre les recommandations de Brollin quant à mon régime…

– Steuplai, la supplié-je d'une petite voix.

– Nan, mais… je suis coincée ! refuse-t-elle en avisant mes jambes sur les siennes.

– Si t'y vas, je me chargerai de la vaisselle toute la semaine.

Elle feint de réfléchir en réprimant un sourire et tranche :

– Nan.

– Deux semaines !

Elle secoue la tête en retrouvant l'écran. Je grogne tandis que mon père glousse de notre échange puéril.

– D'accord, lui accordé-je, pleine de défiance. Si tu ne me rends pas ce service, je te crée un profil sur un site de rencontres…

– Je te l'interdis !

Je souris, victorieuse. Essie est une jeune femme magnifique, mais cette entêtée s'est donné pour mission de repousser chaque ouverture potentielle à une relation. « Pas le temps », « pas envie », « pas besoin », tout est prétexte à décliner les propositions de la gent masculine. Rien que ce soir, elle s'est fait draguer par le nouveau serveur du Namaste. Elle l'a rembarré si vite qu'il m'a presque fait mal au cœur. J'avoue ne pas la comprendre, quoi de mieux qu'un homme dans sa vie pour lui ouvrir de nouvelles perspectives et vivre enfin pleinement ?

– Blonde, commencé-je, songeuse. Proche de la vingtaine, d'un naturel gai en dépit de sa tête de cochon. Mystérieuse, adore les animaux, les romans de vampires et sa sœur…

Son soupir vaincu met fin à mon énumération tandis qu'elle s'extirpe du canapé en malmenant mes jambes. Je lève les yeux sur papa, une lueur triomphale dans le regard. Le bougre reporte instantanément son attention sur Jimmy Fallon et *The Tonight Show* pour ne pas rire. Ma mère, elle, pince un faux rictus réprobateur, trahie par l'éclat d'amusement qui scintille dans ses iris clairs. Ils m'en savent capable tous les trois, d'où la capitulation boudeuse de ma sœur. Essie mériterait tellement de s'accorder du bon temps au milieu de ce programme de vie surbooké ! En plus d'être mon infirmière personnelle, elle assure un temps plein à l'animalerie et trouve même quelques heures dans la semaine pour faire du bénévolat à la bibliothèque. Elle n'aurait même pas à s'occuper de son profil, je me chargerai de tout ! Ce qui ne serait qu'un juste retour des choses et, dans l'absolu, une préparation pour l'avenir.

– Tiens, bougonne-t-elle en jetant mon portable directement sur ma poitrine. Sujet clos. Laisse-moi tranquille avec ça.

– Merci, Essie chérie, exagéré-je, fière d'être parvenue à mes fins.

Alors que je m'empare de mon téléphone, je me fais la promesse de lui créer ce fichu profil très bientôt. Elle râlera, elle m'en voudra sûrement, mais mince, elle doit s'émanciper et trouver une autre âme à choyer, la mienne sera bientôt indisponible.

Mon cœur se met à ronronner de bonheur en voyant le prénom de l'expéditeur dudit message. Aussitôt, ma sœur s'envole de mes pensées. Mes souvenirs affluent à vitesse grand V et me propulsent quarante-huit heures en arrière dans cette salle d'entraînement déserte. Sur le ring, sous les doigts de Cruz, contre sa bouche, en fusion avec ce corps tout simplement digne d'un magazine *Playgirl*. Le seul fait d'y penser met mon intimité à rude épreuve. Elle se contracte et m'envoie un message limpide : c'était si bon qu'il faudrait être inconsciente de ne pas approfondir notre relation. Je déverrouille mon écran sans plus me soucier de l'interview décalée de Jimmy ni de la présence de ma famille et souris largement.

[Comment vas-tu ?]

[Parfaitement bien ! Et toi ?]

[Je pensais à toi…]

Ça ne me dit pas s'il va bien, mais je prends !

[C'est parce que
c'est mon anniversaire ;-)]

Sa réponse traîne un peu. Pourtant, je ne quitte pas mon téléphone des yeux. Nous n'avons pas communiqué ces deux derniers jours. En tout cas pas depuis qu'il m'a déposée chez moi après notre intermède bouillant au BLT. J'ai hésité un long moment à l'inviter à l'appartement hier soir. J'avais envie de le voir, de discuter, de l'embrasser, de vibrer avec lui, mais j'ai fini par renoncer. Je ne pouvais décemment pas écourter ma nuit et arriver au rendez-vous de Brollin ce matin avec la mine défaite de fatigue. Il m'aurait fait admettre au service cardio dans la foulée. Et puis, le rythme soutenu de ma journée de cours m'avait amputée de la moitié de mon énergie physique hier – un peu comme aujourd'hui en définitive –, je n'aurais pas été très productive.

[Bon anniversaire, Nae.]

Nae… J'adore qu'il utilise mon diminutif sans même que je le lui aie proposé. Au-delà d'apporter une douceur certaine à nos échanges, me nommer ainsi confirme qu'il a lâché prise. L'attirance entre nous est sans conteste, c'est assez fou quand on y pense, mais indubitable. Il l'a accepté et je m'en réjouis. De la même façon que j'aime qu'il ait été le premier à rouvrir le dialogue alors que nous n'avions rien convenu.

[Merci ! J'ai passé
une super soirée en famille :
resto, jeu et détente sur le
canapé. Mais sais-tu ce qui
rendrait cette journée spéciale
encore plus agréable ?]

[Dis-moi.]

[Que tu viennes me rejoindre
et m'offres ton corps en cadeau !
Ça, ce serait fantastique.]

– Un camarade de stage ?

Ma mère m'arrache à mon écran. Muette, je sonde son expression. Elle sourit faiblement. Je ne perçois aucun jugement dans ses yeux, seulement un léger soupçon d'inquiétude couplé à une réelle tendresse.

– Non, un ami.

Un ami de qui je ne connais pas grand-chose, mais qui sait parfaitement comment me faire gémir… Est-il vraiment un ami finalement ? Je suppose que je m'emballe, disons plutôt un amant que je souhaiterais découvrir plus en profondeur, à qui je pense bien trop souvent et avec qui j'aimerais passer davantage de temps…

– Un ami ? répète mon père, l'air de n'écouter que d'une oreille.

Je réprime un rire.

– Le petit-fils de Celia Díaz, admets-je sans me sentir coupable ou gênée de révéler cette information.

– Un des freefighters qui menaient les ateliers à l'Herald, marmonne Essie.

Quelle moucharde…

– Est-il recommandable ? se renseigne ma mère en tempérant le trémolo anxieux dans son timbre.

– Pourquoi ne le serait-il pas ? m'étonné-je.

– Nae, c'est un sport très violent.

– Et alors ?

– Est-il violent avec toi ? insiste-t-elle.

– Pas du tout ! rétorqué-je, effarée.

Ou seulement dans ses coups de reins, mais c'est un point que je n'aborderai pas avec eux.

– Sait-il que tu…

Sa question interrompue par son rictus pincé m'irrite. Je comprends qu'elle se fait du souci pour moi, il n'en a d'ailleurs jamais été autrement, mais… Je gère ma vie, ma maladie et mes envies comme bon me semble depuis un bail. Certes, ma mère me couve toujours de sa protection maternelle et de son amour sans borne, mais je n'aime que moyennement la tournure que prend cette conversation.

– Que je suis malade ? Oui, il le sait.

Alors que je sens une tension désagréable courir dans ma poitrine jusqu'à crisper mes muscles, mon père se penche tranquillement au-dessus de mon visage et le libère des mèches invisibles sur mon front.

– Maman s'inquiète, c'est tout, s'autorise-t-il d'une voix douce. Je m'inquiète aussi, mais nous avons toute confiance en toi, chérie. Peu importe qui il est du moment qu'il se comporte correctement avec toi.

– C'est le cas.

– Alors, tout va bien, conclut-il en soulevant mon visage pour m'embrasser délicatement sur le bout du nez.

Une fois mon agacement envolé grâce à ce délicat baiser, j'oriente mon regard vers ma mère qui mordille l'intérieur de sa joue, toujours préoccupée.

– C'est un homme bien, lui assuré-je calmement.

Elle acquiesce après un moment de silence, puis inspire largement en retrouvant son aplomb habituel. Je comprends qu'elle capitule lorsqu'un mince sourire étire ses lèvres. Je ne savais pas ma mère encline aux préjugés, mais je me réjouis qu'elle s'impose de gommer l'opinion qu'elle se faisait de Cruz sans pour autant le connaître. Bon, je n'ai pas parlé de notre différence d'âge, ni de ses tatouages, de son faciès sévère ou de sa carrure massive. Ces précisions feraient sûrement se décomposer ma mère. Toutefois, je n'écarte pas la possibilité de leur présenter Cruz un jour. Je suis persuadée qu'une rencontre rassurerait maman.

Nous reprenons tous notre visionnage après ça. Ma mère reprend ses caresses sur ma cheville, mon père celles dans mes cheveux et Essie glousse aux vannes du présentateur. L'avis de tempête est passé aussi vite qu'il s'était annoncé. Un parfum de bonheur embaume l'appartement alors que je ferme les yeux, étreinte par cette sensation relaxante. Ce n'est qu'en sentant mon père tenter de s'extraire du canapé que je m'éveille.

– On va rentrer, il est bientôt minuit, me prévient-il dans un murmure.

Mes cils papillonnent tandis que je contrôle paresseusement l'écran plat. Jimmy Fallon s'en est allé, remplacé par un soap opera. Essie profite de la brèche que maman vient d'ouvrir en soulevant précautionneusement mes pieds et se lève. À présent seule sur le sofa, je m'étire et accueille les bises successives de mes parents.

– Bonne nuit, on s'appelle très vite, murmure ma mère à mon oreille.

Je lui rends son baiser et attrape sa main pour la serrer aussi fort que mes forces engourdies me le permettent.

– Je t'aime, lui soufflé-je.

– Tout pareil.

Son sourire magnifique ne fait qu'alimenter mon amour pour elle tandis qu'elle se redresse et délaisse mes doigts pour rejoindre l'entrée. Mon père l'y attend déjà et, rapidement, la porte se referme derrière eux.

– Je vais me coucher, déclare Essie en claquant une bise sur mon front. J'éteins la télé ?

Elle n'a pas attrapé la télécommande pour joindre le geste à la parole que mon portable frétille sur ma poitrine.

– Oui, s'il te plaît, je me donne cinq minutes avant de retrouver mon lit.

– Dac ! conclut-elle avant de prendre la direction de la salle de bains.

Je récupère mon téléphone, les paupières lourdes de sommeil.

[Désolé, réunion imprévue
avec mon agent après
l'entraînement des espoirs.
T'es chez toi ?]

[Pas de souci.
Je suis précisément
dans mon canapé ;-)]

[Je suis là dans vingt minutes.]

23

Shenae

Un poids écrasant comprime ma poitrine et me tire d'un lourd sommeil. Je mets quelques secondes à m'acclimater à l'obscurité de la pièce et à relancer mon cerveau jusqu'ici en veille. Je suis dans mon lit anormalement chaud, couchée sur le flanc, face à ma fenêtre d'où percent les premiers rayons de soleil au travers du store. Rien d'anormal, si ce n'est la masse solide contre mes seins. Je ne porte d'ailleurs que mes sous-vêtements, chose rare… À la manière d'un fragile lever de rideau, de vagues souvenirs me reviennent.

Il est venu… L'oppression que je ressens n'est pas d'ordre physiologique. Je ne souffre d'aucune détresse respiratoire, je suis seulement emprisonnée par son bras musclé. Cruz est là et me maintient fermement contre lui. Toute mon enveloppe charnelle se réveille, certaines zones épousent délicieusement ce corps que je sens derrière moi et d'autres se lamentent d'être délaissées. Si je me fie aux images embrumées qui dansent dans ma tête, Cruz m'aurait portée jusqu'à ma chambre. J'imagine que je m'étais de nouveau assoupie dans le salon avant son arrivée, car je ne me rappelle pas lui avoir ouvert ni même l'avoir accueilli. Bon sang, je me déteste d'être esclave de la fatigue ces derniers temps, notamment quand elle me prive de moments sulfureux avec cet homme !

Je porte urgemment les doigts sur l'avant-bras qui me barre le buste, comme s'il me fallait le toucher pour confirmer que je ne suis pas en plein rêve. J'exhale un filet d'air saccadé en remontant jusqu'à sa main qu'il conserve sous ma gorge. Même endormi, Cruz réclame mon contact… Son corps le lui réclame et c'est grisant. Mon sourire satisfait pointe lorsque son souffle rebondit plus durement dans ma nuque. Je ne saurais dire s'il est réveillé ni même s'il a fermé l'œil cette nuit. À vrai dire, ça n'a pas d'importance parce qu'à cet instant, pulvériser les derniers espaces vides entre nous est tout ce à quoi je pense.

J'ondule minutieusement jusqu'à me lover entièrement contre lui. Et Dieu que c'est bon… Je voudrais ouvrir les yeux chaque matin dans cette même position, avec ses bras sur moi, sa bouche dans mon cou, ses jambes enroulées autour des miennes. Je n'ai jamais connu qu'un lit vide et froid, et je dois bien avouer que le résultat de nos deux corps emboîtés est un argument imparable. Je n'étouffe pas, je n'ai pas trop chaud, je ne me sens pas soustraite à mon intimité, je ne ressens aucun malaise. Je suis juste extraordinairement bien…

Alors que je soupire d'aise, ses doigts logés à l'orée de mon cou exercent une pression plus exigeante. Cette fois, mon pouls s'anime. Il est réveillé… Je ne me retiens plus et enlace ma main à la sienne pour l'approcher de mes lèvres.

– Bonjour, murmuré-je entre deux baisers.

Son grognement caverneux sera sa réponse, ainsi que les mouvements modérés de son bassin contre mes fesses. Puis, sa bouche gagne ma nuque et y plonge. Le chemin humide de ses lèvres éveille à la vie chacune de mes cellules. Je peine à croire qu'il n'y a pas deux minutes, je dormais encore tant je m'embrase en un temps record. Je déploie mon cou pour lui en donner un plus large accès et le laisse récupérer sa main quand celle-ci quémande sa liberté. Ses empreintes arpentent mon buste avec une délicatesse folle, puis s'égarent sur les courbes de ma poitrine contenue dans mon soutien-gorge. Je frémis davantage lorsque Cruz s'applique à longer mon ventre creusé d'une respiration haletante. Comment est-ce possible ? Comment se peut-il que je sois à ce point réceptive ? Est-ce du manque ? Est-ce plutôt une hypersensibilité matinale ? Je n'en sais rien et, très franchement, ça m'est égal. Je n'arrive pas à réfléchir, j'arrive à peine à déglutir correctement en allant et venant subtilement contre son sexe. Parce qu'à présent, ses doigts s'attardent sous mon nombril pour patiner sur cette zone de peau sensible, celle-là même qui s'arrête à la lisière de ma culotte.

Bon sang, je tremble presque…

Alors qu'il chérit mon épaule avec sa langue, sa main bifurque sur ma hanche et se concentre sur l'étroit morceau de tissu qui la recouvre. Je jure que je voudrais qu'il arrache tout lorsque son pouce se coince sous la couture et la tire lentement. Je sais qu'il me sent sur le point de supplier, mon corps parle pour moi en s'arc-boutant pour appuyer davantage sa verge contre mes fesses. Il a conscience d'être ma faiblesse, en tout cas l'étincelle qui met le feu à mes barils de poudre. Je crois qu'il en joue ce matin en abusant de lascivité. Je tente alors de forcer sur son torse pour basculer sur le dos et accélérer les choses, mais le mur de muscles derrière moi ne faiblit pas.

– Tout doux, susurre-t-il avant de mordiller ma peau jusqu'à remonter sous mon oreille. Tout doux, petite lionne…

Sa voix rauque et éraillée par le sommeil me déclenche une nuée de frissons enivrants. C'est à peu de chose aussi excitant que le va-et-vient sensuel de son érection qu'il oriente progressivement vers mon sexe. Dans l'absolu, je ne lui refuserai rien, il peut user de brutalité ou de tempérance, je me plierai à ses exigences mais, nom de Dieu, qu'il m'enlève ma culotte ! Et mon soutien-gorge ! Le contact du tissu sur ma peau devient insupportable tant mes terminaisons nerveuses sont à vif.

Par je ne sais quel miracle, mes prières silencieuses sont exaucées quand Cruz se redresse et m'impose de surélever le bassin pour faire glisser ma culotte le long de mes jambes. Cette fois, je roule sur la place qu'il occupait et souris, victorieuse, en le trouvant agenouillé à hauteur de mes hanches. Incapable de contenir le fourmillement qui prend d'assaut mes doigts, je m'empresse de le toucher. En dépit de la pénombre, mes yeux constatent sans mal ce que mes mains découvrent en sillonnant le bas de son ventre…

Il est nu. Entièrement, totalement, divinement nu. Ai-je besoin de préciser combien j'adore qu'il se soit couché près de moi dans le plus simple appareil ? Non, inutile !

Avant que je n'atteigne son membre dressé, Cruz soulève une de mes jambes et prend place entre. Ses cuisses sont calées contre l'arrière des miennes, m'empêchant de les refermer tout en les maintenant relevées. Il se tient droit devant moi, le torse bombé et les épaules fières. Il me surplombe et passe mon corps au crible, les joues creusées de la tension qui contracte son corps tout entier. J'imagine qu'il réfléchit à la façon dont il va prendre possession de moi, au rythme qu'il donnera à ses mouvements ou encore au tracé qu'exécutera sa langue sur ma chair de poule… Je peine à rester statique en y pensant et me tortille sous son regard avide.

– Enlève ton soutien-gorge.

Je n'attends pas et déclipse l'attache.

– Et maintenant ? chuchoté-je.

Son sourire incandescent brave l'obscurité tandis qu'il plonge sur moi dans une lenteur intenable. Sa verge frôle mon sexe sensible quand ses lèvres viennent trouver les miennes dans un baiser aussi tendre que sensuel. Sa douceur pourrait être décevante ou trop en décalage avec son aura sauvage. Pourtant, je m'en délecte. Cruz sait exactement ce qu'il fait, tout comme il a parfaitement conscience de l'effet qu'il produit sur moi. Il joue avec ma bouche sans jamais cesser d'effleurer mon clitoris. Il ne pousse pas le contact, il attise, il s'amuse à titiller le bout de mes seins tendus avec son torse, il…

– Cruz, ahané-je en essayant d'accéder à son érection pour la guider plus bas.

– Tout doux, répète-t-il.

S'ensuit un itinéraire de baisers fiévreux sur la presque totalité de mon buste et je chavire sous les marques exquises que ses lèvres impriment sur ma peau. Cruz n'omet aucune zone érogène et les stimule sans pause, sans même se soucier de mes jappements étranglés de plaisir. Il s'applique tant que je me découvre des points d'excitation dont j'ignorais l'existence, et ce en dépit de notre dernier corps-à-corps. La rigole sous mes seins se révèle en être un, chaque tracé mouillé à cet endroit me fait perdre pied un peu plus. Je me sens frustrée et en même temps tellement gâtée, foutu paradoxe qui va finir par me coûter ma santé mentale…

Mes doigts enroulés dans ses cheveux se resserrent et le commandent de remonter jusqu'à ma bouche quand mon sexe esseulé me fait presque mal de cette attente. À mon grand étonnement, Cruz obéit et vient peser subtilement contre moi en répondant à l'appel de ma langue. Ivre d'un plaisir grandissant, je me décharge en accentuant la cadence de notre baiser ; je ne tiens plus, c'est vital. Il a su préparer mon corps à la perfection, je veux du concret maintenant ! Toujours arrimée à sa bouche, j'exécute un mouvement de bassin précis et parviens à viser juste. Un râle de soulagement m'échappe lorsque son gland s'enfonce d'une poignée de centimètres entre mes parois lubrifiées de désir. Je ne respire plus, shootée par la sensation folle de cette minuscule pénétration. Cruz, lui, se raidit en s'écartant de mes lèvres. Il n'approfondit pas le mouvement ni ne se retire. Il attend, son regard noir de lubricité verrouillé au mien. Peut-être même qu'il hésite ou se bat contre son envie de s'engager jusqu'à la garde.

– Pas sans capote, finit-il par annoncer dans un grognement déçu.

– D'accord, mais dépêche-toi…

En un rien de temps, Cruz rompt le contact et bondit jusqu'au bord du lit. Je l'entends fouiller dans son tas de vêtements vraisemblablement sur le sol et le vois revenir en conquérant avec le Graal. Je compte les secondes, en alerte et proche de l'aliénation tant mes seins et mon bas-ventre se consument de concert en l'observant dérouler le préservatif sur son sexe robuste. Je suis tellement excitée qu'il n'aurait qu'à souffler sur mon intimité pour me faire jouir ! Sans réfléchir, j'égare mes paumes sur mon corps proche de la combustion et l'implore :

– Cruz, viens…

Son œil gourmand scanne mes gestes égoïstes un court instant.

– Putain, ce que t'es belle, ronronne-t-il. Et bandante, Nae… tellement bandante…

Agenouillé entre mes cuisses, il suit des yeux les caresses que j'oriente vers mon intimité crépitante et se met à serrer son membre couvert de latex dans son poing. La vue délicieuse que m'offre Cruz tandis que sa main va et vient lentement sur son érection est telle que je pourrais m'en contenter pour jouir. Sauf que je le veux, lui, en moi, contre moi. J'ai besoin de le sentir m'emplir enfin. Mes doigts sauraient faire le job, mais jamais aussi bien qu'il ne le fera avec sa verge solide et la bouffée de chaleur qui se concentre sous ma paume me le confirme.

– Pas comme ça, l'imploré-je. Une autre fois, promis… Fais-moi l'amour, s'il te plaît…

Cruz lâche presque aussitôt son sexe pour accéder à ma requête et chacune de mes terminaisons nerveuses s'enfièvre d'impatience. Il s'allonge au-dessus de moi sans précipitation, hisse une de mes jambes autour de son bassin et s'enfonce lentement, très lentement en moi. Je crois que je meurs une seconde tant la pénétration me couple le souffle. Chaque parcelle de mon antre frémit en sentant la pleine largeur de son érection épouser mes chairs humides. Cruz ne brusque rien. Au contraire, il se plaît à faire durer ce premier va-et-vient avant de se retirer quasi entièrement. Je geins d'une frustration curieusement savoureuse. Son deuxième aller-retour accélère considérablement mon pouls, mais je suis bien incapable de déterminer si les détonations au creux de mon ventre ou son regard brûlant braqué sur mes lèvres béates en sont la cause. Encore une fois, je ne contrôle rien, ni mes ressentis exacerbés, ni l'expression d'extase qui modèle mes traits, ni la cadence de nos mouvements. Je subis avec délice, assaillie par les prémices d'un orgasme que je vais adorer.

– Embrasse-moi, parviens-je à articuler.

Cruz se plie à ma demande, non sans faire traîner la progression de sa verge. Encore maintenant, mon souffle se dérobe. Je crois qu'il s'essaie à me garder entre deux eaux, sauf qu'une fois sa langue chaude en contact avec la mienne, mon compte à rebours s'emballe sans que je sois capable de l'en empêcher. Couplé aux vagues de plaisir qui m'inondent allégrement, son baiser langoureux est le déclencheur. J'arrive tout juste à enrouler un bras autour de son cou avant de jouir dans un gémissement libérateur. L'explosion qui ravage mes reins est à la limite d'être douloureuse, pourtant le plaisir dévaste chaque parcelle de mon anatomie. Je m'élève, ivre de jouissance, et ahane son prénom à mesure que ses va-et-vient prennent de l'ampleur. Lorsque Cruz exulte à son tour dans un franc coup de reins, je ne suis plus qu'une boule de désir réduite en cendres par le numéro un des orgasmes. Bon sang, est-ce censé aller crescendo ? Vais-je encaisser chaque fois un orgasme plus puissant que le précédent ? Mon cœur pulse si fort que j'ai peur de ne pas m'en remettre la prochaine fois !

Alors que nos fronts fusionnent, Cruz se déporte pour se nicher dans mon cou et reprendre une respiration plus ample. Les paupières lourdes, je dessine de petits cercles sur sa nuque et fixe le plafond, perdue dans un état post-sexe délectable. Je ne pense à rien ou seulement à ce jour où j'ai vu Cruz pour la première fois, dans la chambre médicalisée de Celia. Sans ma défaillance, jamais je n'aurais rencontré cet homme. Quand bien même j'aurais été dotée de valves en titane, nous ne nous serions jamais croisés et j'aurais vécu une vie parallèle sans même avoir conscience de passer à côté de ça. De lui.

Je souris mollement quand Cruz embrasse mon épaule avant de se retirer. Sans un mot, mon apollon cubain roule sur le côté et s'assied sur le bord du lit. Je présume qu'il libère son érection du préservatif. Face à la fenêtre, Cruz me laisse voir l'immense aigle tatoué dans son dos. Majestueux et imposant, d'une précision invraisemblable. J'étends doucement le bras pour venir en tracer les contours. Ma peau pâle et dénuée d'encre contraste avec la sienne. Pourtant, l'alliance des deux est de toute beauté. L'association de deux nuances, deux saveurs. Un peu comme une glace vanille-café. Ces deux parfums accordés pourraient surprendre. Or il se trouve que l'un adoucit l'amertume de l'autre au moins autant que l'autre rehausse le goût du premier. En fin de compte, ce mélange audacieux est juste parfait.

– Quel est le programme de ta journée ? hasardé-je d'une voix traînante tandis que Cruz frissonne des tracés que j'effectue sur les serres de l'aigle.

– Je bosse.

– Tard ?

– Ça dépend.

Cruz attrape ma main pour décaler mon bras et se rallonge près de moi. Immédiatement, je bascule pour lui faire face et tressaille lorsque ses doigts survolent ma silhouette nue. Je voudrais des caresses plus poussées, même si je ne peux pas nier adorer la finesse de son toucher, à l'instar d'une brise printanière, un jour de grand soleil… Alors que je gardais mes mains pour moi, je m'empresse de lui rendre sa douceur en égarant le bout de mes doigts sur ses traits figés.

– Ça dépend de toi, reprend-il.

– De moi ? souris-je démesurément.

Il hoche subrepticement la tête. Son habituel air sérieux me semble forcé, comme s'il tentait de barricader une autre émotion derrière ce masque austère. Je ne m'en offusque pas une seule seconde et me dandine pour approcher un peu plus de son corps compact.

– Si je te proposais un ciné, tu viendrais ? osé-je, pleine de malice. Une balade autour du lac ? Un cours de salsa ?

Il fronce le nez.

– Je danse comme un pied.

– Un musée alors ? Un resto ? Ou juste une glace ? Des chichis ! m'exclamé-je avant d'embrasser furtivement ses lèvres immobiles. Des chichis à la fête foraine avec un tour de grande roue à la clé.

J'imagine que mon soudain enthousiasme a raison de son air bougon, car ses rides d'expression se lissent peu à peu. C'est à présent sa large paume qui court le long de mes courbes et les cajole. Je comble le reste de distance entre nous et noue mes bras possessifs dans sa nuque.

– Tu as le droit de refuser, évidemment. Même si, je dois bien l'avouer, être avec toi pour cocher cette case de ma liste serait un vrai plus. Et puis, tu pourrais aimer ça, qui sait ? En plus, la vue de Columbus à cette hauteur est juste superbe, c'est à voir, vraiment !

Cette fois, son sourire s'anime avant de venir se désagréger sur ma bouche. Je me laisse surprendre par son assaut tandis qu'il s'applique à me faire taire de la plus vorace des façons. Je n'ai d'ailleurs pas mon mot à dire dans ce baiser tant Cruz en contrôle chaque seconde. Est-ce un problème ? Non. Je n'avais de toute façon rien d'autre à ajouter, enfin je crois, peut-être, je ne sais plus.

Quand, enfin, il s'écarte pour me laisser retrouver l'oxygène dont il vient de me priver avec ardeur, la tête me tourne.

– OK pour la grande roue, consent-il en refermant sa prise dans mon dos.

– Et les chichis, balbutié-je, encore sous le coup de la minute passée.

– Et les chichis, sourit-il en coin, mais à une condition.

– J'accepte.

Il rit.

– Tu acceptes sans même connaître ma condition ?

– Bien sûr. J'aime vivre dangereusement, déclaré-je en épinglant un sourire taquin sur mes lèvres.

– Je vais peut-être voir à ajouter quelques autres conditions alors…

Sa voix, plus coquine, plus grave aussi, électrise chacune de mes zones sensibles jusqu'ici alanguies par notre corps-à-corps dément. Je me tortille contre lui pour tenter d'étouffer la nouvelle vague d'excitation qui me gagne sournoisement et maugrée sur ses lèvres :

– Allez, donne ta condition…

– J'exige que tu passes la nuit chez moi.

– Vendu.

24

Cruz

Cloîtré dans les dix-sept mètres carrés du bureau du coach avec le staff, je contrôle l'horloge pour la troisième fois en l'espace de cinq minutes. Dix-huit heures quarante-cinq, sérieux…

– Est-ce que c'est OK pour tout le monde ? nous mitraille Glenn, l'assistant-connard d'Edge, d'un œil condescendant.

J'acquiesce, Markus aussi.

– Et pour les sélections ? tique Keith.

– On avisera. Ça peut se décanter, ce n'est que dans quinze jours. Le coach sera certainement revenu pour gérer ça.

– Sans Edge, ça risque d'être…

– On n'y est pas, se pince-t-il l'arête du nez.

– Je m'occupe des espoirs la semaine prochaine, interviens-je brutalement. C'est bon ? Je peux y aller ?

Keith et Markus consentent d'un mouvement de tête, mais pas Glenn. Cet abruti soupire, agacé. J'ai dit que ça finirait mal entre nous, nan ? Il est clair que la confrontation sera inévitable, je déteste ce type au moins autant que ma gueule le dérange. Mais pour lors, j'ai d'autres projets dans lesquels il n'a pas sa place. J'esquive son haussement de sourcils froissé et me rue hors du bureau. Que je reste ou pas, ça ne changera rien au fait qu'Edge est au chevet de sa sœur sans date de retour programmée. Le club doit continuer de tourner, nous en sommes tous conscients ; je veux bien aider, c'est un juste retour des choses, mais rien de ce que nous déciderons ce soir ne changera la face du BLT !

En quelques enjambées, je me retrouve dans la cage d'escalier et dévale les marches en extirpant mon portable de l'arrière de mon jean. Alors que la pression dans ma cage thoracique tendait à rendre ma respiration difficile, le message qui m'attend sagement depuis une quinzaine de minutes manque de me faire sourire.

[J'y suis. Juste devant
le carrousel. Il ne manque
plus que toi.]

Ma petite lionne… Cette femme me retourne la tête. C'est simple, ça fait quatre jours que je ne sais plus réfléchir correctement. Je l'ai dans le crâne à longueur de journée et dans la peau chaque fois que mes yeux se posent sur elle. Je sais bien que c'est complètement insensé, mais très honnêtement, je ne suis pas foutu de contrôler mon attirance pour elle. J'ai essayé pourtant, mais il faut croire que c'était couru d'avance. Elle est exactement ce dont j'avais besoin depuis qu'*abuelita*… Bref, depuis des semaines. Alors, c'est vrai qu'elle a une santé fragile, que profiter de l'accalmie qu'elle m'offre fait de moi un enfoiré de profiteur égoïste, mais c'est juste trop bon pour que ça freine mon élan ce soir. Et, bordel, cette nana n'a pas de limites ! Sexuellement j'entends. Je la revois encore se pointer au BLT mercredi soir, si brûlante de désir que la température ambiante de la salle d'entraînement avait doublé d'un coup. Elle était sapée comme une écolière. Pourtant, elle dégageait l'aura d'une dominatrice en bottes de cuir noires. Elle aurait brandi une cravache que ça n'aurait pas été plus explicite !

Franchement, elle est la seule à me faire dérailler si vite. Parce que, merde, je l'ai prise sur le bord du ring, sans ménagement, sans même penser qu'à chaque fois que je mettrai les pieds au club après ça, des souvenirs de cette baise mémorable reviendraient me télescoper et me filer une érection de malade.

Je déconne grave… Pire encore, en avoir conscience ne me retient pas de monter dans le foutu taxi qui m'amènera jusqu'à elle. J'imagine qu'il sera grand temps de regretter plus tard, quand elle… Je ferme les yeux brusquement pour annihiler la pensée morbide qui jaillit dans mon crâne et amplifie ma respiration.

Jusqu'ici, tout va bien. Je vais bien.

Après une longue demi-heure de course, je règle le montant dû au jeunot derrière son volant et descends de son SUV. La mélodie suraiguë qui grésille d'un bon nombre d'enceintes accapare mon audition lorsque les portes de la fête foraine m'apparaissent de l'autre côté de l'avenue. Je réajuste la visière de ma casquette en approchant d'un pas décidé et ce en dépit de la marée humaine qui se matérialise derrière le périmètre délimité par un paquet de barrières métalliques. En toute sincérité, me mêler au commun des mortels dans ce genre de regroupement festif n'est pas ma came. Moins il y a de monde à graviter autour de moi, mieux je me porte, c'est comme ça depuis des années. Pourtant, je suis là à slalomer entre les groupes euphoriques, le regard affûté en quête d'une blonde féline postée près du fameux carrousel.

Qu'est-ce que tu fous ici, sérieusement ? me balance la partie lucide de ma conscience. Il n'y a pas pire arnaque qu'une fête foraine, tout coûte une blinde en plus d'être un attrape-couillon. Quand t'as 15 piges, tu te fous de perdre tout ton argent de poche si ça te permet de lever une nana. Mais quand t'approches de la trentaine, ça craint… Ceci étant, ça n'a pas empêché le crétin que je suis de retirer deux cents billets au distributeur en vue de se faire dépouiller pour quelques attractions.

Je n'ai pas fini de me faire vanner si les gars apprennent que j'ai passé mon samedi soir à la fête foraine. Même Casey ne pourrait pas se retenir de se foutre de moi…

Le soupçon d'indignation qui crispe ma mâchoire s'évapore à l'instant où la toiture dorée du carrousel en mouvement émerge au bout de l'allée centrale. Si le passage n'était pas noir de monde, je serais déjà en train de courir comme un abruti. J'esquive les quelques regards en coin que certains braquent sur mon air sévère et progresse, le pouls soudain en roue libre. Ce n'est qu'en apercevant Shenae, emmitouflée dans un énorme gilet en laine sur un banc, que je me sens respirer correctement. Un peu comme un camé qui retrouve, soulagé, une dose de dope sous un coussin de son canapé. C'est ça, je suis soulagé d'avoir retrouvé ma dose…

De dos face au manège, Shenae n'a d'yeux que pour les jeunes et moins jeunes enfants qui s'émerveillent dans cette attraction basique. Alors que je réduis la distance entre nous, je sais qu'elle sourit sans même la voir. Cette certitude est une sorte de pléonasme, parce que cette femme sourit tout le temps, même dans son sommeil ! Je contourne le banc sans m'annoncer et m'installe à côté d'elle. Son regard pétille dans ma direction et égaie davantage sa mine enjouée. Sublime… Quand son attention se concentre sur ma bouche la seconde qui suit, je comprends qu'elle se contient de ne pas la prendre d'assaut. Elle veut m'embrasser. Dire que c'est réciproque est bien en dessous de la vérité. Je crève de l'intérieur de ne pas être déjà sur ses lèvres. Sauf que nous ne sommes plus à couvert, planqués dans la pénombre d'un couloir ou enfermés dans sa chambre. Il y a une symbolique forte dans le fait d'embrasser la femme avec qui on couche pour lui dire « bonjour ». Ça induit un statut de couple que je ne suis pas certain d'assumer, pas maintenant, pas après cet accord officieux entre nous qui n'en faisait aucunement mention. Pas de contrainte, pas d'engagement, juste du positif. C'était le deal.

Toujours à distance de ma bouche, Shenae entrouvre la sienne pour parler avant d'être stoppée net par une voix féminine surexcitée.

– Shenae ? Hé, salut !

Je quitte ma blonde des yeux pour suivre la direction du regard qu'elle braque à présent sur une nana en approche. Brune, maquillée comme une palette d'artiste peintre, à peine sapée en dépit des fraîches températures, transcendée d'allégresse et – j'en mettrais ma main au feu – d'une quantité non négligeable d'alcool.

– Salut, Lorie.

– Si on avait su que ça te bottait, on t'aurait invitée à te joindre à nous, débite l'autre avant de se retourner pour faire de grands signes derrière elle.

Mes neurones s'activent tous en même temps en voyant ses potes nous rejoindre et seulement parce que le type – *ce* type – est là. Le même qui m'avait fusillé des yeux le jour où je m'étais pointé à la sortie de leur école. Le même qui n'arrêtait pas de se prendre en photo avec elle…

– Vous êtes venus en force, souligne Shenae d'un ton neutre. Salut, Lawrence. Salut, Bonnie. Salut, Xander.

Sitôt le Xander a-t-il embrassé la joue de ma blonde qu'il me darde un regard méprisant. Son attitude pourrait me faire marrer. Clairement, ce mec ne ferait pas le poids, sauf que j'en suis à gérer la montée de jalousie qui ravage mon sens logique. Maintenant qu'il la mate avec une avidité puérile, mon envie de le dégager à coups de pied devient quasi viscérale. Alors, oui, le statut couple me pose un foutu cas de conscience, mais je suis surtout exaspéré face à la situation. Xander veut Shenae, depuis le premier jour à n'en pas douter. Sur le papier, rien ne lui indique qu'il ne peut pas l'avoir. Putain, qu'est-ce que ça me plairait de lui faire ravaler son sourire aguicheur ! Pourtant, je ne bouge pas. C'est ça ou je risque d'amocher sa petite gueule de jeune premier.

– On va se faire la maison hantée, tu veux… enfin vous voulez nous accompagner ? bredouille celle que je suppose être Bonnie.

– Non, merci. Nous avons d'autres projets, entérine Shenae d'une voix à la fois douce et sans appel.

– OK, on se voit lundi, alors ! Bonne soirée ! se récrie son amie avant de détaler.

Les trois autres lui emboîtent le pas, mais cet enfoiré de Xander traîne la patte. Quand son clin d'œil de dragueur s'envole jusqu'à Shenae, mes muscles s'électrisent de concert. Mon cerveau court-circuite. Sans même penser aux conséquences, j'emprisonne le visage de ma blonde et l'attire urgemment vers moi. En une seconde, ma bouche est verrouillée à la sienne. Je ne suis plus capable de raisonner ni même de doser mon ardeur, je ne suis piloté que par un seul et unique besoin : faire taire le feu que cette raclure de Xander a alimenté dans chaque parcelle de mon anatomie. Alors, je m'acharne et me décharge d'une frustration trop dévorante. Les mains de Shenae trouvent le chemin de mes joues et s'y déposent. Elle ne cherche pas à ralentir ou accélérer la cadence de mon baiser, elle s'y calque et me laisse les commandes en gémissant timidement chaque fois que mes lèvres intensifient le contact.

À bout de souffle, elle est la première à reculer pour mettre un terme à ma pulsion. Son front collé tendrement au mien, elle reprend sa respiration dans un sourire hagard. Le brouillard qui masquait mes réflexions se dissipe peu à peu et me renvoie à ce cap que je viens de franchir avec elle. Quel con… Je grimace de consternation, et ce en dépit de la sensation de mon corps tout entier. Lui se sent apaisé tandis que mon crâne n'est qu'un amas de nœuds tortueux…

– Eh bien, balbutie Nae, ça valait grandement le coup d'attendre.

– Désolé, grommelé-je en tentant de reculer pour lui laisser retrouver son espace vital.

– Ne le sois pas.

Ce soir, tout n'est que douceur chez elle : sa voix, son emprise autour de ma nuque pour m'empêcher de battre en retraite, l'ourlet de son sourire, la texture de son gilet épais que j'agrippe sans savoir pourquoi. Il y a définitivement quelque chose que je ne saisis pas avec cette femme, ce quelque chose que je ne contrôle pas et qui m'amène à agir majoritairement à l'encontre du bon sens. Je sais que Nae ne m'apportera qu'un réconfort temporaire, je sais que je ne dois pas m'attacher, je sais tout ça. Pourtant, près d'elle, je deviens cet autre, plus impulsif, plus possessif et soumis à des envies moralement bancales.

– Chichis ? suggère-t-elle.

Impossible de ne pas sourire à mon tour. Je n'ai pas faim, je n'aime pas les aliments cuits dans des bains de friture tout comme je n'apprécie que peu l'agitation de ce genre d'événements, mais j'acquiesce en me détachant de son front.

– Tant mieux ! Je me suis retenue d'en acheter un cornet en t'attendant, je suis en manque de sucre ! couine-t-elle en se levant lentement.

Je la suis tandis qu'elle ouvre la marche vers le stand de confiseries qu'elle a vraisemblablement repéré avant mon arrivée. Après quelques enjambées, Nae s'arrête et se retourne vers moi, une lueur malicieuse dans le regard. À peine suis-je à sa hauteur qu'elle enlace mes doigts et guide mon bras autour de son cou. Raide de surprise, je la laisse se blottir contre moi et loger sa main libre dans la poche arrière de mon jean. Elle prend ses aises et, tout au fond de moi, il se pourrait que sa façon de se foutre de mon consentement me plaise. Ce petit bout de femme ne s'emmerde pas avec les détails ; elle veut, elle prend, c'est aussi simple que ça.

– Voilà, c'est bien mieux comme ça, assume-t-elle en se lovant davantage contre mon flanc.

Je resserre ma prise autour de ses doigts et m'efforce de regarder droit devant moi. Parce que, merde, j'ai de nouveau envie de me perdre sur ses lèvres et, à ce rythme-là, nous n'atteindrons jamais le stand de chichis ! Nous avançons dans la foule énergisée par la nuit tombante et les jeux de lumière. La musique est si forte par moments que mes tympans en souffrent, mais ça ne semble pas être le cas de Shenae. Au contraire, elle s'enthousiasme dès qu'un cri de joie est poussé, elle s'ébahit devant les mines euphoriques, elle glousse lorsqu'un type vire au vert à la sortie d'un manège, elle se ravit de la victoire d'un gamin au stand de tir à la carabine… Elle vit l'instant, insouciante et enivrée. Fatalement, notre différence d'âge me frappe ce soir. J'ai dépassé le stade de l'insouciance depuis des lustres. À vrai dire, je ne crois pas avoir jamais été un gosse insouciant. En tout cas pour ce qu'il me reste de mes souvenirs d'enfance.

– Avec une jolie dose de Nutella ! s'empresse-t-elle d'ajouter en passant commande au forain derrière son haut comptoir sur roues. Plus encore !… Oui, comme ça ! Parfait !

Son énorme cornet de churros en mains, elle me gronde en fronçant les sourcils quand je file un billet au type en tablier. Son air renfrogné ne dure qu'une seconde, car rapidement elle plonge les doigts dans l'amas de bâtons frits couverts de Nutella, sa langue humectant ses lèvres gourmandes par anticipation. Dans une sensualité que je dois être le seul à interpréter perversement, Shenae enfourne un chichi dans sa bouche et feint de défaillir de bonheur.

– Trop bon… parvient-elle à dire entre deux mastications. Tiens !

Je décline d'un geste le cornet qu'elle me tend et affronte son air pétrifié. Adorable aussi, mais massivement atterré !

– Je ne suis pas fan de Nutella, souris-je en revenant enlacer ses épaules.

– Impossible !

– Je te jure. Je n'ai jamais trouvé ça transcendant.

– Je suis choquée…

Ouais, moyennement choquée si j'en juge par son détachement certain lorsqu'elle repart à la conquête de son plaisir gustatif.

– Grande roue ? mâchonne-t-elle.

Je hoche la tête devant son regard lumineux et la laisse m'entraîner plus loin dans les allées. Nous progressons tranquillement sur plusieurs mètres, moi avec la sensation de ne faire qu'effleurer le sol, elle avec de la pâte à tartiner plein les doigts. Penser qu'elle terminera la nuit dans mon lit me fait planer encore plus !

– Neuf dollars la place, me renseigne le gars devant la file d'attente de la grande roue.

Je délaisse ma blonde pour approcher du forain et lui glisse discrètement cinquante billets en sus.

– Juste pour m'assurer que nous serons seuls dans la capsule, réponds-je à son regard perplexe.

Quand enfin une ampoule illumine son cerveau, l'homme me décoche un clin d'œil entendu et fourre son pourboire dans la pochette ceinturée autour de son ventre. Shenae revient se caler contre moi en se délectant des derniers chichis. Elle ne me quitte pas durant les vingt longues minutes d'attente, excepté pour se débarrasser de son cornet en papier, vide et taché d'huile.

– J'étais censée les manger dans la grande roue, maugrée-t-elle en suçant ses doigts un à un pour ôter les derniers résidus de sucre.

La forme que prend sa bouche déclenche une décharge

dans ma poitrine, laquelle termine sa course sans détour entre mes cuisses. Putain, je suis grave… J'ajouterais bien « grave en manque », sauf que j'étais en elle il n'y a pas douze heures et qu'en l'occurrence, je ne peux pas être cliniquement « en manque » ! Un flash-back de son corps dans la douche me floute presque la vue quand notre tour de monter dans la nacelle vitrée arrive. Suis-je à ce point un charognard d'avoir envie d'elle à un moment pareil ? Ouais, c'est possible, surtout que le scénario que j'imagine serait d'un égoïsme magistral : ma queue sans protection dans sa bouche sucrée…

– Je suis trop excitée, couine-t-elle dès lors que les portes de notre cabine nous enferment.

Et moi donc, putain…

Debout face à la fête foraine, nous restons silencieux les premières minutes. Notre bulle de verre s'élève lentement et nous fait bientôt surplomber Green Street.

– C'est juste superbe, tu ne trouves pas ? Regarde, d'ici peu on apercevra le dôme du jardin botanique ! J'ai déjà coché cette case, mais je t'y emmènerai si tu veux. C'est une kyrielle de senteurs et de couleurs, j'avais adoré. Et par là, pointe-t-elle, le Capitole. L'architecture doit être splendide baignée par les éclairages artificiels…

Je l'écoute me décrire la ville que je connais déjà par cœur et m'étonne de découvrir Columbus autrement. D'abord parce qu'il fait maintenant nuit et que je ne suis pas de ceux qui se baladent *by night*. Ensuite parce que notre lente ascension me donne un nouvel angle d'observation. Force est de constater qu'elle avait raison, ça valait le coup d'œil…

Alors qu'elle se tenait arrimée à la fine rambarde qui court le long de la capsule transparente, Shenae glisse d'un pas vers moi. Son dos épouse généreusement mon torse quand ses mains commandent à mes bras de venir l'encercler. Encore une fois, une dose monstrueuse d'endorphine se déverse dans mon organisme et me fait sourire d'aise. J'aime vraiment qu'elle se permette tout ça avec moi, qu'elle ne se refuse pas d'assouvir ses besoins comme c'est le cas à cet instant. Sans freiner mon besoin à moi, je niche mon nez dans ses cheveux et hume leur parfum au maximum. Elle sent bon, sans que ce ne soit trop envahissant olfactivement. J'aime bien, la subtilité de son odeur contrebalance son audace adorable et c'est exactement ce qui porte mes lèvres jusque dans son cou.

– De quelles cases parlais-tu tout à l'heure ? me surprends-je à demander entre deux baisers.

– De celles de ma liste. Elle regroupe tout un tas de choses que j'aimerais faire avant de partir, précise-t-elle avec nonchalance.

Je me raidis dans son dos et cesse net l'exploration de son cou. Nous sommes à plus de cinquante mètres de hauteur. Pourtant, j'ai l'atroce sensation de m'exploser au sol après une chute fulgurante de plusieurs étages. Pour elle, partir ne signifie pas voyager ou quitter un endroit pour un autre. Non, pour elle, partir symbolise sa disparition définitive. Partir, c'est… Je déglutis douloureusement en me redressant et recule d'un pas.

Qu'est-ce que j'ai foutu, bordel ? Archiver cette information capitale dans les méandres de mon cerveau anesthésié par le chagrin n'a fait que m'affaiblir. Parce qu'à cet instant, cette réalité revient m'ébranler de toute part et la peur soudaine de la voir disparaître de mon quotidien me prend sauvagement à la gorge. Voilà pourquoi cet échange de bons procédés était une erreur !

– Cruz, chuchote-t-elle en me faisant face, vraisemblablement alertée par ma rupture de contact.

Sans se départir de son tendre sourire, Shenae approche avec précaution et pose délicatement ses paumes sur mon torse. Elle a compris… Je détourne le regard et recule encore.

Je crois que j'ai besoin d'une minute. D'une foutue minute pour dégager ce paramètre funeste de mon crâne. Bien sûr, Nae ne l'entend pas de cette façon et reprend sa progression dans ma direction. Elle ne s'immobilise que lorsque l'arrière de mes genoux bute dans le long banc en métal derrière moi.

– Ne fais pas ça… se désole-t-elle d'une voix calme. Je te demande pardon, c'était super maladroit.

Je fais l'erreur de capter son regard troublé et m'y rive avant de m'échouer sur le banc. Sans même me laisser un souffle de répit, Shenae se faufile dans la brèche et s'installe à califourchon sur mes cuisses raides comme de la pierre. C'est maintenant un mélange amer de sentiments qui matraquent ma poitrine. La sentir contre moi est une gigantesque bouffée d'air apaisante. Pourtant, le compte à rebours me dégomme comme jamais…

– Que du positif, me rappelle-t-elle en ôtant ma casquette pour emmêler ses doigts fins dans mes cheveux.

Je secoue la tête, parce que, merde, il n'y a rien de positif dans sa maladie, rien de positif dans cette putain de deadline ! Devant mon mutisme et mes traits tirés de torpeur, Shenae dépose un bref baiser sur mes lèvres pincées.

– Ne t'encombre pas de cette donnée et laisse-moi composer avec. Fais comme si elle n'existait pas.

Elle m'embrasse encore, ses deux paumes maintenant calées sur mes joues. Encore une fois, sa présence, ses attentions, sa foutue résilience étouffent le cours de mes pensées sordides, lesquelles se désagrègent sur sa bouche. Je suis toujours à cran, mais… ce petit bout de femme met au tapis chacune de mes inquiétudes, chacune de mes hésitations, comme ça, par la seule force de sa détermination tranquille. Je noue les mains sur la chute de ses reins et lui rends la tendresse de son baiser. L'air revient faire gonfler mes poumons par rafales et, enfin, je me sens retrouver un semblant de sérénité.

– On s'accorde bien toi et moi, non ? murmure-t-elle à fleur de mes lèvres.

J'acquiesce avant de repartir à la conquête de sa langue au goût de noisette. Mon emprise dans son dos se raffermit. Clairement, notre alchimie est avérée, impossible de le nier.

– Alors, ne nous prive pas de tout ça… s'il te plaît…

Ses mots sonnent comme une prière. Elle ne veut pas que ça s'arrête, et nom de Dieu, moi non plus… Je vais morfler, c'est inévitable, mais je plonge, incapable de faire autrement.

25

Shenae

La sonnerie étouffée de mon portable abandonné dans le salon me tire d'un lourd sommeil. Je ne bouge pas d'un centimètre, encore perdue entre une réalité poussiéreuse et le champ de tulipes onirique quc mon subconscient s'amusait à matérialiser il y a encore une minute. Je force sur mes paupières plusieurs secondes jusqu'à rester en apnée en découvrant l'endroit dans lequel je me trouve. Instantanément, une avalanche de souvenirs prend d'assaut mon esprit et me rappelle la chronologie des dernières heures.

La fête foraine. La grande roue. *Lui.* Des préliminaires à presque cinquante mètres au-dessus de Columbus. Notre retour à l'appartement. *Chez lui.* Un deuxième orgasme sur le bahut de l'entrée. Un troisième sous la douche. *Encore lui.* Puis son lit, ses bras, sa passion, mon exaltant abandon…

Mon sourire pointe mollement alors que je jette un coup d'œil paresseux à la place qu'il occupe près de moi. Le drap le recouvre à peine et me laisse tout loisir de me repaître des courbes viriles et saillantes de son corps d'athlète. Allongé sur le ventre, Cruz dort paisiblement, son avant-bras calé sur mon ventre. Encore une fois, l'alliance vanille-café de nos deux épidermes me subjugue. Au-delà de l'accord parfait de ces deux nuances, les tatouages géométriques qui s'étalent sur toute la longueur de son bras me captivent. C'est beau, abstrait et travaillé en même temps. Je n'ai jamais songé à encrer ma peau. Pourtant, je me mets à imaginer le résultat d'un dessin indélébile sur moi. Une fleur ou peut-être un mot. Un symbole ? J'avise mon poignet en le surélevant de quelques centimètres et manque de geindre lorsqu'une douleur lancinante pince mes articulations.

Alors que je devrais prendre le temps d'inventorier les éventuels autres signes, je m'extirpe précautionneusement du lit quand mon téléphone se remet à claironner dans l'appartement. Je grimace en attrapant au passage le tee-shirt de Cruz et referme la porte de la chambre derrière moi. Ce n'est qu'en approchant de mon mini-sac de voyage, esseulé dans l'entrée, que je prends péniblement conscience de mon état. Douleurs articulaires aux bras et jambes. Souffle déconnant. Pouls rapide. Mains et pieds gelés. Le tout mélangé à une pratique « sportive » savoureuse et répétée rend mon état général on ne peut plus bancal. Ça va passer, je refuse de gâcher mon dimanche avec un handicap physique dû ou non à ma valvulopathie. Ça doit passer et ça passera !

Les lèvres pincées du mal qui m'assaille ce matin, je m'empare de mon portable et décroche en me dirigeant vers la première assise disponible.

– Salut, Essie, chuchoté-je.

– Salut. Je venais juste aux nouvelles.

– Tout va bien, mens-je en souriant avec démesure.

– Bien dormi ?

Bien ? Immensément ! Toutefois, l'engourdissement de mes paupières confirme que je ne me suis que trop peu reposée. Et les courbatures de mes muscles que je ne me suis pas assez préservée…

– Délicieusement bien. Et toi ?

– C'était… étrange.

– C'est-à-dire ?

– Pas comme d'habitude. Je sais que ce n'est pas la première fois que tu dors ailleurs, mais ce coup-ci, ce n'était pas à l'Herald… J'en sais rien, c'était bizarre, c'est tout. T'as pensé à prendre ton traitement ?

Évidemment que non étant donné que je me lève à l'instant. Je fais un rapide tour d'horizon dans cet appartement que je connais à peine et écarquille les yeux en trouvant l'heure. Onze heures trente-cinq…

– Nae ?

– Oui, je l'ai pris, mens-je encore avant de me retourner lentement vers mon sac pour en extirper mon pilulier. Qu'as-tu prévu aujourd'hui ?

– Ça dépend de l'heure à laquelle tu comptes rentrer en fait.

– Et en admettant que je ne revienne pas avant ce soir, envisagé-je, mes médicaments à la main.

J'erre dans la cuisine et ouvre quelques placards avant de réquisitionner une bouteille d'eau et un verre.

– J'irais bien faire des longueurs à la piscine, peut-être que je terminerai par un ciné. J'ai vu que l'Odyssee Theater propose des rediffusions pour cinq dollars ce dimanche…

Tout en m'appliquant à coincer le téléphone contre mon épaule pour emplir mon verre d'eau, je l'écoute me peindre le tableau d'un après-midi qui m'aurait enthousiasmée si Cruz Riveira n'était pas entré dans ma vie. Quand bien même me laisser flotter aurait apaisé mes douleurs, je doute d'avoir l'énergie suffisante aujourd'hui pour assumer ce double programme. J'avale les quatre gélules en deux gorgées et me pose sur l'une des chaises hautes de l'îlot central.

– Ça promet d'être très sympa. Tu me raconteras ? surjoué-je en roulant prudemment ma nuque pour l'assouplir.

– Pour ça, il faudrait que tu reviennes avant que je sois couchée, grommèle-t-elle.

– Serais-tu chafouinée par mon absence, ma sœur chérie ?

– Un petit peu seulement.

Je ris en attirant vers moi le panier à fruits où sont entassés poires, pommes, oranges, bananes, kiwis… Presque aussitôt, mon estomac se réveille.

– Je suis certaine que tu vas passer une super journée, lui assuré-je en humant un petit fruit rond, pourpre et ridé. Rappelle-moi avant ta séance de ciné si tu veux ou si tu t'ennuies trop de moi.

– Est-ce que c'est moi ou tu expédies notre conversation ?

– J'ai faim, gloussé-je.

– Tu as déjeuné très tôt ou tu n'as juste rien mangé depuis hier ?

Je lève les yeux au plafond. Sa façon de me sermonner me titille, même si elle est habituelle.

– Va enfiler ton maillot et fais une pause ! On débriefe ce soir, promis. Je t'aime !

Je n'attends pas qu'elle réplique et raccroche. La conversation aurait pu durer des heures et elle doit absolument profiter de ces instants pour se retrouver, si tant est qu'elle y aspire et s'en donne les moyens. Les yeux rivés sur la multitude de fruits, j'oublie jusqu'au ton réprobateur de ma sœur quand mon cerveau dresse une liste exhaustive de plats qui enchanteraient mes papilles pour un brunch improvisé. Après dix minutes de fouille intensive, je reprends ma place autour de l'îlot et entame la préparation d'une pâte à pancakes. Je ne sais pas ce qu'un athlète doit manger, mais j'imagine que les différents ingrédients dans ses placards sont forcément adaptés. Ce sera donc pancakes, salade de fruits avec quelques noix de cajou, omelette aux poivrons, fromage blanc et jus d'orange !

Alors que les effluves de beurre chaud se mélangent au silence qui règne dans l'appartement, une douce euphorie m'étreint. Je n'ai aucun repère ici, pourtant je m'y sens bien. L'appartement est vaste sans être immense, le mobilier ne semble pas hors de prix, la décoration est justement dosée. Il ne manque que quelques touches féminines à cette garçonnière pour être parfaite !

Malgré les gémissements plaintifs de mon corps fatigué, je m'attelle à dresser le couvert quand le bruit de la douche traverse les cloisons qui me séparent de la chambre. Il ne me reste qu'à cuire les œufs battus et le brunch sera prêt. L'odeur des lamelles de poivrons rouges rissolant dans la poêle me fait saliver de plus belle. Il est temps que je nourrisse mon pauvre estomac en deuil ; autant le cornet de chichis m'a permis de sauter le dîner hier, autant il n'en reste rien après plus de seize heures de digestion. Je meurs de faim !

Je n'ai pas éteint les plaques induction que deux mains solides coulissent sur mes flancs avant de se refermer sur mon ventre. Son torse épouse maintenant mon dos et accompagne sa bouche dans mon cou. Cette sensation délicieuse, c'est exactement ce dont j'avais besoin. La senteur masculine du gel douche qui a parfumé ma peau hier soir m'arrive aux narines et me grise. C'est presque aussi bon que de sentir son étreinte se raffermir lorsqu'une de ses mains vagabonde le long de mon buste pour atterrir sur l'arrondi de ma fesse. Le grognement feutré que Cruz vocalise dans mon cou me fait frémir autant qu'il me fait rire. Il se pourrait qu'il vienne de constater que je ne porte aucun dessous…

– Bonjour, murmuré-je.

Sans un mot, Cruz passe sa seconde main sous le tee-shirt bien trop grand qui me recouvre et lui fait gravir ma ligne d'abdominaux avant de terminer sa course à plat sur mon sternum. Il pourrait me prendre ici, au milieu de cette cuisine, sur l'îlot ou à même le sol, je ne déclinerais aucune proposition. Or Cruz reste chaste en dépit de la tension que je sens irradier de chacun de ses muscles contractés.

– Est-ce mon boucan qui t'a réveillé ?

– Non, marmonne-t-il. Seulement ton absence.

Je me bats contre l'effervescence de mes sens et dépose d'une poigne fébrile l'omelette dans une assiette. À cet instant, je suis affamée de tout, de la vie, des odeurs, de lui, de fruits et de sexe ! J'esquisse un demi-tour et enroule mes bras autour de sa nuque. Je suis affamée et sa bouche est la première chose dont je veux me gaver... Sous son regard sombre, j'approche de ses lèvres et les fais miennes. Cruz répond à ma gourmande attention sans se faire prier. Je dirais même qu'il semblait n'attendre que mon aval. Comme chaque fois qu'il m'embrasse, un bien-être indécent me submerge et je jure qu'aucun autre dimanche matin n'aura plus la même saveur dorénavant.

Ce n'est qu'en entendant mon estomac gronder que Cruz met un terme à notre baiser. Sa frustration est peinte sur ses traits lorsqu'il amorce un pas en arrière et délaisse les parcelles de ma peau qu'il choyait jusqu'alors.

– Je me suis permis de préparer quelques trucs, précisé-je en tentant de reprendre contenance.

– Tu n'étais pas obligée.

– Je sais, lui souris-je en avançant jusqu'à la première chaise haute.

Je m'évertue à garder le plan de travail dans mon champ de vision pour ne pas reluquer sa plastique, puis m'installe à la place que je me suis octroyée et m'empare du jus de fruits pour remplir nos verres. Sauf qu'à ce même moment, Cruz choisit de rejoindre son siège et mes yeux s'aimantent à sa silhouette de mâle alpha, freefighter de surcroît. Il n'a daigné enfiler qu'un bas de survêtement noir, lequel descend si bas sur ses hanches que la timide pilosité sous son nombril me nargue. De même, les lignes parfaitement dessinées de ses abdominaux m'hypnotisent. Et je ne parle pas du rendu global avec les tatouages et les muscles qui roulent sous sa peau mate... Grand Dieu, cet homme est... insolemment désirable !

– Ton verre est plein.

Son petit rire de gorge m'arrache à mon voyeurisme.

– Mince, hoqueté-je en redressant urgemment la bouteille de jus d'orange.

Mon verre est effectivement plein à ras bord et a évacué le surplus sur le comptoir. Je tente une grimace contrite en jetant un coup d'œil à Cruz et réquisitionne plusieurs feuilles d'essuie-tout pour réparer ma bêtise. Ce tentateur se moque en silence et m'offre un demi-sourire fier.

– Bon, d'accord, avoué-je en riant, je me suis laissée déconcentrer. Mais c'est ta faute !

Je l'accuse en pointant du regard sa plastique exquise tandis qu'il s'assied de l'autre côté de l'îlot, pile en face de moi. Soyons clairs, on ne se balade pas à moitié nu quand on a un corps comme le sien, le genre de corps qui ferait s'entre-tuer une foule entière de femmes, lesquelles démembreraient n'importe qui sur leur passage dans le seul but de le toucher du bout des doigts !

– Dixit celle qui ne porte pas de lingerie, m'assène-t-il avec un sourire de sale gosse.

En une seconde, la tension entre nous s'électrise et nous fige dans l'espace-temps. Je ne vois plus qu'une avidité passionnelle dans ses prunelles quand les miennes explosent littéralement d'un besoin charnel surréaliste. Comment ai-je fait pour vivre jusqu'ici sans connaître ça ? Sans être à ce point attirée par un homme ? Sans me sentir proche de défaillir en une phrase ? Ou en un fichu regard salace ? Cruz a réveillé toutes ces sensations en moi. Je ne saurais pas l'expliquer, pourtant c'est réel : j'implose sous ses yeux noirs, incapable de faire autrement !

– Mange, petite lionne, me commande-t-il sans cesser de me bouffer du regard. Je ne t'allongerai sur la table pour te faire jouir qu'après ça.

Sa voix est si sensuelle que mon bas-ventre en frissonne.

Je m'imagine un instant faire comme dans tous ces films lorsque l'acteur balaie d'un bras précis couverts et plats pour répondre à l'urgence de son désir, mais Cruz m'en empêche. Calmement, mon hôte récupère son assiette et y dépose une belle cuillerée de salade de fruits, une autre de fromage blanc et deux pancakes. Mon estomac me rappelle à l'ordre lui aussi en gargouillant et j'abdique, vaincue.

– As-tu quelque chose de prévu cet après-midi ? demandé-je en espérant asphyxier ma libido.

– À part te faire l'amour ?

Je fronce les sourcils.

– Concentre-toi si tu ne veux pas que je m'étouffe avec un morceau de banane, le menacé-je avec ma fourchette.

Sa moue taquine contredit son geste de reddition alors qu'il lève les mains de part et d'autre de son visage tatoué.

– Rien de prévu, non.

– À quelle heure me mets-tu dehors ? Juste pour que je m'organise, le taquiné-je en enfournant un quart de pancake dans ma bouche.

– Je ne te mets pas dehors, tu pars quand tu veux. Ça me plaît pas mal de te voir ici…

La fin de sa phrase n'est qu'un murmure, comme s'il espérait qu'aucun son ne me parvienne clairement. Cependant, j'ai tout entendu et je dois bien avouer que son aveu, même s'il a été formulé avec flegme, déclenche une nuée de frissons chez moi.

– Je rentrerai chez moi pour dîner alors.

Une nouvelle minute s'égrène en silence. Un silence agréable, lequel me donne l'opportunité de découvrir une autre version de Cruz Riveira. Il paraît confiant, ses rides d'expression sont moins marquées, même l'obscurité de son regard ne semble plus si dense. Ses sourires, même s'ils ne sont jamais très francs, sont moins rares. Je suppose qu'être chez lui, là où il se sent vraisemblablement en sécurité, lui permet de tomber le masque et l'armure qui va avec.

– Tu vis ici depuis longtemps ?

– Dans cet appartement ?

Je hoche la tête, une cuillère de fromage blanc dans la bouche.

– On a signé le bail il y a plus de huit ans, reprend-il.

– On ?

– J'habite avec Casey. Enfin, j'habitais. Depuis qu'Aria s'est installée dans le coin, il ne passe que pour récupérer des fringues.

Donc cet endroit était une colocation de deux hommes au charisme fou ! J'élargis mon champ de vision pour tenter de me représenter Cruz et Casey ensemble dans cet appartement, puis ravale un sourire. Ces deux freefigthers transpirent de testostérone, je n'ai aucun mal à imaginer que ces murs aient assisté à de nombreuses nuits de débauche.

– Avez-vous laissé monter beaucoup de femmes ? demandé-je avec malice.

Cruz fige un morceau de pomme à quelques centimètres de sa bouche entrouverte et me scrute, incrédule.

– Est-ce qu'on en est vraiment là ?

– À se dévoiler des informations intimes ? Pourquoi pas ? Tu préfères que je commence ?

Amusée par son air hébété, je prends son absence de réponse pour un accord et viens m'accouder au comptoir.

– Alors, j'ai perdu ma virginité en Seconde sur la banquette arrière de Rohan Gibson. Une catastrophe… D'ailleurs, je n'ai pas donné suite. Quelques mois plus tard, je tentais de remettre ça avec Heath Patton. Pas mieux, affirmé-je en haussant les épaules d'indifférence. Quoi qu'il en soit, aucun d'eux n'a investi ma chambre. Ensuite, il y a eu le diagnostic et plus rien jusqu'à toi. Tu es donc le seul à avoir connu mes draps.

Je ponctue ma rétrospective d'un sourire enjoué dans l'espoir qu'il motive Cruz à me raconter cet aspect de sa vie. À sa mine rembrunie, je comprends qu'il hésite, peut-être même qu'il me prend pour une dingue.

– Pas de panique, l'encouragé-je, on fait plus ample connaissance, c'est tout.

Je le vois déglutir avec difficulté avant qu'il ne repose lentement son couvert dans son assiette. Une sourde euphorie m'enveloppe dès lors que je le sens prêt à assouvir ma curiosité.

– Il y a eu plusieurs femmes, décrète-t-il.

– Plusieurs ? Tu veux dire : en même temps ?

Mon débit le déride un peu, il étire même un bref sourire en coin.

– Non, jamais en même temps. J'aime quand les choses sont bien faites. J'aurais forcément bâclé le boulot si j'avais eu deux femmes à satisfaire.

– Bien vu. Donc combien ? À la louche ?

Cruz vient frôler son menton de ses doigts, comme chaque fois qu'il réfléchit. Ce suspense me tient en haleine, j'ai l'impression d'être devant un reportage traitant des secrets cachés d'un gouvernement corrompu. Il ne manque plus que les pop-corns !

– Beaucoup, finit-il par dire.

Je soupire exagérément, consciente qu'il n'ira pas plus loin dans son comptage.

– Des relations sérieuses ?

– Avec l'une d'elles, ça aurait pu.

– Qu'est-ce qui n'a pas fonctionné ?

– Une promesse qu'on s'était faite avec Casey.

– Laquelle ?

Trop croustillant ! Mes yeux ronds d'intrigue ne le quittent pas. J'adore notre échange. Cruz n'est tellement pas homme à répondre spontanément que je me sens bouillir de mille autres questions à la seconde.

– Pas de baiser. Pas de sentiment, révèle-t-il après un court silence.

– Ces pauvres dames, feins-je de m'indigner. J'imagine que la promesse est caduque étant donné que tu m'embrasses sans retenue aucune.

– Aria a effectivement redistribué les cartes.

– Dieu la bénisse ! Autre sujet, poursuis-je sur ma lancée. As-tu toujours vécu à Columbus ?

Il étouffe un rire en portant son verre de jus d'orange à ses lèvres. Je me retiens d'aller le lui arracher, complètement happée par ce coffre-fort dont j'obtiens les codes au compte-gouttes. Oserais-je dire que l'homme sombre que j'ai rencontré il y a quelques semaines tend à s'illuminer minute après minute ce matin ? Il m'apparaît moins tourmenté, moins rigide aussi. L'éventualité d'en être à l'origine me galvanise davantage.

– Celia nous a fait entrer aux États-Unis il y a vingt ans.

– « Nous » ?

Il marque une pause et quelques nuages de tristesse parsèment ses prunelles.

– Elle et moi.

– Et tes parents ?

Cruz revêt son masque d'austérité sur ce dernier mot. Ce n'est qu'en devinant un soupçon de ce que je crois être de la culpabilité dans son regard que je prends conscience d'être allée trop loin et trop brutalement. Je m'en veux sans vraiment m'en vouloir. Je ne pouvais pas deviner que ce sujet était épineux. Toutefois, je peux entendre que chercher à creuser son passé nécessitait peut-être un peu plus de tact. Bien que mon esprit alimente vivement la liste de mes questions indiscrètes, je fais le choix de ne pas renchérir lorsque Cruz reporte son attention sur son assiette presque vide et empoigne d'une main ferme sa fourchette.

– Ton stage se passe bien ? me surprend-il à poursuivre.

– Très bien.

J'attrape mon verre et en bois quelques gorgées, perdue et incontestablement frustrée de ne pas pouvoir continuer à percer cet homme à jour.

– Tu ne développes pas ? marmonne-t-il en se détachant une demi-seconde de son brunch pour me sonder.

– C'est vrai que ça ne me ressemble pas. Disons que je suis un peu déstabilisée et…

Je ne termine pas ma phrase et repousse mon petit déjeuner avant de descendre de ma chaise. Cruz me guette du coin de l'œil tandis que je longe l'îlot pour le rejoindre. Je ne devrais sûrement pas approcher l'animal sauvage que je viens de contrarier involontairement. Pourtant, je progresse jusqu'à lui et égare mes doigts sur son épaule une fois à sa hauteur.

– Je regrette, avoué-je en me pressant contre lui. Mais je me connais, il y a peu de chances pour que je cesse de te poser des questions. Alors, convenons d'un mot alerte dans le cas où je deviendrais trop intrusive. Tu n'auras qu'à dire… « esquimau » !

Alors que Cruz fixait la chaise que j'occupais plus tôt, ma proposition ridicule lui fait changer de cap. Son froncement de sourcils s'arque sensiblement dans ma direction.

– « Esquimau » ?

– Ou autre chose. Pancake ? Tulipe ? Papier peint ?

Le mini-sourire qu'il tente de réprimer chasse l'inconfort dans ma poitrine. J'approche de sa joue couverte d'une barbe naissante et l'embrasse docilement.

– J'ai encore mieux, soufflé-je lascivement à son oreille. Tu n'auras qu'à dire « Déshabille-moi »…

Le bruit sec de sa fourchette échouée sur la céramique de son assiette fait naître une myriade de frissons le long de mon échine. Son bras contourne mon corps fragile pour l'encadrer et m'impose un contact plus poussé. Mes lèvres étirées d'un sourire audacieux effleurent sa joue sans s'y poser.

– « Déshabille-moi », c'est bien, non ?

Sa main dans mon dos se fait plus possessive et le dévale avant de se faufiler sous le tissu ample de mon tee-shirt. Sans un son, Cruz répond à l'affirmative d'un unique mouvement de tête et empoigne mes fesses nues.

– On est d'accord. Du coup, est-ce le moment pour moi de m'allonger sur la table ? m'enquiers-je d'une voix coquine.

Cruz pivote juste assez pour plaquer son torse contre ma poitrine et m'embrase en un regard brûlant de désir. Toutefois, il ne s'empare pas de ma bouche comme j'aimerais qu'il le fasse, préférant jeter un coup d'œil furtif à mon petit déjeuner.

– Tu n'as pas terminé.

Motivée par les caresses exigeantes qu'il exerce sur l'arrondi de mes fesses, je m'écarte tout juste assez de son corps bandé et me débarrasse de mon tee-shirt. Ses joues se creusent de tension lorsqu'il détaille ma poitrine nue et tendue vers lui.

– Je n'ai plus faim de nourriture, conviens-je en cajolant son torse musclé de mes doigts. J'ai seulement faim de toi…

Son grognement s'accorde au crissement de sa chaise qu'il fait reculer d'un coup avant de me soulever avec précision pour m'asseoir sur le bord de l'îlot. Je retiens une grimace en sentant mes articulations couiner, mais ouvre les cuisses le plus largement possible quand Cruz extirpe un préservatif de sa poche.

Cet homme est un diamant. Un bijou aux mille facettes. Je n'en connais certainement que deux ou trois mais cette facette-ci, celle qui façonne ses traits lorsqu'il me désire avec violence, reste celle que je préfère. La seule qui parvient si facilement à me faire perdre pied… Et j'adore ça !

26

Cruz

Le moteur de ma bécane tourne encore lorsque j'opère un repérage en règle de la rue dans laquelle Nae m'a donné rendez-vous. J'habite Columbus depuis un paquet d'années. Pourtant, je ne crois pas m'être déjà aventuré dans cette partie de la ville. À première vue, une fois la nuit tombée, cette étroite avenue ressemble à beaucoup d'autres. Éclairée par des réverbères épars, elle regroupe plusieurs enseignes surplombées par des étages d'habitations. Sur le pavé, un restaurant familial, une boutique de jeux vidéo, un cabinet médical, un bureau d'études… Les trottoirs sont plutôt propres, les façades sont entretenues sans être de toute première fraîcheur, il y a peu de voitures qui circulent, mais les quelques piétons qui vadrouillent sur l'accotement ne me paraissent pas être « à risque ».

Il n'y a rien qui justifie vraiment mon œil méfiant, à moins que les deux remparts de bâtiments de part et d'autre de la rue n'en soient la raison. J'en sais rien, l'endroit n'est pas désagréable, mais il me file une troublante sensation d'oppression.

J'ôte mon casque, passe un poignet dans la visière ouverte pour le maintenir sur mon avant-bras et déloge mon portable.

[Je t'attends devant
le numéro 17.]

[Je suis là dans…]

[Trois…]

[Deux…]

[Un…]

Le ronronnement d'un moteur s'amplifie dans mon dos après son décompte texte. Sans descendre de ma Victory, je me dévisse le cou et aperçois son taxi en approche. Enfin, je suppose que c'est le sien. Je ne suis pas encore doté d'une vision infrarouge, mais l'accélération furtive de mon pouls reste un bon indicateur. Une poignée de secondes plus tard, la portière arrière s'ouvre sur cette femme splendide. À l'aise dans une paire de sneakers blanches, elle a moulé ses jambes fines dans un slim délavé, retroussé d'un pli au-dessus de ses chevilles dont l'une scintille d'un bracelet à petites breloques. Pas de ceinture pour marquer sa taille déjà gracieuse. Quant au reste, il est partiellement planqué sous sa veste… J'ai comme une envie soudaine de tout arracher. Sauf qu'un fourmillement piétine ma frustration dès lors que mon regard gravit la ligne délicate de son cou et se fige sur son sourire immense. Un sourire ravi, impatient, ingénu. Tout l'inconfort qui tendait à s'agiter sous mes côtes depuis mon arrivée s'évapore. Comme ça, juste parce que c'est elle et qu'elle a la faculté dingue de balayer mon monde du négatif en un sourire.

– Salut ! chantonne-t-elle en progressant vers moi, sa haute queue-de-cheval virevoltant derrière ses épaules au rythme de ses enjambées.

Je descends tout juste de ma moto lorsque Shenae s'immobilise devant moi et bloque son regard pétillant sur ma bouche. La sienne perd de son allégresse à chacune de ses inspirations. Elle patiente, face à moi, les deux mains triturant les pans de sa veste entrouverte. Après une seconde de perplexité devant son changement d'attitude, mon sourire s'étire en coin et accompagne ma paume que j'aplatis dans sa nuque pour la faire venir jusqu'à moi.

Je l'embrasse sans retenue et couple mon soupir d'aise au sien quand nos langues se retrouvent après un trop long jeûne. Eh merde, cette femme me flingue complètement les sens et le cerveau. Quatre jours sans la voir, sans la respirer, sans amadouer ses courbes, sans affleurer sa peau veloutée… Une torture si j'en crois mon humeur de chien de ce début de semaine. Et ce baiser vient définitivement décimer le manque qui m'a tenaillé jusqu'alors. Il semble qu'il en soit de même pour elle, parce qu'à cet instant Shenae ne répond plus qu'aux stimuli du mouvement exigeant de mes lèvres.

Et j'adore qu'on soit raccord, putain !

– Ai-je le droit de dire que ça m'avait manqué sans que tu prennes tes jambes à ton cou ? hasarde-t-elle maintenant que je lui rends sa bouche.

Je contiens un rire sincère dans le fond de ma gorge. Si elle savait combien ça m'a manqué aussi, elle ne poserait pas la question.

– T'es-tu déjà privée d'être franche avec moi ?

– Non, consent-elle en souriant fièrement.

– Et je suis toujours là, noté-je en caressant sa nuque.

D'une détente, Nae pulvérise la nouvelle distance entre nous et appose ses lèvres souples sur la chaleur des miennes pour un baiser plus délicat.

– Alors, sache que tu m'as manqué, murmure-t-elle pour ponctuer ce deuxième échange délicieux.

Je voudrais lui rendre ses mots tant la réciproque est vraie, or mes cordes vocales ne vibrent pas. Quelque chose les en empêche. De la pudeur sûrement ou seulement mon besoin de rester maître de ce jeu que nous jouons selon ses règles. Je ne m'autorise pas à lui livrer cette partie de moi qui fatalement ne s'anime qu'avec elle. Par contre, mon cœur, lui, se fracasse contre ma cage thoracique à un tempo rapide.

– On y va ? reprend-elle en reculant d'un pas.

J'acquiesce et enlace la main qu'elle tend dans ma direction avant de suivre ses pas. Shenae traverse simplement le trottoir et pousse la porte d'un local qui porte l'enseigne « Phosphor'Escent ». L'œil à l'affût, je me raidis lorsque nous pénétrons dans un sas d'accueil essentiellement enluminé par des néons colorés. J'inventorie l'espace plongé dans une pénombre volontaire et aperçois ce que je crois être du matos de golfeurs achalandé derrière des vitrines basses. Qu'est-ce que…

– Bonsoir, je suis Shenae Morgan. J'ai réservé pour un parcours en duo.

– Bonsoir ! Tout à fait, confirme une petite nana lookée comme une gymnaste des années 1980 de l'autre côté d'un ridicule comptoir. Alors, je procède à l'encaissement et je m'occuperai de vous équiper ensuite. Trente dollars, s'il vous plaît.

Sans vraiment piger ce pour quoi je suis sur le point de sortir ma carte bancaire, je stoppe d'un geste ferme Nae qui tente de déloger plusieurs billets de la poche arrière de son slim.

– Je vais payer, insisté-je en déposant ma carte sur le comptoir.

– Non, monsieur le macho ne va pas payer, refuse-t-elle en s'adressant directement à l'hôtesse. Monsieur paiera le dîner.

Je grogne lorsque la brunette au bandeau éponge fluo récupère les trente dollars des doigts de Nae, laquelle roule des yeux derrière sa moue amusée.

– Détends-toi, Cruz, je te promets qu'on va passer un bon moment, chuchote-t-elle à mon oreille alors que la préposée à l'accueil nous conduit dans une pièce adjacente à peine plus éclairée.

J'essaie de délasser mes muscles tendus, mais le contexte me bride. Rien n'est pourtant déroutant dans ce décor minimaliste, si ce n'est l'absence certaine d'une franche luminosité.

– Votre casier est ici, nous expose la brune tandis que Nae s'attelle déjà à ôter sa veste. Vous pourrez y déposer vos manteaux, sac à main, pulls ou gilets et… casque. Tout ce qui pourrait vous encombrer ! Vous aurez deux clubs à votre disposition, précise-t-elle en se déportant pour choper le matériel. Deux balles ainsi qu'un flyer dans lequel vous pourrez noter vos points. Et, bien sûr, pour plus de fun, n'hésitez pas à abuser des bacs de poudre photo lumineuse tout au long des parcours !

D'un œil ombrageux, j'enlève mécaniquement ma veste en cuir et l'abandonne avec mon casque dans notre vestiaire perso avant d'en récupérer la clé. Shenae approche déjà du bac que désigne l'hôtesse, près de la porte que nous emprunterons vraisemblablement dans une minute. Sans entrain, je récupère les deux bâtons de métal froid quand ma blonde immerge ses deux mains dans trois bons kilos de poudre bleue.

– Ça ne fonctionne pas, se lamente-t-elle avec une moue boudeuse adorable.

– C'est normal, les lumières noires ne sont concentrées que de l'autre côté, rit l'hôtesse en ouvrant le battant en question.

Presque aussitôt, les mains de Nae réagissent et s'allument d'un bleu fluo. Sa mine s'éclaire instantanément et se fend d'un sourire enthousiaste.

– J'adore, couine-t-elle avant de passer le seuil.

Pause.

Suis-je vraiment sur le point de me lancer dans un parcours

de golf miniature ? Qui plus est sous un ciel de lumière noire ? Avec une femme que je voudrais ne reluquer qu'à la putain de lumière du jour ? Est-ce qu'on n'a pas mieux à faire, sans déconner ? Comme passer des heures dans son lit ou dans le mien ?

– Cruz ! Viens ! C'est juste superbe… s'extasie Shenae, à présent arrimée à un garde-corps.

– Quand il faut y aller, me motive malicieusement la gymnaste.

Je déjoue sa pointe d'humour en contrariant mon envie de dégager et passe le chambranle pour investir cet espace tout aussi sombre que les deux précédents. Mais je n'ai pas rejoint Shenae que déjà les décors lumineux en contrebas impriment au plafond un mélange improbable de halos colorés. Une timide musique d'ambiance couvre partiellement les bavardages des quelques autres golfeurs débutants et me donne l'impression d'être dans un foutu parc d'attractions. Sérieusement, qu'est-ce que je fous ici ?

Nae me décoche un coup d'œil émerveillé lorsque je me poste à ses côtés, puis reprend la contemplation de la superficie surréaliste qui s'étend au niveau inférieur. L'idée de perdre deux heures de mon temps à taquiner une balle fluorescente m'emmerde franchement, mais force est de constater qu'elle s'en réjouit.

– Tu as déjà joué au golf ? glapit-elle.

– Pas que je me souvienne.

Je suppose que mon timbre était un peu trop en phase avec mes ressentis, car Shenae pivote vers moi et exagère un froncement de sourcils inquisiteur, un brin sidérée.

– Pourquoi ?

– Pourquoi quoi ? répété-je.

– Pourquoi ne pas te laisser porter ? Pourquoi ne pas simplement te contenter d'un moment ? D'une vague d'insouciance ? Où et quand as-tu abandonné ton âme d'enfant ?

Soufflé par la solennité de son débit de questions, je soutiens son regard soupçonneux et ravale une grimace en sentant un fil barbelé perforer mes artères. Shenae vient de réveiller le volcan qui sommeillait en moi depuis des années. Ce même volcan que j'ai galéré à endormir et qui a façonné l'homme que je suis devenu…

– Déshabille-moi, grogné-je sans bouger un autre muscle que ceux qui me servent à articuler ces mots alertes.

Elle esquisse un maigre sourire avant de le désagréger sous des traits sincèrement concernés. Je sais qu'elle voudrait comprendre, peut-être même que je choisirai de lui en parler un jour, mais… pas comme ça. Aborder le sujet maintenant que mes souvenirs affluent en masse et soulèvent des coulées de lave dans ma poitrine foutrait en l'air le peu que nous avons déjà. Parce que je ne saurais pas me tempérer. Je ne veux pas être cinglant, amer ou me servir d'elle comme d'une cible sur laquelle je déverserais ma colère de gosse et ma culpabilité d'adulte. Non, je n'ai pas envie de ça.

– Je ne t'enlèverai rien ici, convient-elle dans un soupir déçu. En vérité, je m'en veux de t'avoir donné de quoi parer mes questions trop personnelles. Cruz, tu…

Elle marque une pause avant d'assumer un sourire bancal.

– … tu me donnes chaque fois un peu plus envie de percer ta fichue carapace. Et ça me rend folle de frustration. Parce que c'est là, à quelques couches d'austérité de moi. Je veux voir qui tu es vraiment et être aveuglée par ta lumière. Ne te méprends pas, j'adore ce qu'on partage tous les deux, c'est…

Elle lève les yeux au plafond en haussant théâtralement les sourcils, puis porte une de ses mains près de son visage pour mimer une explosion atomique avec sa bouche et ses doigts bleus de fluorescence.

– … dément, au-delà de tout ce que je m'étais imaginé. Je crois que c'est justement pour ça que je crève de ne pas saisir ta fichue complexité. En fin de compte, c'est de ta faute !

Son index d'ET me gronde et tournoie devant mon nez. Fauché par sa pseudo-confession, complètement retourné et le souffle envolé, je parviens malgré tout à noter l'étincelle de malice qui éclate à présent dans son regard jusqu'ici trop sérieux. Elle ne renchérira pas…

– Je suppose que je n'ai pas d'autre choix que de patienter. Je continuerai forcément à chercher à te percer à jour, mais pour lors, conclut-elle en emmêlant nos doigts, je n'ai jamais fait de golf, toi non plus. Et j'adore les premières fois ! Peut-être même que je les préfère quand je les vis avec toi. Quoi qu'il en soit, je me sens l'âme d'une pro et il y a de fortes chances pour que je te mette une raclée. Et tu n'as même pas mis tes mains dans la poudre ! feint-elle de s'offusquer en les considérant.

– Quel intérêt ? marmonné-je en sentant la chaleur de ses doigts dissoudre doucement l'acier qui trouait mes veines.

– L'attrait de la couleur, le plaisir de scintiller, oser sortir de la monotonie, égayer ses sens. Lâcher prise.

Sans préavis, elle moule son corps divin contre le mien et poursuit sa liste d'une voix lascive.

– Marquer mon territoire…

La pulpe de ses doigts phosphorescents glisse sur mon poignet et remonte lentement le long de mon avant-bras tatoué jusqu'à s'arrêter à la lisière de ma manche. Ce simple contact suffit à désobstruer ma poitrine d'un tas de sentiments orageux, d'autant que sa bouche n'est plus qu'à quelques millimètres de la mienne maintenant qu'elle fait coulisser son pouce sur l'angle de ma mâchoire. D'un geste précis, elle termine sa course en laissant patiner son empreinte sur mes lèvres.

– Baliser ton territoire… susurre-t-elle en promenant cette fois une main sensuelle dans son cou.

Impossible de lâcher des yeux la traînée lumineuse qu'elle dessine sur sa gorge et fait serpenter jusqu'à son décolleté. Les souvenirs de mon passé se voient désintégrer en une seconde par des flashs d'une portée érotique dingue. Je déglutis quand ses ongles s'attardent sur l'arrondi de sa poitrine. Shenae est arrivée ici en gamine surexcitée à l'idée de badiner avec un club de golf dans un environnement fantasmagorique, et maintenant… Maintenant, elle est la femme fatale que je ne peux que désirer. Une lionne manipulatrice, blindée d'audace, au regard aussi percutant que le bleu détonnant qui macule ses doigts.

– Et si toutefois, ça n'était pas suffisant, murmure-t-elle en contournant ma joue pour frôler mon oreille. Dis-toi qu'il nous faudra rester un moment dans la douche après ça pour éviter de tacher les draps.

OK. Elle gagne. Putain, elle gagne haut la main ! Je condamne d'un mouvement sec mon bras dans son dos et lâche les deux clubs qui s'écrasent au sol pour choper sa gorge. J'oriente son visage à hauteur du mien et m'écrase sur sa bouche. Cette femme me tue… Je suis passé d'un état de regrets indélébiles pour finir par une foutue combustion spontanée.

– Si mon score dépasse le tien d'au moins dix points, tu passes le week-end avec moi, soumets-je contre sa bouche.

– Nan, mais, éclate-t-elle d'un rire bref, Cruz, trouve autre chose ! Sinon, je vais faire exprès de perdre et ça, ce serait de l'antijeu.

Une bouffée de chaleur perverse dévaste ma poitrine jusqu'à venir incendier mes tempes. Je voudrais la prendre, maintenant, l'isoler dans un des coins sombres de ce foutu complexe et la punir délicieusement d'être si spontanée, si féline, si réceptive, si séductrice, si… Si « tout ce que j'aime ». Elle polarise chacune de mes cellules avec tant de facilité, c'en est effarant. Pourtant, je m'en délecte.

J'adore ce qu'elle me fait ressentir. J'adore qu'elle étouffe tout le reste pour n'être plus que la seule à exister dans mon univers.

– Prends le temps de la partie pour réfléchir, même s'il y a fort à parier pour que je te batte. On ne dirait pas comme ça, mais je suis une compétitrice intransigeante !

Cette fois, c'est à moi de laisser un sourire fleurir sur mes lèvres alors qu'elle peint sur ses traits une moue espiègle un poil trop confiante. Je l'autorise alors à retrouver sa liberté de mouvements et récupère nos clubs avant de la suivre dans l'escalier qui nous entraîne dans ce sous-sol bardé de couleurs criardes. En immersion dans un décor de cartoon ébauché sans aucun doute par un artiste défoncé à l'opium, je me surprends à sourire encore devant sa volonté de bien faire alors qu'elle est aussi mauvaise au golf miniature que je le suis pour le macramé. Sans déconner, elle n'a aucune précision dans ses gestes et ne sait absolument pas anticiper les difficultés des parcours. Mais elle rit, elle se moque de sa propre nullité et ça ne peut qu'être contagieux.

Je passe un bon moment, ce qui était loin d'être prévisible. Il est clair que Shenae a excellé dans l'art de me préparer, mais taper dans une balle sous des centaines de lumières noires avec une adversaire aussi exquise que curieuse et candide n'est pas aussi désagréable que je me l'étais représenté. C'est même étonnamment rafraîchissant. Je ne reviendrai pas, c'est une certitude, mais j'avoue que les deux heures de cette activité atypique défilent sans que je m'en aperçoive vraiment.

– Je m'incline, soupire-t-elle quand je termine mon dernier coup et gagne la partie avec seize parcours remportés sur dix-huit.

Je hausse les épaules en simulant de ne pas comprendre sa défaite et passe au crible son corps moucheté de mes empreintes. Bien sûr que je me suis prêté au jeu de la poudre, la tentation était trop forte. Voir chaque partie de son anatomie à nu couverte du vert fluo qui illumine mes mains est foutrement jouissif. Je n'ai épargné que son front, ses yeux, son nez et le haut de ses joues. En dehors de ces zones, tout est à moi. Tout m'appartient…

– Le bleu te va bien, s'amuse-t-elle en réduisant la distance entre nous. On rentre ? J'ai beau aimer cette couleur sur toi, j'ai plutôt hâte de t'en débarrasser…

Son clin d'œil teinté d'une douce salacité me fait vriller en une microseconde. Elle hoquette de surprise quand je kidnappe son poignet pour l'attirer brusquement contre moi.

– J'ai gagné, déclaré-je en capturant son corps avec faim.

– Tu as gagné, répète-t-elle.

– J'ai bien réfléchi, dis-je en insinuant une main sous son pull, laquelle glisse dans son dos jusqu'à atteindre l'attache de son soutien-gorge. Ma récompense pour cette victoire sera de te faire jouir… ici…

– Sans rire ? s'étrangle-t-elle tandis que ses prunelles s'irisent de désir.

– Plus j'y pense, plus je me dis que l'idée est parfaite, marmonné-je en dégrafant d'un claquement de doigts les pressions de son soutien-gorge.

Figée dans mes bras, Shenae exhale un petit jappement de plaisir lorsque ma paume regagne son flanc jusqu'à venir cueillir son sein. Mes doigts sont toujours phosphorescents ; imaginer les traces qu'ils laissent sur sa peau me fait soudain serrer les dents d'une excitation en pleine montée.

– C'est OK pour toi ? m'enquiers-je en cherchant déjà l'endroit le plus planqué pour ce que je scénarise.

– Évidemment…

27

Shenae

– Tu sors encore ? braille Essie de la cuisine. Est-ce qu'au moins tu rentres dormir ?

Avec précaution, j'enfile mon manteau et tourne le dos à ma sœur quand le pincement douloureux de mes articulations me soutire une grimace.

– Oui, je pense…

… même s'il n'y a pas de sommeil plus doux que celui que Cruz m'offre en me harponnant dans ses bras jusqu'au petit matin. Mon corps ne semble pourtant pas de cet avis, lui qui ne cesse de ronchonner ces derniers jours. Je n'y prête que peu d'attention, bien trop impliquée dans ma quête de bien-être. Chaque sourire que cet homme ébauche pour moi m'injecte une dose d'endorphine salvatrice. Chaque rire… Mon Dieu, son rire, si rare, si bridé et en même temps si authentique… Chacun de ses rires que je déclenche est une récompense. Chaque brèche dans son armure de gladiateur est un plaisir pour mes yeux. Chaque flamme de désir dans ses prunelles brunes est une salve d'adrénaline…

Cruz reste et demeurera un homme pondéré, abîmé par les épreuves de la vie, peu enclin au bavardage futile, mais je me félicite de le voir gommer peu à peu sa rudesse. Jour après jour. Rendez-vous après rendez-vous. Nuit après nuit…

Je m'attache à lui sans vraiment pouvoir faire autrement,

mais sans chercher à m'en empêcher non plus. Il y a une forme d'inéluctabilité dans ma façon de le ressentir, lui. Quelque chose qui ne se maîtrise pas. Qui se vit. Qui déborde de mon âme jusqu'à tout inonder sur son passage. Mais dont l'évidence me transperce le cœur. Une évidence qui apaise et enivre. Qui plonge dans une quiétude fugace très souvent bousculée par le manque. Parce qu'il me manque, même lorsque je suis près de lui. Le besoin de sentir son contact m'asphyxie la plupart du temps pour me laisser sans souffle une fois nos peaux en fusion. Tout mon système sensoriel se trouve dynamisé par sa seule présence, toutes mes envies sont décuplées, tout mon fichu sens de préservation s'émiette. Et je vis. Je ressens. Je jouis. J'exulte. Je me ravis. Je ris.

Je ne veux pas que ça s'arrête. Je refuse d'envisager un point final à tout ça. C'est tellement bon d'être moi quand je suis avec lui. Tellement bon…

– Et qu'est-ce que tu as prévu ? Histoire que je sache où envoyer les secours.

Une main sur la poignée, la contraction soudaine de mes muscles sous son timbre glacial me fait l'effet d'une immolation par le feu. Je m'embrase si vite qu'avant même de rebrousser chemin vers la cuisine, mes mots s'envolent.

– Tu m'emmerdes, Essie ! Tu m'emmerdes, tu m'emmerdes, tu m'emmerdes !

D'abord estomaquée par le choix de mon vocabulaire auquel je ne l'ai pas habituée, ma sœur braque sur mon état de nerfs un regard tempétueux.

– Je vais mourir, je le sais, tu le sais, tout le monde le sait ! m'emporté-je. Est-ce nécessaire de me le rappeler constamment ? Je ne vis pas pour toi, fais-en autant et arrête de m'emmerder ! Je t'aime, Essie, et je sais que tu m'aimes aussi, mais ça m'étouffe ! Tu m'étouffes ! Laisse-moi profiter comme je l'entends, laisse-moi me fatiguer à courir dans le centre-ville, laisse-moi boire le sirop d'érable à la bouteille, laisse-moi veiller tard ou prendre le soleil, laisse-moi prendre le bus, faire des projets non viables et tomber amoureuse ! Laisse-moi vivre ma foutue fin de vie sans me sentir coupable ou entravée par ta surprotection !

Je ne prends conscience des larmes qui roulent sur mes joues qu'en apercevant celles qui pleuvent sur les siennes. Immobile de colère devant elle, je déglutis au moins dix fois avant de faire disparaître le nœud compact dans ma gorge. Je ne veux pas pleurer, nom de Dieu ! Je n'ai pas le temps pour ça. Pourtant, mon cœur se délite sous le poids du chagrin de ma sœur. Sous le poids de mes mots durs…

– Très bien, bredouille-t-elle en chassant ses pleurs d'un revers de la main disgracieux. Va faire ce que tu as à faire. Pardon d'avoir peur de te perdre…

La pointe d'acidité qui vrille ses cordes vocales m'enlise dans un sentiment détestable de culpabilité. Presque aussitôt, j'amorce un pas vers elle.

– Essie, je… Je suis désolée, d'accord ?

– Non, pas d'accord. Tu pensais chacun de tes mots et c'est bien le pire de tout.

– J'aurais dû formuler ma pensée autrement, marmonné-je.

Son rire sardonique s'élève dans le silence macabre qui sature notre appartement. Elle essuie une nouvelle fois ses joues humides et baisse le regard sur ses casseroles.

– Laisse tomber. Passe une bonne soirée.

Alors qu'elle s'affaire à je ne sais quelle préparation en feignant de ne plus me voir, les morceaux de mon cœur que je viens sciemment de briser s'entrechoquent, comme s'ils voulaient me rappeler qu'Essie, entre autres, en est le ciment. J'accélère jusqu'à elle et me presse dans son dos en enroulant mes bras autour de sa poitrine. Le nez enfoui dans son cou, je la respire et la serre contre moi aussi fort que mon énergie fragile me le permet. J'ai été stupide et brutale, je le sais, mais je n'ai pas menti. J'aurais simplement dû tempérer mes propos. Pour elle, parce que c'est elle. Ce petit bout de moi qui se saigne depuis des années, qui s'oublie et qui pourtant devra faire son chemin toute seule bientôt.

– Je m'excuse, chuchoté-je après une bonne minute d'un câlin réparateur.

Essie ne répond pas et inspire une large bouffée d'air avant de venir empaumer mon avant-bras. Elle se retient de pleurer, je le sens aux saccades qui malmènent son souffle. Je voudrais qu'elle se décharge de sa peine quotidienne, de cette enclume qui la suit partout. J'ai parfois l'impression qu'elle se l'impose et ne choisira de s'en défaire qu'une fois que je serai partie. Une sorte de pénitence…

– Tu sais ce qui me ferait plaisir ? marmonné-je avant de déposer un baiser sous son oreille.

Elle secoue la tête.

– Te voir heureuse. Tu dois essayer, Essie. Pour toi. Mais aussi pour moi.

La sonnerie de mon portable rompt cet instant de communion au plus mauvais moment. Aussi, je ne bouge pas, j'attends et raffermis notre étreinte pour appuyer mes mots.

– Tu vas être en retard, renifle-t-elle en calant tendrement sa tempe sur mes cheveux.

– Il m'aura toute la nuit, il peut bien attendre deux minutes en bas de l'immeuble.

Je la sens sourire mollement avant qu'elle ne force mes bras à lâcher prise. Sans plus un mot, je lui colle une bise sur la joue et la fais durer de longues secondes. Son soupir d'aise est biaisé par sa contrariété, mais je quitte l'appartement sous son regard aimant. Elle n'oubliera pas, reste à espérer qu'elle se donnera les moyens d'accéder à ma requête. Bon sang, elle le mérite tellement…

J'arrive au rez-de-chaussée plus essoufflée qu'hier et plus encore que la semaine passée. Je refoule immédiatement les signaux d'alarme de mon corps défaillant et élargis un sourire en apercevant Cruz et sa moto stationnés le long du trottoir. Lui ne sourit pas, comme souvent, mais ses prunelles se nuancent à la seconde où j'ouvre la porte du hall. Ma peau se pare d'une fine chair de poule à mesure que je le rejoins. Ce soir, j'ai besoin de lui, plus que je n'ai envie de creuser son âme. Sans lui demander l'autorisation, je me blottis contre son torse, réclamant en silence ses bras. Sa chaleur. Sa protection.

Je me laisse peser contre la rigidité de son corps surpris par ma réaction. Toutefois, après quelques secondes de battement, Cruz referme ses bras musclés dans mon dos. Presque aussitôt, ma température augmente, mon souffle s'apaise, mon cœur décélère et je m'abandonne. J'oublie les douleurs persistantes, Essie, la fatigue, le poids dans ma poitrine. J'oublie tout, enveloppée par un sentiment reposant, presque anesthésiant.

– Est-ce que ça va ? s'enquiert-il d'une voix troublée.

D'ordinaire, je quémande sa bouche avant même qu'il me salue, alors je comprends sa confusion. Mais tout va bien maintenant. Tout ira bien.

– Ça va, assuré-je en m'écartant pour argumenter d'un sourire.

Ses mains toujours condamnées dans mon dos, Cruz me dévisage en plissant sensiblement les paupières à la recherche d'un signe qui réfuterait mes dires. Je rehausse un peu plus la commissure de mes lèvres. Oui, tout va bien maintenant.

– Où m'emmènes-tu ? me renseigné-je.

Il hésite encore un instant en s'enfonçant plus loin dans mes iris, puis capitule.

– Au stade.

– Au stade ? m'étonné-je. On va assister à un match ? Du foot ?

– Ne sois pas trop pressée, petite lionne. Tu verras quand on y sera.

Je récupère le second casque posé sur la place que j'occuperai dans une minute, mais suis contrainte d'attendre pour l'enfiler, car deux mains solides encadrent mon visage. Je retrouve ses lèvres sous son commandement muet et comprends qu'il avait autant besoin de ce contact charnel que moi, sans pour autant que je m'en sois rendu compte. J'accueille son baiser gorgé de besoin avec ce mot qui grésille dans mes tympans. *Inéluctabilité*. Cet homme me chamboule et me plaît beaucoup trop. Ses paradoxes aussi. Sa façon d'être d'une tendresse inouïe comme celle de n'être qu'un mur de briques inébranlable.

En dépit du léger tremblement qui prend mes jambes en otage, je le laisse se nourrir de moi et choisir quand il jugera bon de me rendre ma liberté. À dire vrai, je préférerais m'écrouler au sol sous les assauts de sa bouche que de mettre moi-même un terme à notre baiser.

– Monte, râle-t-il contre mes lèvres.

Je m'exécute, harnache la lanière de mon casque et me fonds contre son dos. Bercée par le ronronnement du moteur et par les battements de son cœur qui pulse sous mes paumes, je ne vois pas les rues défiler ni les kilomètres. Rien n'a d'importance si ce n'est la sérénité qui s'infiltre sous ma peau. Je n'ouvre d'ailleurs les yeux qu'une fois le bolide à l'arrêt sur le parking bondé du stade.

– Viens, je ne voudrais pas qu'on manque le début.

Je descends de mon destrier à deux roues et accepte la main que Cruz me tend. Il darde toujours sur moi un œil méfiant à mesure qu'il nous entraîne dans le complexe sportif de Columbus. Pourtant, je ne cesse plus de sourire, impatiente de connaître la teneur de notre programme de ce soir. Je suis ravie qu'il en ait d'ailleurs été à l'origine. J'aime qu'il ose enfin me surprendre, ou du moins qu'il se sente suffisamment à l'aise pour suggérer une activité.

Ralentis par la file de spectateurs devant nous, nous patientons en silence dans le sombre corridor qui traverse les gradins. Aucun bruit autre que l'écho des voix ricochant contre le béton autour de nous ne me parvient. S'il était question d'une rencontre sportive, j'imagine que nous aurions déjà entendu les supporters s'enhardir, applaudir et même chanter. Or ce n'est absolument pas le cas. Un calme étourdissant assiège le stade. Ce n'est qu'en arrivant à hauteur d'un petit guichet que j'entrevois la foule amassée sur la pelouse en arrière-plan et installée en bandes, chaque paire d'yeux tournée dans la même direction.

– Bon visionnage, baragouine le jeune homme qui délivre deux tickets à Cruz.

Je scrute les traits sévères de mon intimidant binôme tandis qu'il me conduit de l'autre côté du corridor.

– On va voir un film ? hasardé-je.

Seuls ses doigts répondent en se resserrant sur ma main. Je n'ai de toute façon plus besoin de réponse, parce que m'apparaît à présent le gigantesque écran solidement suspendu entre deux des immenses réverbères du stade. Ébahie, je me laisse guider et foule le gazon fraîchement tondu. Une quantité folle de personnes nous oblige à slalomer un moment avant que Cruz ne jette son dévolu sur un carré d'herbe libre.

– C'est une super idée, Cruz, m'extasié-je alors qu'il extirpe d'un sac une couverture et l'étale sur le sol.

La pelouse est noire de monde, recouverte de groupes d'adolescents, de familles, de couples et maintenant de nous. Certains ont apporté un pique-nique, d'autres de petits sièges, mais tous les regards pétillent en même temps lorsque les éclairages se tamisent.

– Viens là, m'enjoint Cruz en saisissant ma main.

Un sourire enchanté sur les lèvres, je prends la place qu'il m'indique entre ses jambes et me love généreusement contre lui. Son corps m'enrobe, sa chaleur me contamine et je me sens déborder d'une douce euphorie quand Cruz cale sa joue sur ma tempe. Grand Dieu, c'est juste parfait…

– Quel film est-ce ? chuchoté-je.

– *Into the Wild* de Sean Penn.

Deux heures s'écoulent sous une brise agréable. Mon capital bonheur atteint des sommets lorsque le générique défile devant nos yeux. Nous n'avons pas parlé une seule fois durant le visionnage, bercés tous les deux, je crois, par ce moment d'exception. Les mots n'avaient pas leur place, même la marée humaine autour de nous tendait à s'effacer. Il n'y avait plus que nous, nos caresses subtiles, ses lèvres qui taquinaient délicatement mes cheveux, mon bien-être indécent et cette histoire poignante.

– C'était vraiment bien, balbutié-je sans bouger de mon assise musclée et tatouée.

– Tu as faim ?

– Un peu.

– Alors, on y va, annonce-t-il à voix basse.

Fâchant mon corps courbaturé, j'effectue une lente volte-face et reste agenouillée entre les cuisses de cet homme à la beauté si singulière. Sous son regard prudent, je prends quelques secondes pour dessiner des yeux et du bout des doigts les courbes saillantes de son visage. Je câline sa barbe naissante, remonte sur la croix en périphérie de son œil gauche, progresse sur sa tempe et soupire en souriant sincèrement. Je sais que nous sommes très différents. Pourtant, à cet instant, j'ai la profonde conviction qu'aucun autre homme n'est aussi parfaitement façonné pour moi.

– Merci, soufflé-je alors que les autres spectateurs s'agitent autour de nous.

Encore une fois, Cruz m'étudie en silence. Après quelques secondes sur la défensive, il décolle ses coudes jusqu'ici calés sur ses genoux relevés et s'empare de mon visage. Ses empreintes opèrent une pression délicieuse sur mes tempes et mon crâne quand ses paumes me commandent d'approcher. *Inéluctabilité*… Mais alors que je m'imagine retrouver sa bouche, Cruz fusionne nos fronts et exhale un lourd soupir. Si lourd que je me sens subitement titillée par un vent de panique.

– Tu me fais du bien, Nae… chuchote-t-il entre ses dents serrées.

Un petit rire soulagé ricoche dans ma gorge.

– Je préfère ça, souris-je.

Il fronce les sourcils, incertain.

– Plutôt que ?

– Ton air sérieux m'a fichu la trouille, j'ai cru que… Peu importe, je te fais du bien, minaudé-je malicieusement.

– Justement. C'est très sérieux.

Le temps d'un battement de cils, l'once de peur qui vacille dans ses iris sombres me méduse. C'est à mon tour de le considérer avec minutie. Est-ce de l'irritation que je pense déceler dans ses yeux ? Et que veut-il dire par « très sérieux » ? Est-ce un « très » qui signifie « trop » ? Sous-entend-il que je prends trop de place ? Que cette chose entre nous le dessert ? Ou l'étouffe ? L'entrave ?

– Tu veux qu'on arrête de se voir ? risqué-je, l'estomac remué de convulsions.

– Non.

Ce ne sont que trois lettres. Pourtant, elles viennent de m'enlever un poids de vingt tonnes, lequel écrabouillait allègrement mon cœur. Mon sourire revient et…

– Nae ?

La voix féminine dans le dos de Cruz me décroche de son cou et aiguille mon regard surpris.

– Maman ?

– Sans déconner ? suffoque presque Cruz en contractant si fort ses poings sur mes hanches qu'il pourrait garder des bouts de ma chair sous ses ongles.

Sans quitter mes parents des yeux, je jure que je me retiens de rire. Un rire à la fois nerveux et sincère. Alors ça, si je m'attendais à les trouver là ! Et à ce qu'eux me trouvent là ! Avec lui ! Non pas que les présenter me gêne en soi, mes parents sont au courant de… de mon passe-temps épicé du moment, mais être prise sur le fait accompli rend la situation carrément cocasse. Cruz ne se marre pas du tout par contre, immobile et tendu des pieds à la tête.

– Vous êtes venus voir le film ? enchaîné-je en me redressant malgré les geignements de mes articulations douloureuses.

Mon père acquiesce d'un sourire maladroit tandis que ma mère… ma mère crible le dos de Cruz d'un œil inquiet. Là encore, j'ai envie de rire. Dans ce quatuor singulier, je suis bien la seule qui ne soit pas mal à l'aise par cette rencontre inopinée. La palme revient à l'homme à mes pieds qui, après avoir craqué sa nuque d'encouragement, s'impose de se hisser sur ses jambes. Dans un silence éloquent, Cruz effectue un des plus lents demi-tours du monde et tente de bomber son torse massif en faisant enfin face à mes parents.

– Cruz, je te présente mes parents, même s'il est évident que tu l'avais compris…

Je mâchonne la fin de ma phrase, chahutée par le coup d'œil éclair de mon… partenaire ? Amant ? Bref, de ce freefighter qui me prie d'abréger ses souffrances au plus vite.

– Enchanté, convient-il, déconcerté, en tendant sa poigne à mes parents.

Je les regarde échanger une poignée de mains dans un

silence absolu. Bon sang, quelle ambiance… J'ai beau sourire le plus naturellement possible, je crois que rien ne viendra à bout de l'embarras qui les étreint tous les trois.

– Sinon, vous… vous pêchez ?

Ah si, mon père peut effectivement désamorcer le malaise ! Cette fois, j'éclate de rire. Mon père est un magicien ! Il aurait pu poser mille autres questions que celle-ci, mais non ; il choisit de demander au tatoué musclé qui m'accompagne s'il pêche ! Merveilleux ! Ma mère ne semble pas partager mon opinion et secoue la tête de navrement. Visiblement, mon père n'est pas super fier de sa réplique si j'en juge par son attitude contrite. Et Cruz… Cruz sourit ? Je bats des cils plusieurs fois, stupéfaite. Ma parole, il sourit ! Bon, un mini-sourire en coin de rien du tout, mais quand même.

– Non, je ne pêche pas, avoue-t-il tandis que ses épaules paraissent se détendre.

– Bien sûr que non, il ne pêche pas, constate ma mère, consternée, en fusillant mon père d'une œillade sidérée.

– Il aurait pu, se défend-il.

– Parce que tu pêches, toi ? lui assène-t-elle à mi-voix.

– Eh bien, figure-toi que oui. Enfin, j'essaie !

– Oui, alors, sinon, interviens-je dans un nouveau rire, vous pouvez aussi vous chamailler à la maison. De toute façon, on partait aussi.

– Très bien, tente de se reprendre ma mère alors qu'elle se retient de mettre un taquet à mon père pour le fiasco de ce moment présentation. Voulez-vous qu'on vous dépose ?

– Ça ira, on est venus à moto.

– À moto ? répète-t-elle, non sans laisser éclater une petite étincelle d'appréhension dans son regard clair.

– Oui, à moto, confirmé-je calmement.

– Avec un casque ?

– Non, on préfère les chapeaux de sorcier… pouffé-je en roulant des yeux.

C'est au tour de mon père de couler sur sa femme un œil interloqué et un poil suffisant. Nan mais, quel duo ! Raide comme la justice à mes côtés, Cruz assiste aux débilités de mes parents sans dire un mot. D'ordinaire, il n'est déjà pas loquace et, à cet instant, je sais qu'il voudrait être partout plutôt qu'ici…

– Allez, on ne vous retient pas, entériné-je en forçant d'un geste mes parents à se diriger vers la sortie.

Ma mère me vole un baiser au passage quand mon père s'autorise à saluer Cruz dans mon dos.

– C'était un plaisir ! braille-t-il. Je vous emmène pêcher quand vous voulez !

Je ris encore en voyant ma mère jeter son coude dans les côtes de son mari tandis qu'ils détalent tous les deux vers les gradins. Franchement, c'était épique ! J'opère une volte-face pour retrouver le quatrième protagoniste de cette rencontre faramineuse. Cruz me scie d'un regard de petit garçon tourmenté, les mains croisées derrière son crâne.

– Ce n'était pas si catastrophique que ça, gloussé-je en aimantant mon corps au sien.

– Ce n'était surtout pas prévu…

– D'habitude, ils ne sont pas si… grotesques. Tu les as intimidés, je crois.

Mes paumes à plat sur ses pectoraux, je cherche à capter son regard qui s'éparpille tout autour de moi. Je peux comprendre qu'il ait besoin d'un moment pour se remettre, mais moi j'ai besoin de le voir, lui.

– Oublie ça, embrasse-moi et ramène-moi chez toi. Dans cet ordre, s'il te plaît…

Ses deux prunelles brunes se rivent enfin aux miennes, lesquelles lui intiment l'ordre de s'exécuter. Après un furtif contrôle par-dessus mon épaule, Cruz fixe mon sourire et se décharge sur ma bouche. J'adore qu'il capitule. J'adore être sa soupape de décompression. J'adore sentir son trouble servir son baiser.

Et j'adore mon inéluctabilité…

28

Shenae

Étendue sur mon lit, je lutte contre le poids du sommeil qui pèse trop lourdement sur chaque partie de mon corps. Voilà maintenant une heure que je me suis décidée à enfiler le masque à oxygène pour tenter d'atténuer la pénibilité de mon souffle. Et comme un fait exprès, le jour décline derrière ma fenêtre, rendant le silence qui sature mon appartement encore plus insupportable. Je ne peux pas dire que la dégradation de mon état est soudaine ou surprenante ; très honnêtement, je me sens m'affaiblir depuis un moment maintenant. Mais chaque jour, chaque heure passée à l'école d'art et à jouir du positif avec Cruz a calfeutré les douleurs. Les vertiges. La fatigue incurable…

Je me bats du matin au soir pour ne pas me laisser abîmer par ma défaillance, je jure que j'y mets toute mon énergie et ma bonne humeur. Il semblerait que ça ne suffise plus, tout comme mon traitement qui malheureusement ne joue pas son rôle aussi bien que nous l'espérions. Je déteste ça. Je déteste voir les aiguilles du temps filer sans que je puisse vivre leur course folle. Je déteste sortir cette fichue bombonne pour espérer tenir un peu de longueur. Je ne demande pas la lune ni même de guérir, je demande juste un peu de répit.

Ces deux dernières semaines ont été des plus exaltantes. Je passe mes journées sur les bancs d'un amphithéâtre ou sur scène, je joue la comédie, je ris, je m'abreuve d'un savoir qui fait écho à celle que j'aurais pu devenir. J'écoute, je participe, j'improvise et je m'épanouis, seule, avec mes camarades ou mes professeurs. J'aime ça, follement ! Puis quand vient dix-neuf heures, j'entame la seconde partie de mon agenda avec toujours plus d'enthousiasme et d'impatience. Je le retrouve, lui. Chez lui, chez moi, au bord du lac, dans un taxi, au minigolf, dans le hall de la gare routière, dans un stade pour une projection en plein air, au BLT… Je savoure chaque seconde, chaque carré de sa peau, chaque sourire qu'il me destine et je me sens vivante comme jamais. Lorsque je suis avec Cruz, ma réalité se déforme. J'oublie ma maladie, j'oublie la parcimonie, j'oublie jusqu'au sens du mot « tempérance » et me délecte du bonheur qui m'enveloppe comme une couverture douce et légère.

Tenir le rythme était de l'ordre du fantasme, je le savais. Les signes étaient là, dès le réveil jusqu'à mon épuisement nocturne dans ses bras. Pourtant, je vais bien. Je suis seulement à l'image de ces grands sportifs qui s'autorisent une petite barre protéinée entre deux séances d'entraînement. Ma barre à moi est l'oxygène que je m'applique à faire entrer dans mes poumons depuis plus de soixante minutes dans le seul but de pouvoir assurer la seconde partie de mon planning.

Ce soir, nous ne serons pas seuls, nous ne serons ni dans son appartement, ni dans le mien. Je souris derrière mon masque en repensant à cette invitation qu'il avait massivement peiné à formuler. Je le revois encore triturer son portable, mal à l'aise. Cruz est une machine de muscles qui intimide le commun des mortels par son aura, son faciès sévère et tatoué. Pourtant, hier soir, sa gêne évidente était touchante. Touchante et comique. Mais c'est aussi ce qui me plaît tant chez cet homme. Sa complexité. J'adore qu'il soit à la fois robuste et fragile, tendre et impétueux. Sûr de lui et finalement bourré d'appréhensions. Et ça, ce n'est que la partie visible de l'iceberg, il y a encore tant de choses que je ne sais pas. Le processus est en marche, mais rares ont été les fois où j'ai pu sonder la profondeur de son âme sans finir par le déshabiller.

J'en suis à me remémorer l'issue de ma dernière question indiscrète lorsque mon téléphone vibre sur la couette. Sans mobiliser autre chose que mon bras, j'attrape mon portable et le porte devant mes yeux. Avant d'ouvrir son message, je m'insulte intérieurement. Dix-neuf heures vingt-trois. Notre rendez-vous était à dix-neuf heures…

[Tu veux que je passe
te chercher ?]

J'aime penser que ce texto est une façon détournée de me demander si je n'ai pas oublié l'invitation. Compte tenu de l'heure, il doit déjà être là-bas à stresser sous sa carapace de boxeur rigide. D'ailleurs, je ne saurais dire ce qui le tourmente le plus : que je puisse me défiler ou simplement de me savoir investir son cercle privé dans le cadre de ce dîner.

[J'ai eu un imprévu.
Je pars !
Commencez sans moi.]

Je n'attends pas une éventuelle réponse de sa part et roule avec précaution sur le côté. Je n'ôte mon masque qu'une fois assise et stable sur le bord du lit. Mes articulations ne me font pas moins souffrir, mais ma respiration est bien plus aisée. La fatigue, elle, me colle à la peau comme une pellicule de sueur par temps de canicule. Je m'en accommoderai sous réserve de ne pas traîner. Je suis une Cendrillon en fin de compte ; passé minuit, je perdrai mon éclat, pour sûr !

Après avoir dissimulé la bouteille d'oxygène sous un plaid comme j'en ai pris l'habitude ces derniers jours, je m'astreins à rejoindre la salle de bains et grimace en découvrant mon reflet dans le miroir. L'empreinte régulière et presque ronde qu'a creusée le masque sur mon visage sera impossible à camoufler. Une mise en beauté sommaire plus tard, je gagne le petit hall d'entrée de mon appartement et prie pour que les vingt minutes de course en taxi atténuent ce que mon maquillage n'est pas parvenu à réduire.

Ce soir, je ne me presse pas. Je ne dévale pas les deux étages, je ne me rue pas dans le véhicule dès lors qu'il stationne près de moi, je ne précipite rien, limitée par mes mouvements coûteux. Toutefois, mon sourire m'accompagne tout au long du trajet. Il s'élargit même lorsque mon chauffeur encaisse ma note et me laisse sur le trottoir devant la belle enseigne d'Agate & Co. Comme me l'avait expliqué Aria à l'inauguration, je longe la boutique sur quelques pas et sonne à la porte qui donne sur son appartement. Je ne cherche pas à me rendre plus présentable en attendant que la maîtresse de maison m'ouvre, pas un coup de peigne invisible dans mes cheveux longs, pas de réajustement du col de mon pull. Advienne que pourra.

– Merci, soupire-t-elle de soulagement en me découvrant sur le seuil. Entre, je t'en prie.

J'investis le vestibule peu éclairé et lui décoche un sourire amusé. Elle referme à clef derrière elle.

– Declan a ramené sa conquête du moment, poursuit-elle en me passant devant pour emprunter un étroit escalier. Elle… elle est… Bref, tu vas vite comprendre.

Je harponne la main courante par sécurité et grimpe les marches à sa suite, dressant la liste des potentiels convives pour le repas de ce soir. Cruz ne s'était pas attardé sur le sujet. Me proposer de l'accompagner lui avait déjà demandé de sortir de sa zone de confort. Aussi, une fois que j'ai eu accepté, le sujet était clos. Manifestement, le clan de freefighters est convié, chacun avec son « plus un ». Casey avec Aria – naturellement puisqu'ils sont ceux qui reçoivent –, Andreas, Declan avec sa conquête, Cruz avec moi… Je n'ai pas le temps d'apprécier la douce chaleur qui se répand dans ma poitrine à l'idée d'être une officielle « plus un » que nous arrivons au premier niveau. Un filet de musique pop se mélange aux bavardages masculins dès lors que nous pénétrons dans la pièce de vie.

Le volume du séjour est si surprenant que je ne peux qu'écarquiller les yeux, béate d'admiration. Jamais je n'aurais imaginé que l'appartement puisse être si vaste, d'autant plus quand la superficie de la boutique située au rez-de-chaussée n'en excède pas le tiers. Les murs fraîchement peints en blanc agrandissent l'espace, tout comme la faible quantité de mobilier. Les quelques cartons qui traînent dans le coin salon m'apprennent d'ailleurs que l'emménagement est toujours en cours. J'adore les emménagements, redonner vie à un intérieur, bouger les meubles, se représenter un quotidien en construction, tourner la page et écrire un nouveau chapitre… J'aime tellement ça qu'aider Aria et Casey à vider quelques boîtes ne m'aurait pas dérangée si je ne me sentais pas si fragile.

– Pardon pour la température tropicale, un souci avec le chauffage, le technicien a promis de passer demain.

– Aucun problème, lui assuré-je en ôtant ma veste.

J'avance à sa suite en direction de la cuisine ouverte et aperçois enfin le reste des invités. Quatre mâles aussi différents que captivants et une jeune femme, la fameuse conquête. Je ne peux m'empêcher de la détailler secrètement en approchant, la faute à Aria et à son « tu vas vite comprendre ». À première vue, cette jeune femme est très jolie, très bien foutue et très avenante si j'en juge par le sourire chaleureux qu'elle me destine en me voyant arriver avec notre hôtesse.

– Nous sommes au complet, prévient Aria pour m'annoncer et faire cesser la conversation animée des garçons.

Jusqu'ici regroupés autour de Casey en pleine préparation apéritive, tous se tournent vers moi. J'agite mes doigts en guise de salut collectif et reste un instant aimantée au regard de Cruz. Nonchalamment appuyé contre un des meubles de la cuisine, il ne bouge pas, l'air à la fois sombre et soulagé. Je ne m'étonne pas vraiment de le voir conserver une certaine distance entre nous. Cruz n'est pas un homme expansif en général. Jusqu'alors, il ne s'est laissé aller en public que lorsque nous étions avec des inconnus. Ce soir, c'est différent. Je suppose que le jugement de ses amis proches à propos de « nous » l'importe au point de ne rien laisser paraître. À moins qu'il ait du mal à assumer notre duo ? Bon, peut-être que ça me dérange un peu finalement qu'il reste tant sur la réserve, c'est en tout cas ce que le poids dans ma poitrine m'indique. Parce qu'à l'inverse, j'ai très envie de me retrouver dans ses bras ; pas pour revendiquer notre indéfinissable relation aux yeux des autres, non. Juste pour le plaisir de me sentir en vie…

– Ravie de te rencontrer ! me dit la seconde blonde de la soirée à me sauter dessus. Tu es Shenae, c'est ça ?

J'acquiesce, puis hoquette de stupeur quand elle se rue sur mes joues pour me faire la bise.

– Je suis Joleen, j'ai 24 ans, j'habite sur River Street près du Starbucks, je suis en formation pour devenir prothésiste ongulaire et j'adore les chiens. Tous les chiens, les petits, les poilus, les très gros. Tous !

Je ne me retiens pas de rire devant sa spontanéité un peu simplette et capte le regard pétillant d'Aria, postée dans le dos de Joleen.

– Et toi ? me relance Joleen alors que les hommes désertent la cuisine pour passer au salon, les mains pleines de notre apéritif dînatoire.

– Est-ce que j'aime les chiens ?
– Oui. Ou les chats ?
Grand Dieu... J'adore cette fille !
– Je n'ai pas de préférence.
– Mon cousin, Archi, avait une mygale, grimace-t-elle exagérément. Alors ça, j'aime pas du tout. Les araignées, je ne peux pas, c'est au-dessus de mes forces.
Je suis sur le point de lui demander si elle aime les cochons d'Inde – au hasard – quand Aria nous rejoint et nous propose d'investir le salon à notre tour. Un seul échange de regards avec l'hôtesse tandis que nous regagnons le coin détente, et je manque de rire. Pas de moquerie, non, simplement de connivence quant à la bonhomie de Joleen. Je saurai me satisfaire d'une conversation simpliste et frivole, ça pourrait même parfaire ma soirée, mais mon hôtesse, elle, n'est incontestablement pas candidate. Aria est une femme cartésienne qui ne laisse que peu de place aux fantaisies et à l'improvisation. Ce n'est en aucun cas une critique, seulement un constat. La vie l'a faite ainsi et force est de constater que cela lui a plutôt bien réussi.
– Smoothie pour tout le monde ! scande Casey, à genoux devant la table basse, sur le parquet récemment posé.
Face à lui, un canapé trois places qu'occupent Andreas, Declan et, à présent, Joleen, laquelle se love contre son homme en minaudant. J'avise l'accoudoir le plus proche et me retiens de froncer le nez. Mon corps ne me le pardonnera pas, mais à défaut d'autre chose…
– Prends ma place, m'interpelle Andreas en se levant rapidement.
– Non, mais je peux aussi…
– Viens, me commande Cruz, de l'autre côté du sofa que son ami contourne pour s'installer sur l'accoudoir qui aurait dû être le mien.
Bien que son timbre de voix ait été directif, son regard

me supplie d'abdiquer en désignant furtivement l'espace libre sur le canapé. Lentement, sans me lâcher des yeux, Cruz s'assoit à cheval sur le second accoudoir. Celui qui délimite l'extrémité de la place qu'il m'enjoint de prendre. Je souris plus largement avant de progresser dans sa direction et de m'enfoncer dans le rembourrage impeccable des coussins. Juste à côté de lui. Je récupère le verre que me tend Aria et me laisse peser sans réserve contre la cuisse de l'homme qui me grise jour après jour.

– À quoi trinque-t-on ? nous interroge Joleen en imitant nos hôtes qui lèvent leur verre de concert.

– Chérie, je te l'ai dit, bougonne Declan. Aria et Casey emménagent ensemble !

Ah oui ? Je redresse le menton pour capter le regard de Cruz, taquine.

Pour quelle raison m'as-tu caché cette information ? tenté-je de lui demander par télépathie. Le clin d'œil furtif que Cruz m'envoie me donne envie d'enchaîner avec une dizaine d'autres questions, sauf que Joleen reprend :

– Donc Casey et Aria trinquent à leur emménagement. Moi, je trinque aux bénévoles dans les chenils. Sans eux, beaucoup de chiens dormiraient dehors !

Tout sourire, Joleen lève son verre sous les regards médusés autour de la table. Ce qu'elle dit a du sens, pourtant ça sonne comme une idiotie sortie de nulle part. J'adore ! Il faut absolument que je prenne le temps de décoder cette femme et son parcours de vie. Très franchement, ça promet d'être extraordinaire !

– À toi, lapin ! continue-t-elle en encourageant Declan à prendre la suite.

Hébété, Declan finit par soupirer devant l'œil hilare et impatient de ses coéquipiers, puis marmonne :

– Je trinque au changement…

Andreas glousse silencieusement quand Joleen claque

son smoothie contre celui de Declan. J'ai presque de la peine pour elle et sa crédulité sans faille. Comment ne peut-elle pas voir que le changement en question la concerne ?

– Andreas ? s'enquiert Joleen.

– Je trinque aux victoires, quelles qu'elles soient.

– Ah oui, c'est bien les victoires. J'aime bien !

Je ris sans me retenir, véritablement divertie par la fraîcheur de cette fille. Il me faut son numéro !

– Cruz ? reprend-elle en bondissant d'enthousiasme sur le canapé pour s'asseoir sur ses pieds.

Tous les regards convergent vers Cruz. Tous, sauf le mien que je garde rivé sur nos hôtes pour ne pas le déstabiliser davantage. Après un court silence, sa voix caverneuse ricoche dans le salon et rebondit contre ma poitrine.

– Je trinque au positif.

Je ferme les yeux, rassasiée par ses quelques mots. Ce mot. Les autres ne notent pas le sous-entendu quand, à l'inverse, je l'accueille comme un cadeau. Le positif, c'est moi. En tout cas, il fait écho à mon mode de vie, à ce que je suis, à ce que je partage avec lui. À cette notion épicurienne de l'existence qui devrait tous nous accompagner au quotidien. Alors que je bats à nouveau des cils, la main chaude et délicate de Cruz glisse dans ma nuque et s'y cale. J'en gémirais de plaisir si tous ne me regardaient pas avec insistance.

– Au positif, décrété-je en portant mon verre devant moi.

Mon manque d'originalité les laisse indifférents et clôt ce tour de table. Les conversations reprennent et se succèdent. Je participe à peine, lestée d'un bien-être que Cruz alimente en caressant ma peau dans une langueur exquise. Les rires masculins s'enchaînent, les taquineries aussi. Aria me prend à partie quand Andreas et Casey ironisent sur son côté dictatorial. Cruz jubile dans mon dos lorsque Joleen monologue sur l'amour éternel en braquant un œil énamouré sur Declan. Tout est divin, mon corps s'est mis sur pause, mon esprit est anesthésié par la bonne humeur ambiante, mes papilles exultent à chaque bouchée apéritive que j'engloutis… Et, pour la première fois de ma vie, je me sens faire partie d'un groupe, atypique certes, mais sincère. Je me sens appartenir à cette famille un peu spéciale et ce sentiment m'enivre. Il m'enivre tant que je ne vois pas les heures s'accumuler ou seulement lorsqu'un bâillement m'échappe entre deux rires.

La chape de fatigue qui n'attendait que ma prise de conscience pour me tomber sur les épaules m'enveloppe soudain. Je bascule la tête en arrière pour reposer les muscles de mon cou et bute contre le flanc de Cruz. Les paupières lourdes de sommeil et de bonheur, j'intègre son regard allégé de l'obscurité qui l'envahissait à mon arrivée. Je perçois un soupçon de tendresse au milieu des éclats de tristesse qui y perdurent depuis que Celia est partie.

– Je vais rentrer, articulé-je en sentant ses doigts patiner sur ma nuque pour venir encadrer ma joue.

Sans que j'y sois préparée, Cruz se penche jusqu'à trouver mes lèvres et y déposer un chaste baiser.

– Je te ramène, murmure-t-il avant de m'embrasser une fois encore.

– Où ça ?

Ma moue que je veux espiègle en dépit de mon énergie bancale le fait sourire en coin.

– Chez moi.

J'entends à peine Declan se moquer de Cruz quant à son élan d'affection ni Casey rembarrer leur pote pour son humour déplacé. Je n'entends qu'une seule chose. Les battements rapides de mon cœur, lesquels bondissent comme jamais.

29

Cruz

– Reste concentré, putain ! grondé-je en claquant l'arrière du crâne de Dalton.

En plein exercice au milieu du ring, Dalton est censé se focaliser sur l'entraînement et pas sur le bordel qui règne au club. Sauf que ce gars de tout juste 19 piges se distrait aussi facilement qu'un gosse devant un feu d'artifice. *Oh, la belle bleue…* Je t'en foutrais, moi ! S'il continue de se disperser chaque fois qu'un éclat de voix ricoche dans l'acoustique du BLT, je ne donne pas cher de sa carcasse ce week-end. Il se fera bouffer en trois enchaînements, max !

– Glenn vient de gerber sur ses pompes, se défend-il sans pour autant décoller son regard d'une zone par-dessus mon épaule.

– On s'en tape ! Reprends ta position !

Je jette un coup d'œil éclair à Luke qui lui fait face et l'intime d'un froncement de sourcils de se tenir prêt à contrer l'attaque. Je m'écarte d'un pas et tourne autour de ce duo en préparation pour les affrontements de demain. J'étudie chacun de leurs gestes consciencieusement, je calcule l'angle d'attaque, rectifie l'inclinaison et motive leurs mouvements par des conseils précis. Je suis complètement dans mon rôle de coach, sans que ça me pèse ou m'emmerde. Contre toute attente, j'aime ça : être celui qui aiguille. D'autant plus depuis qu'ils sont tous rentrés dans le rang. Je ne sais pas s'ils ont peur du freefighter que j'incarne ou s'ils avaient juste besoin d'être recadrés, n'empêche que le résultat est là. Ils ont tous tellement progressé ces dernières semaines que je ne doute pas qu'un de nos deux espoirs sélectionnés finisse par gagner sa place pour les qualifications aux JO.

Enfin, ça, c'est s'ils arrêtent de se déconcentrer dès qu'une mouche lâche une caisse !

– Eagle ? me hèle Keith en accourant vers les cordes. Je te laisse les rênes une petite heure, Glenn vient de faire un malaise, je l'amène aux urgences !

Je n'ai pas le temps de lui répondre qu'il fait déjà demi-tour et trottine jusqu'au concerné. Glenn est effectivement pâle comme un linge, avachi sur une chaise près du local qui abrite le bureau d'Edge, le tee-shirt maculé de son déjeuner digéré de moitié. C'est crade et c'est bien fait pour lui ! Ce mec est un con de toute façon. Je me réjouis que le karma lui revienne en pleine face sous la forme d'une gastro fulgurante.

– Coach ? m'arrache Dalton à mes pensées alors que je photographie mentalement l'enfoiré au vomito bicolore pour mes archives personnelles.

Je reviens trouver mes élèves et me heurte au regard un poil moqueur de Dalton. C'est vrai, j'ai décroché de l'entraînement deux secondes, mais j'apprécie moyennement qu'il se permette de le souligner avec son faciès de petit emmerdeur suffisant.

– Une heure de tapis pour tout le monde, cinglé-je. Pente à cinq, intensité à huit.

La punition générale lui fait ravaler direct son demi-sourire chineur. Parfait. Les six espoirs prennent alors la direction des appareils de fitness. Du ring, je les regarde passer de l'autre côté de la cloison en plexi et me retiens de me marrer quand les cinq autres fusillent Dalton du coin de l'œil. Ça me rappelle de chouettes souvenirs tout ça, mais dans un même temps, ça me remet face à l'échéance de mon contrat bientôt arrivé à terme. Je n'ai toujours pas d'idée quant à la suite. J'ai encore besoin de temps pour y voir plus clair, mais une chose est sûre : je ne choisirai pas par dépit. Pas envie de me retrouver placardé sur des affiches publicitaires dans les rues du pays, pas envie de me reconvertir, pas envie de candidater dans d'autres clubs moins regardants.

Je veux juste rester ici, bouffer des poings et en faire pleuvoir, transpirer, me saouler à l'adrénaline et effacer cette foutue deadline.

Je voudrais que le temps se fige. Maintenant. Que mon quotidien reste le même. Que mes potes arrêtent de me préserver. Qu'on continue de former ce quatuor hétéroclite et pourtant fusionnel. Je voudrais venir bosser chaque matin et soupirer devant l'humour particulier de Trigger, m'amuser du purisme de Dre et voir Casey se transformer en connard épanoui.

Et puis… Je voudrais qu'elle reste dans ma vie. Qu'elle s'endorme chaque soir dans mon lit. Qu'elle me réveille avec son sourire. Qu'elle oublie ses fringues chez moi et mette le bordel dans ma cuisine. Qu'elle ne s'arrête plus de me poser des questions dans le seul but de la voir frissonner dès que je lâche ses mots alertes.

Je voudrais rester comme ça, baigné dans sa lumière, loin de la grisaille qui encombre mon crâne dès qu'elle n'est plus près de moi…

D'instinct, je me positionne et commence à frapper l'air. Pour tuer le temps, pour le shoot d'endorphine que me procure la répétition des enchaînements que je connais par cœur. Juste pour me décharger du poids qui m'oppresse à cet instant. Direct, crochet, uppercut, genou, *high kick*. J'enchaîne la série un paquet de fois avant de sentir mon rythme cardiaque se maintenir à une allure soutenue. Ce n'est qu'en retrouvant mes élèves à proximité du ring que je prends conscience du temps que je viens de passer en solitaire à cogner dans le vide.

– Prêts à vous y remettre ? grogné-je.

– Oui, coach, répondent-ils en chœur.

Ils sont tous en nage, mais un seul d'entre eux a un port de tête désolé. Je suppose que Dalton a compris la leçon : « Faites ce que je dis, pas ce que je fais, et surtout : pas d'arrogance ! » Alors que je commande à Luke et Dalton de monter me rejoindre, Keith revient de sa course en taxi, la mine rembrunie. Il progresse jusqu'à nous avant de s'immobiliser, les bras sur les cordes, dépité.

– Même virus que les autres, m'informe-t-il alors que je n'ai rien demandé. Glenn est tenu de rester confiné pour la semaine. Je ne sais pas comment faire…

– Faire quoi ?

– Le règlement dit un accompagnateur par athlète.

Et là, je percute. Il parle du week-end et des épreuves pour les qualifications ! Glenn étant indisponible, Edge occupé à enterrer sa sœur, Keith se retrouve seul pour les deux espoirs sélectionnés… À moins de privilégier l'un d'entre eux, tout tombe à l'eau.

– Coach ? m'interrompt Dalton dans ma réflexion. Peut-être que vous pourriez faire le voyage avec nous ?

J'opère un quart de tour vers lui, une main sur les cordes, et sonde ce sale gosse. Je crois bien qu'il est sérieux en plus ! Que moi je prenne la place de Glenn ? Techniquement, je le pourrais, je suis toujours sous contrat avec la Fédé et donc « qualifié » pour le boulot de chaperon, mais… Je suis un combattant, au même titre que lui ou les autres licenciés du club. Pas un membre du staff.

– Ce n'est pas dans mes attributions.

– Pourtant, vous faites le taf depuis un mois, rétorque-t-il avant de grimacer de sa remarque qui frôle l'impertinence.

Pardon, je veux dire, vous nous connaissez mieux que Glenn et Keith, vous nous pratiquez depuis un moment maintenant. Vous savez comment nous cadrer et…

– Et vous recadrer, le coupé-je.

– Exact. Et vous avez l'expérience des championnats, coach. J'aimerais vraiment que vous veniez.

– Tout est déjà financé, intervient Keith. Je n'aurais juste qu'à faire les changements au niveau administratif.

Je vais et viens entre Keith, Dalton et Luke. Même constante dans le regard de l'agent sportif et des deux jeunes athlètes : ils m'implorent en silence d'accepter. Je suis un peu paumé à dire vrai. M'envoler pour le week-end n'était pas du tout ce que j'avais prévu, tout comme assurer le job d'entraîneur dans ce genre de rencontres déterminantes pour la carrière de ces deux gamins. C'est beaucoup de responsabilités.

– Je me tiendrai à carreau, argumente Dalton en avançant d'un pas déterminé vers moi. J'ai besoin de vous, coach, je sais que vous ne laisserez rien au hasard. Il faut venir, s'il vous plaît !

Arrimé à la flamme tenace qui mange ses prunelles, je mesure combien il semble tenir à ma présence auprès de lui pour ce premier challenge pro. Je ne suis pas certain qu'il soit vraiment conscient de ce qui l'attend si je réponds positivement à cette invitation, alors j'insiste :

– Si je décidais de venir, je ne tolérerais aucun écart. Quel qu'il soit. Comportement, hygiène de vie, sorties loisir, respect des règles…

– Je signe où vous voulez, coach, déclare-t-il devant mon rigorisme tranché.

Sans vraiment vouloir l'admettre, constater à quel point il me voudrait du voyage tend à gonfler mon ego, mais pas seulement. Servir ce sport par ce biais pourrait bien me plaire. En tout cas, cette perspective ne me file pas autant de boutons que je l'aurais imaginé. Et ce serait différent des dernières rencontres auxquelles j'ai assisté en simple spectateur. Ces derniers temps, je portais les couleurs de l'équipe sans jamais combattre. J'étais juste présent pour la comm. Alors que là, je ferais partie intégrante du processus ; c'est sûr, je ne serais pas celui qui entre en cage et se défonce pour remporter un titre ou une qualification, mais je serais un maillon de la chaîne, un mentor, un préparateur mental et physique intraitable. Un repère. La figure d'autorité qui reste de l'autre côté de la barrière, mais pour qui l'allégeance est totale.

– À quelle heure on décolle ? conclus-je sans dérider mes traits sévères.

Dalton ne retient pas son sourire contenté et s'autorise même à me tendre sa poigne pour sceller notre deal. Il a plutôt intérêt à ne pas mordre la ligne, sans quoi je me ferai un putain de plaisir de le remettre dans le droit chemin. Et clairement, il s'en souviendra.

– On part dans deux heures, précise Keith dans un soupir de soulagement. Les gamins ont déjà leur paquetage dans les vestiaires, il ne te reste plus qu'à aller préparer le tien. On se donne rendez-vous ici pour dix-huit heures, c'est bon pour toi ?

J'acquiesce avant de me recentrer sur Luke et Dalton.

– On reprend l'exercice, tonné-je. On inverse les rôles, Luke tu attaques, Dalton tu pares.

Sous l'œil envieux des quatre autres espoirs bannis au pied du ring, mes deux gars se placent et me sèchent tant ils paraissent à présent plus motivés que jamais. Je le vois à l'étincelle de hargne qui éclaire leur regard, aux placements millimétrés de leurs mouvements, à la contraction solide de leurs muscles. Un soupçon de fierté vient me chahuter alors que je les épie attentivement. Ils s'appliquent déjà à donner le meilleur d'eux-mêmes, et ça, c'est foutrement grisant.

Une nouvelle heure s'écoule dans la sueur et dans une ambiance de travail prolifique. Autant Dalton dégueule de confiance en soi, autant Luke en manque cruellement. Je m'en veux de ne pas l'avoir remarqué avant aujourd'hui. Il devrait tellement ne pas douter de lui. Ce jeune est un tacticien très inventif, avec une force de frappe précise et dosée à la perfection. En montant sur ma bécane, je me note d'en discuter avec lui pendant le vol. Sur la route qui mène à mon appart, je ne cesse de penser aux arguments dont je pourrai user pour l'aider à s'affranchir de certains de ses doutes. Mais tout s'envole à l'instant où je pénètre chez moi.

L'odeur de Nae flotte encore çà et là. Curieusement, j'ai même l'impression que la lumière du jour envahit davantage le vaste séjour. Mon pouls déjà rapide fait une envolée dès lors que je pénètre dans ma chambre. Les draps sont toujours froissés à la place qu'elle occupait quand je l'ai abandonnée ce matin pour partir au BLT. Elle n'a pas fait le lit et je m'en tape. D'ailleurs, si je n'étais pas pressé par le temps, je crois que je m'y écroulerais en vue de respirer les petits bouts d'elle qui y perdurent forcément. Putain, je suis tellement pathétique…

Shenae est la première nana à qui je confie le double de mes clés. Disons que ça s'est imposé plus que ça n'a été prémédité. Elle était si délicieuse à peine recouverte du drap, si… paisible, que je n'avais pas eu le cœur de la réveiller. Il n'y avait pas mille alternatives ; si je choisissais de la laisser dormir, je devais lui donner la clé pour qu'elle referme derrière elle. J'ai donc déposé un trousseau sur son téléphone et suis parti à contrecœur.

Un fin sourire aux lèvres, je regagne mon dressing, sors mon sac de voyage et commence à y glisser le nécessaire pour trois jours d'absence. Je ne me surcharge pas, deux tenues complètes et le tour est joué. Alors que je rejoins la salle de bains, j'aperçois la serviette-éponge qu'elle a utilisée en sortant de sa douche, échouée sur le tapis de bain.

Serait-elle un peu bordélique ?

Un jeu de brosses à dents me file soudain une nuée de frissons. Elles trônent ensemble dans le verre qui leur sert de support, là où d'ordinaire la mienne patiente en solitaire. Sur le miroir, un Post-it qu'elle a trouvé dans la console de l'entrée et sur lequel sont griffonnés quelques mots ainsi qu'une flèche pointant vers le couple de brosses à dents.

La tienne semblait si seule. La mienne s'est proposée de lui tenir compagnie. Elle se sent bien mieux ici que dans le fond de mon sac à main ;-)

Cette fois, un rire m'échappe. Sa moue espiègle et matinale se peint sur l'écran de mes paupières, je l'imagine parfaitement se satisfaire de voir nos deux brosses à dents côte à côte. Et qu'est-ce que je regrette de ne pas avoir assisté à ça ! Quand la majorité des gens auraient attendu d'être invités à laisser leurs affaires, Shenae se tape le culot de prendre les devants ! Ça n'a rien d'étonnant en définitive, cette femme a déjà mis mon crâne sens dessus dessous, ce n'était qu'une question de temps avant qu'elle ne s'adonne à tout retourner autour de moi. Mais, encore une fois, la douce chaleur qui gorge ma poitrine me confirme que j'adore ça. Je ne m'occupe pas de ce que ça implique, de la symbolique et de tout le reste. Tout ce qui compte, c'est elle et les salves d'accalmie qu'elle dissémine dans ma vie depuis qu'elle y est entrée.

Après n'avoir laissé que sa brosse à dents dans le gobelet et récupéré le reste de mon nécessaire de toilette, je fais marche vers le salon. Mon sac à l'épaule, mon téléphone en main, j'hésite à lui écrire un texto pour la prévenir de mon indisponibilité du week-end, puis avise l'heure. Elle pourrait avoir terminé sa journée d'étudiante singulière, alors j'appelle. Répondeur. Je me remets à sourire comme un débile en entendant sa voix chantante prier la personne au bout du fil de laisser un message. Je n'en fais rien et raccroche. Je patiente une poignée de secondes et relance l'appel. Répondeur.

Je suppose qu'elle est encore dans un amphithéâtre quelconque à faire ce pour quoi elle est inscrite là-bas. J'opte alors pour un message.

[J'ai un imprévu pro ce
week-end. Je décolle pour
Chicago dans deux heures.
On se voit à mon retour,
dimanche ?]

30

Cruz

– Coach ?

Dalton me tire de ma conversation avec Keith alors que nous attendons d'embarquer pour le vol retour. Je fronce les sourcils par réflexe et l'enjoins de parler d'un mouvement sec du menton. Il ne se rebiffe pas et ose d'une voix bancale :

– Est-ce que je peux prendre deux minutes pour appeler ma copine ?

– Bien sûr que tu peux, m'agacé-je.

Bientôt, il va me demander s'il peut aller pisser… Autant je lui ai interdit un quelconque écart de conduite ces deux derniers jours, autant il est libre de passer des coups de téléphone ! Je ne suis pas un tyran, enfin juste un peu, mais je pensais qu'il saurait faire la distinction entre le pro et le perso. Je ne suis définitivement ni son pote ni son « frère » comme il aime nommer chaque type avec qui il discute et qui a la même teinte de peau que nous. Mais le respect va dans les deux sens. Il m'a prouvé qu'il pouvait être humble et docile ce week-end, sans que j'aie vraiment besoin de le lui rappeler. Je crois que ma seule présence suffisait à lui remémorer les fondamentaux.

Dalton a fini en tête de sa poule et est donc sélectionné pour participer aux qualifications en vue d'intégrer l'équipe américaine aux prochains JO d'été. Je ne saurais pas vraiment expliquer ce que j'ai ressenti tout au long des affrontements auxquels j'assistais en tant que coach. Je dirais que la fierté prédominait, et ce en dépit de l'ombre qui planait sur mon faciès à chaque seconde et noircissait chaque heure passée sans foutu message de Shenae.

Après m'avoir succinctement répondu vendredi soir avec un « Aucun souci, je vais être occupée de toute façon », elle n'a plus donné de nouvelles. Mon texto samedi matin est resté sans réponse, il n'a même jamais été lu, tout comme les quelques suivants. Aujourd'hui, je suis aussi saoulé qu'en stress. Clairement, son mutisme me déstabilise. Et ça me bouffe d'être réduit à cet état-là, un mélange d'appréhension et de colère ; réagir si brutalement me met en colère contre moi-même. Tout ça, c'est inédit pour moi. Je ne suis pas le genre de mec qui attend d'être recontacté et qui s'exaspère de ne pas l'être, d'habitude je m'en fous. D'habitude, ça ne va jamais aussi loin… J'entends qu'elle a une vie et des projets, je me dis juste que… merde, je méritais peut-être un petit mot ? Ou au moins d'être lu !

Et qu'est-ce que je déteste ressentir tout ça ! Être en manque, en boule, en vrac et incapable de maîtriser ma réaction…

– Est-ce que ça va ?

Je me reconnecte à l'instant T grâce à Keith et opine. En vérité, ça ne va pas, mais je renfile mon masque austère et remarque le portable qu'il tient contre son oreille.

– C'est Edge, m'annonce-t-il. Il veut te parler.

Machinalement, je tends une paume vers lui et récupère l'engin.

– Salut, coach.

– Salut, Cruz. Je voulais te remercier d'avoir accompagné les jeunes. Keith m'a dit combien tu t'étais investi, il a même précisé que sans toi, Dalton ne serait sûrement pas sélectionné.

– C'est pas moi qui ai cogné pourtant.

Il soupire, visiblement vide de toute énergie pour me faire ravaler mon cynisme.

– Est-ce que tu vas bien ? risqué-je.

Question de merde, je sais…

– On fera aller, élude-t-il. Je vais rester encore quelques jours, histoire dc mettre de l'ordre dans la succession. Tu peux cogérer le club avec Keith en attendant ?

– Sans problème.

– Merci. Je te revaudrai ça. Tu me repasses Keith ?

Sans rien ajouter, je rends le portable à son propriétaire et sors le mien. Je sais que je devrais le laisser là où je l'ai abandonné à notre sortie de l'hôtel, mais c'est plus fort que moi. J'ouvre notre fil de discussion et mes messages en attente de lecture refont s'enrayer mon pouls. Sans plus aucune dignité, je bascule sur ma conversation avec Casey et tape énergiquement.

[Salut. Je n'arrive pas
à joindre Shenae.
Est-ce que ta femme peut
essayer de son côté ?]

Je ne décolle pas de mon écran quand l'annonce micro de notre embarquement me hérisse le poil. Putain, Casey, magne-toi avant qu'on me coupe le réseau ! Mon meilleur pote met une plombe à répondre, si bien que je suis déjà engagé sur la passerelle quand son texto s'affiche.

[Pas de réponse pour l'instant.
Désolé.]

Moi aussi, je suis désolé. Je crois que, dans le fond, j'ai peur que la spontanéité qui définit Shenae lui ait donné des envies de changement. Une petite voix alarmiste dans mon crâne me souffle depuis hier que son silence radio pourrait aussi être lié à un autre problème mais je la bâillonne. Je refuse d'y penser. Elle va bien, elle… Elle a sûrement offert son week-end à ses potes de formation pour fêter la fin de leurs quatre semaines. Mais peut-être que l'enfoiré au regard de tueur a réussi à la convaincre de profiter de la vie autrement qu'avec moi. Sous-entendant avec lui. Je grince des dents si fort sur cette hypothèse que je risque de faire sauter une ou deux de mes molaires.

Je le démonte. Si c'est ça, je le démonte… Putain, je suis tellement bouffé de jalousie que je me fais moi-même pitié… En soi, nous n'avons rien décidé. J'ai effectivement rencontré ses parents, mais… Bordel, ça n'avait rien d'officiel ni de concluant. Tout ce que nous avons convenu est que ce truc entre nous ne devait être que du positif. Elle est mon putain de positif, sérieux ! Mais si son positif était maintenant l'autre bouffon ?

Et si t'arrêtais de réfléchir comme un connard possessif, limite pathétique ? T'as plus 15 piges, mec !

En dépit des sensations pernicieuses qui maltraitent mes organes, je ferme les yeux une fois dans mon fauteuil de première classe et conviens qu'il est plus prudent pour mon cœur de réfléchir à autre chose. Je jure que j'y mets mes tripes pendant l'heure et demie de vol, j'essaie de penser à tout sauf à elle. Au moins quinze potentielles reconversions y passent, presque autant de vaines discussions avec les autres voyageurs, pour finir par m'enfiler cul sec un baby de whisky à dix minutes d'atterrir.

– On partage un taxi ? suggère Keith lorsque nous foulons le hall des arrivées à Columbus.

– Sans moi, j'ai un truc à faire.

– OK, rentre bien. Encore merci, Eagle. On débriefe demain !

J'entends à peine Dalton et Luke me remercier à leur tour tant j'accélère mes enjambées en direction de la sortie. Je ne peux pas juste rentrer chez moi, je dois… non, c'est plus vital encore : j'ai besoin de la voir. Je grimpe dans le premier taxi à ma hauteur et file son adresse au conducteur d'une voix mal assurée. À mesure que j'encaisse les kilomètres, noyé dans le crépuscule et réchauffé par la dose d'alcool bue avant de quitter l'avion, je cadenasse la trouille qui me perforait le bide et me concentre sur une seule donnée : mon envie dingue de la retrouver. Rien à foutre d'être légitime à me pointer chez elle sans invitation, j'ai besoin de la voir. De la sentir sous mes doigts. De humer la fragrance de son parfum à même sa peau. De laisser son sourire tout éclaircir, comme chaque fois depuis qu'elle est entrée dans ma vie.

Je refuse qu'elle me glisse entre les doigts.

– Quarante-deux dollars, monsieur.

Les yeux sur la façade de son immeuble, j'extrais une liasse de billets et la file au chauffeur.

– Gardez la monnaie, lancé-je en sortant déjà de la caisse.

Je compte urgemment les fenêtres et crible les deux siennes d'un œil affûté. Pas de lumière, ni dans sa chambre, ni dans le séjour. Soit elle dort, soit elle est toujours dehors… Après tout, il n'est pas vingt et une heures. Figé sur le trottoir, le rythme cardiaque de nouveau en hausse, j'entends le moteur vrombir dans mon dos. Sans plus attendre, j'amorce un premier pas vers le hall. Deux minutes plus tard, je suis devant sa porte à guetter un bruit qui ne me parvient pas de l'autre côté. Pourtant bouffé par l'impatience, je ne frappe pas, appuyé d'un bras contre le chambranle, prêt à m'exploser le crâne dans le battant tant je me sens soudain ridicule.

Putain, je n'ai jamais fait ça, courir après un sourire… Mais c'est l'effet Nae, l'effet dévastateur d'une blonde épicurienne au goût d'accalmie.

Poussé par cette réalité, j'abats mon poing trois franches fois sur le panneau. Pas de réponse. Pas même l'écho d'un pas. J'alterne coups de téléphone et coups à la porte pendant un temps qui me semble durer une éternité. Rien… Je ne vais pas rester camper sur son paillasson, si ? Évidemment que non. J'en suis à lister mentalement les quelques adresses dans Columbus où Shenae pourrait se trouver quand une voix féminine, bien moins solaire que la sienne, se fraie un chemin jusqu'à moi.

– Cruz ?

Je pivote et me déporte en découvrant sa frangine dans le couloir. Elle progresse dans ma direction d'un pas lourd, son trousseau de clés en main. Je tente de me grandir pour gommer ma déception de la voir elle plutôt que Nae, mais sa mine accablée me scie le bide en un temps record. Ses yeux ternes sont bouffis et ses traits bien plus tirés que le peu de fois où je l'ai vue.

– Elle n'est pas là, annonce-t-elle, la gorge nouée.

Le regard fuyant, Essie réduit la distance entre nous. Ses épaules s'affaissent un peu plus d'un poids de tristesse qu'elle peine à porter et mon cœur cesse net de battre. La voix alarmiste entre mes tempes retire son bâillon et me lamine.

Pas ça… Putain, pas ça…

Je refuse d'entendre la suite. Pourtant, je ne bouge pas, paralysé par la douleur qui piétine mes forces physiques sans vergogne.

– Elle est à l'Herald Hospital depuis deux jours, avoue-t-elle en s'arrêtant près de moi. C'est arrivé vendredi dans la soirée. Elle…

Essie marque une pause macabre et triture ses clés avant d'en enfoncer une dans le barillet pour déverrouiller sa porte.

– Les nouvelles ne sont pas bonnes, m'assène-t-elle d'un ton accusateur. C'était à prévoir, elle n'en a fait qu'à sa tête ces dernières semaines.

Sur ses mots, mon esprit me propulse au départ d'une piste noire verglacée et me pousse dans le vide. Je me vois chuter. Si vite et si fort que l'impact risque de me tuer… C'est à peine si je respire lorsque mes jambes se mettent à vaciller dans la réalité. Mon dos heurte brutalement le mur du couloir tandis que mes yeux ne voient plus qu'une multitude de points blancs s'incruster dans la cloison qui me fait face.

– Tu veux rentrer deux minutes ? hasarde-t-elle devant la lividité certaine de mon teint. Viens, je te sers un verre d'eau…

Dans un état second, je ne mc bats pas quand Essie enroule ses doigts fins autour de mon avant-bras pour m'attirer avec prudence dans son appartement. Je ne me bats contre rien, accablé par ce foutu compte à rebours arrivé à échéance. Je devrais résister, ne pas la laisser m'amener là où son parfum flotte encore, parce qu'une fois dans la pièce de vie, l'odeur de Shenae s'accroche à mes narines et décuple la douleur qui gangrène chaque parcelle de mon organisme en souffrance.

– Assieds-toi. Je vais te chercher à boire.

Le cul sur la chaise, je porte les mains à mes cheveux et les agrippe fermement. Sans déconner, non… Pas maintenant, pas comme ça… Tout ce que Shenae avait balayé en illuminant mon existence revient me péricliter de façon exponentielle, mon deuil, ma tristesse, mon désespoir. Ici, à cet instant, tout me revient par rafales et me flingue à bout portant.

– Comment ? parviens-je à articuler derrière mes dents serrées.

– Elle a perdu connaissance avant d'aller se coucher. Elle était épuisée. J'ai perdu son pouls trois minutes avant que l'ambulance n'arrive. Ils ont réussi à la faire revenir sur le chemin des urgences, mais avec peine.

Sa gorge lacérée de chagrin et d'impuissance fait s'obstruer la mienne avec tant de violence que je ne suis pas loin de chialer.

– Tiens, bois.

Mécaniquement, je récupère le verre d'eau qu'elle pousse vers moi. Je n'avale que deux gorgées avant de me résigner. Je n'ai ni soif ni besoin d'eau. Je veux juste que ça s'arrête… Mon cœur doit arrêter de percuter ma cage thoracique si brutalement sinon je vais en crever. Le crissement de la chaise que tire Essie pour s'asseoir face à moi me fait l'effet d'une putain de craie sur un tableau noir. Je grimace.

– Elle m'a demandé de ne pas répondre à tes messages ou tes appels. Je n'en avais pas envie de toute façon. Très franchement, tu as ta part de responsabilité dans tout ça. Tu aurais dû la freiner.

Comme s'il m'avait fallu l'entendre de sa bouche pour en prendre la complète mesure, une chape de culpabilité me tombe sur la gueule et me fait fermer les yeux. Je savais et je n'ai rien fait… Pire encore, je savais, j'ai choisi d'occulter et j'ai continué. J'ai suivi le rythme qu'elle imposait sans plus me poser de questions. C'était tellement plus facile comme ça, tellement plus simple. Avec elle, je n'avais plus mal, le brouillard dans mon crâne disparaissait en un rien de temps chaque fois qu'elle m'autorisait à être égoïste et à ne penser qu'au positif.

J'ai écouté son besoin de vivre quand ma seule prérogative aurait dû être de lui éviter de mourir…

Un haut-le-cœur me pourrit le bide devant cette vérité immonde. Je choppe aussitôt mon téléphone.

[Viens me chercher.
Je suis chez elle.
MAINTENANT.]

Sans un foutu regard vers Essie, je repose le verre sur la table et me lève malgré le vertige qui bousille mon centre de gravité. Je ne peux pas me confronter à son œil malheureux dans lequel brûle sûrement la rage qu'elle nourrit contre moi. Je ne peux pas, parce qu'il me mettrait à terre. Encore plus à terre.

– Je suis désolé…

Voilà tout ce qu'elle obtiendra de moi. Un murmure d'outre-tombe. Un aveu dégueulant de honte. Une condamnation à vie…

31

Cruz

Je suis un gosse de dealer. Le petit-fils d'une femme incroyable. Un sportif de haut niveau bientôt mis au rebut. Un expatrié cubain. Une usine de muscles. Un homme largement tatoué. Un ancien membre de gang. Un indépendant. Un masque de sévérité. Un ancien croyant. Je suis réfléchi. Pragmatique. Constant. Patibulaire. Je suis tout ça et plus encore. Pourtant, face à ce putain de bâtiment, je ne suis plus rien. Juste un type paumé au cœur si lourd qu'il racle le sol depuis hier soir.

Les mains agrippées à ma nuque, j'attends d'être transpercé par un éclair de courage dans l'espoir que ça me fasse faire le premier pas. J'attends que mon souffle se régule ou que mon crâne arrête enfin de cogner comme un aliéné en camisole. J'attends de retrouver ma force abandonnée dans son appartement. J'attends… J'attends depuis presque une heure devant les portes automatiques du rez-de-chaussée et je me sens me décomposer à chaque seconde qui passe. Je pensais être déjà réduit à l'état de cendres après la révélation d'Essie, force est de constater que je me gourais…

Être ici, c'est… c'est un désastreux bond en arrière et un effroyable saut dans le présent. *Abuelita* s'est éteinte dans cet hôpital. Comment ne pas faire de parallèle ? Comment ne pas y penser alors qu'une blonde en fin de vie y est enfermée ? L'épreuve est exactement la même. Pourtant, tout est tellement différent. Elles sont différentes, mais l'une et l'autre auront définitivement laissé leur empreinte en moi. Je suis mort une première fois, ici même, il y a bientôt trois mois. Et me voilà à cinq étages d'être exécuté à nouveau…

Putain !

Le cri d'agonie que je retiens me broie la gorge. Je tourne sur moi-même, écœuré d'être si lâche. Si diminué. Paralysé par la peur. Je n'ai pas envie de monter. Pourtant, je sais devoir le faire. Pour clore le chapitre, pour m'excuser… pour condamner mon cœur à une souffrance perfide. Pour me punir…

Face à l'avenue bondée de cette fin d'après-midi, je n'aurais qu'un geste à faire pour dégager d'ici. Un seul geste et je m'engouffre dans un taxi sans plus jamais regarder en arrière. Sauf que je n'y arrive pas, mon cerveau n'enregistre même pas cette possible fuite comme une alternative.

J'ai besoin de la voir une dernière fois.

– Salut…

La voix lasse de sa frangine dans mon dos m'arrache une grimace douloureuse. Mon visage se tord sous la pression dévastatrice qui m'enclume au sol et incendie chacun de mes muscles. Je voudrais me retourner que je ne le pourrais pas tant son regard bardé de tristes reproches me hante depuis dimanche. Alors, c'est elle qui me contourne d'un pas traînant, histoire de me matraquer un peu plus.

– Elle est dans la chambre cinq cent cinq si jamais tu te décides à monter.

L'absence d'amertume dans son timbre oriente mon œil misérable vers sa silhouette statufiée à côté de moi. Essie ne me regarde pas, elle contemple seulement les dizaines de caisses qui passent devant nous et soupire, accablée d'une peine abyssale qu'elle tente de minimiser en relevant le menton pour faire face à cette chienne de vie.

– Tu sais, elle a toujours été comme ça. Gamine, elle

brûlait déjà la chandelle par les deux bouts. Elle était impossible à suivre, sourit-elle faiblement. La maladie n'a fait qu'exacerber son désir de bouffer la vie. Le hasard a fait qu'elle est tombée sur toi. Tu étais tout ce qui lui était interdit, tout ce qu'elle devait éviter. Je parierais mon salaire que c'est justement ce qui lui a plu. Tu étais le « plus » de son « trop peu ». Tu étais l'endurance quand elle tenait à peine la distance, l'inconnu quand tout son quotidien n'avait plus aucun mystère pour elle. Tu faisais battre son cœur alors qu'il ne faisait que suffoquer depuis des années. C'était inévitable, tu comprends ?

Cette fois, son regard percute le mien et je crois mourir en y trouvant une petite flamme de gratitude. Est-ce que je dois comprendre qu'elle me remercie ? Putain, non… Me remercier de quoi au juste ? D'avoir laissé sa sœur se suicider dans mes bras ? Ou de lui avoir moi-même filé le mode d'emploi ?

– Je t'en veux, Cruz, presque autant que je m'en veux de ne pas l'avoir enchaînée à l'appartement, mais… je sais qu'elle ne se souhaitait pas une autre fin que celle que tu lui as fait vivre.

– Essie, je…

La fin de ma phrase reste coincée dans ma gorge obstruée par un putain de nœud coulant. Et, finalement, c'est aussi bien, parce qu'en fin de compte, je ne sais pas vraiment ce que j'allais lui dire. Que je suis désolé encore une fois ? Que je voudrais ne jamais avoir croisé sa sœur ? Que je regrette de ne pas m'être retiré du deal avant ? Que…

– Son état est stationnaire, reprend-elle en se détournant. Elle se bat comme elle peut avec les armes qu'elle a. Pour l'instant, elle s'en sort. Reste à lui faire accepter ce fichu bipeur, grince-t-elle. Je vais y aller, je comprendrais que tu préfères ne pas monter. Et elle le comprendrait aussi. Ne te prends pas la tête avec ça.

Sur ces derniers mots, elle me salue d'un mouvement de menton et s'éloigne. Elle part. Et je reste comme un abruti, seul sur le pavé, enrobé par la fraîcheur de la nuit tombante et sans souffle. Je n'arrive plus à réfléchir quand Essie disparaît dans la circulation. Pourtant, ma poitrine, elle, se met à enfler d'une chaleur mordante. Une fragile inspiration plus tard, j'opère enfin le demi-tour décisif et amorce une enjambée vers l'Herald.

Je vais morfler...

Je multiplie mes pas, je ne ralentis pas, je m'interdis même de me laisser distraire par un pleur, une civière, un éclat de verre ou même la vibration ininterrompue de mon portable coincé dans la poche de mon futal. Casey probablement. Il s'inquiète, mais il patientera. J'avance vers les ascenseurs sans dévier de l'itinéraire invisible que mon esprit matérialise par une foutue bande noire. Les portes de la cabine se referment et l'angoisse convulse mon estomac une fois encore. L'ascension est rapide, si rapide qu'un vertige me dégomme le crâne au tintement d'arrivée.

À l'instant où les battants s'ouvrent sur le service cardio, l'odeur aseptisée m'agresse les narines. Je pourrais en gerber, je crois. Cumulée aux souvenirs d'*abuelita*, cette puanteur me soulève littéralement le cœur. Après quelques nauséeuses secondes, je sors de la cabine avec mon point de chute en ligne de mire. Le silence qui s'abat sur l'étage me glace le sang. Pourtant, je progresse en serrant et desserrant les poings frénétiquement.

– Monsieur Riveira ?

Le timbre hésitant de l'infirmière que je ne découvre que maintenant derrière le petit bureau du couloir me ramène une fois de plus quelques semaines en arrière. Bordel, c'est dur…

– Je viens voir Shenae… Shenae Morgan.

Sa moue de surprise se transforme. Ses yeux ne brillent plus que de compassion à présent. D'une putain de triste compassion.

– Chambre cinq cent cinq, convient-elle en désignant du doigt la porte fermée dix mètres devant moi.

Je ne m'emmerde pas avec la politesse et reprends mon sinistre itinéraire. Sauf qu'à deux enjambées de faire face à celle qui a ébloui mon quotidien ces dernières semaines, deux silhouettes abattues s'exfiltrent de la chambre. Ses parents… Je me fige, en apnée, torpillé par ce sentiment détestable d'illégitimité et d'une foutue culpabilité. Pourtant, au-delà de leur chagrin, je ne perçois aucune flamme de ressentiment lorsqu'ils me découvrent. Aucunes doléances. Aucune acidité. Juste de la souffrance.

Muets, nous nous avisons tous les trois. Je ne sais pas quoi dire ni s'il y a quoi que ce soit à dire. Rien n'aurait pu me soulager quand *abuelita* s'envolait pour sa coloc avec le divin. Ainsi, je reste là, à leur demander pardon en silence. Alors que je ne pensais pas pouvoir me sentir encore plus malheureux, son père porte un bras vers moi et dépose sa poigne sur mon épaule. Ses doigts y font pression plusieurs fois et, sans le savoir, cet homme d'âge mûr me met à terre.

Je crois que ça m'aurait plu. Apprendre à les connaître, leur voler leur fille, même aller pêcher. Avoir une vie « normale ». Me ranger. Oublier l'avant pour ne me consacrer qu'au présent. Et peut-être un peu au futur…

L'empreinte que laisse sa main sur mon épaule marque toujours ma peau quand je les entends monter dans l'ascenseur derrière moi. Ces gens sont… troublants. Ils auraient pu m'ignorer ou me couler l'éternel regard dégueulant de jugements que la plupart des gens posent sur moi. Ils auraient pu renier ma présence, même m'insulter après que j'ai participé à la chute de leur fille aînée. Mais non, ils n'ont rien fait de tout ça, ils ont même laissé la porte de la chambre entrouverte, comme s'ils comprenaient. Comme s'ils savaient combien Nae compte pour moi.

Alors je pousse le battant. Je réduis la distance qui me

donnera certainement envie de chialer comme le gosse que j'étais ce soir-là, devant le cadavre de mon père. J'approche, les tempes battantes et le pouls en perdition. Je passe le seuil et…

Je crève une seconde fois. Shenae est allongée sous quelques couvertures, le visage sensiblement tourné vers la fenêtre qu'elle fixe derrière ses paupières lourdes. Son teint est d'une pâleur presque transparente et contraste terriblement avec les ombres brunes qui flétrissent le pourtour de ses yeux. Je voudrais avoir la force de m'annoncer ou encore de contrôler le petit écran où apparaissent ses constantes vitales. Or je ne vois que le maigre tube qui court sous son nez. Celui qui lui apporte la dose d'oxygène nécessaire quand son cœur n'en est plus apte.

Je morfle…

En dépit du tremblement qui agite mes mains, j'investis complètement la pièce et referme le battant derrière moi. Le bruit feutré du barillet s'étend dans la chambre et appelle le regard paresseux de Nae. Son visage pivote lentement vers moi. Puis son sourire, le plus éteint que je lui ai jamais vu…

– Hé, souffle-t-elle d'une voix usée. Salut…

Je ne réponds rien, dévasté par la tristesse qui consume subitement ses deux prunelles bleues. Je jure que je voudrais m'arracher le cœur, là, maintenant, et l'implorer à genoux de le prendre. Parce qu'elle perd son sourire à chaque pas que j'oriente dans sa direction. Elle essaie de rester le rai de lumière magnifique qui la définit par essence. Elle se bat, mais sa défaite l'anéantit. Jamais je n'ai autant eu envie de hurler que la vie est une chienne, jamais je n'ai eu autant envie de tout cramer. Son menton tremblote des larmes qu'elle se retient de verser quand mes cuisses butent contre le montant de son lit. Et les miennes dévalent l'intérieur de ma poitrine…

– Ce n'est pas super positif tout ça, hein ? tente-t-elle de plaisanter en forçant un sourire factice.

Je ferme les yeux. Un regard de plus et je pourrais me fissurer devant elle pour lui laisser voir combien je suis fracassé de chagrin. C'est alors que ses doigts froids viennent trouver les miens au bout de mes bras ballants.

– Je suis tellement désolé, sifflé-je, les paupières toujours closes.

– Viens près de moi…

Je rouvre les yeux sur sa voix étranglée et me mange une gifle visuelle proportionnelle à l'intensité de son regard suppliant. Elle a beau lutter pour sourire, elle est ravagée de fatigue. Épuisée du combat qu'elle mène. Je devrais la laisser, décliner et me suffire du contact de ses doigts sur moi… Ouais, je devrais… Pourtant, je me cale précautionneusement sur le flanc, tout contre elle, et maintiens son front contre le mien. Mon souffle n'est qu'une suite d'inspirations et d'expirations chaotiques quand le sien est fragile, une autre raison qui devrait me pousser à décamper, sauf que je reste. Je reste et laisse les vestiges de sa lumière s'infiltrer sous ma peau dure. Je reste, démoli, mais convaincu d'être exactement là où je dois être.

Shenae soupire faiblement d'aise et ferme les yeux. Je suis incapable d'en faire autant et m'accroche au plus petit millimètre carré de son visage pour m'en imprégner. Elle m'a manqué et… et putain, je ne veux pas que ça s'arrête. Un long moment s'étend dans un silence déchirant. J'ai l'impression que chacune de mes pensées nous tourne autour comme des vautours et cingle l'air de tout ce que je ne lui dis pas. Il est trop tard. Ce terrible constat comprime l'amas d'impuissance dans ma trachée. Je vais passer à côté d'un bonheur que je ne pensais pas connaître. C'est si évident qu'elle est ce bonheur-là. Elle, ma lionne…

Quand ses lèvres contrarient ses faibles forces pour venir

trouver subtilement les miennes, mon cœur bondit et explose en plein vol. Je lui rends son baiser, troublé par le bien-être fugace qui m'étreint au milieu de tout ce bordel lugubre.

– J'adore les tulipes, bredouille-t-elle contre ma bouche. Depuis ce jour où mes parents m'ont amenée au jardin botanique, je rêve souvent de me perdre dans un champ de tulipes. Chaque couleur a sa propre symbolique, je trouve ça poétique. J'aime rester sous les étoiles à la chaleur d'un feu de camp, y faire griller des guimauves, entendre le crépitement de la braise se confondre au bruissement de la forêt. J'aime l'odeur de sucre chaud, celle de la peinture à l'huile, de la pâte à modeler, de la neige et des pages d'un livre neuf. J'aime toucher les aspérités d'une pierre, la rugosité d'une barbe. J'aime le contact du gazon sous mes pieds nus ou le souffle d'un ventilateur sur mes doigts. J'aime les oreillers en mousse, les édredons en plume et le velouté de la soie. J'aime la brise d'été, le ronronnement d'un chat, la douceur d'une bouche ou d'une mélodie…

Mes lèvres se pincent de l'écouter lister toutes ces choses, lesquelles animent le sourire qui flotte à présent sur ses lèvres.

– J'ai aimé jouer au minigolf, laisse-t-elle échapper dans ce que je crois être un rire. J'ai aimé frissonner de trac ce premier soir devant cette porte bleue. J'ai aimé découvrir ton monde, ton sport, tes amis, ton appartement. Ton lit. J'ai follement aimé ressentir, me consumer de l'intérieur sous tes yeux, être celle que tu voulais. J'ai adoré cette séance de cinéma en plein air et la sensation de liberté que m'apportaient nos balades à moto. Tu as fait bien plus pour moi que je n'avais osé l'espérer, Cruz. Tu ne me dois rien, tu n'avais même pas à venir ici. Pars avant la fin, laisse-moi garder tous ces souvenirs et les emporter avec moi sans qu'un voile de tristesse les abîme. Tu as rempli ta part du contrat. Maintenant, c'est à toi de créer ton positif et de t'en gaver.

L'entendre me demander de partir me perfore les entrailles. Je pourrais en crever, sans aucun doute. Elle ne peut pas… Non, elle n'a pas le droit de me demander de la quitter. Je suis venu, je suis là, à respirer malgré le chaos qui règne en moi. Tout ça, c'est grâce à elle. Parce que c'est elle. Mon corps refuse d'obéir et se raidit comme un bloc de granit quand je rétorque d'une voix sombre :

– Et si je ne veux pas ?

Nae s'écarte tout juste assez pour me confronter à ses deux billes claires irisées de reconnaissance et d'abnégation.

– La vie ne te laisse pas le choix.

– J'emmerde la vie, grogné-je.

Elle sourit.

– Pas sûr que ce soit judicieux, regarde ce que ça a donné pour moi.

Son cynisme me fait grincer des dents, à moins que ce ne soit ses doigts qui doucement abandonnent les miens. J'en sais rien, putain, mais le tout fait qu'un duel rage-agonie se déclare sous mes côtes jusqu'à les secouer. Elle veut que je me casse, mais comment ? Comment je fais, moi, pour la quitter sans que ça me donne l'écœurante sensation de perdre la lumière de mes jours sombres ? Comment veut-elle que je rebondisse alors qu'elle est justement tout ce que j'ai jamais désiré aussi fort ?

32

Shenae

En ouvrant les yeux ce matin, il m'a été impossible de trancher quant à la raison de l'irruption soudaine de mes larmes. J'avais beau tenter de les contenir, elles ruisselaient et venaient mourir sur mes lèvres tordues. Mon cœur est en miettes, au sens propre comme au figuré. Je sais que ma décision de libérer Cruz était la bonne. En tout cas, la seule qui permettrait de sauver l'un de nous. Son regard m'a bouleversée, ses épaules abattues et son port de tête dépité aussi. Il était dévasté… Beaucoup de personnes ont déjà porté un œil sur moi et mon parcours, résilient, confus, alarmiste, admiratif ou triste. Pourtant, ces personnes n'avaient pas la moitié de l'intensité qui saturait les prunelles brunes de Cruz hier soir.

Il devait partir. Il survivra. Moi pas.

– Comment se porte ma patiente préférée ?

Sa voix d'ordinaire plus pleine et chantante manque de faire déborder les perles de pleurs qui s'amoncellent sous mes paupières. Aujourd'hui, pas d'humour ni d'ironie, pas de malice dans ses yeux nuancés de compassion…

– Au bout de sa vie, plaisanté-je dans un souffle.

Brollin fronce le nez. Cette expression n'aura jamais été aussi juste qu'aujourd'hui ; si je n'étais pas esclave de la lutte permanente à laquelle mon corps participe en vain, je me serais félicitée de cette boutade un brin insolente. Or je ne suis qu'un champ de bataille décimé par l'ennemi, toute mon infanterie est à terre, suffoquant sous l'attaque massive d'un cœur en piteux état.

– Est-ce qu'on peut discuter ? murmure-t-il pour préserver le bourdonnement qu'il sait incessant dans mes oreilles.

Je tente un rire qui n'a d'effet que de monopoliser mon oxygène et me déclenche une sèche quinte de toux. Brollin s'installe sur mon lit et se hâte de me proposer ma gourde d'eau. J'aspire deux minuscules gorgées.

– Je n'ai rien d'autre de prévu, déglutis-je avec peine.

– Tant mieux, parce que j'ai besoin de toute ton attention.

– Vous avez décidé de me laisser rentrer ? rebondis-je d'un timbre vacillant.

– Est-ce ce que tu souhaiterais ?

– Parce que vous en doutez ? Tout est trop triste ici.

Il me caresse d'un regard empreint de tendresse et consent :

– Alors, d'accord. Laisse-moi un ou deux jours pour l'administratif et tu retrouveras ton appartement.

– Et ma sœur… et mes parents.

– Toujours est-il que je ne suis pas venu pour te parler de ton retour…

– Vous ne me ferez pas changer d'avis, l'interromps-je.

– Shenae, s'indigne-t-il à bas volume.

– Je ne prendrai pas le cœur d'un autre, docteur.

– Tu ne le volerais pas, tu accepterais seulement un don. Je sais ce que tu as en tête, j'entends ta position, mais accepte ce fichu bipeur. S'il te plaît. Tu es enfin arrivée en tête de liste !

– Regardez ce service et osez me dire que Charlie ou Serena ne mérite pas de passer devant moi, m'enhardis-je. Elles n'ont pas vécu la moitié de ce que j'ai eu la chance de vivre. Vingt-deux années, docteur, c'est plus que ce que nous avions envisagé. Et je suis fatiguée…

Je me détourne pour faire face à la fenêtre quand de nouvelles larmes poignent sur mes cils. Je suis épuisée de ce combat, j'ai eu une belle vie, pleine de rires, de soleil, d'amour et d'aventures. Je n'ai aucun regret autre que celui de laisser derrière moi les gens que j'aime. Essie, papa, maman et…

– Écoute, Nae, je ne t'apprends rien en te disant que les incompatibilités sont nombreuses. Les cartes d'identité génétiques doivent correspondre pour une greffe d'organes : anticorps, rhésus et tout le reste. Si le cœur du candidat est compatible avec ton dossier, c'est qu'il ne le sera pas avec celui de Charlie, de Serena ou même de Jackson. Tu ne prendrais la place de personne dans ce service. Tu gâcherais seulement ta seconde chance.

– Et je ne vous apprends rien, docteur, en vous rappelant que la greffe peut échouer, rétorqué-je en insistant sur son statut.

Son silence sera sa réponse. Je n'ajoute rien non plus en fixant la grisaille nuageuse. L'espoir peut tuer plus vicieusement qu'un cœur abîmé. À la limite, je serai de l'autre côté à badiner avec Célia, Maya et tous nos compagnons de route partis trop tôt, mais mes parents, Essie… Eux seront toujours là à encaisser une double sentence. Nous nous sommes préparés à cette fin. Pourquoi prendre le risque de les accabler davantage avec une désillusion ? Ils ont assez subi. Il est temps qu'ils retrouvent leur liberté.

– Je te laisse y réfléchir.

– Docteur, maugréé-je en le sentant quitter mon lit.

Cet homme est aussi têtu que moi !

– Accepte ce bipeur et laisse-nous croire que tu peux guérir.

Je réintègre son regard aussi rapidement que les courbatures impérieuses dans ma nuque me le permettent. Cette fois, je n'entrevois pas qu'une mine penaude dégoulinant de compassion. Un trait d'exaspération fige ses lèvres et une réelle affection zèbre ses iris. Je m'interdis d'imaginer que cet homme, qui m'a sauvée de nombreuses fois, puisse s'être tant attaché à moi au point d'être bouleversé par mon départ prochain. Je préfère le regarder progresser vers la sortie et encaisser en silence les spasmes violents de mon estomac – le cerveau en off. Et barricader mon cœur pour m'empêcher même de songer à revoir ma décision.

Par contre, rien de tout ça ne parvient à éradiquer le voile humide qui recouvre mes prunelles. Ma sensibilité s'est accrue ces derniers jours, contre mon aval. Et apercevoir Aria aux côtés de Joleen derrière le battant que Brollin ouvre en grand n'arrange pas mon état émotionnel. Contrites, elles dépassent le médecin qui s'efface pour les laisser entrer. Ces deux femmes sont mes amies et, finalement, les deux seules qui ont décidé de venir me dire au revoir. Personne d'autre que mes proches et Cruz n'est venu, peut-être parce qu'en fin de compte, je n'ai personne d'autre. Ma maladie aura aussi abîmé ma vie sociale et je n'en prends rudement conscience qu'à l'instant où le sourire peiné d'Aria traverse la distance entre nous.

– Salut.

– Tu n'avais pas à…

– Je sais, me coupe-t-elle en saisissant calmement ma main froide.

En dépit des ondes de tristesse qui virevoltent dans ses yeux, Aria tient le cap. Par contre, Joleen semble se démolir à chaque seconde qui passe. D'un teint livide, elle scanne la pièce et fond brusquement en larmes dès lors qu'elle se focalise sur ma dépouille.

– Je suis désolée, pleure-t-elle. C'est trop dur, je… Pardon, Shenae…

– Va prendre l'air, tonne Aria.

Joleen n'a pas fait demi-tour qu'Aria lève exagérément les yeux au plafond. Impossible de retenir mon sourire amusé. Je sais qu'Aria n'apprécie pas la nouvelle recrue du clan des freefighters, et savoir qu'elle s'est probablement vue contrainte d'accepter un covoiturage avec Joleen me fait rire.

– Cette nana est épuisante, se navre-t-elle une fois la porte refermée.

– Même pas un peu distrayante ?

– Une plaie. Elle ne parle que de chiens, Shenae !

– C'est sympa les chiens, tenté-je avec un clin d'œil.

Aria secoue la tête, désabusée.

– Comment vas-tu ?

Je lui répondrais bien que je vais aussi joyeusement qu'une condamnée à mort. Toutefois, je m'abstiens. Mon humour morbide ne trouve pas toujours son public et nous ne sommes pas suffisamment proches l'une de l'autre pour que je m'y essaie.

– Je tiens le coup. Comment ça va, toi ? La boutique tourne comme tu veux ? Tu n'as pas fermé exprès pour venir me voir quand même ?

– Non, j'ai laissé les clés à Casey, rit-elle pudiquement.

– T'es sérieuse ? gloussé-je avec prudence.

– Ce n'est que pour une petite heure, mais je regrette de ne pas avoir dispatché des caméras de surveillance. Le voir se dépatouiller avec une cliente qui lui demanderait des infos sur une pierre ou un bijou serait, à coup sûr, plutôt divertissant.

– J'aurais adoré ça aussi, confirmé-je.

Après un sourire complice, nous restons à nous observer un moment dans le silence pesant de cette chambre aux relents de désinfectant. J'aime beaucoup Aria et je crois qu'elle m'aime beaucoup elle aussi. Je suppose qu'elle ne serait pas là si elle ne tenait pas un peu à moi. Nous aurions pu devenir bonnes amies, peut-être pas les meilleures, mais de celles qui s'apprécient avec sincérité. J'aimais la bande que nous formions avec les gars, cette touche de passion qui les animait tous, ce souffle d'impertinence qui n'était qu'un reflet de l'attachement qu'ils se vouent. Ils étaient à eux tous une magnifique définition de la famille de cœur.

– Comment vont-ils ? laissé-je échapper derrière un sourire de façade.

– Eh bien, Declan reste Declan. Toujours grossier et, à mon grand désespoir, toujours avec Joleen. Il se prépare pour une rencontre en cage le mois prochain, des présélections pour un championnat l'année prochaine je crois. Andreas va bien, il est encore passé ce matin pour vérifier que l'électricien avait bien bossé à l'appartement.

– Ce n'est plus la canicule chez vous ?

– Non, enfin ! Je n'en pouvais plus de voir Casey en petite tenue, précise-t-elle dans une moue faussement saoulée.

C'est sûr que mater un athlète de haut niveau dans le plus simple appareil, qui plus est luisant d'une fine pellicule de sueur, est une torture. Une torture telle que je n'ai jamais aimé dessiner des yeux les rigoles creusées par la musculature saillante de Cruz, ni suivre du bout des doigts les entrelacs de ses tatouages ou goûter son épiderme tanné…

– Et… et Cruz ? bafouillé-je.

Aria s'enfonce plus profondément dans l'azur de mes prunelles et soupire longuement.

– Que veux-tu savoir, Nae ? demande-t-elle, en ébauchant un sourire bienveillant.

Je ne sais pas ce que je veux, c'est mon cœur qui a hurlé ces mots, certainement pas ma raison. Alors, réfléchir à ce que mon cœur souhaite obtenir comme informations m'embrouille l'esprit, lequel est déjà dans un brouillard monstrueux depuis mon arrivée au service il y a de ça plusieurs jours.

– Est-ce qu'il m'en veut ?

– Je ne sais pas, se détourne-t-elle légèrement pour aviser le mur blanc derrière la tête de lit. Je ne sais que ce que

Casey choisit de me raconter, mais je ne me rappelle pas qu'il ait parlé de rancœur.

On va dire que c'est déjà ça. Cependant, ne serait-ce pas plus « facile » pour Cruz de faire face à une seconde perte s'il nourrissait pour moi des sentiments négatifs ? Je n'ai choisi de l'évincer que pour le préserver, j'aurais dû être plus incisive dans le choix de mes mots. Il aurait fallu qu'il me déteste…

– Casey a passé une partie de la nuit avec lui, reprend-elle. C'est rude, comme tu peux l'imaginer.

– Ce n'était rien d'autre qu'un échange de bons procédés… Il trouvera à me remplacer, marmonné-je en sentant ma gorge se lacérer d'épines acérées.

– Nae, c'était tellement plus que ça, ricane-t-elle doucement, chiffonnée de m'entendre mentir. Je t'accorde que tout a commencé sur un accord tacite, mais ce n'était justement que le commencement. Je ne crois pas me tromper en affirmant que votre entente contractuelle a évolué avec le temps. J'en sais quelque chose, c'est plus ou moins moi qui ai initié ce même genre d'entente avec Casey au début de notre relation. Bref, passons ce détail. Aujourd'hui, Cruz perd ce qui lui a permis de respirer ces dernières semaines. C'est-à-dire toi. Il me semble logique qu'il galère à faire enfler ses poumons maintenant que tu…

Elle se tait, les traits soudainement crispés d'un deuil anticipé.

– Je devais le délivrer, je…

– Le délivrer de toi ?

J'acquiesce mollement. Elle étire un sourire résigné.

– Inverse les rôles, ma douce Shenae, et dis-moi que tu n'aurais pas voulu être auprès de lui jusqu'au bout…

Une larme cascade sur ma joue et accentue le trouble qui voile le regard de mon amie. Je n'ai pas besoin de me mettre à la place de Cruz pour savoir que je serais restée à son chevet. Lui demander de partir a été une des choses les plus douloureuses que j'ai eu à faire de toute ma courte existence.

– Tu ne fais que multiplier sa peine, m'avoue-t-elle dans un lourd soupir.

– Je vais mourir, Aria… sangloté-je.

Cette fois, ses larmes se confondent aux miennes et au désarroi qui fouette mes cordes vocales. Elle a compris que je ne faisais pas qu'allusion à ma triste conclusion. Elle a entendu la peur qui me tenaille et m'empêche à cet instant de respirer malgré la bombonne. Elle a noté mon cri du cœur, pas celui qui ne pompe plus assez de sang, mais celui qui ressent et pleure le prénom de cet homme un battement sur quatre quand il n'en comptait que trois cet été.

Essie… Papa… Maman… Cruz…

Qui serais-je si je décidais de le garder près de moi durant le laps de temps qu'il me reste ? J'ai beau sombrer dans la déprime depuis qu'il m'a laissée le chasser, hier, je me sens me craqueler de part en part sous le poids du manque. C'est abrasif, retentissant et inéluctablement asphyxiant. Je suppose que c'est l'univers qui me fustige de m'être laissée bercer par mes envies. Par mes sentiments.

Tomber amoureuse de lui a été d'une facilité déconcertante. Pourtant, je le vis comme une punition…

33

Cruz

Il faut que je déménage. Que je change d'appartement, d'État, voire de pays. Il devient urgent que je bouge d'ici sans quoi je suis foutu… Elle est partout, putain ! Au club, dans mon pieu, dans ma salle de bains, sur mon canapé, dans ma cuisine, sur ma moto, à la boutique d'Aria… En moi, dans chaque cellule de mon corps, dans chaque battement de mon cœur en perte de vitesse… Elle est partout et le pire, c'est que je la voudrais dans tous les autres endroits où elle n'a pas mis les pieds.

Qu'est-ce qui me retient de faire un sac et de mettre les voiles finalement ? Sans déconner, il n'y a plus rien pour moi ici. *Abuelita* n'est plus là, la Fédé me vire à la fin de la semaine, mon meilleur pote a déménagé et Shenae…

Debout au milieu du salon, j'avise l'espace, les meubles, les cadres, la nuit qui perce les baies vitrées, l'horloge, le tas de courrier sur la console et tout me semble d'une futilité affligeante. Je me fous tellement de tout ces derniers jours. De tout sauf d'elle et son sourire las. Le dernier qu'elle m'a offert. Le seul qui me hante vingt-quatre heures sur vingt-quatre depuis maintenant quatre jours.

Je défroisse brutalement mon visage quand une bouffée de chaleur carnassière me terrasse.

Sortez-moi de ce putain de cauchemar !

Je n'ai pas dégagé mes paumes de mes traits tendus que mon téléphone m'apparaît sur la table basse. Il faudrait aussi que je change de numéro, d'adresse mail, que je vide la carte SIM, que je la brûle même et jette à la benne toute cette année !

Je vais partir, loin d'ici, et recommencer à zéro. Quel autre putain de choix ai-je ? Rebondis ou crève, c'est aussi simple que ça ! Pourtant, fuir ne la délogera pas de mon crâne. Je le sais comme on sait que foncer sur un mur au volant d'une Lambo peut être mortel. Je me suis crashé… Elle aussi, sauf que son sursis lui a donné envie d'abandonner la carcasse en flammes sans moi. Je suppose qu'elle a bien fait. De toute façon, la finalité reste la même. Elle ne survivra pas et, au bout du compte, mon cœur n'y survivra pas non plus.

Ce n'est qu'en entendant mon estomac gronder d'agonie que je m'essaie à chasser Nae de mes pensées. Manger fait partie des impératifs journaliers, de tous ces trucs que je m'impose de faire pour ne pas replonger dans le cul d'une bouteille ou me balancer dans le fond d'un ravin. Très honnêtement, rien à foutre de m'alimenter. Tout ce que je veux, c'est gommer la douleur qui massacre ma poitrine et me scie les tempes depuis des mois.

J'effectue un vif demi-tour dès lors qu'un bruit métallique traverse le barillet de la porte d'entrée. Casey a toujours les clés visiblement… Sans réelle surprise, sa tronche m'apparaît la seconde suivante.

– On apporte la bouffe ! brame-t-il en s'engouffrant dans l'appartement, les mains pleines de sacs en papier kraft.

Le « on » le suit de près, planqué derrière sa longue chevelure rousse. Comme souvent, elle louche sur ses pompes. Je ne pige pas qu'elle accompagne son gars ici si ça la fout autant mal à l'aise d'être avec moi. Franchement, je doute qu'Aria soit le genre de nana accro à sa moitié au point de la suivre comme un gentil petit clebs.

– On est passés chez le Pakistanais, précise mon pote en déposant les sacs sur l'îlot de la cuisine.

– Je vois ça.

En retrait, je les regarde s'affairer à éparpiller une dizaine de boîtes sur le plan de travail et dresser le couvert. Ce n'est qu'en captant un furtif échange de regards entre eux que je comprends qu'un truc déconne. Ils sont déjà venus dîner avec moi un paquet de fois, mais… J'en sais rien, ils ont l'air… inquiets ? Nan… Embarrassés ? Pas sûr… Aria, à la limite, m'a habitué à être constamment sur la réserve, barricadée derrière des traits revêches, mais Casey…

– Tu viens ? m'arrache-t-il à ma réflexion avant de s'asseoir sur une des chaises hautes.

Soupçonneux, j'avance jusqu'à mon assiette et les sonde. Face à moi, côte à côte, l'un et l'autre s'attellent à ouvrir les boîtes sans jamais regarder dans ma putain de direction !

– C'est quoi le problème ? lâché-je brusquement.

Pour la première fois aujourd'hui, Aria agrafe son regard bourré d'appréhension au mien. Elle se rencogne contre son dossier. Je bifurque sur Casey qui fourrage ses cheveux en soupirant. Tous les deux se muent dans un silence plus urticant que leur foutue collusion. Je suis déjà à cran, bordel ! Alors quoi ? Qu'est-ce qu'il y a de si important ? Pourquoi toute cette mise en scène ?

– Sans déconner, crachez le morceau ou dégagez !

– Aria est allée voir Shenae à l'Herald jeudi après-midi, se dévoue Casey.

Immédiatement, mon pouls s'élance à vive allure et me vrille le crâne. Je crois que je ne respire plus, parce qu'à la seconde où le prénom de ma blonde a filtré d'entre ses lèvres, mon cerveau s'est mis à imaginer le pire.

– Et ? Est-ce qu'elle est… ?

– Non ! Elle est rentrée chez elle, mais…

Il marque une pause, le temps de revoir le script qu'il a rédigé avec sa femme sans doute. À dire vrai, je me tape pas mal qu'ils aient monté un plan pour cette conversation, le seul fait de la savoir toujours là suffit à réduire la pression dans ma mâchoire. Je sais que ce n'est qu'un foutu différé, pourtant j'accueille ce détail avec un réel soulagement.

– Mais quoi ? le forcé-je à continuer.

– Mec, on a hésité à t'en parler. Dans le fond, ça ne changera peut-être rien à la situation.

Mon poing cogne la table si fort qu'il en fait trembler la vaisselle. J'en ai marre, sérieux !

– Je suis arrivée au service peu après treize heures, me surprend Aria à prendre la suite. Sa porte était entrouverte. Le cardiologue était avec elle. Je les ai entendus discuter. Il a été question de don d'organes et de bipeur. Shenae est en tête de la liste d'attente.

Je me laisse peser contre mon dossier, abasourdi et… paumé ? Délesté d'un poids mort en tout cas. C'est une bonne nouvelle. Une très bonne nouvelle même. Alors pourquoi tout ce cirque solennel ? Pourquoi mon pote a-t-il l'air si hésitant et sa femme si sévère ?

– C'est bien, marmonné-je. Je suis content pour elle.

– Elle refuse, Cruz, déclare Casey d'une voix confuse.

– Qu'est-ce qu'elle refuse ? m'enquiers-je.

– La greffe, et donc le bipeur. Le médecin a insisté, mais elle n'a pas changé d'idée, finit Aria.

Les synapses de mon cerveau jusqu'ici alanguies par l'espoir de voir Nae survivre à sa maladie se mettent soudain à s'embraser. Elle refuse ? Mais… Putain, pourquoi ? Je porte les mains à mon crâne et ploie ma nuque en arrière lorsqu'une vague d'irritation déferle dans ma cage thoracique. Comment peut-elle refuser ? Merde, pas elle ! Pas cette femme qui ne jure que par la beauté de la vie !

D'un bond, sans plus me préoccuper de Casey et Aria, je détale jusqu'au salon et récupère mon portable. Sans déconner, je crois que c'est pire que la savoir proche de la fin ! Parce qu'il y a une solution et elle abandonne… En trois clics, je suis dans mon répertoire et lance l'appel. Je doute qu'elle décroche, mais je ne peux pas ne pas essayer !

Répondeur.

Putain… Je tourne en rond dans le salon en basculant sur mon appli de messagerie.

[Est-ce que je peux passer ?]

J'attends, les yeux vissés à mon écran, quand la petite coche qui confirme la lecture de mon message se colore en bleu. J'épie l'apparition des ellipses, lesquelles m'indiqueraient qu'elle rédige sa réponse que j'espère positive, mais rien. Je lui laisse une minute, montre en main, sans quoi je fonce chez elle. Qu'elle ait choisi de mettre un terme à notre histoire est une chose, je ne peux même pas lui en vouloir bien que je me sente crever depuis, mais qu'elle se condamne en déclinant la greffe, franchement, c'est au-dessus de ce que je suis capable d'encaisser.

[Non.]

Trois petites lettres qui me font autant de bien que de mal. Je m'assieds sur le canapé, tendu de la tête aux pieds, et tape.

[Est-ce que je peux t'appeler ?
Il faut qu'on parle.]

[Non. Essie s'est endormie,
je ne veux pas la réveiller.]

Franchement, j'ai envie d'entrer direct dans le vif du sujet. Pourtant, je grince des dents et opte pour une approche plus soft.

[Comment vas-tu ?]

[Viens-en au fait, Cruz.]

OK. J'aurai essayé.

[Parle-moi du bipeur.]

Message lu, mais pas d'ellipses au bas de notre conversation.

– Ça va, mec ? me lance prudemment Casey de la cuisine.

Je lève juste la main pour lui signifier que je suis toujours en vie, mais je ne verbalise rien, arrimé à mon portable et la poitrine comprimée d'un poids inconfortable.

[Qui t'en a parlé ?]

[On s'en fout. Pourquoi ?
Pourquoi refuser ?]

[Il y a des risques.]

[Lesquels ?]

[Le rejet. Je ne veux pas
faire vivre ça à mes proches.]

D'un coup de pouce urgent, je ferme l'appli pour consulter le Net. Quelques mots-clés plus tard, je reviens sur notre conversation et m'acharne.

[Il y a une chance sur dix
pour que la transplantation
échoue. Putain, Nae, c'est
neuf chances sur dix
de survivre à tout ça !]

[Oui, dans le cas où un cœur
est dispo.]

J'étouffe un grognement animal. Elle est si pessimiste que ça me donne envie de rugir ! Cette Shenae-là est tellement loin de celle que je connais.

[C'est trop de paramètres,
trop d'incertitudes, trop
d'éventuels faux espoirs.]

[Je suis fatiguée, Cruz…]

Je reste bloqué sur son dernier message, la gorge lestée d'un nœud de tristesse si massif que déglutir plusieurs fois ne le désobstrue pas. Je voudrais dire que je comprends. Pourtant, je ne sais rien de ce qu'elle vit ou de cet état d'épuisement. Je suis en bonne santé depuis toujours, je n'ai pas eu à affronter tout ce que Shenae a enduré, je ne connais que la fatigue suite à une nuit blanche ou à une semaine de compétition… Clairement, je ne peux pas comprendre. Une chose est sûre, cette dernière rechute lui aura coûté sa résilience et ça me dépite…

[J'aimerais te prendre dans
mes bras et te souffler que
tout ira bien…]

[…]

[Rien ne te fera changer
d'avis ?]

[C'est peu probable.]

34

Shenae

Je ne m'arrête plus de pleurer face à mon écran. Je m'étais fait la promesse de ne plus verser aucune larme à la sortie de l'Herald, et quel échec cuisant ! J'ai tenu bon sans trop avoir à me forcer mais ses messages me remuent tant que tout n'est plus que chagrin. Même les quelques bougies parfumées qu'a allumées Essie avant de s'endormir sur mes cuisses dans le canapé ne parviennent pas à rendre l'atmosphère de mon appartement plus légère. Pourtant, j'adore les bougies et celles-ci diffusent une douce senteur de vanille. Mes préférées…

– Nae ? émerge ma sœur en défroissant rapidement son visage. Qu'est-ce qui se passe ?

Je ne peux pas répondre, ma trachée est détraquée de sanglots. Elle me scanne vivement, se concentre sur la cadence de ma respiration et pince mon poignet pour contrôler mon pouls.

– Il faut que tu calmes tes battements, commande-t-elle en mimant une inspiration plus ample. Dis-moi si c'est pénible et je cours te chercher ta bombonne.

Si elle savait que mon cœur ne bat si vite que parce qu'il souffre d'être en manque de lui. En manque de sa chaleur, de son regard brun, de ses étreintes, de ses trop rares sourires, de ces moments où je me sentais invincible… Je suis diminuée physiquement, mais ce n'est pas ce qui me fragilise à cet instant. Non, ce n'est que l'amour inéluctable que je porte à cet homme qui me dévaste.

Je tente malgré tout de me raccrocher à ma sœur et obéis en

inhalant l'air avec plus de magnitude. Je ne quitte pas ses yeux inquiets, je lui laisse voir mon désarroi et toute la peine qui m'inonde. Un coup d'œil à mon téléphone et elle lisse les lignes tendues de son beau visage.

– C'est qui ?

Je lui montre mon écran. Elle grimace, puis reporte son attention sur moi.

– Il sait, m'étranglé-je. Pour le bipeur… il sait…

– J'imagine qu'il est dans mon camp, non ?

Je hoche la tête.

– Est-ce qu'au moins ça te fait réfléchir un peu ?

Je me retiens de fondre en larmes à nouveau devant son œil étincelant d'espoir. Tout tend à me faire hésiter ces derniers jours. J'ai choisi cette option depuis qu'elles m'ont toutes été énoncées deux mois après le diagnostic. C'était il y a bientôt sept ans. Je suis reconnaissante d'avoir gagné autant de batailles, d'avoir pu me réjouir d'un paquet d'anniversaires quand d'autres n'en ont eu que peu. J'aimerais me persuader que cette destinée est celle que je désire. Pourtant, Cruz bouscule mes convictions en quelques messages que je n'aurais pas dû lire.

– Je vais te chercher quelque chose à boire, d'accord ? Tu veux que je te ramène à manger ?

– Juste de l'eau, merci, réponds-je en sentant mon téléphone vibrer sur ma cuisse.

[Tes sourires me manquent…]

[Ta spontanéité aussi…]

[Ta lumière…]

[S'il te plaît…]

Je m'efforce cette fois de pleurer en silence. Il doit arrêter sans quoi je n'aurais même pas le temps de changer d'avis que mon cœur se sera délité d'amour pour lui. J'essuie mes joues trempées et renifle sans aucune grâce.

[Tu n'es pas forcée
de répondre. Je vois que
tu lis mes messages et
c'est ce qui compte.
Nae, je ne peux pas me
résoudre à te laisser partir.
Je n'y arrive pas. C'est comme
me demander de noircir le
soleil, de retenir ma respiration
pendant une heure ou encore
d'arrêter de penser à toi.
Prends ce putain de bipeur,
s'il te plaît.]

Je voudrais relire ses mots que je ne le pourrais pas tant ma vue est engloutie par un raz-de-marée de larmes.

– Tiens, m'ordonne Essie en plaçant ce que j'imagine être le verre d'eau devant moi.

Je verrouille mon portable, éponge mes pleurs du dos de ma main et m'astreins à avaler plusieurs gorgées, lesquelles peinent à traverser ma trachée encombrée. Ébranlée de toute part, je pointe la télécommande d'un doigt tremblant pour qu'Essie allume la télé. Rien ne viendra à bout de mon état de déprime, mais j'aime penser que regarder un film ou une émission quelconque me donnera la sensation, certes éphémère, que je ne suis pas mourante ni douloureusement amoureuse de cet homme. L'équation de ma vie est une sacrée garce… Un pire timing n'aurait pas été possible !

Une heure s'écoule sans que mon téléphone ne s'agite sur l'accoudoir. Une heure durant laquelle ma sœur ne cesse de me jeter des coups d'œil angoissés. Une heure durant laquelle je tente de fortifier mon cœur malade pour qu'il ne s'émiette pas sous les salves de souvenirs que mon esprit pernicieux s'amuse à me projeter dans le crâne. Et puis, une vibration…

J'échange un regard désespéré avec ma sœur. Elle compatit en silence, mais ne cherche pas à me dissuader quand je m'empare prudemment de mon portable pour ouvrir le message en attente.

[⠨⠚⠑ ⠉⠗⠕⠊⠎ ⠟⠥⠑⠚⠑
⠎⠥⠊⠎ ⠞⠕⠍⠃⠿ ⠁⠍⠕⠥⠗⠑⠥⠭
⠙⠑ ⠞⠕⠊]

Je suppose que ma perplexité est éloquente, car Essie se colle contre moi et lit la suite de points anarchiques par-dessus mon épaule.

– Qu'est-ce que c'est ? Du morse ? marmonne-t-elle, hébétée.

– Du braille, bredouillé-je.

Le joli rond que forme sa bouche me tire un léger sourire. Elle aura mis deux fois plus de temps que moi à saisir que l'utilisation de cet alphabet fait écho à mon envie de décoder Cruz à la manière d'une aveugle. Je reviens trouver mon écran et fonds un peu plus pour lui.

Du braille…

– Et ça a un sens, tu crois ? hasarde-t-elle.

– Je suppose…

Sans attendre, je copie l'encart texte et interroge Google en vue de dénicher un traducteur. Je clique sur le premier lien et colle le message pour le convertir. Dire que je ne me sens pas imploser serait mentir, parce qu'à l'instant où la traduction se matérialise devant mes yeux, un volcan d'émotions se déchaîne dans ma poitrine.

[Je crois que je suis
tombé amoureux de toi.]

35

Shenae

– Attendez…

Une main sur la porte du hall de mon immeuble, maman fait volte-face tandis que mon père s'immobilise près de moi. Tous deux suivent la trajectoire de mon regard, lequel parcourt l'avenue sur toute sa longueur.

D'un coup de talon prudent, j'opère un quart de tour et progresse lentement dans la rue, guidée par la brise automnale. Mes parents m'emboîtent le pas, perplexes. Je ne sais pas s'ils peuvent réellement comprendre ma motivation à arpenter le pavé alors que chaque enjambée m'est coûteuse. Pourtant, je veux partager ça avec eux. Je veux qu'ils contemplent le monde à travers mes yeux.

J'inspire largement l'effluve d'épices qui embaume la rue et commence :

– Sentez… Ce soir, le plat du jour au Taj Mahal sera du poulet tandoori.

– Nae, on ne devrait pas…

– Respire, maman, et écoute, l'interromps-je dans un sourire proche de l'extase. Écoute la mélodie du timbre d'Alejandro qui s'échappe par la fenêtre entrouverte de son salon de coiffure.

Je pointe lentement l'artiste capillaire deux portes plus loin, logé sous une enseigne tapissée d'un rouge rubis et joliment typographiée. L'Espagnol de naissance m'aperçoit lorsque nous passons devant son local et m'adresse un sourire truculent, égal au personnage haut en couleur qui manie le sèche-cheveux comme personne.

– Ici, poursuis-je en désignant la classique porte d'entrée surplombée du numéro huit, le nid douillet de Mme Harris. À l'heure qu'il est, cette veuve octogénaire roupille dans son fauteuil devant une émission culturelle. Sa chienne ne tardera pas à lui réclamer une balade.

Nous longeons la fenêtre de son salon et devinons, derrière les voilages, ma voisine assoupie devant son téléviseur, sa chienne confortablement installée sur ses cuisses. Encore une fois, une bouffée de bien-être m'envahit et fait se hérisser ma peau fraîche.

– Tous les vendredis, c'est jeux de société après l'école chez les Miller, conté-je en indiquant leur paillasson. La porte suivante est celle des Robins, un couple de quadras qui adore les partitions lyriques. Je crois qu'ils sont musiciens. Certains soirs, les notes s'envolent jusqu'à notre balcon. Et là, juste en face de l'Abribus, l'épicerie. Richard ne laisse jamais un de ses étals se vider, il travaille jusqu'à tard et appelle chacun de ses clients par son prénom. C'est un homme admirable…

Comme s'il m'avait entendue, l'épicier sort sur le trottoir pour remplir les trous sur ses étals de fruits et légumes. Je lui rends le hochement de tête bienveillant qu'il m'adresse et m'arrête sur le pavé en fermant les yeux pour jouir pleinement de ce moment. Les sons tournent autour de moi comme une envolée de papillons. Mes tympans les accueillent et un faible vertige me surprend. Mais ce vertige n'est pas la conséquence de mon état physique bancal, seulement le résultat de la frénésie de mes sens chatouillés par la vie qui nous entoure.

– J'ai envie d'un poulet tandoori, marmonne mon père.

– Mark, on est sortis de table il y a à peine deux heures, ronchonne ma mère.

– J'en ai quand même envie…

– Comment peux-tu avoir déjà faim ? C'est dingue, ça !

– Est-ce que je te demande pourquoi l'atelier sent la cigarette les soirs d'apéro ? Non, alors laisse mon estomac tranquille !

– Vous êtes fantastiques, dis-je sans me retenir de rire.

Je rouvre les yeux et me délecte de l'air bougon de papa quand celui de maman est plus inquiet que désabusé, comme je me l'étais imaginé. Ils n'ont probablement pas pris la mesure de ce que je souhaitais leur faire voir ; ça viendra, j'en suis persuadée. La journée a déjà été chargée en émotions, peut-être ont-ils simplement besoin de faire le vide avant de pouvoir apprécier la beauté d'une rue et des âmes qui y gravitent.

– Rentrons, je suis certaine qu'Essie n'a plus d'ongles à force de les ronger.

Sur mon hypothèse pas si improbable que ça, mon père passe un bras sous le mien et nous guide jusqu'à l'appartement. Je peux marcher seule, il le sait. Je suis seulement moins rapide et plus vite essoufflée qu'avant, mais j'aime cette proximité qu'il m'offre. Aussi, je lui laisse croire qu'il me sert de béquille après cet aller-retour sur l'accotement.

Malgré la prise de mon traitement et les siestes régulières qui cadencent ma journée, je reste fragile. Mon énergie physique s'est fait la malle avec mon souffle franc et l'élasticité de mes articulations. Pourtant, j'accepte ma dégénérescence. Certes, elle me limite grandement, mais je me retrouve enfin. Moi, la femme qui ne voit que des verres pleins quand la majorité se plaint d'une cruche trop vide.

– Il était temps ! s'exclame Essie en déboulant dans le séjour.

– Je te manquais à ce point ? la taquiné-je en progressant déjà jusqu'au canapé.

– Ne le prends pas mal, mais ce n'est pas toi que j'étais pressée de voir. Où est-il ? trépigne-t-elle.

J'ôte ma veste, m'affale dans les coussins, enfile la lunette à oxygène et dégage mes bottines en deux coups de pied maladroits. Un soupir d'aise se faufile hors de ma gorge quand mes muscles se délassent de concert, aidés par le nouvel air qui s'insinue dans mes poumons. Autant j'adorais courir partout le mois dernier, autant je sais me satisfaire d'un moment de répit aujourd'hui. Alors que tous les trois s'installent autour de la table du séjour, derrière le dossier rembourré du canapé qui fait barrage entre nous, j'avise le plafond, les paupières lourdes.

– Bon, c'est pas super beau, mais du moment qu'il fait le job, hein ! annonce Essie. Comment ça marche ?

– Il n'y a rien à faire si ce n'est vérifier de temps en temps que la batterie n'est pas déchargée, répond mon père.

– Nae a téléchargé l'application que lui a conseillée le Dr Brollin, enchaîne ma mère.

– Parce qu'il y a une appli ?

Je glousse mollement devant son timbre circonspect. Ma sœur est plus jeune que moi, pourtant elle est aussi douée avec les nouvelles technologies que doit l'être Mme Harris.

– Et je peux aussi la mettre sur mon portable ?

Elle hausse le ton pour m'inclure dans la conversation.

– Papa et maman l'ont déjà sur le leur.

Un crissement de chaise plus tard, ma sœur se plie en deux sur le dossier du canapé et me tend son Samsung.

– Tu me l'installes ? On gardera le bipeur sur nous en permanence, mais je préfère quand même assurer avec l'application.

– Je n'en attendais pas moins de toi.

Je déverrouille son téléphone et passe les deux minutes suivantes à télécharger puis paramétrer son appareil pour qu'il puisse l'avertir elle aussi en cas d'urgence médicale.

– Donc on recevra tous une notification, c'est ça ? dit-elle en scrutant son écran comme s'il s'était soudainement changé en lingot d'or.

– C'est ça.

– Qu'est-ce qu'il en est de la liste ? Qu'a dit Brollin ?

– Rien de plus. Qu'il ne nous reste plus qu'à attendre, en espérant que je tienne jusque-là.

Le silence que cette vérité initie ne dure qu'un court instant, presque aussitôt balayé par la détermination d'Essie.

– Si tu ne tiens pas, personne ne le pourra ! Y a qu'à voir comme tu m'en fais baver ; si ça, c'est pas une endurance olympique, je ne sais pas ce que c'est !

J'éclate de rire. Quelle peau de vache ! Ma peau de vache à moi, mais une peau de vache quand même…

– Est-ce qu'on peut commander un poulet tandoori pour ce soir ? lance mon père à brûle-pourpoint.

– J'ai honte, se désole ma mère que j'imagine sans mal plonger ses doigts manucurés de dépit dans sa tignasse blonde.

Je ferme les yeux sur le ping-pong verbal de mes parents et m'endors doucement, bercée par leur voix. Je ne bats à nouveau des cils qu'une fois la nuit tombée. L'appartement est partiellement plongé dans la pénombre et un plaid me tient au chaud. Je les entends en cuisine tandis qu'ils discutent à bas volume et s'essaient à ne pas faire claquer trop fort la vaisselle. Un fin sourire s'épingle sur mes lèvres quand le fumet épicé du dîner, certifié Taj Mahal, émoustille mon odorat et réveille mes papilles. J'adore que papa ait obtenu gain de cause ; quoique en y réfléchissant, je ne serais pas étonnée qu'il ait saoulé ma mère avec son poulet tandoori au point qu'elle soit elle-même allée chercher les quatre plats du jour !

Quarante minutes plus tard, je repousse mon assiette, amusée du regard gourmand de papa qui lorgne ce que je ne peux pas me résoudre à avaler. D'un clin d'œil, je lui donne mon aval et il bondit sur la table pour s'emparer de mes restes de poulet.

– Quelqu'un veut un dessert ? propose Essie alors que mon portable s'agite dans le salon.

– Non merci, décliné-je, je suis repue.

Je quitte la table et retrouve ma place sur le canapé, ainsi que la lunette à oxygène. Mon téléphone en main, une petite pointe de déception pince mon estomac plein quand le prénom d'Aria s'inscrit sur mon écran. Ce sont quatre autres lettres que j'aurais préféré voir, même s'il n'a plus donné signe de vie après son message en braille avant-hier. À dire vrai, il l'aurait certainement fait si j'avais choisi de répondre à son texto…

Il me fallait du temps pour assimiler ses mots. Du temps pour saisir ce que cela induisait. Du temps pour comprendre que sa déclaration avait un impact péremptoire dans ma décision. Mes larmes après ces quelques lignes en braille, ce soir-là, n'avaient plus seulement le goût du chagrin, elles étaient aussi parfumées d'un soulagement intense. D'une victoire que je n'espérais pas remporter. Pourtant, une petite part de moi continue de penser que sa confession pourrait n'être qu'un argument mensonger, une sorte de dernier recours pour tenter de me faire accepter la greffe. Mais l'autre partie, celle qui vibre constamment en pensant à lui, a abdiqué.

Je veux vivre. Plus que n'importe qui. J'aime trop ce monde et les êtres qui le peuplent. Je veux m'émerveiller encore, je veux rire, m'enivrer de plaisir, flâner dans les rues, nager, ressentir, étouffer sous le poids du désir et même souffrir si c'est le prix à payer… Je veux tout ça. Et je le veux plus fort encore maintenant que Cruz pourrait être celui qui partage cet idéal avec moi. Au lever du jour, ce matin, j'ai mis de côté les risques encourus par une intervention chirurgicale de cet ordre et j'ai contacté Brollin. Cinq heures plus tard, je sortais de son bureau, portée par un vent de quiétude intense.

Je choisis d'oser y croire. Croire que c'est possible. Croire que je peux survivre à ma maladie.

Je choisis la vie.

Tout en répondant succinctement à Aria que je vais bien, je me lève, traîne la bouteille d'oxygène jusqu'à la console et récupère le bipeur qui y est entreposé. Mon cœur bat la chamade quand je reviens m'asseoir dans le canapé et dépose le petit appareil sur ma cuisse. D'une main tremblante, j'ouvre l'application photo et cadre l'objectif sur l'objet que Cruz m'a priée d’accepter. Je n’hésite pas à transférer le cliché sur notre fil de discussion ; par contre, je mets un temps fou à choisir la légende de la photo. Bloquée sur le site de traduction, je tape, efface, reformule, puis enlève tout. Quand enfin, j’ose !

[⠚⠑ ⠎⠥⠊⠎ ⠎⠱⠗⠑ ⠙⠄⠣⠞⠗⠑
⠞⠕⠍⠃⠿⠑ ⠁⠍⠕⠥⠗⠑⠥⠎⠑
⠙⠑ ⠞⠕⠊]

Je suis sûre d’être tombée amoureuse de toi.

Mon message est lu dans la seconde… Ma poitrine crépite immédiatement d’appréhension. Je ne sais pas vraiment ce qui m’inquiète dans le fond. De m’être dévoilée sans savoir s’il était réellement sincère avant-hier ? Peut-être… De me dévoiler justement pour la première fois ? En vérité, je n’en sais rien et je n’ai pas le temps d’approfondir la question, car sa réponse s’affiche. Si rapide que mon cœur fait une embardée.

[Est-ce que je peux passer ?]

[Mes parents sont là…
Alors, à moins que tu ne
veuilles aller pêcher de nuit
avec mon paternel, il serait
préférable d’attendre demain.]

[Impossible. Il faut que
je te voie !]

– Vous partez quand ? braillé-je sans quitter mon écran des yeux.

Mon père glousse, la bouche encore pleine. Sans trop m’avancer, je dirais qu’il nous fait une crise de boulimie aiguë…

– Est-ce que tu ne serais pas en train de nous mettre dehors ? se vexe ma mère.

Cette fois, je me dévisse la nuque pour les considérer et avoue dans une moue suppliante :

– Cruz va passer…

– Est-ce qu'on peut emporter les restes de poulet ? s'enquiert mon père.

– Évidemment !

Tout ce qu'il veut du moment qu'il prend avec lui le regard réprobateur de ma mère.

– Shenae, je ne suis pas certaine que…

– Maman, laisse-la profiter, la coupe Essie. Il fait partie de l'équation maintenant, ils seront sages.

Sur son dernier mot, ma sœur me mitraille d'un œil entendu, celui qui dit « je te sauve la mise parce que j'ai compris qu'il comptait pour toi, mais ne t'avise pas de mourir ce soir ! » J'acquiesce et lâche mon portable pour joindre mes mains en signe de prière à l'attention de mes parents.

– Allez, chérie, dit mon père en rassemblant les boîtes entamées. On a passé la journée avec elle, c'est au tour du tatoué.

Alors que j'imaginais ma mère se battre un peu plus pour me faire entendre raison, elle me surprend à se redresser et à attraper un des sacs vides sur le comptoir de la cuisine pour y entasser le poulet tandoori. Parfait ! Je reprends ma position initiale, récupère mon portable et tape, les doigts fourmillant d'impatience :

[Ils partent.]

[J'arrive.]

36

Shenae

– J'ai fini de ranger, me prévient Essie en tamisant la lumière. Déconnez pas, OK ?

Je souris sous ma lunette à oxygène et lui tends ma joue lorsqu'elle s'en approche pour y déposer une longue bise.

– Dormez bien, termine-t-elle avec un clin d'œil.

Elle est presque rendue à sa chambre quand je la retiens :

– Quand reprends-tu le boulot ?

– Lundi. Je suis toute à toi pour le reste de la semaine !

– J'ai trop de chance, feins-je d'être déçue.

Essie roule des yeux sans parvenir à dissimuler son sourire, puis disparaît dans son antre pour la nuit. Enveloppée par le silence, je me renfonce dans les coussins du canapé et rabats le plaid sur moi. Cruz devrait arriver d'une minute à l'autre. J'ai beau être pressée de le retrouver, je ne suis plus en mesure de lutter contre la fatigue qui croule sur moi comme une chape de plomb. J'enserre mon portable de mes deux mains et cale le tout sur ma poitrine, les paupières closes. Reste à espérer que je l'entende frapper… Est-ce qu'au moins Essie a laissé la porte…

Je plonge dans un sommeil lourd avec une délicieuse sensation d'envol. Oui, je vole, légère comme une plume virevoltant au gré des vents. Je surplombe même ce champ de tulipes baigné des rayons de soleil printanier. Je peux presque sentir leur subtil parfum tournoyer autour de moi. Leur parfum et le sien. Celui du gel douche avec lequel j'avais adoré savonner sa peau… Je flotte un moment avant de me sentir perdre doucement de l'altitude. Mon atterrissage est délicat, la fraîcheur qui mord mon dos me tire de la brume chaude qui m'accueillait. Lentement, j'ouvre les yeux et un soupir d'aise vide mes poumons.

Je suis allongée sur mon lit et l'homme qui m'y a vraisemblablement conduite n'est qu'à quelques centimètres, en pleine bataille avec ma bombonne d'oxygène qui refuse de tenir debout. Alors, c'est vrai, je pourrais lui parler du loquet de sécurité, lequel a sûrement sauté durant le trajet jusqu'à ma chambre, mais je choisis de rester muette pour lui laisser penser que je dors toujours. J'en profite pour m'imprégner de son physique magnifique enluminé par le faible éclairage de ma lampe d'appoint. Je passe tout en revue, de ses cheveux humides qui ondulent sensiblement, à la contraction de sa mâchoire assombrie d'une fine barbe. Du froncement sévère de ses sourcils, au pli qui scinde la croix tatouée sous son œil lorsqu'il s'agace. De l'ourlet de sa bouche généreuse aux lignes brutes de son cou. De l'encolure de son tee-shirt blanc d'où s'échappe l'amas d'encre emmêlé sur son plexus, à la raideur de ses muscles marqués dessous…

En façade, Cruz est l'archétype de l'homme inabordable et hostile. Il est sombre, méfiant et intimidant. Sa carrure, son faciès, sa rigidité, tout en lui appelle le frisson glacé de terreur. Pourtant, j'en suis tombée amoureuse. Je suis tombée sous le charme de sa fougue, sa bonté, son obscurité, ses cicatrices, son rire, sa taciturnité, sa hargne et, indubitablement, sa lumière. S'il pouvait seulement se voir tel que je le devine…

Alors qu'il serre maintenant les dents à intervalles réguliers devant l'affront de la bombonne, je coulisse un bras sur la couette jusqu'à le laisser pendre hors du lit et lui pointe le cran de sûreté.

– Tu dois verrouiller les roues si tu veux gagner, chuchoté-je.

Nos regards s'entrechoquent. L'intensité qui réside dans le sien me coupe le souffle un instant. Mon cœur, lui, se met à perdre son rythme, troublé par la tendresse infinie qui suinte de ses prunelles chocolat. Je crois que je n'ai jamais eu autant envie de l'embrasser qu'à cette seconde précise. Avec hâte, mais avec toute la douceur dont je sais qu'il fera preuve. Il m'a tant manqué que j'ai la sensation de ne pas l'avoir vu depuis des mois. D'ailleurs, chaque cellule de mon corps semble s'accorder à mon ressenti en pétillant de concert quand Cruz se concentre de nouveau sur sa tâche.

Le cliquetis du loquet résonne et Cruz se relève, déroulant sa silhouette massive, muscle après muscle. La vue en contre-plongée me donne l'impression d'être encore plus fragile que je ne le suis déjà, si bien que ma déglutition se détraque. Il reste là, à me scanner de haut en bas, les poings serrés, mué dans une réflexion acérée. Je m'efforce d'approfondir mes inspirations pour ne pas laisser mon pouls trop galoper, mais la pièce s'est chargée si vite en électricité que j'en perds mes fondamentaux. Puis, toujours sans un mot, Cruz s'agenouille sur le lit, ses genoux effleurant mes cuisses, et entreprend de déboutonner mon jean.

Lentement. Précautionneusement.

Je n'entrevois aucune étincelle de désir dans ses yeux tandis qu'il me décharge de mon pantalon. Seule une volute de peine y subsiste, celle qui ne désertera sûrement plus à présent. En tout cas, tant que je serai condamnée.

Une fois mes jambes nues, Cruz se place habilement entre mes cuisses et se penche au-dessus de moi. Je sais qu'il n'est pas question de préliminaires ou d'une approche qui amènerait inévitablement un corps-à-corps. Toutefois, ma peau se hérisse d'un fourmillement délicieux lorsqu'il glisse adroitement un bras sous mes reins pour surélever mon bassin. De sa main libre, Cruz retire la couette sous mes fesses, me repose sur le drap, puis descend du lit pour me couvrir. Bon sang, cet homme est juste adorable, en plus d'être séduisant et charismatique. Je n'ose pas parler, peut-être un brin surprise par la profusion de douceur dont il fait preuve. Tout ce dont je suis capable est de le regarder contourner le lit, se délester de ses fringues jusqu'à ne garder que son boxer et investir l'autre côté du matelas.

Aimantée à son regard perçant, je me laisse attirer délicatement contre lui et roule sur le flanc. Ses bras m'enveloppent fermement et presque aussitôt, des rafales d'un bien-être mis sur pause m'assaillent. Cruz impose à nos deux corps de s'imbriquer entièrement. Ses jambes s'emmêlent aux miennes, ses mains réquisitionnent mon dos et ma nuque, son torse fusionne avec ma poitrine, sa ligne d'abdominaux épouse mon ventre à la perfection… Nous ne formons plus qu'une entité aux nuances contrastées, lovés dans les bras de l'autre, chaque centimètre de nos êtres amalgamé.

Dans un silence de cathédrale tout juste chahuté par nos respirations amples, je m'accroche à lui et me nourris sans privation de son odeur, de sa peau, du quasi-fanatisme de son étreinte maintenant qu'il presse son front contre le mien. J'aime tant sa façon de me montrer combien je lui ai manqué, combien il tient à moi, combien il semble enfin retrouver son souffle près de moi. J'aime tant ça que je pourrais tuer, je crois, pour que ce moment dure éternellement…

– Ne me demande plus jamais de te laisser, grogne-t-il en accaparant ma nuque avec plus de possessivité.

La douleur qui émane de ses quelques mots me torpille l'estomac de culpabilité.

– Je pensais que c'était le mieux pour toi, pour que tu passes à autre chose, pour que…

– Le mieux pour moi, c'est toi, me coupe-t-il.

Une vive émotion se déclare dans ma poitrine, bouscule mes organes, remonte jusqu'à mes yeux et mon sourire fend mon visage en deux. Malgré notre proximité, je sais qu'il voit le bonheur se peindre sur mes traits. Toutefois, il ne se défait pas de son air sévère. J'imagine qu'il est encore trop affecté par notre séparation, certainement aussi par mon hospitalisation, mon décompte vital et mon état fragile. Je voudrais qu'il parvienne enfin à se détendre, peut-être même qu'il oublie tout ça le temps d'une nuit, et ne garde que le positif. C'est-à-dire : nous et nos sentiments partagés. Je réduis alors la poignée de millimètres qui sépare encore nos bouches et dépose un délicat baiser sur ses lèvres.

Je ne cherche pas à faire ressurgir les pulsions primitives de cet homme, je ne suis même pas convaincue d'avoir l'énergie nécessaire pour lui donner du plaisir. Les mains immobiles sur ses trapèzes, je câline seulement sa bouche, savoure ce goût d'accalmie retrouvée, taquine tendrement sa pulpe, caresse le bout de sa langue et abuse de lascivité. Alors que ses épaules se dénouent peu à peu sous mes doigts, Cruz récupère sa bouche, s'arrime davantage à ma nuque et souffle :

– Pose-moi une question.

Hébétée, je tente de m'écarter pour sonder son regard, mais sa poigne m'en empêche. Je le devine les yeux à présent fermés, comme s'il voulait justement éviter de se confronter à mon œil incrédule, puis il répète :

– Pose-moi une de tes questions indiscrètes.

Le léger trémolo dans son timbre me prend à la gorge. Il a peur… Je ne saurais dire s'il a peur de ce qu'il pourrait me livrer ou s'il craint mon hypothétique réaction face à ses réponses. Rien ne ternira les sentiments que j'éprouve pour lui, je le sais, quoi qu'il me confesse. Mais je mentirais en affirmant que son trouble ne me fait pas revoir ma curiosité à la baisse.

– Sans mots alertes ? bredouillé-je.
– Sans mots alertes.
– Pourquoi ? Cruz, tu n'es pas obligé, tu…
– Nae, s'il te plaît…
Ses paupières se soulèvent sur sa supplication empreinte de gravité. Jusqu'alors, Cruz a toujours été un roc, un homme de poigne, de maîtrise, un homme qu'aucune tempête ne saurait malmener. Or, à cet instant, je le découvre fragile et… terrorisé. Je suis sur le point de déjouer sa demande quand une flamme inédite incendie ses prunelles. Il… Il a décidé qu'il était temps pour lui de se livrer en dépit de tout ce que ça remuera en lui. Il en a besoin.
– Tu es sûr ?
Il acquiesce. Touchée en plein cœur, j'égare une de mes mains dans ses cheveux et y effectue de lentes caresses que j'espère apaisantes.
– D'accord, consens-je à contrecœur. Où habitais-tu avant d'entrer aux États-Unis ?
– À La Havane, répond-il aussitôt, comme s'il refusait un quelconque temps mort au risque de changer d'avis. Dans un des quartiers les moins touristiques de l'époque. C'était il y a vingt ans, pourtant je me rappelle l'insalubrité, l'insécurité, les trafics en tout genre. C'était notre quotidien à tous.
– Tous ?
Il déglutit.
– Mon père, ma mère, mon frère et *abuelita*.
Ses cils se scellent une fois encore, mais plus vigoureusement sur ce dernier mot. Il était si proche de Celia, ce qu'ils partageaient semblait si fort…
– Vous avez toujours vécu tous les cinq ?
– Non. *Abuelita* s'est installée dans notre taudis après le décès de mon grand-père. Deux mois seulement avant que ma mère ne soit fauchée à son tour. Pour *abuelito*, c'était la

maladie. Pour elle, une histoire de drogue de mauvaise qualité. Mon frère a disparu un an après. Réseau de pédophilie ou overdose, personne n'en sait rien.

Portée par l'écho de sa peine, je dépose un doux baiser sur ses lèvres pincées. En vérité, je n'ai pas les mots pour compatir dans l'instant, trop submergée d'émotions abruptes quant à l'horreur qu'a dû être sa vie d'enfant.

– Et ton père ? hasardé-je.

Cette fois, Cruz se mure dans un silence pesant et je devine que nous arrivons à la raison qui a motivé leur fuite aux États-Unis. Je me sens m'effriter à chaque seconde sous les battements puissants de son pouls qui égratigne le mien. Je m'en veux tellement… Je ne voulais pas faire ressortir tout ça, je n'ai jamais voulu le faire souffrir. Je n'aspirais qu'à comprendre d'où provient la lumière qu'il barricade sous sa peau dure, rien de plus.

– On arrête, soufflé-je doucement. Je suis désolée, je ne voulais pas…

– Mon père s'est fait descendre parce que j'ai volontairement donné l'adresse de sa planque aux types qu'il escroquait avec son business parallèle. Je savais ce que je faisais en leur filant l'info, je savais exactement qu'ils allaient lui coller deux balles dans la tête. Je n'étais qu'un gosse de 8 ans, pourtant c'est ce que je voulais. Qu'il crève.

Aphone, je me laisse percuter par l'agressivité de son timbre et retiens ma respiration. Je le sonde, sans savoir quoi répondre à ça. Je pourrais lui soutenir qu'il n'est pas responsable que ça n'atténuerait pas la culpabilité corrosive dans son œil mangé de colère.

– Je n'ai pas d'excuse, continue-t-il, ou alors celle d'avoir été dégommé par un début de vie précaire où tous les gens que j'aimais sont partis les uns après les autres. Mon grand-père, ma mère, mon frère. Mon père n'était presque jamais là. Clairement, il se foutait de tout sauf de son réseau de prostitution et de sa dope. Il frappait sa propre mère, Nae. *Abuelita*. Mon *abuelita*, la seule qui me donnait encore l'impression de compter.

Une larme orpheline déborde de ma ligne de cils. Cruz la suit de son regard tempétueux, la cueille de son pouce, mais reste toujours perdu dans les bribes de son passé d'enfant.

– Une heure plus tard, je le découvrais inerte dans son minuscule QG. C'était fini, et je me retrouvais à avoir commandité le meurtre de mon père. J'aurais pressé moi-même la détente que ça n'aurait pas eu plus d'impact sur moi. Je voulais qu'il crève, pourtant le poids de sa mort me filait la gerbe du matin au soir. Il n'a pas fallu une semaine à *abuelita* pour comprendre que la nouvelle rage qui me consumait me serait fatale si nous restions à Cuba. Elle a rassemblé quelques trucs et elle m'a fait passer les frontières maritimes et terrestres. Ça nous a pris des semaines, mais on a fini par atterrir ici. Elle ne m'en a jamais voulu. Elle aurait pu, j'avais participé à l'assassinat de son propre fils. Pourtant, elle a choisi de me sauver.

Sa voix s'est lentement adoucie jusqu'à devenir presque blanche. Même son faciès s'est lissé. Toutefois, son froncement de sourcils perdure à mesure qu'il caresse la traînée humide sur ma joue. Ses yeux sont posés sur moi. Pourtant, il ne me voit pas. Il est encore là-bas, ou en tout cas à l'endroit où l'ont conduit des souvenirs visiblement moins écrasants.

– Voilà la première partie de mon histoire, soupire-t-il en s'enfonçant dans mon regard après une courte minute silencieuse.

– On patientera pour le reste.

Il m'étudie cette fois, incertain de ce que je sous-entends.

– C'est trop pour toi ?

– Ce ne sera jamais trop… murmuré-je en rejoignant ses

lèvres pour un baiser rassurant. Je prendrai tout ce que tu concéderas à me donner. Je me dis seulement que cet exercice te coûte et qu'il est peut-être mieux de fragmenter. Maintenant, j'ai plutôt bien dormi aujourd'hui, donc je suis disposée à t'écouter toute la nuit si tu le souhaites, me risqué-je à plaisanter dans un sourire.

Un mini-sourire titille la commissure de ses lèvres et accompagne le voile de tendresse qui lui tombe sur les yeux. D'un geste franc, il renforce son étreinte autour de moi et effleure ma bouche sans s'y poser. Cruz redevient l'homme possessif que j'adore avoir près de moi et englobe ma nuque d'une main ferme.

– Tu te fous que j'aie tué mon père ?

– Est-ce que ça change mon regard sur toi ? reformulé-je en laissant mes doigts courir dans son dos.

Il acquiesce, l'air de nouveau sévère.

– Non, ça ne change rien. Je t'aime toujours…

37

Cruz

La vibration de mon portable échoué avec mon futal sur le sol me tire précautionneusement du lit. Je me grouille de décrocher à la quatrième sonnerie en me faxant hors de la chambre, mes fringues sous le bras.

– Ouais ?

– Ça va ? enchaîne Casey, un poil paniqué.

– Oui. Je suis toujours chez elle.

J'avance dans la pièce de vie inondée de la lumière du jour et m'aimante à l'horloge perchée au-dessus de la télé. Putain, neuf heures vingt…

– Tu viens quand même bosser ou je préviens le coach que t'es indisponible ?

– Edge est rentré ?

– Hier soir. Il a fait venir les espoirs et je l'ai entendu parler avec Keith d'une mise au point à onze heures. Je pense que c'est mieux si t'es là.

Je serre les dents et ma migraine s'intensifie. Je suis à moins de quarante-huit heures de me faire éjecter du club, alors être là juste pour une pseudo-réunion qui ne me concernera pas, ça me saoule. Pourtant, je coince mon portable contre mon épaule et m'attelle à enfiler mon jean. Au-delà de mon amertume quant à mon licenciement, je reste loyal envers Edge et mes coéquipiers. Je dois boucler la boucle, par respect pour nos années de collaboration. De toute façon, je reviens ici dès que je serai exempté ! Peut-être même que je quitterai plus tôt cet après-midi…

– Je dois repasser chez moi pour me doucher.

– OK, j'essaie de faire traîner au maximum.

Sans rien ajouter, je raccroche et passe mon tee-shirt. L'ourlet n'a pas atteint mon nombril que la porte d'Essie s'ouvre. Son œil accroche mes abdos contractés une nanoseconde. Elle sèche sur place. S'ensuit une coloration fulgurante de ses pommettes quand elle détourne le regard et trace en direction de la cuisine.

– Je me fais couler un café, tu en veux un ? marmonne-t-elle. Ce n'est que par politesse évidemment, tu peux partir comme un voleur si c'était ton plan.

Alors, c'est vrai, je n'ai pas le temps et encore moins l'envie de rester avec sa frangine pour siroter un café dans un silence gênant, sauf que… J'en sais rien. Au fond, j'aimerais que ce soit moins électrique entre nous. Je ne dis pas que je veux et vais m'en faire une pote, je voudrais juste qu'elle tolère sans trop d'œillades assassines ma présence ici.

– Je veux bien une tasse, conviens-je en avançant jusqu'au demi-mur qui sépare la cuisine du séjour.

De l'autre côté, Essie s'affaire. Et moi, j'attends, muet, qu'elle termine. Dire qu'un malaise certain embaume l'appartement serait bien en dessous de la réalité. Clairement, ça prend presque au nez. Un autre gars, plus ouvert, plus avenant, aurait sûrement lancé une conversation pour combler le vide. Pas moi. Je ne la connais pas et elle ne peut pas m'encadrer, soit deux bonnes raisons de ne pas forcer les choses.

– Tiens, finit-elle par dire en me tendant mon café court. Elle dort toujours ?

Je hoche la tête en la regardant quitter la cuisine pour venir s'installer à la table de séjour derrière moi.

– Il faudrait que tu lui demandes de télécharger l'application d'urgence médicale sur ton portable, balance-t-elle une fois assise, les yeux sur son mug. Je l'aurais fait pour toi si je n'étais pas si peu en phase avec la technologie. Quoi qu'il en soit, ça te permettra d'être averti dès qu'un cœur sera dispo. Ça peut prendre des jours, des semaines, voire des mois…

Elle relève le nez sur ces derniers mots comme pour jauger ma réaction face à cette temporalité floue. Or je reste impassible, bien qu'emmerdé que l'attente puisse être si longue. Fatalement trop…

– Elle a des jours avec et des jours sans, mais globalement elle est crevée. Elle dort une bonne partie de la journée. Elle se gère, mais si la fatigue est trop pesante, elle peut ne pas trouver le courage de prendre son traitement ni même de s'alimenter. Tout est noté sur le carnet de bord rangé dans sa table de nuit, y compris ses repas. Tu trouveras un pilulier dans le tiroir, ainsi que le nécessaire dessous pour une prise en charge rapide si elle venait à perdre connaissance. De toute façon, tu appelles les secours dans la seconde. Je reprends le boulot lundi, nos parents passeront régulièrement à l'appartement, mais on ne sera pas trop de quatre pour vérifier qu'elle tient le coup.

Soufflé par la masse d'infos qu'elle vient de me jeter sans prévenir et sans faillir, je peine à tout enregistrer mentalement. Une peur incontrôlée me déchiquette l'estomac et rend la manœuvre de mes neurones compliquée. Je sais que Nae est à un stade critique de sa maladie, mais entendre Essie en parler presque avec détachement me file un début de nausée… J'ai beau savoir qu'elle baigne dedans depuis bientôt sept ans, son implication quasi millimétrée me sidère.

– Tu veux partir en courant ? lâche-t-elle nonchalamment, le dos à présent rencogné contre le dossier de sa chaise.

Est-ce que… Est-ce qu'elle me teste ? Est-elle réellement en train de mesurer ma propension à battre en retraite ? Si le sujet n'était pas si sérieux, j'en sourirais. Je ne suis pas infirmier, je ne suis pas non plus chirurgien cardiaque, mais je suis tenace et je ne romprai pas sous le poids de la tâche. Putain, on parle d'une vie, d'une femme, de cette femme ! Celle dont je suis tombé raide dingue sans même le vouloir !

– Non, je ne compte pas partir en courant, réponds-je gravement. Je sais ce que tu essaies de faire, Essie, mais ça n'arrivera pas.

– Ça pourrait, enchérit-elle en s'enfonçant davantage dans mon regard, pleine de défi. Jusqu'à sa dernière hospitalisation, Nae ne t'avait montré que le positif. Tout est différent aujourd'hui.

– Je n'abandonnerai pas, répété-je, les dents serrées.

– J'espère. Ça la tuerait.

Et ça me tuerait moi aussi… Quand bien même je résisterais à une mort certaine, je suis sûr qu'Essie me ferait la peau. J'ai beau détester cette conversation et la manière qu'a cette nana de dix piges plus jeune que moi de me prendre de haut, je ne peux que saluer sa dévotion envers sa sœur. Elles se ressemblent physiquement, mais jusqu'à ce matin, je n'avais pas conscience qu'elles partageaient des traits de caractère. Il est clair qu'elles sont des lionnes toutes les deux, prêtes à mordre pour obtenir ce qu'elles veulent !

Sous son œil sceptique, j'approche de la table, y dépose lentement mon café et y appuie mes bras tendus. Face à elle.

– Pourquoi tu restes, toi ?

– Pourquoi je reste auprès de Shenae ? s'effare-t-elle.

– Oui. Pourquoi tu restes alors que l'ampleur du job est démesurée ? Pourquoi est-ce que tu t'oublies ? Pourquoi est-ce que tu passes ta vie à tenter de la préserver ?

– Parce que je l'aime ! crie-t-elle presque, médusée de devoir verbaliser ce qui coule de source.

– Alors, on est au moins raccord sur ce point, conclus-je. Tu as le droit de ne pas m'apprécier, de désapprouver notre relation ou de garder ton foutu froncement de sourcils accusateur chaque fois que tu me vois ici, mais merde, ne doute pas de mes motivations !

Sa bouche happe l'air une seconde, puis se referme. Clouée sur son siège, Essie me dévisage avec véhémence. J'aimerais dire que je suis fier de lui avoir fait fermer sa gueule, pourtant je n'en retire aucune satisfaction. Le sujet est trop tragique pour que je pense à bomber le torse devant une gamine de 19 ans. Je me redresse néanmoins et me brûle la trachée en avalant urgemment mon café.

– Je vais bosser, la préviens-je après avoir rincé ma tasse dans l'évier. Embrasse Nae pour moi. Je reviens dans l'après-midi.

Le nez toujours dans son mug, Essie me lance un regard agacé, mais me retient quand j'entrouvre la porte sur le palier de l'étage.

– Je n'ai jamais dit que je ne t'appréciais pas.

Eh bien, ça aurait presque pu sonner comme une gentillesse si elle n'avait pas sifflé cette phrase avec ses maxillaires contractés. Je passe le seuil et lui accorde un dernier coup d'œil.

– Freefighter ou pas, poursuit-elle, si tu la fais souffrir, je lance un contrat sur ta tête.

Cette fois, un rire de gorge m'échappe. Je la salue d'un mouvement franc du menton et referme le battant sur sa moue irritée. Une chose est sûre : Essie n'aura pas à mandater un tueur à gages pour m'abattre, parce que je n'ai pas prévu de faire un quelconque mal à sa sœur. En dévalant les deux étages, je me surprends à sourire. Cette petite blonde a un sacré caractère ! Peu se seraient mesurés à ma possible colère comme elle l'a fait, jusqu'à me pousser dans mes retranchements. Elle peut au moins s'attribuer ce mérite-là.

Une heure plus tard, je passe la porte du BLT sans plus penser à Essie et sa verve de petite teigne surprotectrice. Shenae ne quitte pas mes pensées par contre, même quand je me confronte au rassemblement d'une quinzaine de personnes regroupées sur le ring. Tout le monde est là, ce qui n'est pas arrivé depuis plusieurs semaines. Le staff dans sa totalité, mes trois coéquipiers et les six espoirs. Casey ne sous-estimait pas son histoire de mise au point tout à l'heure, il n'y a qu'à voir la tronche du coach…

– Cruz ! beugle-t-il en m'apercevant. Viens là ! On va pouvoir entrer dans le vif du sujet !

Je me retiens de soupirer quand l'éventualité d'être placé au centre de l'attention me traverse l'esprit. J'ai tellement pas envie de ça, sans déconner ! Le pire serait qu'ils retracent mon parcours, parlent de mes victoires, de mes compétences, comme une sorte d'éloge qui, pour le coup, me donnerait l'impression d'être au bord de ma propre sépulture…

Tous les regards convergent vers moi à mesure que je rejoins le ring et y délaisse au pied mon sac de sport et mon casque.

Je déteste ça…

Je passe entre les cordes et me poste près de mon pote comme dernier rempart au malaise qui m'étreint. À défaut de ne pas pouvoir me casser, je n'ai que ça.

– Bon, que tout le monde écoute attentivement ! braille Edge pour couvrir les chuchotis de certains. Comme vous le savez, j'ai dû faire face au décès de ma sœur récemment. Je tenais à vous remercier d'avoir tenu le club en mon absence, comprenez que j'aurais préféré m'en charger. Pourtant, cette épreuve m'a permis de faire le point. Je vieillis, comme nous tous, et je dois reconnaître que je ne pourrai plus faire face à l'activité en pleine expansion du club sans un sérieux coup de main. Je ne vous quitte pas, vous êtes ma famille avant d'être des combattants, des agents, des médecins, des magasiniers… Je dois juste apprendre à déléguer et embaucher du monde. Je ne veux plus m'épuiser à tout mener de front. Dès demain, je m'occuperai de recruter un responsable administratif et de doubler l'équipe encadrante.

Carrément… Autant nous avions tous pris la mesure de la recrudescence des licenciés depuis les JO, autant nous sommes tous assommés par cette annonce. Edge, c'est… Edge c'est le BLT, il est les murs, la sueur, les fondations, les compétitions, le ciment, le préparateur physique, le psy… Il est la base, le créateur, celui qui s'est démené pour ouvrir le club et le faire prospérer, celui qui a mené ses gars jusqu'au podium des Jeux à la seule force de sa détermination. Limite, sans lui, le BLT perd de son essence.

– Je ne dis pas que je rends les gants, reprend-il devant nos mines dépitées. Je demande juste un peu de repos pour pouvoir rester plus longtemps avec vous. Voyez ça comme un sursis, bande d'idiots, pas comme une condamnation ! Je continuerai de gérer les anciens, annonce-t-il en coulant son œil sévère sur Trigger, Casey et Dre, mais je vais déléguer les espoirs. Les intermédiaires et les loisirs, quant à eux, seront pris en charge par Glenn.

C'est à mon tour de couver mes poulains du coin de l'œil. Dalton, Matthew, Luke, Neil, Cody et Raph. Ces gosses sont un condensé de hargne et de discipline qui me manquera forcément. Et je dois dire que les savoir entre des mains non initiées me fait grincer intérieurement. C'est comme ça, ils sauront s'adapter à quelqu'un d'autre, mais voilà, j'aimais bien bosser avec ces petites têtes de con.

– Cruz ? m'arrache Edge à ma réflexion. Tu termines ton contrat pro demain soir…

Fait chier, c'est mon tour. Par réflexe, je me grandis et croise les bras sur ma poitrine. Quitte à encaisser, autant le faire dignement.

– Tu sais combien ça me déchire de devoir te laisser partir. J'ai donc décidé que je n'allais pas te laisser filer. Je te demande d'accepter le poste de coach pour les espoirs. Dès lundi !

Mes tympans ont bien perçu les sons, mais mon cerveau galère à traiter l'information. Que je…

– Quoi ?

– Tu as fait un boulot exemplaire avec eux, mieux que je ne l'aurais fait ! Tu ne peux pas tout lâcher. Et on refuse de te lâcher ! Si tu veux ce poste, il est à toi pour une durée indéterminée.

– Je n'ai pas l'accréditation.

– Un coup de fil à la Fédé et ce sera plié.

Sans vraiment l'avoir prémédité, j'oriente mon regard perplexe jusqu'à trouver l'étincelle dans celui de Casey. Je ne sais pas vraiment ce qui m'y pousse, mais je crois que j'ai besoin de me raccrocher à une réalité et, sur le moment, je n'ai que celle-là. Il hausse les sourcils dans ma direction et sourit légèrement, satisfait sans doute.

Est-ce que je veux faire de cette parenthèse sportive mon métier ? Est-ce que je veux passer d'une cage à un banc d'entraîneur ? Putain, j'en sais rien ! J'ai tellement mis tout ça de côté depuis *abuelita*, et maintenant Shenae, que je ne suis pas capable de trancher. J'ai aimé driver les espoirs, les accompagner à Chicago, les cadrer et les faire suer, mais de là à en faire ma reconversion !

– Je peux y réfléchir ? marmonné-je devant le groupe paramétré sur la moindre de mes réactions.

– Tu as jusqu'à demain midi.

38

Cruz

Quinze heures sonnent mon heure de départ. Soit quatre heures plus tôt qu'une journée de taf classique. Rien à foutre à vrai dire, j'ai le crâne en feu d'avoir gambergé autant depuis la proposition d'Edge. M'acharner sur Trigger et Dre ne m'a pas détendu, courir vingt bornes sur le tapis non plus. Et peut-être aussi que remuer mon passé la nuit dernière n'arrange rien à mon état. Franchement, j'en sais rien. Je veux juste dégager et la retrouver.

Je prends une douche express et fais un rapide crochet par le bureau du coach avant de foutre le camp.

– Je prends mon après-midi, le préviens-je dans l'entrebâillement de la porte.

– Cruz ! Minute !

Je bloque une goulée d'air dans mes poumons et rouvre le battant que j'étais sur le point de refermer. Je n'entre pas, je verrouille seulement mon regard sévère à celui du coach.

– Je peux savoir ce qui te retient de signer ? entre-t-il directement dans le vif du sujet.

– J'ai d'autres priorités en ce moment.

– Que tu ne peux pas cumuler avec un job de coach ?

– Que je ne suis pas certain de pouvoir cumuler avec quoi que ce soit.

– Même si je te laisse remanier l'agenda des gars et l'adapter à ta vie perso ?

Je ne réponds rien et me détourne pour observer la salle derrière la large vitre du bureau. Je ne peux pas nier me sentir ici comme chez moi, y avoir tous mes repères et, depuis plusieurs semaines, m'être découvert autrement qu'en athlète de haut niveau. Sur cette pensée, mes yeux accrochent les six gamins dans l'espace fitness, lesquels se donnent à fond sur les différents ateliers.

– Tu leur as demandé leur avis avant d'envisager de me proposer le poste ? hasardé-je.

– Non. Je n'ai fait que leur exposer ma décision, ce matin. Aucun d'eux n'a essayé de me dissuader. Au contraire. Dalton et Cody se sont même mis à baver des arguments inutiles quant à tes qualités de coach, ta méthode et tes valeurs. Tout le monde n'est pas apte à enseigner, j'en sais quelque chose, toi et les gars m'avez filé du fil à retordre au début. Mais vois comme ça a été facile pour toi, regarde comme tous ont filé droit !

Je reporte mon attention sur Edge et me heurte à l'éclat de sincérité dans son œil paternaliste.

– Pense à tout ça, à ce que tu as ressenti à Chicago ou durant les séances au club avec eux. Prends la soirée pour y réfléchir et reviens demain avec une réponse. Positive, la réponse !

Cette fois, un fin sourire chatouille mes lèvres. Je sais qu'il me laissera décliner son offre si tel est mon choix, mais il aura assurément du mal à avaler la pilule. Ce n'est peut-être pas la reconversion que j'espérais, aucune ne m'emballait de toute façon, mais ça pourrait être une belle seconde carrière. Moins euphorique, sûrement moins grisante, mais je resterai là où je sais avoir ma place.

– On en reparle demain, conclus-je avant de rebrousser chemin vers la sortie.

Mon sac à l'épaule et mon casque sous le bras, j'extirpe mon portable de la poche de mon fute et dévale les deux étages en consultant les messages en attente de Shenae. Pas de texte, juste des photos que je fais défiler en sentant ma poitrine s'aérer. Elle ne porte pas sa lunette à oxygène, ses cheveux blonds sont humides et éparpillés sur son oreiller, ses épaules nues sont perlées de gouttelettes d'eau et chaque déclinaison de son sourire sur les différents clichés attise immanquablement le mien.

Elle resplendit.

Aujourd'hui, elle garde quelques marques de fatigue sur son doux visage, mais elle irradie de malice dans les halos de soleil qui percent par la fenêtre de sa chambre.

Aujourd'hui est « un jour avec » et je m'en réjouis, putain !

Je ralentis mes enjambées pressées dans le hall et pianote rapidement :

[Tout ce que j'aime.]

Jc rangc mon téléphone en arrivant au niveau du petit bureau qu'occupe le gardien, mais m'étonne de le trouver vide. Un coup d'œil circulaire plus tard, je découvre ce triple abruti devant la double porte vitrée, à guetter l'extérieur. Ma main au feu qu'il mate une paire de seins ou un cul rebondi ! Mon raclement de gorge le fait se dévisser la nuque dans ma direction une seconde.

– Je crois que t'es en train de te faire voler ta bécane, se gausse-t-il.

Mon sang ne fait qu'un foutu tour. La rage au ventre, je le déloge brutalement du passage et pousse le battant. Petit enfoiré ! Je ne réfléchis pas, lâche casque et sac de sport sur les marches en fonçant jusqu'au gamin qui s'acharne sur mon antivol avec… avec une putain de scie à métaux ! En plus d'être inconscient, le type est un abruti, ma parole !

– Hé, toi ! beuglé-je.

Je n'ai pas repris ma respiration que je suis à sa hauteur.

D'un shoot précis, je désarme ce petit con et le chope violemment par le cou pour le décoller de ma moto. En deux mouvements parfaitement calibrés, je fais voler le gamin loin de mon bébé et lui impose de me faire face. D'abord surpris, il tente de me faire lâcher prise en gesticulant et finit par me montrer son faciès gangrené de rage.

– Va te faire enculer ! grince-t-il en essayant de me décocher une droite bancale, puis deux.

Je jure que je ne suis pas loin de lui faire sauter quelques dents quand les rouages de mon cerveau rétropédalent et décaissent un souvenir. Merde, je connais ce type… J'esquive une nouvelle fois un piteux crochet du droit lorsqu'un prénom me revient et s'associe à une image. Une scène à l'Herald. Un bruit de tôle qu'on froisse dans un couloir. Un cri d'agonie et de désespoir.

D'une propulsion, je le lâche. Chacun de mes muscles est raide comme de la pierre maintenant que je bombe le torse devant lui. Je suis disposé à le laisser partir, même s'il mériterait que je lui explose le nez pour les dégâts qu'il a forcément générés avec son outil de bricolage. Pourtant, il ne prend pas la fuite, ce gosse d'à peine 20 piges me toise avec arrogance et grimpe les poings devant sa poitrine. Intérieurement, je me marre de sa parade ridicule. Extérieurement, je suis un mur. Un putain de mur qu'il n'ébrécherait même pas s'il parvenait à me frapper.

– Remballe ta garde, Zacharia, tonné-je.

M'entendre gronder son prénom lui arrache une seconde de perplexité. Juste une seconde, hein ! Parce qu'à la suivante, il amorce un pas vif vers moi et projette un semblant d'uppercut dans ma direction. Je m'efface trop facilement et grogne en bloquant son bras dans son dos.

– D'abord, tu penses pouvoir voler ma bécane, grincé-je en l'entraînant sur les marches du perron. Et ensuite, tu as la putain d'insolence de croire que tu peux m'aligner !

– Lâche-moi, enflure ! s'étrangle-t-il quand je raffermis ma prise sur son bras en ouvrant la porte du hall avec sa face de petit con injurieux.

– Et c'est moi l'enflure, craché-je à bas volume.

Ce gamin a un sacré culot, bordel ! Alors, oui, je suis arrivé dans l'urgence ce matin et je n'ai pas pris le temps de garer ma Victory dans le parking privatif du BLT. Oui, il pue le chagrin, la déchéance ; oui, il ne s'est sûrement pas remis de la perte de sa petite sœur, mais merde ! Ma bécane, sans déconner !

– Ramasse mon sac et mon casque, ordonné-je au gardien que je jure d'éclater le moment venu pour non-assistance à véhicule en danger.

Sans plus me laisser égratigner le crâne par les jappements orduriers de Zacharia, je lui fais monter les deux étages sous la contrainte, nous ouvre les portes du BLT et le conduis d'un pas brusque jusqu'au ring. Sérieux, je suis saoulé ! Monsieur veut jouer les durs, on va jouer !

– Dalton, Luke, Neil, Raph, Matthew et Cody ! bramé-je.

Sous le bruit du pas de course des espoirs, je balance Zacharia entre les cordes et grimpe à mon tour. Acculé et sur la défensive, il se relève en mitraillant la salle d'un regard de chien hargneux et recule de quelques pas quand j'ôte ma veste. Ses yeux captent les tatouages qui parent mes avant-bras, puis repèrent les six espoirs au pied du ring. Son regard se voile de peur une microseconde. Pourtant, il porte ses poings devant son torse, prêt à riposter au mieux.

– Tu veux te défouler, fais-le ici ! scandé-je en avançant vers lui. Vide-toi, sors toute ta foutue rage, ta peine, le sentiment d'injustice qui te broie le bide, mais, putain, fais-le proprement ! Et n'essaie plus jamais de me braquer ma bécane ! Dalton, en piste !

Un sourire planqué derrière son faciès obéissant, Dalton s'exécute et prend place sur l'estrade. Face à Zacharia que j'attrape rudement par la nuque et maintiens devant mon élève. D'un seul coup d'œil, je commande à Dalton d'être un adversaire docile, mais pas débile. Je n'ai pas besoin de dire un mot avant que le qualifié aux présélections pour les JO ne se positionne, les genoux vissés sur ressorts.

– J'ai le droit de le cogner ? grommelle Zacharia, un trémolo dans la voix.

– Seulement s'il t'en laisse l'occasion. Maintenant, monte les coudes plus haut. Ta garde doit être plus solide et, bordel, sors-moi les pouces de tes foutues mains !

Je m'écarte d'un pas et lui tacle l'arrière du crâne comme signal de départ. Malgré la carrure sèche de Dalton, malgré le placement millimétré de l'espoir devant lui, malgré l'immense salle, le ring, les dizaines de regards braqués sur nous, Zach ne se démonte pas. Au contraire ! Une lueur incendie ses iris. Cette même lueur que j'ai vue brûler dans les yeux de mes coéquipiers des tonnes de fois. Cette flamme qui appelle le sang, la violence, le besoin d'apaiser par les poings la douleur qui torpille une âme. L'envie de faire souffrir dans le seul but de se sentir en vie.

Je tourne autour du duo une bonne demi-heure, réajustant dès que nécessaire les mouvements de Zacharia. Le gamin encaisse un paquet de coups que Dalton jubile de lui faire manger, mais il ne lâche rien, perdu dans une haine qu'il se sent, je crois, enfin en droit de laisser exploser. Dès lors qu'un crochet de mon élève fend l'arcade de Zach en deux, je mets un terme au combat et isole le néophyte dans un coin du ring. En un regard à Edge, lequel nous observe attentivement, bras croisés de l'autre côté des cordes, je lui réclame le nécessaire pour panser la plaie, puis reviens trouver le jeune voleur à bout de souffle après cette trentaine de minutes énergiques.

– Tu as deux solutions, annoncé-je sévèrement. Soit tu continues à faire de la merde et, au mieux, tu finis en taule ;

soit tu choisis de te sortir de cet enfer. Ça m'arrache la gueule de l'admettre, mais tu as du potentiel. Ne t'emballe pas, j'ai toujours la rage que tu t'en sois pris à ma bécane, je te garantis que tu participeras aux frais de réparation, mais si cogner exorcise ton mal, alors remplis un foutu dossier d'inscription.

Je récupère la trousse de secours que me tend Edge entre les cordes et commence à soigner la coupure sur son arcade.

– Comment tu te sens ? marmonné-je sous son œil méfiant.

– Toujours en colère.

– Ça passera.

– Qu'est-ce que t'en sais ? ricane-t-il, plein d'amertume.

Je retiens un rire de gorge. S'il savait de quoi a été pavée ma vie, il remballerait son scepticisme dédaigneux.

– Parce que c'est passé pour moi. Pour le type avec le lion tatoué dans le cou aussi. Et pour tous ceux que tu vois ici.

Alors que j'applique le *strap* sur son sourcil, Zacharia passe au crible chaque licencié présent près du ring. Comme s'il cherchait confirmation. Il n'y croit pas encore, mais ça viendra. Il suffit qu'il s'en donne les moyens.

– Alors ? Qu'est-ce que tu décides ? lâché-je en reculant une fois le pansement en place.

Il me sonde un instant, soupçonneux, puis capitule dans un grognement :

– Je vais avoir besoin d'un crayon pour remplir le dossier.

– On va te trouver ça.

Je lui ouvre les cordes pour l'enjoindre de descendre et l'entraîne en direction du bureau du coach. Edge nous dépasse, ouvre un tiroir, en sort quelques feuillets à l'en-tête du club et mène le gamin jusqu'à la table d'appoint qui accueille le tas de serviettes propres. En retrait, j'observe le môme plongé dans la paperasse quand le coach se plante à côté de moi, lui aussi concentré sur Zacharia.

– Nouvelle recrue pour les espoirs alors ? baragouine-t-il.

– Je paierai sa cotisation.

– Ce n'est pas une question d'argent, Cruz. Je me demande juste qui s'occupera de cadrer la bête…

J'accuse son sous-entendu dans un soupir étouffé et, aussitôt, le visage d'une belle blonde fatiguée vient me flouter la vue. Si je dois être honnête, elle est le seul paramètre que je veux prendre en compte avant d'accepter le job. Je suis passé à côté de tout un tas de moments avec *abuelita* à cause de ma carrière. J'aurais pu être bien plus présent. Ça ne lui aurait pas sauvé la vie, j'en ai conscience, mais ça m'aurait peut-être ôté un peu d'une culpabilité douloureuse. Ce n'est pas ce que je veux pour Shenae, je le sens dans mes entrailles bouffées d'amour pour elle. Je veux être près d'elle au maximum…

– Si j'accepte, je dois pouvoir me libérer sans préavis. Je veux revoir le planning des cours et je refuse de quitter Columbus les mois qui viennent, quelle que soit la rencontre.

Son mince sourire contenté pivote vers moi et accompagne la paume qu'il passe entre nous. Sans un mot de plus, je scelle notre accord d'une poignée de mains. Je vais essayer, je ne risque pas grand-chose de toute façon et, clairement, je ne peux nier me sentir électrisé de satisfaction et de fierté après cette séance imprévue. Cette reconversion pro est peut-être la meilleure alternative en définitive. Je verrai, j'aviserai.

39

Shenae

Voilà une semaine que je suis confinée, que je m'occupe entre deux siestes, que je regarde le jour décliner, que je rumine et souris dès qu'Essie, Cruz et mes parents sont à l'appartement. Mon moral est bon, pourtant je me sens imploser depuis mon réveil. Prise à la gorge par une frustration folle. Mon cœur abîmé m'amoindrit, c'est certain, mais la vie m'appelle. La foule, l'adrénaline, les saveurs, les sensations. Mon corps est en demande, mon esprit aussi. Il imagine, se projette, et je m'étiole, en manque d'émotions fortes.

Je sais avoir pris la bonne décision en acceptant la greffe, j'en suis chaque jour plus convaincue que la veille. Pourtant, les aiguilles du temps me narguent. Trop lentes, trop exaspérantes. Je m'impatiente, incapable de me suffire de ces murs qui sont pourtant les miens.

Installée face à la fenêtre dans le fauteuil cabriolet du salon, emmaillotée dans un plaid tout doux, je contemple la rue en contrebas et contiens un soupir quand un couple, perché sur un tandem, pédale le long du trottoir. Je n'ai jamais fait de tandem et, avant cette scène somme toute ordinaire, je n'avais jamais envisagé en faire. Sauf qu'à cet instant, le besoin gonfle dans mes veines et me démange.

– Je vais vite fait à l'épicerie, me souffle Essie en déposant un baiser sur ma tempe. Tu as une envie en particulier ?

Faire le tour du monde. Enterrer ma bombonne à oxygène

pour toujours. Dîner dans un restaurant de renom. Courir un marathon. Voir la tour Eiffel. Dormir à la belle étoile...

– Non, rien.

– Je reviens vite ! me prévient-elle en se dirigeant vers la porte.

– Je sais, maugréé-je si bas qu'elle ne peut pas m'entendre.

Dès que la porte claque dans son dos, je m'attelle à remonter mes jambes pliées contre ma poitrine et les enserre de mes bras. Je ne me retiens pas de grimacer des douleurs articulaires et courbatures que ce mouvement génère, personne n'est là pour me voir. Mon organisme peine de plus en plus, tout me coûte. Un rire, un geste, un pas, je ne suis plus apte à quoi que ce soit sans en payer le prix. Je m'en accommode, je ne me plains pas, mais il est vrai qu'il me tarde de me désenchaîner de la maladie.

Après que les réverbères de l'avenue se sont tous allumés, deux coups cognent à la porte et précèdent le couinement de la poignée. Mon sourire sincère pointe. C'est lui. Comme chaque jour à cette heure-ci. Une fois sa journée au club terminée, le nouveau coach des espoirs me rejoint et fait renaître la vie en moi. Nous ne faisons rien de dingue, la faute à mon état général, mais Cruz reste, il me prend dans ses bras, il cuisine, il abuse de délicatesse et jamais il ne me donne l'impression d'être là contre son gré. Jour après jour, sa langue se délie et pas seulement lorsqu'elle entre en contact avec la mienne. Il répond à mes questions, il raconte et m'enivre de sa lumière.

– Salut, marmonne-t-il en s'arrêtant derrière moi, une main fraîche sur ma nuque.

– Salut.

Je n'ajoute rien et me laisse envahir de frissons délicieux quand sa bouche se perd dans mon cou. Je ploie sensiblement la tête en arrière et gémis du doux fourmillement qui s'étend sur ma peau. Au milieu de tout ce quotidien insipide,

Cruz est mon électrochoc, la secousse sur mon épiderme, le tison dans ma poitrine. Toutefois, nos moments d'avant me manquent. J'aime sa tendresse, sa patience, son dévouement, mais sa fougue me manque, ainsi que la flamme ardente dans ses yeux. J'ai peur que mes cernes ou la lunette à oxygène dont je ne peux plus me passer finissent par ternir ses sentiments. Je voudrais tant pouvoir reprendre notre relation à l'endroit où ma maladie nous a contraints de la suspendre.

– Ta journée s'est bien passée ? me demande-t-il en se redressant derrière moi.

Ses doigts recouvrent mon cou et me commandent délicatement de relever le menton vers lui. Mon crâne contre sa ligne d'abdominaux, je plante mon regard dans le sien et, étrangement, mes émotions s'emballent. Je me sens soudainement assaillie par des larmes d'impuissance, lesquelles baignent certainement mes prunelles, car il se rembrunit.

– Ça ne va pas ? s'enquiert-il.

– Je suis fatiguée…

– Viens, je t'amène jusqu'à ton lit.

– Non, refusé-je en agrippant ses doigts pour les enrouler aux miens. Je suis fatiguée d'être sur pause. Je sais qu'il est mieux pour moi de rester là, d'attendre que le bipeur sonne, mais… Cruz, je m'éteins, enfermée ici. La ville me manque, le vent, les bruits de la circulation, les spectacles de rue, le son des feuilles mortes sous ma semelle, les odeurs des différents restos, le sourire des gens…

Une tendre compassion voile ses iris bruns tandis qu'il reste immobile au-dessus de moi. Je sais qu'il comprend, il m'a connue pleine de vie et gourmande de tout, autant dire que le contraste est percutant aujourd'hui. Je n'ai pas mis un pied dehors depuis mon dernier rendez-vous avec Brollin il y a de ça huit jours et j'étouffe littéralement. Ma vraie nature est bridée, menottée à une fatigue cuisante et un corps trop fragile. Me préserver est une chose, me frustrer en est une autre… Et le plus pénible, c'est qu'il se pourrait que mon cœur perde la partie avant même qu'un autre ne me soit proposé !

Tout ça pour ça. Pour rien…

Sur cette pensée, je m'efforce de ne pas cligner trop fort des paupières au risque de laisser mes larmes s'échapper, mais ma gorge, elle, se serre, perforée par un amas d'épines douloureuses. La respiration de Cruz semble s'amplifier tandis qu'il me devine en guerre contre mes instincts, aussi je me détourne et reviens faire face à la rue. Ses doigts autour de mon cou me délaissent peu à peu et s'éloignent avec ses pas que j'entends à présent fouler la pièce de vie.

Il n'y peut rien. Personne n'y peut rien.

Perdue dans la contemplation du feuillage épars et marronnasse des quelques arbres disséminés sur l'accotement, je sursaute quand Cruz réapparaît et s'agenouille devant moi. D'un geste prudent, sans jamais me regarder, il écarte les pans du plaid et récupère un de mes pieds pour y enfiler une de mes baskets. Je pourrais dire que je ne saisis pas sa manœuvre. Je pourrais même refuser de croire qu'il accepte que je transgresse les règles. Pourtant, je me sens bouillir d'une euphorie nouvelle.

Un sourire dément s'épingle à mes lèvres lorsque je le laisse s'emparer de mon second pied et y glisser mon autre chaussure. La minute qui suit, Cruz m'aide à enfiler mon manteau, une écharpe et recouvrir mon crâne d'un bonnet.

– Il y a un sac pour la bombonne dans mon armoire, l'informé-je lorsqu'il considère ma bouteille à oxygène.

Toujours sans un mot, Cruz s'exécute et revient quelques secondes ensuite avec un petit sac à dos gris encore dans son emballage. Je ne le quitte pas des yeux quand il m'impose en silence de passer mes bras un à un dans les lanières. Chaque atome de mon être vibre pour lui à cet instant. Pour cet homme et ce cadeau qu'il m'offre en m'autorisant un écart.

– Je t'aime… murmuré-je en enroulant subitement mes doigts derrière sa nuque.

Ses mains se cramponnent à mes hanches et m'amènent fermement contre lui. Ses lèvres restent scellées, mais une lueur divine dans ses yeux, presque aveuglante, répond à mes mots d'amour qu'il conjugue avec un fervent baiser.

– Allons-y, grommèle-t-il en enlaçant mes doigts, son front lourdement appuyé contre le mien. Ta frangine ne va pas tarder à revenir, j'aimerais autant qu'on soit déjà loin.

– Où va-t-on ? me renseigné-je en le suivant jusqu'à la porte.

– Te faire marcher dans un tas de feuilles mortes et rencontrer quelques sourires. On avance à ton rythme, mais dès que tu sens que c'est trop, on fait demi-tour, OK ?

J'acquiesce et l'entraîne dans le couloir, vivifiée par la perspective de retrouver le monde. Une fois dehors, je m'accroche au bras de Cruz et inspire aussi pleinement que me le permettent mes poumons. Le fumet épicé du Taj Mahal m'arrive aux narines et me galvanise. Tout mon être s'éveille, accaparé par un aboiement, un klaxon, un rire. Je me laisse attendrir, griser, assaillir par une quantité folle de stimuli. La nuit est tombée, pourtant j'ai la sensation de voir la vie largement. Chaque détail me saute aux yeux, chaque bruit se colle à mes tympans, chaque filet d'air frappe mon visage avec plus de force que d'accoutumée. J'ai beau sentir mes muscles couiner à chacune de mes enjambées, je choisis de continuer cette balade nocturne quand nous dépassons l'épicerie à l'angle de la rue.

Une main calée dans une poche de son jean, Cruz m'épie de temps à autre et récolte au passage mes plus beaux sourires. Je le devine contrarié malgré tout, oscillant entre inquiétude et satisfaction. Il a peur de me voir m'essouffler trop vite mais, dans un même temps, il se réjouit de me savoir comblée.

– Merci, bredouillé-je à quelques mètres seulement de l'aire de jeux de notre quartier.

J'oriente nos pas jusqu'au petit portail et dégaine un sourire malicieux en poussant le battant.

– Nae… râle-t-il en me voyant accélérer vers le duo de balançoires.

– Juste cinq minutes, le supplié-je en m'installant déjà. Est-ce que tu n'as jamais rêvé de faire ça ? Te balancer tranquillement sous les étoiles ?

Cruz exhale un rire de gorge un brin ironique. Bon, d'accord, il n'a certainement jamais rêvé de faire ça, toutefois il me surprend à investir la balançoire jumelle à la mienne. Je joue avec mes pieds pour me bercer légèrement tandis qu'il reste figé, les deux pieds bien ancrés au sol. Les yeux rivés au ciel, je vacille d'avant en arrière, cajolée par la brise fraîche et les ronronnements citadins en fond sonore.

– Ton téléphone, m'arrache Cruz à mon état quasi second.

La vibration dans ma poche me parvient presque aussitôt et fige mon mouvement de balancier. Je grimace dans une moue canaille et décroche.

– Ne t'inquiète pas, nous sommes juste allés faire un saut à l'aire de jeux…

– Bah oui, là où tous les gosses bavent, crachent et toussent ! Est-ce qu'au moins tu as ton gel hydroalcoolique avec toi ?

– J'en ai toujours dans la poche de mon manteau.

– Limite, j'ai envie de te dire d'avaler le flacon !

– C'est que je risquerais de m'étrangler, tu vois…

Ma note d'humour la fait juste taire, mais pas décolérer.

– Rentre. S'il te plaît…

– On décolle dans deux minutes, promis.

Je raccroche alors qu'elle bougonne toujours dans le téléphone, puis pince un sourire nonchalant en direction de Cruz.

– Elle ne boudera pas longtemps, assuré-je.

– Deux minutes, Nae. Après on rentre.

– Oui, coach, le taquiné-je en donnant une plus nette impulsion pour me balancer à nouveau. Comment ça se passe avec Zach ?

– Il a la tête dure et beaucoup trop de venin dans les veines, mais il se pointe à chaque séance, ce qui en soi est déjà une victoire.

– C'est une chance qu'il ait essayé de voler ta moto. Sans ça, il ne serait pas tombé sur toi. Tu as bien fait d'accepter le poste et de montrer à Zach qu'il existe une solution à son errance. Ça me donne fichtrement envie de revenir au club à l'occasion…

– Voyons déjà comment tu encaisses ton retour en enfance et on avisera.

– Raconte-moi ton après-midi, éludé-je.

Je l'écoute distraitement, la poitrine déchargée de toute tension et l'esprit paresseux. Je sais que la fatigue m'enveloppe doucement, pourtant je ne regrette pas notre escapade un seul instant. Je suis là, en vie, avec lui, bien au chaud sous la demi-lune, à me nourrir des éléments et du délicieux vertige qui bouscule mon centre de gravité. C'est si bon. Juste parfait…

40

Shenae

Le clapotis de la pluie sur mes volets m'éveille doucement. Le jour pointe tout juste le bout de son nez si j'en juge par les faibles rais qui traversent le store. Mes cils papillonnent encore un instant avant de ralentir leur course sur le visage endormi de l'homme allongé sur le dos à mes côtés. Mon cœur se met à frissonner aussitôt, comme c'est le cas chaque fois que je le trouve près de moi à mon réveil.

Je bascule prudemment sur le flanc et me love contre le sien. Sa chaleur m'inonde immédiatement et m'arrache un soupir de bonheur. Je suis ravie d'être la première à me réveiller pour une fois. D'ordinaire, il est sur le départ quand j'émerge ou alors déjà au club. Sans préméditation, mes doigts remontent lentement jusqu'à effleurer son épaule et survoler son pectoral tatoué. Toute cette encre sur sa peau est aussi fascinante qu'empreinte de virilité. J'adore la précision des lignes, la rondeur des contours, le nuancier des couleurs. Je crois que je pourrais passer une vie entière à en tracer chaque entrelacs, tantôt avec les doigts, tantôt avec ma bouche. Sur cette pensée, je force sur ma nuque et approche mes lèvres des dessins. Son odeur masculine passe la barrière de la lunette sous mon nez et se mêle à mon oxygène. Bon sang, tellement addictif…

Docilement, j'embrasse la zone de son torse à ma portée et me délecte du contact tiède de sa peau sur cette partie de mon visage. Cette fois, mes mains ne tiennent plus et élargissent leur champ d'action en câlinant sa ligne d'abdominaux. Des carrés parfaits, si parfaits que c'est à présent ma langue que je me représente laisser patiner dessus. Pourtant, je continue de chérir lascivement son pectoral de mes lèvres, j'étends mon chemin de baisers sur son épaule, dans son cou et souris sous son oreille quand son souffle se saccade.

– Bonjour, chuchoté-je.

Immobile, Cruz ne me rend pas ma salutation matinale. Il attend, tétanisé par mes doigts qui longent maintenant l'élastique de son boxer. Mon Dieu, ça fait si longtemps que je ne l'ai plus touché, si longtemps que mon corps ne s'autorisait plus à réclamer davantage que sa tendresse. À cet instant, notre abstinence me revient en pleine figure et me gifle si fort que je me mets à trembler de besoin. Mes sens vibrent à l'unisson quand je sinue sous l'élastique et cueille son érection solide.

Sa respiration se hache dans la seconde, mon gémissement contre son tympan. D'un geste quasi chirurgical, Cruz glisse son bras possessif sous ma nuque, puis capture ma joue d'une main ferme, m'imposant de trouver son regard. L'étincelle est là, mais trop fragile, bien trop teintée d'appréhension.

– J'ai envie de toi, murmuré-je en effectuant un premier va-et-vient.

Sa mâchoire se crispe d'une tension délicieuse. Pourtant, il ne bouge pas un muscle. Je sais qu'il en a envie et pas seulement parce que sa verge bat la mesure dans ma paume. Lui aussi est abstinent depuis un moment, lui aussi me veut. Enfin, je crois… Une vague de panique me submerge sans prévenir et me paralyse. Se pourrait-il que mon état général freine sa libido ? Mon teint terne, le tube sous mon nez, mes cernes ?

– Tu ne me désires plus ? hoqueté-je.

D'instinct, de peur et de dépit, je tente de m'écarter et

détourne le regard, mais son emprise dans mon cou se raffermit pour bloquer ma fuite. Un habile bond plus tard, son corps bandé de toute part me surplombe. Logé entre mes cuisses ouvertes, ses coudes plantés dans le drap, Cruz pèse sur moi et cadenasse mon visage entre ses doigts.

– Regarde-moi, ordonne-t-il à voix basse.

J'obéis malgré la masse qui me fracasse la poitrine et les tempes. Mes prunelles s'enracinent aux siennes. S'en échappent une forme de colère, un embarras certain et toujours cette étincelle, à la différence qu'elle paraît plus franche maintenant.

– Je te désire depuis le premier jour, Nae. Mais plus que jamais, aujourd'hui, j'ai peur de t'abîmer.

Sa voix se meurt sur mes lèvres qu'il revendique dans un baiser prudent. Puis, un subtil mouvement de son bassin l'emboîte entre mes cuisses. Malgré le coton de ma culotte, une pluie de frissons trouve son point de départ à cet endroit et chasse un peu de mon angoisse.

– Tu es tout ce que j'aime, murmure-t-il en picorant ma bouche. Tout ce que je désire et tout ce que je possède. Comprends que ça me pose un cas de conscience de faire s'emballer ton pouls, je m'en voudrais tellement si…

La fin de sa phrase ne franchit pas ses dents subitement serrées. Bien sûr que je comprends ; j'ajouterais même que je préfère nettement cette explication à un éventuel dégoût. Simplement, je refuse de jouer la carte de la précaution, de patienter et de nous frustrer. Égoïstement, j'ai besoin de sentir le feu en moi, je veux qu'il m'embrase et me rappelle que je suis toujours là. Vivante et désirable. Mais au-delà de ça, je veux l'aimer, lui. Le ressentir encore.

– Je tiendrai le coup, promis, dis-je en égarant mes ongles dans ses cheveux. S'il te plaît, fais-moi l'amour…

Alors qu'il me coule un regard mangé d'incertitude, je m'imagine utiliser l'argument imparable de « profitons-en tant que je le peux encore ». Mon état de santé se dégrade, il le sait et le voit ; qui sait si demain je pourrai même quitter mon lit ? Ou ouvrir les yeux ? Bon sang, chaque jour compte…

– S'il te plaît, répété-je à fleur de ses lèvres tout en m'efforçant d'onduler contre son érection.

Après de longues secondes silencieuses, chargées du combat interne qu'il mène, pesantes de mon besoin violent d'être à nouveau pleine et entière, Cruz grogne et capitule :

– On y va doucement, OK ?

– Tout doucement… lui assuré-je.

Sur ma confirmation, Cruz s'agenouille entre mes jambes, me décharge lentement de ma culotte et de mon top, puis se dénude à son tour devant mes yeux gourmands. Mon intimité crépite lorsqu'il récupère un préservatif dans ma table de chevet et le fait coulisser sur sa verge érigée. Si je n'étais pas réduite à la moitié de la femme que j'étais il y a encore trois semaines, je lui aurais demandé de se dépêcher, je l'aurais même devancé et serais déjà assise sur lui. Mais ce matin, à l'instar des précédents, mon énergie n'est plus. Aussi je reste couchée, les poings agrippant le drap pour contrer le frémissement général de mon épiderme lorsque Cruz revient se nicher contre mon flanc.

Sa bouche se calque avec douceur sur la mienne et y laisse serpenter sa langue. Ce seul contact suffit à faire frissonner mon ventre. Chacun de ses mouvements s'accorde à une caresse de ses doigts sur mon corps réceptif. Il jalonne mes seins, tournoie autour de mes tétons, dessine leur rondeur, sillonne la ligne médiane de mon ventre creusé, badine avec mon nombril… Le tout sans précipitation, comme une plume qu'il ferait voler sur ma peau d'un souffle érotique, si bien que mon dos se creuse, soulevé par cette brise délicieuse. Toutes mes cellules se chargent progressivement de désir sous ses empreintes. Les attentions de Cruz sont d'une légèreté grisante, en totale contradiction avec le râle presque animal qu'il vocalise dans ma bouche quand son index et son majeur dévalent mon pubis et poussent les portes de mon intimité.

– Respire, me commande-t-il en se décollant de mes lèvres.

Je relâche l'air que je retenais sans en avoir conscience et ventile de mon mieux lors de la première poussée. Je me sens décoller en douceur, propulsée par les minuscules détonations qui crépitent sur mes chairs humides. Mes reins s'arc-boutent un peu plus pour accuser ses autres va-et-vient lascifs. C'est si bon… Ses pupilles dilatées à leur maximum plongent à présent dans les miennes et ne les lâchent plus. Cruz ne s'abandonne pas, attentif à la moindre de mes réactions. Seule la pression régulière de son érection contre ma cuisse me convainc qu'il aime voir le plaisir transformer mes traits fatigués.

– Encore ? se renseigne-t-il, son pouce calibré sur mon dôme de chair électrisé par ses caresses.

– Oui. Encore… Mais je te veux toi, maintenant… Viens, déglutis-je.

En amant prévenant et dévoué, Cruz bascule entre mes jambes et me couvre de sa carrure imposante. Dans un contrôle constant, en appui sur un coude, il relève une de mes jambes pour la ceinturer à son bassin et englobe ma hanche d'une main leste. Sa poigne ferme fait inévitablement s'embraser le feu qui consume déjà mes zones érogènes. J'adore tant lorsque son besoin de me faire sienne s'entend dans sa hargne. Son gland se positionne à l'endroit qu'occupaient ses doigts, puis s'y insère de quelques délicieux centimètres jusqu'à faire ployer ma nuque en arrière d'un soulagement intense.

– Nae, respire… me supplie-t-il, la gorge contractée du plaisir qui l'inonde à présent qu'il me pénètre délicatement.

J'aspire une bouffée d'air, encore une fois sans avoir conscience que mes poumons s'étaient mis sur pause. Noyée dans l'obscurité de ses iris, je m'arrime à ses épaules en accusant la langueur de son premier aller-retour. Mon intimité accuse cette délectable invasion en répandant une pluie d'étincelles en moi. Cruz m'a déjà fait l'amour d'une multitude de façons, mais ce matin, tout semble différent. Toutes les sensations de sa peau contre la mienne m'ébranlent, chaque alternance de son érection entre mes parois me déclenche une onde de désir surréaliste, la douceur de ses baisers m'essouffle et me ravive en même temps. Sous ses doigts, sa bouche, sa lenteur exacerbée par ses craintes, je suis un geyser de râles et de ressentis insensés.

Les secondes s'écoulent, les minutes passent, mais soudain ma perception du temps qui s'égrène s'altère. Ses coups de reins traînants et sa profusion de tendresse deviennent ma seule temporalité. Mon seul souffle de vie.

Cet homme est mon tout. Ma raison d'être et mon besoin d'exister. Mon inéluctabilité…

– Putain… tu m'as manqué, *mi amor*…

Ses mots sur mes lèvres accompagnent la convulsion maîtrisée de ses muscles lorsqu'il s'enfonce expertement jusqu'à la garde. C'en est fini de ma réserve, de mon envie de faire durer chaque détonation au creux de mon ventre. Mon orgasme me brise les cordes vocales alors que j'écorche les quatre lettres de son prénom dans un geignement libérateur. Une chaleur extatique me pille dans une lenteur extrême. Chaque atome de mon corps grésille de concert et me transporte dans une exquise dimension embrumée. Je l'entends au loin, comme une douce mélodie, mais ses mots n'ont aucun sens. Les paupières closes, j'attends que la déferlante de sensations se radoucisse, ivre de ces dernières minutes, un sourire flou sur les lèvres.

– Est-ce que ça va ? Nae !

Cette fois, son anxiété outrepasse le bourdonnement sourd dans mes tympans et me fait battre des cils.

– Je vais bien, bredouillé-je. Merveilleusement bien…

– Qu'est-ce qu'on doit faire pour que ton cœur se calme ? débite-t-il, inquiet, une paume sur ma poitrine.

– On patiente… soufflé-je. On patiente…

J'imagine que mon sourire alangui et satisfait, cumulé à ma réponse, lui suffit pour abdiquer, car il se retire avec précaution et m'enjambe avant de se blottir contre moi. Dès les couvertures remontées sur notre nudité, Cruz se détend, une main contrôlant toujours le rythme des battements de mon cœur. Explosée, épuisée, repue, je trouve toutefois un soubresaut de force en moi pour pivoter mon visage vers le sien.

– Merci, balbutié-je contre sa bouche. On remet ça quand tu veux…

– Laisse-moi le temps d'encaisser, lâche-t-il dans un rire nerveux.

– Allez, me moqué-je mollement, ce n'était pas si pénible que ça, si ?

Sa bouche s'enfouit dans mon cou et embrasse chaque parcelle de ma peau à sa disposition.

– C'était… différent, susurre-t-il. Flippant et excitant. Terrifiant, stressant, mais… libérateur.

Je souris, clouée au matelas par ses baisers lascifs et par sa jambe qu'il cale sur les miennes.

– Tu as eu peur que j'y reste ?

Il se raidit une seconde, puis reprend son exploration sans laisser filtrer un son.

– Tu sais, continué-je en ployant la tête sur le côté pour lui donner un accès un brin plus large à couvrir, mourir d'amour pour toi serait ma plus belle fin.

Sa bouche s'immobilise et se pince après que j'ai évoqué ma possible conclusion avec tant de nonchalance. Cruz s'extrait de mon cou et vient lier son regard sombre à la lucidité du mien.

– Alors essaie de ne pas m'aimer si fort.

Je grimace sans relâcher mon sourire.

– C'est tellement trop tard, *mi amor*.

– *Mi amor*, répète-t-il en taquinant mon nez avec le bout du sien. *Mi corazón. Mi angel. Mi leona*...

Dire que je ne tressaille pas d'entendre ces sonorités latines danser sur sa langue serait mentir. C'est juste délicieux et, fatalement, mes terminaisons nerveuses se réveillent.

– *Mi leona*? m'enquiers-je.

Il ébauche un sourire en coin et dépose un baiser délicat sur la commissure du mien.

– Ma lionne, murmure-t-il.

Je ne relève pas, bien que je sois davantage un chaton aujourd'hui. D'autres mots viennent s'imprimer devant l'écran de mes paupières lourdes, ces mêmes mots qu'il ne m'a encore jamais dits. Je pourrais mentir en affirmant que ses actes suffisent à me prouver combien il tient à moi, mais…

– Comment dit-on « je t'aime » ?

Ses iris se fondent aux miens et me laissent voir le sourire qu'il ne peint pas sur ses lèvres. Puis, après une poignée de secondes marquées par sa pudeur, Cruz articule :

– Ça se dit : *te quiero*.

Mon cœur se met à trembler sans prévenir, chahuté par ce « je t'aime » prononcé dans sa langue maternelle.

– *Te quiero*, répété-je avec sincérité en portant une paume sur sa joue.

Ses doigts patinent sur le fil de ma mâchoire avec tant de douceur que je me sens comme un joyau sous ses empreintes. Et mon cœur frissonne de plus belle. Peut-être même que toute mon âme vibre pour lui quand, enfin :

– *Te quiero, mi leona*.

41

Cruz

Un œil sur l'espace fitness où transpirent massivement mes élèves, nouvellement sept, j'attrape Casey dès sa sortie du bureau d'Edge.

– Hé, t'as une minute ?

– Bien sûr, coach.

– Sans déconner, tu ne vas pas t'y mettre, m'agacé-je en cherchant déjà ce petit enfoiré de Trigger pour le fusiller des yeux.

Depuis que j'ai accepté le poste, mes coéquipiers se foutent de moi en usant et abusant de l'intitulé de mon récent statut pro. Si encore ils l'utilisaient sans ironie, mais non ! Trigger a été le premier à me faire des courbettes princières avec des « coach » exagérément articulés, puis Dre a suivi et maintenant mon meilleur pote !

– C'est juste pour te vanner un peu, détends-toi, ricane-t-il en me bousculant d'un coup d'épaule. Sois fier ! Et puis, t'es notre supérieur, on te doit une allégeance totale !

– Va te faire mettre. Allégeance de rien du tout.

– On peut régler ça sur le ring, si tu veux.

La flamme de défi bouffe l'entièreté de ses prunelles et, je dois bien l'admettre, consume les miennes. Un combat comme au bon vieux temps, ce serait le pied ! Je suis sûr de pouvoir le soumettre en plus, il suffirait que je lui souffle une ou deux saloperies sur Aria et ce médaillé perdrait tout contrôle.

– Pas maintenant, mais je te réserve un créneau de trente minutes dès que les espoirs ont foutu le camp.

Son sourire complice, un poil moqueur, lui fend la face en deux.

– Dix minutes suffiront, enchaîne-t-il.

– Mon pote, t'as oublié qui avait constamment le dessus au centre ou bien ? le taclé-je.

– Justement ! Dix minutes te suffiront pour me faire embrasser le sol, coach…

Quelle enflure… Je me retiens de lui en coller une et croise les bras sur ma poitrine bombée. Il ne manquerait plus que j'expose mon côté impulsif à la vue des espoirs et ça ruinerait l'ascendant que j'ai sur eux. Déjà que cadrer Zach est plus délicat que prévu, autant ne pas me décrédibiliser avec un coup perdu.

Je ne sais pas vraiment expliquer pourquoi ma réaction est si tranchée avec Casey, Dre et Trigger quand il s'agit de ma reconversion. Autant j'adore les regards respectueux, presque admiratifs, du staff, autant les leurs pas du tout, notamment quand ils s'éclatent à m'emmerder avec ça !

– Est-ce que tu as pu voir avec ta femme pour demain soir ? changé-je de sujet.

– Ah non, merde… J'étais sur le point de lui en parler et elle a… Bref, elle m'a déconcentré. Je lui envoie un message !

Je le regarde de biais tandis qu'il récupère son portable et tape précipitamment notre proposition de dîner. Je ne suis pas fervent supporter d'Aria, bien qu'elle se soit adoucie depuis les Jeux et qu'elle ait aussi adouci mon pote, mais Shenae l'apprécie. Et comme je suis dingue de Shenae, je me plie à ses demandes. Toutes ses demandes… Les plus extravagantes comme les plus jouissives. Pourtant, ses sourires se fanent un peu plus chaque jour.

Dix jours se sont écoulés depuis que je l'ai accompagnée à l'aire de jeux. Neuf depuis que je me suis de nouveau perdu en elle… J'essaie de faire face et de ravaler le sentiment d'impuissance qui me dévore du matin au soir, je fais illusion devant elle, devant sa frangine, ses parents, les gars, le coach, les espoirs, mais putain, je galère. Je me suis même pointé au service cardio de l'Herald la semaine dernière pour choper le doc. Je voulais tenter de faire avancer les choses, obtenir des infos mais, évidemment, notre seule arme est la patience. Je jure que j'ai pensé quelques fois à lui ramener moi-même un cœur. Chaque femme de son âge que je croise est une candidate potentielle. Sauf qu'il y a un million de paramètres à prendre en compte pour une compatibilité absolue en matière de don d'organes, d'où le fait que je n'ai pas encore tranché la gorge d'une nana. Mais plus le temps passe, plus elle se flétrit, et plus ça m'obsède…

– Elle dit que c'est bon ! m'arrache Casey à mes pensées. Elle demande si Joleen sera là ?

– Nan, juste nous quatre et Essie. Nae sera vite crevée, je préfère ne pas multiplier les invités.

– Tu cuisines ?

– Y a des chances.

– On apporte le dessert ?

Je serre les dents.

– Pas sûr qu'elle tienne jusqu'au dessert, marmonné-je. Prenez plutôt un bouquet ou un truc du genre.

Je n'entends pas sa réponse clairement et enfile ma cape de super-coach intransigeant en toisant d'un œil sévère mes élèves en approche, tous en nage. Je tourne le dos à Casey et tonne :

– On passe sur le ring. Aujourd'hui, on se concentre sur la phase de contact : le *grappling*. Mettez-vous par deux. Cody avec Neil, Luke avec Raph et Dalton avec Matthew. Je m'occupe de Zach.

Nous grimpons tous les huit sur le ring et nous plaçons

par binôme dans les quatre coins. Malgré ses écarts de conduite récents, lesquels m'ont quand même contraint à aller le déloger de garde à vue samedi soir, Zacharia écoute attentivement les consignes et se prête docilement à la mise en pratique, sous les regards aguerris des six autres.

Zach est un gamin à part, encore trop paumé et trop bouffé par la rage. Je ne m'attendais pas à ce qu'il vide toute sa haine en presque trois semaines, mais je pensais que la notion de respect monterait plus rapidement jusqu'à ses neurones. C'est la foutue base de mon enseignement et, si j'en crois les bribes de conversation que j'ai chopées çà et là ces derniers temps, il ne nourrit aucun respect pour ses pairs. Dalton et la bande d'espoirs sont pourtant avenants avec lui, tentant à chaque séance de l'inclure au groupe, lui prodiguant de précieux conseils, mais Zach est réfractaire en tout point. Je suppose qu'il a dit adieu à une partie de son humanité en perdant sa sœur, peut-être même qu'il y a autre chose. Un passé torturé, des blessures irréversibles. Il a beau être volontaire sous mes commandements, je ne lui donne pas un mois avant de se tirer s'il n'est pas réellement fait pour le freefight.

– Pense à bien t'ancrer au sol, le corrigé-je alors qu'il tente une fois encore de me foutre à terre, en vain.

– Je ne fais pas la moitié de votre poids, coach, grommèle-t-il en se préparant à réessayer.

– Et je ne suis certainement pas au max de mes capacités, alors allonge-moi !

Zach grince des dents, les joues fumantes d'une colère qu'il se voue. Je ravale un sourire satisfait, vingt minutes plus tard, quand enfin il me fait perdre l'équilibre grâce à une technique rondement exécutée.

– C'est bien, le félicité-je, encore le cul sur le ring.

J'attrape la poigne qu'il me tend et me redresse. Un tison de fierté s'enflamme dans ma poitrine en voyant la lueur de contentement éclairer son regard. J'ai eu beau kiffer coacher Dalton et Luke à Chicago, me complaire dans le rôle de préparateur physique ces derniers mois, je dois bien admettre que cette petite victoire donne un putain de sens à tout ça. Je crois que j'aime les voir s'accomplir, presque autant que j'ai aimé m'accomplir en tant que combattant de freefight. C'est différent, mais ça n'en est pas moins galvanisant.

Ouais, je crois que j'ai trouvé de quoi m'épanouir après l'échec de ma carrière d'athlète. Et sans ce petit con, braqueur de bécane, je ne sais pas si j'en aurais pris toute la mesure.

– On tourne ! les sommé-je. Luke avec moi, les autres en mode aléatoire…

Je n'ai pas fini d'articuler ce dernier mot qu'un tintement strident s'élève entre nous et ricoche sous le haut plafond du club. Froissés par le volume tonitruant, nous nous scannons tous les huit en quête du responsable. Jusqu'à ce que Neil pointe d'un œil timoré la poche de mon futal.

– C'est vous, coach.

C'est moi ? Mais non, c'est pas… Je baisse les yeux sur mon pantalon et aperçois le coin de mon portable dépasser de ma poche. Comme s'il m'avait fallu le voir pour raccrocher les wagons, une violente bouffée de chaleur me terrasse tandis que je me rue sur mon téléphone. Je ne l'ai pas porté devant mes yeux que la sonnerie cesse net. Une sonnerie que je n'avais jamais entendue. Une sonnerie que je n'ai pas paramétrée. Une sonnerie inhérente à une application qui dort dans mon portable depuis bientôt un mois…

Putain, je tremble… Je tremble tellement que je n'arrive pas à reproduire le foutu code de déverrouillage de mon écran ! Merde !

– Cruz ? hasarde Casey que je devine au pied du ring.

Je suis sur le point de lui gueuler de venir m'aider quand

le prénom d'Essie s'affiche. Je décroche dans la foulée, mais ne parviens à produire aucun son.

– Cruz ! Le bipeur a sonné ! Elle dormait, mais ça a fait un boucan si terrible dans l'appartement que ça l'a réveillée ! s'essouffle-t-elle. L'ambulance est en route, ça fait partie des dispositions mises en place dans le protocole. Je me charge de l'accompagner, j'ai déjà sorti son sac de l'armoire et… Attends ! Oui, c'est lui… Elle veut te parler, je te la passe !

Un vertige me saisit et me fait vaciller jusqu'aux cordes. Putain, on y est…

– Hé… résonne sa voix fragile.

– *Mi amor*, m'étranglé-je en portant deux doigts sur l'arête de mon nez, les yeux maintenant fermés.

– J'adore que tu m'appelles comme ça… soupire-t-elle, énamourée. Est-ce que ça va ?

Est-ce que je vais bien ? Oui ! Non ! J'en sais rien, c'est à peine si je me sens respirer. Par contre, mon cœur pulse si fort dans ma poitrine que j'en chialerais tant ça me fait un mal de chien. Mais on s'en fout en plus, bordel !

– Tu as tout ce qu'il te faut ? m'efforcé-je de demander inutilement.

– Non, glousse-t-elle, fébrile. Mais d'ici quelques heures, je serai équipée comme il faut. Tu crois que tu peux me rejoindre à l'hôpital Central ?

– Bien sûr. Je pars tout de suite.

– Cruz ? me retient-elle alors que je m'arrime à une corde pour tenter de me reconnecter au monde qui m'entoure.

– Nae ?

– Je t'aime…

Les yeux bloqués dans ceux de mon meilleur pote, je ne vois pas Edge, Trigger et Dre approcher. J'accuse seulement le coup de ces trois mots qui sonnent davantage comme un « au revoir » que comme une vérité. Une putain d'enclume se loge sans détour entre mes tempes. Elle pèse si lourd dans mon crâne que mon centre de gravité déconne. Je m'accroupis, seul sur le ring déserté par les espoirs.

– Je te remercie, poursuit-elle. Je te remercie pour tout le positif que tu as semé dans ma vie. Tout a été incroyable. Mes jours comme mes nuits à tes côtés. Si je venais à ne pas…

– Nae… Je l'implore de ne pas terminer sa phrase.

– Il y a des risques, j'en ai conscience et toi aussi, se défend-elle, un sanglot dans la voix. Je ne sais pas où j'en serai quand tu arriveras à l'hôpital ni même si j'aurai le bonheur de te voir, alors laisse-moi aller au bout… s'il te plaît…

Une main agrippée à mes cheveux courts, j'attends qu'elle poursuive, le cœur en miettes.

– Bien. Si je venais à ne pas me réveiller, sache que tu auras été ma plus belle vie, ma plus belle scène de film et mes plus beaux sourires. Ne m'oublie pas, mais croque dans cette fichue vie, Cruz. Ne me laisse pas abîmer ton avenir si par malheur je n'en fais pas partie. Fonce, ris, découvre, abreuve-toi de tout, nourris-toi de ce monde, laisse l'ancien dans ton dos et avance. D'accord ?

Ma gorge se lacère sous la pression de ses mots. Je ne veux pas répondre, je ne veux même pas envisager qu'elle… Bordel, non, c'est au-dessus de mes forces…

– Cruz ?

– Je ferai tout ça avec toi, parce que tout se passera bien.

Ma voix d'outre-tombe traduit pourtant tout l'inverse. Je suis terrifié, comme un putain d'animal sauvage acculé dans le fond d'un piège grillagé. Je sais que l'intervention est périlleuse, qu'elle peut rencontrer un max de complications, pendant et après la greffe. Mais je ne peux pas me résoudre à imaginer la suite sans elle. C'est trop dur et trop flippant…

– Je vais devoir te laisser, les ambulanciers viennent d'arriver.

Je me redresse d'un bond malgré la sensation d'étouffement qui prend mes poumons en otage et assure :
– Je te rejoins là-bas.
– Ne traîne pas…
– Promis.
Je raccroche et passe urgemment entre les cordes en dépit du vertige qui flingue mon équilibre. Après un bref coup d'œil à Casey, je fonce vers les vestiaires pour récupérer ma veste et mon casque.
– Je te dépose, grogne-t-il dans mon dos alors que je claque sèchement mon casier.
– Je vais prendre la moto. L'hôpital Central est à l'autre bout de la ville. J'irai plus vite en bécane !
– Même pas je te laisse monter sur ta moto, Cruz ! T'es trop bouleversé, tu risques de te planter. On prend ma caisse !
Je le dépasse et manque de trébucher quand ma tête tourne un peu plus. Putain, il a raison, fait chier ! J'abandonne mon casque sur un des bancs du vestiaire et trottine en direction de la sortie. Ce n'est qu'en arrivant au niveau du parking que je découvre Dre et Trigger derrière nous.
– Qu'est-ce que vous foutez ? grincé-je.
– On vient avec toi ! déclare Trigger.
Je vais pour leur gueuler de dégager quand Dre pose une main solide sur mon épaule et la presse. L'espace d'un court instant, son regard mangé d'empathie et de déférence me prend aux tripes.
– Cherche pas, Cruz, me témoigne Dre. On ne te laisse pas affronter ça tout seul.
Eh merde… Je me détourne en sentant une vive émotion me monter au nez et grimpe dans la voiture où sont déjà installés Casey et Trigger. Ces cons me gonflent, parce qu'il est clair que je vais finir par virer dingue sans personne avec moi. Shenae sera au bloc des heures durant, soit autant d'heures d'angoisse à tourner en rond dans les couloirs de

l'hosto. Dans le fond, savoir que je ne serai pas en tête à tête avec ma putain de conscience et mon foutu stress tout ce temps tend à me délester d'un maigre poids.

Le silence est d'or sur le trajet, même Trigger ne s'autorise pas à ouvrir sa bouche. Chose rare mais, franchement, je ne sais pas ce que j'exècre le plus : son mutisme ou ses conneries. Je suis de toute façon à cran, raide du bout de mes pompes à la pointe de mes cheveux. À chaque kilomètre avalé dans cette circulation dense, mes poings se crispent. Je suis terrassé de peur à l'idée de la perdre, complètement paniqué. Et impatient de la retrouver ! Trente-sept minutes se sont écoulées depuis notre départ du BLT et je bous sur mon siège. Plus que deux bornes et nous y serons selon le GPS. Plus que deux bornes et je jure de sprinter dans les couloirs comme un Usain Bolt sous cocaïne !

– Comment on s'organise ? Tu sais où aller ? Est-ce qu'on passe par les urgences ? Tu dois te présenter à l'accueil ou tu peux te rendre direct au service concerné ?

L'amas de questions de Casey me laisse perplexe une microseconde, puis accélère méchamment mon pouls déjà au taquet. Je n'ai aucune foutue réponse à lui donner et ça me met en rage. Sans plus réfléchir, je déloge mon portable et rappelle le dernier numéro enregistré.

– Où es-tu ? beugle sa frangine.

– On approche de l'hôpital. Où ça en est ? Où est-ce que je vais ?

– Elle a une chambre au quatrième étage. Je viens de m'en faire jeter, ils la préparent pour le bloc. Ce n'est plus qu'une question de minutes maintenant. Grouille-toi !

Mais qu'est-ce qu'elle croit, putain ? Que je fais exprès de traîner la patte ? Sans déconner, je me fais violence pour ne pas la pourrir d'insultes. Cette petite teigne a intérêt de remballer ses œillades assassines quand elle me verra ou je ne pourrai plus me contrôler. Elle aussi doit être dans un état de stress proche du mien, mais qu'elle se détende !

– J'arrive, fais-les patienter au maximum.

– Et de quelle façon, s'il te plaît ?

– J'en sais rien, moi ! Fous-toi à poil, hurle à l'attentat, jette-toi sur les roues du brancard !

– Tu sais, t'es presque drôle, grince-t-elle. Je raccroche, ça bouge de l'autre côté de la porte.

La seconde suivante, cette peste me laisse seul face à un vide cuisant. Tant qu'elle était à l'autre bout du fil, j'étais un peu là-bas moi aussi. Je crois que je deviens fou, fou d'inquiétude, fou d'amour, fou de trouille. J'abaisse la vitre en urgence en sentant une bouffée de chaleur me lécher la peau et incendier mes tempes. Rien à foutre d'avoir l'air d'un clébard en sortant la tête pour me laisser frapper par les rafales de vent, rien à foutre de tout !

– On y est, me prévient Casey quand l'énorme bâtiment apparaît enfin.

Cette fois, je n'attends plus et saute de la voiture en marche.

– Où elle est ? braille Dre avant que je ne me mette à courir comme un aliéné.

– Au quatrième !

L'hôpital dans mon viseur, j'accélère mes foulées à m'en faire éclater les poumons. Je ne vois ni les quelques passants sur mon passage, ni le jour qui décline, l'œil paramétré sur la large entrée que je devine maintenant au loin. Mon cœur enregistre un pic d'activité invraisemblable quand je déboule dans le hall et me rue vers les escaliers de secours. Je ne me préoccupe pas de la courte vibration de mon portable dans la poche de mon pantalon et grimpe les marches deux par deux. J'ai envie de gueuler en atteignant l'étage, la poitrine en feu et la gorge pleine d'impuissance.

Je veux la voir. Juste une minute, juste un peu. J'ai besoin de lire dans ses yeux qu'elle y croit, de voir son sourire magnifique plein de promesses, de l'entendre me dire qu'elle m'aime encore une fois. J'ai besoin de tout ça pour envisager survivre à ces trop longues heures d'attente.

Les portes d'accès ne sont plus qu'à quelques marches et, enfin, je pousse les battants. L'odeur d'aseptisation me scie le bide tant elle est prononcée dans ce service, mais je ralentis à peine, à l'affût.

– S'il vous plaît ! exhorté-je une nana en blouse, dix mètres devant moi. La chambre de Shenae Morgan !

Ce n'est qu'en arrivant à hauteur de son regard hébété, voire pété de trouille, qu'Essie surgit d'une petite salle d'attente. Elle n'a pas besoin de dire un mot que déjà mes genoux flageolent.

– Je viens de t'envoyer un message. Elle est partie il y a une minute…

Épilogue

Cruz
Huit mois plus tard

– Filez tous à la douche, vous foutez de la terre partout ! les pressé-je alors que nous poussons les portes du club.

Dalton jette un furtif coup d'œil à mes pompes, puis acquiesce avant de prendre la direction des vestiaires avec les autres. Bon, OK, moi aussi je dégueulasse le BLT. J'ai du terreau partout sur mes chaussures et plein le futal. Fait chier… Mon portable affiche seize heures cinquante-sept et je n'ai pas d'autre choix que de passer sous le jet et changer de fringues avant de dégager.

– C'était intéressant, Eagle ! Tu t'es carrément gouré de vocation, lance Trigger en me dépassant, lui aussi dans un état déplorable.

Casey se marre et me contourne en ajoutant ses propres empreintes terreuses à celles des espoirs en direction des vestiaires.

– Moi, j'ai trouvé ça sympa ! balance Dre en claquant mon omoplate.

Mon pote me décoche un sourire joueur et se frotte les paumes en reculant jusqu'aux vestiaires. Une brume de terre sèche s'en échappe et… Ma main à couper que j'ai la trace de ses doigts dans le dos ! Un peu plus, un peu moins en même temps… Je suppose que ce n'est qu'un juste retour des choses après que je leur ai fait passer l'après-midi à genoux dans un champ à retourner la terre comme des pilleurs de tombes. Et encore, à la base, Casey, Dre et Trigger n'étaient pas prévus au programme. J'ai dû les appeler en renfort en comprenant que nous n'arriverions pas au bout du chantier avec seulement huit paires de mains.

En route vers mon casier, je tape rapidement un message pour prévenir de mon retard et chope mon change.

– N'empêche, se gausse Trigger, déjà à poil près de la dernière douche libre, t'es vraiment un coach chelou ! Jamais Edge ne nous a fait jardiner ! Et quand je pense que tu as fait courir les gamins derrière le camion sur les vingt bornes aller !

– Clairement, c'est d'un autre genre, se bidonne Casey.

– Mais c'est aussi trop chou, se moque Dre en me dégainant un clin d'œil moqueur.

J'ai envie de les démonter… Pourtant, ils n'ont pas vraiment tort. Cet exercice était inédit et très égoïste. J'aurais pu payer des paysagistes pour assurer le job, mais quand l'idée m'a effleuré, il était déjà trop tard. Démarcher et recruter aurait obligatoirement retardé mon affaire. Il fallait que ce soit fait aujourd'hui !

– Je vous emmerde, mais… merci, bougonné-je.

– De rien, coach ! braille Zach sous le ciel de pluie d'une des douches.

Les autres espoirs suivent d'une même voix et me tirent un mini-sourire. Aucun d'eux n'a hésité à me filer un coup de main, aucun d'eux ne m'a même laissé penser que ça les saoulait, et ce en dépit de la consigne singulière.

– C'était un plaisir, mon pote, enchaîne Casey dans un hochement de tête fraternel.

– Pareil, s'égosille Trigger dans sa cabine, mais tu nous en dois une ! Et genre une aussi grosse que ma queue !

– Alors, t'es tranquille, s'esclaffe Dre. Juste un mini-service pour Trigger et ça suffira !

Je quitte les vestiaires sous les éclats de rire de Casey et Dre, puis trottine vers les sanitaires de l'équipe encadrante.

D'ordinaire, je n'y fous pas le pied, sauf que l'heure tourne. Je me savonne en urgence et me rhabille tout aussi rapidement, le crâne blindé de ce qui a constitué ma journée. Je suis conscient d'avoir des potes en or. Malgré leur planning chargé, leurs déplacements pros réguliers, leurs impératifs perso, ils ne m'ont pas lâché ces derniers mois. J'imagine que c'est ce qu'on fait quand on est une famille, on se soutient, on encaisse, on grince des dents, mais on reste. Edge dit que nous avons toujours formé un seul et unique clan. Simplement, il pense que tout ça m'a permis d'ouvrir les yeux sur leur bienveillance. Je ne suis pas tout à fait d'accord, je crois surtout qu'il fallait que l'un de nous passe par une épreuve pénible pour que nos liens se consolident.

Casey est et sera toujours mon plus fidèle allié. Dès notre premier face-à-face au centre sportif, il y a de ça des années, ce mec m'a compris sans que j'aie à lui raconter qui j'étais et quelles casseroles je traînais. De la même façon que je l'ai compris, lui. Bien sûr, nos blessures sont différentes mais, au bout du compte, nous sommes les mêmes. Deux écorchés vifs que l'amour a changés.

Dre, c'est le type droit, sans faille, sans peur, celui qui ne se démonte jamais devant l'ampleur d'une tâche. Cet autodidacte m'a même relayé pour assurer les cours des espoirs quand je n'étais plus capable de le faire. Jamais il ne se plaint, il anticipe et s'est trouvé être d'une écoute précieuse. Qui aurait cru que je me confierais tant à lui ? Pas moi, en tout cas pas avant tout ça.

Et Trigger… Ce petit enfoiré de Trigger a laissé tomber son blond peroxydé et s'est visiblement acheté une empathie. Son humour est toujours détonnant, mais il tend à le doser maintenant. Jamais je n'oublierai sa patience et la foutue compassion qui comblait son regard en fin d'année. Avec du recul, je ne sais rien sur lui, juste ce qu'il veut bien nous laisser voir. Je ne serais pas étonné que derrière ce masque de sale gosse prétentieux se planque un type au moins aussi fracassé que moi. Peut-être que je creuserai un jour, peut-être pas. On verra.

Alors que j'accélère mes enjambées vers la sortie du club, enfin douché, cet abruti me hèle du vestiaire.

– On se voit tout à l'heure ? Tu reviens, hein ?

Quoi ? Mon froncement de sourcils incrédule répond à ma place.

– Le marché aux pucelles, articule-t-il exagérément.

Eh merde, c'est vrai ! Le « marché aux pucelles » est le nom de code qu'il a choisi pour le pot d'anniversaire surprise d'Edge. J'avoue, ça m'était complètement sorti de la tête…

– Je passerai, mais pas longtemps, lancé-je en reprenant ma course vers la sortie.

Seize minutes plus tard, je gare ma Victory dans le parking souterrain de mon immeuble. Mon téléphone affiche dix-sept heures quarante-deux quand j'enfonce ma clé dans la serrure et pénètre à fond de train dans mon appartement. J'abandonne mon casque sur le banc à chaussures et inhale une large bouffée d'air. Son parfum est partout, dans chaque particule d'air qui circule autour de moi. Sans déconner, je ne m'en lasserai jamais…

Après avoir scanné la pièce de vie, je fonce jusqu'à la chambre, le pouls en pleine flambée. Ce n'est qu'en arrivant sur le seuil que son fredonnement m'arrive aux oreilles et m'arrache un sourire. Un vrai sourire de demeuré… Debout devant la psyché qu'elle a ramenée de chez elle, Nae, en lingerie fine, hésite entre deux robes sur cintres qu'elle passe alternativement devant son corps à demi nu. L'épaule à présent calée contre le chambranle, je laisse mes yeux gourmands couler sur sa silhouette démente. Putain, ça non plus, je ne m'en lasserai jamais !

Cette femme est d'une beauté rare, d'une pureté et d'une

sensualité indécente, sans même forcer. La ligne de ses épaules, sa posture innocente, la rigole de son échine, le nacre de sa peau, l'arrondi de ses fesses rebondies, le galbe magnifique de ses jambes déliées, la finesse de ses chevilles… Il n'y a rien à jeter, tout à déguster !

– Je ne suis pas sûre, soupire-t-elle sans se détourner de son reflet. La blanche à fleurs ou la jaune ?

Mon sourire s'élargit. Elle m'a senti ou alors elle m'a entendu, j'en sais rien et je m'en fous. D'une impulsion, je progresse vers elle et me colle allégrement dans son dos en couvrant son cou d'une kyrielle de baisers. Ma poitrine se charge immédiatement d'une chaleur délicieuse et je jure qu'au-delà de ne jamais me lasser de mes lèvres sur sa peau, je ne m'en suffirai pas !

– La blanche est légère, continue-t-elle d'une voix fragilisée par mes attentions. Vu les températures, je me dis qu'elle sera idéale. Pourtant, le décolleté de la jaune est…

Mes doigts lézardent habilement sur son ventre et la coupent dans son laïus. J'avise discrètement son reflet et l'image qu'elle me renvoie n'a d'effet que de faire fuser le sang dans mes artères. Les paupières lourdes, elle ploie sensiblement sa gorge, puis exhale un souffle saccadé quand je remonte sur son soutien-gorge et en trace langoureusement les coutures. Cette fois, ce sont mes dents qui martyrisent son épaule en réponse à sa moue d'extase.

– Tu as faim ? murmure-t-elle en contenant un sourire coquin.

– De toi, toujours, *mi amor*…

Elle opère une vive volte-face et se love contre moi, les bras enroulés autour de mon cou, desquels pendent les deux cintres.

– Non pas que l'idée de faire l'amour me déplaise, s'amuse-t-elle, le regard incandescent, mais n'avais-tu pas prévu de m'emmener…

Ma bouche vorace s'écrase sur la sienne et lui vole ses derniers mots. C'est vrai, je veux lui faire voir ce pour quoi j'ai fait suer les espoirs toute la journée, ainsi que mes potes d'ailleurs, mais je n'ai juste aucune volonté quand Nae est dans mes bras. Plus depuis qu'elle est enfin revenue parmi les vivants. Plus depuis que son sourire est redevenu ma boussole. C'est primitif, addictif et, putain, tellement nécessaire, comme s'il me fallait la faire mienne encore et encore pour m'assurer que tout est enfin derrière nous.

Pillant sa bouche sans retenue, je la hisse sur mon bassin sous le bruit métallique des cintres abandonnés sur le sol, et l'entraîne jusqu'au lit. Je ne me retiendrai plus. D'ailleurs, je ne me retiens déjà plus et la laisse tomber dans un rebond sur la couette. L'épiderme en feu et déjà en manque du sien, je me décharge de mes fringues à la vitesse de l'éclair. Son air perversement impatient me fait grincer des dents tandis qu'elle explore sa peau exposée à mon regard sauvage. Une de ses mains patine de besoin sur ses seins, et l'autre… L'autre s'est déjà faufilée sous sa dentelle et prépare le terrain. Mon terrain !

Aujourd'hui, je veux être en elle, à l'instar de chaque jour ces deux derniers mois. Pourtant, j'adore la voir se toucher, être maîtresse de ses caresses et s'enfiévrer sous son doigté expert. Ouais, j'adore, j'adore tellement ça qu'il m'est arrivé de m'en suffire pour jouir dans ma paume. Mais, à cet instant, devant l'itinéraire visuel qu'elle balise sur mon corps bandé et arrête net sur mon érection, je comprends qu'elle non plus ne se contentera pas d'un orgasme à distance.

Mon cerveau tressaute et je bondis sur elle, mes doigts s'emmêlant déjà aux coutures de son tanga. Son souffle erratique se meurt dans l'air embrumé de désir qui crépite autour de nous lorsque j'écarte ses jambes repliées d'un geste sec. Le bout de ma langue s'insère sans préambule entre ses grandes lèvres et remonte, affamé, sur son pubis, son ventre creusé, puis erre sur sa poitrine. Gainé entre ses cuisses, je laisse ses mains agrippées à mon crâne me guider jusqu'à la nouvelle cicatrice, plus étendue que les autres, qui couche entre ses seins.

Son gémissement ricoche contre mes tympans et dégomme mon pouls déjà fluctuant. Cet entrelacs de chair fin est devenu l'une des zones les plus érogènes de son anatomie, je n'ai qu'à souffler dessus pour que ma lionne s'embrase. Ce stigmate est autant un trophée qu'une part de sa féminité qu'elle a sacralisée. Tout est magnifique chez cette femme, mais ce vestige d'un parcours chaotique est de loin ce que je préfère chérir chez elle. Parce que dessous se trouve le cœur qui est dorénavant le sien et qui bat férocement pour moi.

Quand sa poigne me commande de venir aspirer son rugissement de plaisir, je m'enfonce en elle et l'envahis de toute ma raideur, sans protection, sans pause, sans plus d'appréhension. Je n'ai plus peur de l'abîmer ou de l'aimer. Shenae est une force de la nature, elle peut encaisser mon ardeur. Aujourd'hui, elle peut encaisser autant que n'importe quel être humain, et elle en redemande. Je n'en reste pas moins prudent quant à ses lubies délirantes, mais dorénavant, tout ce qui compte est de vivre ce putain de temps présent et de nous en gaver.

Abuelita a fait de moi un homme pugnace, endurant et intègre. Shenae a modelé et magnifié le tout. Grâce à elle, j'ai compris que je n'étais pas qu'un type bâti sur des fondations déglinguées. Elle a tout changé. Tout a un foutu sens à présent.

Il y a eu l'avant et il y a définitivement l'après. Et quand elle geint, féline, d'une jouissance en approche initiée par mes coups de reins sulfureux, je me fais la promesse de faire durer cet après indéfiniment.

Mon positif, mon mieux, c'est elle. Ça a toujours été elle. La perle rare sur le collier de mon existence…

***

Shenae

Une paume sous son tee-shirt, plaquée sur ses abdominaux contractés, je me laisse submerger par l'intense sensation de plénitude qui m'étreint. Cette même sensation qui ne me quitte plus depuis que nous avons chevauché sa moto vingt minutes plus tôt. La même sensation qui m'a éveillée ce matin, ainsi que les précédents, et ce depuis maintenant deux mois.

La route a été longue, pavée d'illusions, de rejet, de déception et d'un trop grand nombre de passages au bloc sous les mains expertes d'une palanquée de chirurgiens. Je crois que c'est aussi pour tout ça que je savoure la chance indécente qu'il m'a enfin été donné de respirer et vivre sans entraves, sans battements de cœur fatigués, sans plus aucune ombre au tableau. J'ai eu beau faire face à l'échec d'une première transplantation, au dysfonctionnement d'un cœur mécanique transitoire, à deux semaines de coma artificiel, à plusieurs mois d'un épuisement indicible, je n'ai jamais cessé d'y croire. Cruz, en revanche…

Je l'ai vu s'éteindre, jour après jour, rongé par l'image que je lui renvoyais, fauché par ces mauvaises nouvelles à répétition. Mon sourire ne lui suffisait plus. Il perdait le combat et, fatalement, je le perdais, lui, aussi tragiquement qu'il perdait tout espoir. Jusqu'à cette troisième greffe, ou plutôt jusqu'à cette matinée où il a pénétré dans ma chambre d'hôpital, vingt et un jours après la dernière intervention. La biopsie était bonne, mes résultats sanguins idéaux et mon état physique on ne peut plus prometteur. J'ai vu la chape de plomb s'échapper de ses épaules abattues ce jour-là, sans un mot, en un regard, sous mon sourire immense.

J'allais bien. Mon corps acceptait ce nouveau cœur et me laissait entrevoir des bribes d'une vie que je choisissais de dédier à cet homme. Plus qu'une envie de l'aider à se reconstruire après six mois de galère, je voulais l'inonder d'un bonheur qu'il n'est pas certain de mériter.

J'en ai fait mon cheval de bataille et ça a commencé dès lors que je suis sortie de l'hôpital. Après quelques jours à partager mon lit avec Cruz, j'ai fait ma valise, embrassé Essie avec force et reconnaissance, puis j'ai débarqué chez lui sans prévenir. Il n'a pas eu à dire quoi que ce soit pour que mon emménagement soit effectif. En vérité, il n'a eu qu'à glisser un œil sur mon bagage échoué sur son paillasson et à ébaucher un sourire.

Bon sang, ses sourires...

Certains penseraient que je m'impose dans sa vie. Ce qui est sûrement le cas. Pourtant, je préfère dire que Cruz n'attendait que ça : me voir m'imposer dans sa vie. Mon parcours nous a enseigné que rien ne sert de patienter au risque de voir notre ligne du temps écourtée. J'aime cet homme, je l'aime si fort que certaines fois, ça m'en fait presque mal, alors pourquoi me priver d'un quotidien avec lui ? Pourquoi chercher à gravir chaque étape d'une relation quand tout mon être souffre d'un manque constant ?

Je n'ai pas peur de demain, mon traitement et un suivi médical régulier m'offriront *a minima* vingt nouvelles années d'existence. Quand bien même, je n'ai pas le temps d'avoir peur, je n'ai toujours eu de place que pour le positif. Il ne me reste plus qu'à me choisir une vocation. Jusqu'alors, je m'étais assurée de goûter à tout par petites touches : le théâtre, le journalisme, le dessin, la pâtisserie – et quel désastre –, l'écriture… Tout m'a plu, mais aujourd'hui, rien de tout ça ne me fait envie dans le cadre d'une carrière professionnelle où l'épanouissement sera l'unique mot d'ordre. Je cherche encore, je fouille le Net, je me renseigne, je me projette, mais ce dernier exercice est bien trop nouveau pour moi. J'ai passé un tiers de ma vie à n'envisager aucun « après », aucune perspective d'avenir durable ; maintenant que je dois m'y confronter, j'avoue être déstabilisée.

– On fait juste acte de présence et on se tire, grogne Cruz en ôtant son casque à présent que nous sommes garés à l'arrière du club.

– Est-ce qu'il y aura à boire ? soulevé-je en sautant de mon siège.

Cruz hausse les sourcils devant ce qu'il pense être un manque de bon sens. Je glousse et cogne mon poing dans son deltoïde.

– Je ne suis pas débile, je sais qu'il y aura des boissons. Mais est-ce qu'il y aura de l'alcool ?

Cette fois, sa mine se rembrunit, pareille à celle qu'il peint sur ses traits quand il réprouve mes pulsions loufoques. Dans un silence choisi, Cruz kidnappe ma main et me guide dans la ruelle qui longe l'immeuble. Je ne me formalise pas de son air bougon et insiste même sur mon sourire mutin.

– J'attends toujours ma réponse, lui soufflé-je lorsque nous atteignons la porte du hall.

– Est-ce qu'au moins tu as déjà bu ?

Je m'amuse à hausser les sourcils de la même façon que lui un peu plus tôt.

– De l'alcool, complète-t-il, agacé.

– Non. D'où mon envie d'y goûter justement !

Deux étages plus haut, Cruz se fige sur le seuil du BLT, une main accrochée à la poignée. Sans qu'il ait à me regarder, je devine son combat intérieur. Il hésite, il appréhende fatalement une éventuelle sortie de route de ma part – par instinct de protection sûrement –, mais malgré tout il comprend.

– On dit un verre, ce soir, annonce-t-il d'un ton grave.

– Deux maximum !

– Tu ne me laisseras jamais gagner, si ?

– Il y a peu de chances.

Sur ma conclusion, Cruz ouvre la porte et s'efface pour me laisser investir la salle la première. Contrairement à mes dernières venues ici, un filet de musique résonne et s'amalgame aux bavardages de la quinzaine de personnes agglutinées près du ring où a été dressée une longue table sur laquelle sont éparpillés boissons et tapas. Rien de très cérémonieux, mais ça me plaît. L'ambiance est légère et conviviale en dépit de la surdose de testostérone qui sature l'immense espace. Tous sont là, plus ou moins répartis en groupes. Je souris largement en croisant le regard pétillant d'une Aria tout apprêtée, laquelle m'offre un clin d'œil complice. À ses côtés, une grande brune, accrochée au bras de Trigger – sa nouvelle conquête sans doute – et les deux autres membres de ce clan de freefighters de renom, une coupe à la main. Mais soudain celle de Cruz se crispe sur la chute de mes reins.

– Qu'est-ce que ta frangine fout à l'anniversaire du coach ?

Je happe l'air dans l'idée de lui répondre qu'il divague, sauf qu'un coup d'œil étendu sur les convives me coupe dans mon élan. Essie est là ! *Mais… Essie est là ?* Habillée d'un joli combishort ? Maquillée ? Est-ce qu'elle rit de bon cœur maintenant ? Même Cruz semble atterré de la voir si enjouée en plus de la trouver là. Cruz et Essie ne sont pas vraiment amis, ils s'entendent un peu mieux, c'est vrai, mais rares sont les fois où ils s'adressent la parole sans s'envoyer une vacherie sous couvert d'ironie.

Disons qu'ils se tolèrent, mais sans plus. Cruz parce qu'il ne la voit que comme une petite teigne arrogante, et Essie par principe ou par rancune. Je ne suis pas inquiète pour la suite, Cruz est parvenu à amadouer ma mère, il en sera de même avec ma sœur. Un jour !

Ma sœur dans mon viseur, j'entame la tournée de bises, souhaite un bon anniversaire au concerné, puis abandonne Cruz et le staff pour rejoindre la bande que forment Essie et les espoirs.

– Salut ! Toi, ici ? lui lancé-je, un chouia sidérée quand même.

Essie s'empresse de me prendre dans ses bras en nichant ses lèvres près de mon oreille pour murmurer à vitesse rapide :

– J'ai croisé Zach hier soir, on a discuté, il m'a invitée, je suis venue. Je te raconterai tout en détail demain.

Elle me lâche sur ces derniers mots et me laisse voir l'étincelle de vie dans son regard, celle qui s'était éteinte il y a des années. Alors, oui, j'aimerais qu'elle développe, oui je veux tout savoir sur tout, mais non, je ne rebondis pas et salue les élèves de mon tatoué ténébreux qui tiennent compagnie à ma sœur. Tous m'incluent à leur discussion animée sans se poser de questions, me donnant tout loisir de noter les œillades intéressées que Zach coule respectueusement sur Essie. Je me réjouis pour elle, d'autant plus que Zacharia semble avoir enfin trouvé la paix. C'est en tout cas ce que sa bonne humeur taquine traduit, maintenant qu'il chambre Dalton et Neil dans un rire sarcastique.

– Tiens, me souffle une voix grave derrière moi.

Une voix grave et génératrice de fourmillements en tout genre. Je n'ai pas tourné la tête vers lui que Cruz se place à ma droite et me tend une flûte de champagne. Pas de jus de fruits comme celui qui emplit son verre, non. Du champagne ! Impossible de retenir mon sourire à la fois triomphal et bourré de tendresse.

– Merci, chuchoté-je en embrassant délicatement sa joue.

Je m'empare de mon verre devant son hochement de tête conciliant et sursaute quand la voix de Trigger braille derrière nous.

– Vous faites bande à part ?

En moins de temps qu'il ne m'en faut pour retrouver mon souffle, Andreas, Casey, Aria et la grande brune intègrent notre cercle.

– Coach ? On se demandait avec les gars… hasarde Raph, visiblement victime désignée. On ne vous a jamais vu cogner ; pour un vrai combat, je veux dire. Vous êtes un as de la théorie, mais…

Raph déglutit devant le froncement de sourcils sévère de son mentor.

– Est-ce que vous nous feriez une démonstration ? enchaîne Zach.

– Allez, coach, ironise Trigger en calant lourdement son bras sur les épaules de Cruz. Ne déçois pas tes jeunes brebis assoiffées de sang ! Et franchement, tu leur dois bien une faveur après la journée de malade que tu leur as fait passer.

– Une autre fois, siffle Cruz.

– Fais pas ta chochotte, ce soir c'est parfait ! On est entre amis, l'ambiance est délicieuse, aucun stress et plus de nanas qu'on n'en a jamais eues dans notre cercle restreint ! Mais t'inquiète, je comprends. T'as peur de ne plus savoir comment faire, comment frapper correctement, logique…

Un épais silence prend place dès lors que Trigger relâche le cou de Cruz en simulant sa reddition dans de grands gestes théâtraux. L'électricité charge chaque particule d'air et nous laisse tous en apnée. Mais curieusement, cette tension tend à me rendre aussi réceptive que les doigts que promenait Cruz sur moi il y a une heure. Notamment lorsque je me représente assister à un duel dont l'homme qui partage mon lit ferait partie ! Je suis sur le point de le supplier d'accepter quand il me surprend à sourire en coin à Trigger.

– Et donc, c'est toi que je vais aligner ? balance-t-il.

– Ah non ! Je te rappelle que je m'envole pour Hawaï la semaine prochaine ! Même pas t'effleures ma belle gueule avant les Cage Warriors…

– Moi je suis dispo !

Tous nos regards convergent vers Casey. Torse bombé, port de tête arrogant, ce dernier fixe son meilleur ami avec défi. Un shoot d'adrénaline se répand dans mes veines. J'ai envie, j'ai envie, j'ai envie !

Après dix secondes d'un face-à-face détonnant, Cruz me vole un baiser et désigne le ring à Casey. S'ensuit une cohue euphorique en direction du lieu de combat où les pronostics fusent. En retrait aux côtés d'Aria, Essie et la « plus un » de Trigger, je me sens m'enflammer un peu plus quand mon homme, déjà derrière les cordes, ôte son tee-shirt avec une souplesse quasi érotique. Un clin d'œil dans ma direction plus tard, Cruz ouvre le match en bondissant avec une agilité folle sur son adversaire.

À chaque coup porté, mon cœur s'emballe. À chaque mouvement millimétré, mon estomac se convulse. Mais, à aucun moment, je ne me sens sur le point de défaillir. Au contraire, il n'y a que de la vie en moi. De la vie, de l'envie, de l'excitation, du frisson, du trac, de l'admiration. Je tremble presque quand, d'un enchaînement précis, Cruz met un terme à dix minutes de combat en paralysant Casey au sol. Moite de la tête aux pieds, je regarde le vainqueur se nourrir humblement des huées de ses élèves avec un brasier satisfait dans les yeux. Je n'entends pas Essie, la brune et Aria discuter à côté de moi, je ne vois que mon fantasme devenu réalité sauter du ring et paramétrer ses enjambées dans ma direction.

Et ça, c'est à moi. Tout ça, cette carrure impressionnante, l'amas d'encre et de muscles, la hargne, la passion, l'amour sans condition, l'indécence, la bonté d'âme… Ne suis-je pas la femme la plus chanceuse du monde ?

Plaquée fermement contre son torse bandé et moite d'une fine pellicule de sueur, je frémis de toute part, avide, boostée par l'euphorie qui voyage allègrement dans mes veines.

– Qu'est-ce que tu fais la semaine prochaine ? grogne-t-il en fixant mes lèvres comme un bijou qu'il s'interdit de voler sur l'instant.

– La semaine prochaine, je ne sais pas, mais j'ai de grands projets pour les heures à venir…

Ma voix sensuelle dilate davantage ses pupilles. Pourtant, il me refuse un baiser quand j'approche pour capturer sa bouche.

– Est-ce que tu me proposes un rencard ?

– Mieux que ça… chuchote-t-il en me narguant de ses lèvres qui effleurent tout juste les miennes. Je te propose Hawaï…

– Vraiment ?

Il acquiesce. Mon sourire gigantesque fond sur sa bouche en guise de réponse. Ultra-positive la réponse !

– On demandera quand même son avis au cardio, OK ?

Je roule des yeux.

– Nae, me sermonne-t-il en bloquant sa poigne dans ma nuque pour me garder face à sa détermination. On va se gaver de positif, on fera de cette seconde chance un foutu manège à sensations si c'est ce que tu veux, mais seulement si ça ne t'abîme plus.

– D'accord.

Me voir capituler si vite le laisse perplexe une seconde, puis un sourire vient creuser ses joues. Un sourire à la fois ravi et tendancieux…

– Je vais me doucher, annonce-t-il en calant sa bouche au plus près de mon oreille. Interdiction de me rejoindre. Finis ta flûte et occupe-toi d'anticiper notre évacuation. On file dès que j'ai terminé.

Sa langue sinue sous mon lobe et déclenche une kyrielle de frissons sur ma peau avant qu'il ne s'écarte, l'œil joueur. Je m'impose une profonde inspiration en le regardant se diriger vers les sanitaires et avale plusieurs gorgées de champagne en guise de réconfort. Cet homme sait si bien comment me tenter, presque trop bien. Je remise ma frustration tant bien que mal et salue les invités de ce cocktail en petit comité. La bonne humeur est toujours de mise lorsque Cruz débarque, un quart d'heure plus tard, fraîchement douché. Sans même freiner ses pas, il encadre mon cou de son bras et nous entraîne vers la sortie sous les sifflets égrillards de ses amis et élèves.

– Où m'emmènes-tu ? me renseigné-je une fois la porte du club passée.

– Tu verras.

– C'est loin ?

– Pas vraiment.

– Est-ce que j'y suis déjà allée ?

– Nae, râle-t-il derrière une grimace nerveuse. Tu ne peux pas juste attendre d'y être ?

– Si, mais… j'ai la sensation d'être la seule à ne pas savoir ce qui m'attend, dis-je en jetant un bref coup d'œil en arrière, c'est un tout petit peu frustrant…

Tous avaient l'air de mèche. Tous étaient d'ailleurs au courant que nous ne resterions pas pour dîner alors que Cruz n'a pas abordé le sujet une seule fois l'heure passée.

– C'est une surprise ? hoqueté-je soudain en dévalant les quelques marches du hall.

Son absence de réponse, conjuguée à l'irritation qui crispe sa mâchoire, me fait sourire largement. J'adore les surprises ! Je me love un peu plus contre Cruz, reconnaissante d'être entre de si bonnes mains. Les derniers rayons de soleil nous accompagnent sur le trajet, tout comme la fine brise estivale qui caresse mes jambes nues sous le volant de ma robe. Encore maintenant, protégée par la carrure saillante de Cruz, je souris derrière ma visière. Je me sens si… si libre, si indépendante, affranchie de toutes mes chaînes. Quelle erreur cela aurait été de ne pas accepter la greffe ! Bien que le parcours ait été semé d'embûches, ça en valait le coup. Assister au désœuvrement de mes proches a été la pire des punitions. Pourtant, je ne pouvais plus abandonner. Je ne me battais plus pour moi, je me battais pour lui.

Mes bras se resserrent fortement autour de son ventre à cette simple pensée. Notre duo est atypique en tout point, nous sommes si différents l'un de l'autre. Pourtant, je ne m'imagine plus respirer sans lui.

Je m'oblige à vider tout ce qui m'encombre l'esprit lorsque Cruz immobilise la Victory et coupe le contact sur un petit sentier champêtre. Ses doigts passent outre son tee-shirt et viennent s'enlacer aux miens. Il ne bouge pas, me surprend à amplifier ses inspirations, si bien que je me décolle de son dos et récupère mes doigts pour ôter mon casque.

– Fait-on une halte ou sommes-nous arrivés ? m'enquiers-je en cherchant à descendre de mon destrier.

– Attends ! Ne te retourne pas.

Évidemment, le fait de m'interdire une volte-face me donne furieusement envie de me dévisser le cou ! Mais j'obéis en me dandinant, impatiente, et braque Cruz d'un regard indocile lorsqu'il se décharge de son casque, puis quitte sa moto pour opérer un demi-tour dans ma direction.

Son air de petit garçon, certes tatoué mais préoccupé, me laisse en apnée un instant. Est-ce qu'il… stresse ? C'est chou, mais curieusement angoissant. Sans me retourner, je quadrille aussitôt l'espace autour de nous. Un champ agricole à perte de vue fait face à notre moyen de locomotion, stationné le long d'un chemin de terre sèche, sculpté par ce que j'imagine être des passages réguliers de lourds véhicules. À l'est, une poignée d'arbres encadre ce que je devine être une longère en piteux état et, à l'ouest… rien ! Ou alors la continuité du champ en friches.

– A-t-on quitté Columbus ?

– On est à la sortie.

– Tu… tu ne vas pas me découper en morceaux et enterrer mon corps aux quatre coins du champ, si ?

Un sourire amusé fleurit sur ses lèvres et me soulage de la tension latente nichée sous mes côtes.

– Bien sûr que non.

– Alors, dis-moi ? Que faisons-nous ici ? minaudé-je en égarant deux de mes doigts sur ses pectoraux comme deux petits soldats.

Une franche respiration plus tard, Cruz bombe le torse, se grandit dans une posture confiante et réduit la distance entre nous.

– Sais-tu quel jour nous sommes ?

– Vendredi ! m'exclamé-je, mutine.

– La date.

– Le 2 juillet !

Il sourit tendrement devant mon enthousiasme et approche encore.

– Il y a un an, jour pour jour, je débarquais à l'Herald, dans la chambre cinq cent neuf…

Mon émulation se dissipe doucement à mesure que sa voix calme, presque traînante, accompagne ses paumes qui encadrent délicatement mon visage.

– Je venais voir *abuelita*. Elle n'était pas seule, une jeune infirmière répondant au prénom d'Andrew lui tenait compagnie. Si mes souvenirs sont bons, elle s'amusait même à retenir sa respiration avec elle. Sa blouse était trop ample, son sourire plus large encore et ses deux billes bleues fascinées par le type que je représentais étaient bien trop troublantes.

– Ça fait un an, noté-je, émue.

Cruz dépose un long baiser sur mes lèvres frémissantes avant de poursuivre :

– Un an. Un an que tu t'es glissée dans ma vie et presque autant de temps que tu as marqué mon âme. Tu es tout ce que j'aime, *mi amor*. Tu m'en as fait baver, convient-il dans un rictus, mais tu restes la plus belle chose qui me soit jamais arrivée.

– D'accord…

– D'accord ? se marre-t-il, gêné.

– Pardon, ris-je à mon tour. C'est l'émotion, ça me fait dire n'importe quoi. Vas-y, continue : « je suis la plus belle chose qui te soit jamais arrivée » et… ?

Son sourire séduit par ma spontanéité s'adoucit tandis qu'il me commande d'un geste de descendre de sa moto.

– Un an, c'est plus que ce qu'on espérait, souffle-t-il en me maintenant face à lui. Je voulais marquer le coup. Ferme les yeux, maintenant.

Je m'exécute dans la seconde, une envolée de papillons dans l'estomac et un rythme cardiaque en pleine accélération. Cruz me fait changer de cap et me guide sur quelques mètres avant de m'immobiliser. Je le sens toujours dans mon dos, ses mains coulant à présent le long de mes bras nus, puis il murmure lascivement par-dessus mon épaule :

– *Te quiero, mi leona*… Ouvre les yeux.

Comme chaque fois qu'il me dit qu'il m'aime, un long

frisson me nappe entièrement. Je déglutis, puis bats des cils lentement.

– Mon Dieu, m'étranglé-je en portant vivement mes doigts à ma bouche.

Devant moi, sur l'équivalent d'un terrain de foot communal, un immense tapis de tulipes. Des rouges, des roses, des jaunes, des panachées, des unies… Toutes agencées par couleur dans des rangées parfaites espacées d'une trentaine de centimètres chacune. Les yeux écarquillés à leur maximum, je me laisse surprendre par un sanglot de bonheur et avance au ralenti vers cette étendue aux multiples nuances, bordée d'un mur épars de chênes.

C'est magnifique… Et improbable !

– Comment ? bredouillé-je en me retournant vivement vers lui.

Les mains dans les poches, Cruz me rejoint, un brin gêné.

– Tu m'en as parlé l'année dernière, tu…

– Oui, je me souviens, mais comment as-tu su qu'il y avait un champ de tulipes ici ? m'estomaqué-je.

Un rire de gorge lui échappe.

– À vrai dire, la parcelle de terre est abandonnée depuis des années. Hier encore, elle était couverte de mauvaises herbes.

OK. Pause.

Hein ?

Mon cerveau tente de braver ma félicité pour trouver un sens à ses mots, sans succès. Je refais face au champ, y pénètre précautionneusement en essayant de comprendre l'apparition soudaine de ces milliers de tulipes, puis me fige net.

– C'est toi ? hoqueté-je en bondissant d'un demi-tour.

– Les espoirs m'ont aidé. Casey et les gars aussi…

Mon éclat de rire nerveux retentit sous le soleil couchant tandis que je fourrage mes cheveux devant l'ampleur de la tâche et tourne sur moi-même. C'était donc pour ça que tous me regardaient avec insistance, voire avec un soupçon de conspiration !

– Tu es complètement fou ! Cruz, ça a dû te coûter une fortune, c'est…

Sans que j'y sois préparée ni même que je l'aie vu réduire la distance entre nous, Cruz me hisse contre lui et progresse dans ce jardin quasi semblable à celui qui pigmentait mes envols oniriques. Arrimée à son cou et à ses hanches, je m'ébahis, muette et définitivement médusée.

– Tu aimes ? marmonne-t-il entre deux baisers qu'il dépose le long de ma mâchoire.

– J'adore, j'en ai rêvé des centaines de fois, merci…

– Et, juste comme ça, est-ce que tu étais nue dans tes rêves ? se renseigne-t-il en raffermissant son emprise sur mes fesses.

Je feins de m'indigner devant l'ourlet salace de son sourire.

– *Nope*, j'étais toujours habillée de la tête aux pieds !

Il grogne de déception en s'enfouissant dans mon cou pour le marquer de quelques délicieuses morsures.

– Il va falloir revoir ton régime, gémis-je en sentant deux de ses doigts batailler pour sinuer sous ma culotte. Je te trouve particulièrement sur les dents ces derniers temps…

Son rire claque contre ma peau et accompagne notre descente jusqu'au sol. Agenouillé à même la terre fraîchement retournée, entre deux rangs de tulipes, Cruz me dépose sur ses cuisses et libère mon entrejambe du pan de ma robe qui lui faisait barrage.

– Ça, c'est parce que je t'aime, *mi amor.*

Je fonds, au sens propre et au figuré. J'irais même jusqu'à dire que je me liquéfie sous ses mots et sous ses doigts qu'il promène maintenant sur le tissu de ma culotte, à l'endroit exact où je brûle d'envie de le sentir sans barrière.

– Arrache-la, susurré-je.

– Et c'est moi qui suis fou…

Enracinée à ses prunelles sombres, je tombe une fois encore éperdument amoureuse de lui. Inéluctablement… Lorsque le commun des mortels ne voit que la façade de son édifice tout en muscles, en tatouages et en austérité, j'en vois les fondations, je m'émeus de chaque brique qui le constitue et, par-dessus tout, je me laisse éblouir par sa lumière. Cruz Riveira est l'homme tourmenté par excellence, un splendide paradoxe à lui tout seul. Puissant et fragile en même temps, fougueux et sobre, indécent et respectueux. Un savant mélange dont je jure de m'abreuver jusqu'à la fin des temps.

Fin

Playlist

1 : « We Were Raised under Grey Skies » – JP Cooper
2 : « Lifetime, Pt. 2 » – Elmo
3 : « It Don't Matter to the Sun » – Rosie Thomas
4 : « Song for a Friend » – Andreya Triana
5 : « Walk through the Fire » – Zayde Wolf *feat.* Ruelle
6 : « Bad Liar » – Imagine Dragons
7 : « I'm Still Here » – Sia
8 : « A Million on My Soul » – Alexiane
9 : « Head Above Water » – Avril Lavigne
10 : « Take Your Time » – Sam Hunt
11 : « Arsonist's Lullabye » – Hozier
12 : « Sometimes » – Chelsea Cutler
13 : « Hold Me » – Alex Hepburn
14 : « Pieces » – Red
15 : « Malibu Nights » – LANY
16 : « I Choose » – Alessia Cara
17 : « Wanted » – One Republic
18 : « If You Want Love » – NF
19 : « Everything I Need » – Skylar Grey
20 : « Savage » – Whethan
21 : « Accelerate » – Christina Aguilera
22 : « Lucky » – Chelsea Cutler
23 : « Touch » – Kehlani
24 : « Fantasy » – Bazzi
25 : « Deep » – Julia Michaels
26 : « Movement » – Hozier
27 : « Rainbow » – Kesha
28 : « Hurts 2B Human » – Pink *feat.* Khalid

29 : « Thunder » – Imagine Dragons
30 : « Keeping Me Alive » – Jonathan Roy
31 : « Covered in Chaos » – Billy Lockett
32 : « Almost Lover » – A Fine Frenzy
33 : « Little Love » – James Smith
34 : « Without You » – Emma Steinbakken
35 : « Que Sera Sera » – Jennifer Terran
36 : « Like I'm Gonna Lose You » – Jasmine Thompson
37 : « Happyland » – Måns Zelmerlöw
38 : « The Edge » – Joseph Milauskas
39 : « One More Try » – Jessie J
40 : « You Are the Reason » – Calum Scott *feat.* Leona Lewis
41 : « Purpose » – Justin Bieber
Épilogue : « The Bones » – Maren Morris *feat.* Hozier

Remerciements

Une nouvelle page se tourne. Un autre couple prend son envol et, comme pour leurs prédécesseurs, j'ai le cœur tout serré.

Un précieux merci à ma fantastique maison d'édition. Maud, vous êtes d'une patience folle, merci de toujours prendre le temps de répondre à mes mails, d'être aussi attentive à mes doutes et mes envies. Et de me donner une fois encore la chance de voir un de mes romans édité sous la bannière Addictives. Merci de me faire confiance.

Merci à toutes les blogueuses qui prennent le temps de découvrir mes romans et d'en parler. Vos mots me touchent chaque fois un peu plus.

Un *big up* à mes collègues Addictives, aux petites nouvelles et aux anciennes. Vous êtes d'un soutien inébranlable !

Une mention spéciale à ma Team Bêta ! Je suis très reconnaissante d'être si bien entourée !

Ma craquotte, un merci tout particulier et tout doux pour toi, sans tes yeux de lynx et tes encouragements, mes romans ne seraient pas ce qu'ils sont. Certains n'existeraient même pas !

À vous, lectrices de la première heure, Cé Line, Laetitia, Virginie, Julie, Rachel, Jessie, Ana, Delphine, Elina, Lucine et les autres, merci de votre fidélité, de votre enthousiasme démesuré, de votre gentillesse sans borne.

À vous, nouvelles lectrices, merci ! Vous ne rendez cette aventure que plus savoureuse. Une douce pensée à Cécilia (mon entière), Léa et Marie. Vous rencontrer, c'est vous adopter !

Un dernier merci à mon mari et mes enfants. Me partager avec ma passion de l'écriture n'est pas chose facile. Pourtant, vous ne vous en plaignez jamais, voire vous m'encouragez ! Je ne pouvais pas rêver mieux ! Je vous aime.

Extrait

Fausse fiancée & vrais ennuis

Kim Grey

I

UN CONTRAT ATTRAYANT

– Plutôt que de prendre en notes la conversation de la table six, tu pourrais peut-être servir la jeune fille de la huit, glisse Ted, légèrement agacé.

– Ces deux dames parlent de toilettage canin ! Je ne peux pas louper ça ! m'exclamé-je en notant discrètement quelques bribes de leur conversation sur mon bloc-notes de commandes.

– Je te paie pour faire le service, Ivy, pas pour préparer ton prochain stand-up, reprend Ted en préparant lui-même ma commande avec impatience.

– Le casting du New York Comedy a lieu dans deux semaines et je n'ai toujours pas de thème !

Il y a un an, quand je suis sortie diplômée de l'école de théâtre, j'ai commencé à faire du stand-up dans des clubs new-yorkais. Traquer les absurdités de la vie quotidienne pour les mettre ensuite en scène, c'est vraiment mon truc. Dans quinze jours, je participe à une soirée de sélection, au New York Comedy. Tous les directeurs de théâtre importants en matière de comédie seront là pour faire leur marché. De quoi avoir légèrement la pression…

Heureusement, pour trouver l'inspiration, rien ne vaut le bar de Ted. Une véritable mine d'or ! Il suffit de tendre l'oreille pour récolter des idées.

– Si tu ne te dépêches pas, tu pourras écrire un sketch sur les patrons de bar qui assassinent leurs employées, menace Ted, pointant un siphon de crème chantilly dans ma direction. Et inutile de tenter de m'attendrir en me faisant le coup de la tête d'ange ! Tes grands yeux bleus et tes boucles blondes n'auront pas le dernier mot, cette fois !

Sous ses airs ronchons, Ted sait à quel point le stand-up est important pour moi. Il m'a toujours soutenue… Sauf quand les clients, comme la jeune fille de la table huit, patientent depuis trop longtemps.

Je suis prête à me remettre au travail lorsque ma sœur, Lauren, déboule dans le bar.

– On l'a ! lance-t-elle d'une voix qui frôle l'hystérie.

Et, sous le regard intrigué des clients, elle exécute une sorte de danse de la victoire.

– Les Rattle Snake ont enfin leur CD ! confirme Victor, radieux.

Le batteur du groupe de ma sœur se dirige vers Ted et moi, le visage radieux, brandissant un CD comme un trophée.

Je fonds sur Lauren pour la serrer dans mes bras. Je colle ensuite un baiser sonore sur la joue de Victor. Avec leur look singulier – mélange subtil de styles punk et hipster –, ils contribuent largement à faire de leur groupe un ovni stylistique et musical !

– Félicitations ! dis-je. Le monde entier l'attendait, ce CD !

– Pour le moment, la jeune fille de la huit attend

surtout sa boisson, grogne Ted à mon attention.

– Je suis sûre qu'elle comprendra, dis-je en emportant enfin le cappuccino. Les Rattle Snake, c'est le meilleur groupe de métal de la planète !

Oui, il se trouve que c'est aussi le groupe dans lequel chante ma sœur…

Mais en restant objective, je pense sincèrement que leur groupe mériterait d'être davantage connu.

– Glenn n'est pas là pour fêter ça avec nous ? demandé-je en constatant l'absence du bassiste.

– Justement, commence Victor. On a un léger souci. Glenn a dû quitter la ville brutalement pour rejoindre sa famille. Il nous faut un nouveau bassiste.

– Vous aurez le temps de recruter quelqu'un d'ici la semaine prochaine, pour le concert ? s'inquiète Ted.

Ted est un fan de la première heure. Son bar est le QG du groupe, et il les accueille régulièrement sur la petite scène de son café.

– Glenn nous a donné le nom de quelques remplaçants de talent, explique Victor. Il n'y a plus qu'à faire des essais.

– Et comme j'ai plein de temps maintenant, ça tombe bien, rajoute Lauren.

Ma sœur vient juste de finir brillamment ses études de droit. Tout le monde lui a prédit un bel avenir dans le domaine. Mais, après son diplôme, elle a décidé de s'accorder du temps. Elle rêve de musique plutôt que de plaidoiries, et elle n'a pas encore osé l'avouer à notre père, qui la presse de trouver un travail sérieux « pas comme celui de ta sœur »…

Ted disparaît quelques instants dans la réserve et revient avec une bouteille de champagne.

– Si on fêtait ça !

Il propose même une coupe aux trois clients du bar, qui acceptent, ravis.

Au moment de trinquer, Lauren enlève sa veste et son foulard : Ted et moi poussons alors un cri de surprise en découvrant Devil, le python jaune et blanc de ma sœur.

– Quoi ?! Tu l'as apporté ?!

– Devil est un membre du groupe, il est normal qu'il fête la sortie du disque avec nous !

Le serpent glisse doucement autour des épaules de ma sœur, comme pour montrer son approbation. Lauren l'a récupéré dans un cirque qui voulait s'en débarrasser, et depuis c'est la mascotte du groupe. En plus d'être parfaitement inoffensif, il apprécie beaucoup les vibrations des basses, et il ondule même tout particulièrement sur certains morceaux, un peu comme s'il dansait.

Je profite d'un moment où Victor et Ted sont absorbés dans une discussion sur les restaurants branchés de la ville pour parler à Lauren en aparté. Ce matin, dans le journal du quartier, j'ai repéré une annonce de casting, et je tiens absolument à la lui montrer.

– Écoute ça ! dis-je en lui collant le journal sous le nez : « Cherche comédienne pour un rôle d'amoureuse dans la vie réelle. Casting sélectif. Contrat à l'appui. »

Lauren fronce les sourcils.

– « Amoureuse dans la vie réelle » ? C'est quoi ce casting ? Une petite annonce déguisée ?

– Tu ne trouves pas ça hyper excitant ?!

– Non, je trouve ça hyper flippant. Il y a encore des gens qui passent des annonces dans des journaux ?! Moi, je ne répondrais pas, c'est probablement un malade !

Lauren chante dans un groupe de métal avec un serpent enroulé autour du cou, mais dès qu'elle sort de scène et qu'il n'est plus question de musique, elle fait preuve d'une prudence et d'une sagesse très exagérées à mon sens.

– Je me doute que tu ne répondrais pas, toi, mais moi…

– Je suis sérieuse, Ivy. À tous les coups, c'est un psychopathe !

– Si c'est le cas, c'est trop tard, j'ai répondu ce matin, lâché-je négligemment.

Lauren étouffe un cri.

– T'es complètement folle !

– J'ai besoin de me lancer des défis si je veux progresser !

À l'heure de la fermeture, Victor aide Ted à ranger les tables et les chaises de la terrasse. Avant de nettoyer le comptoir, je jette un œil à mes mails, sur mon téléphone.

– Hé ! J'ai une réponse ! Il vient de me répondre ! chuchoté-je à Lauren.

Lauren m'arrache presque le téléphone des mains.

De : Annonce 345856
À : Ivy Clemens
Objet : Audition
Mademoiselle Clemens,
Si vous souhaitez passer l'audition pour le rôle, rendez-vous à quinze heures au Blue Smoke, sur la Cinquième Avenue. Toutes les informations utiles vous seront données sur place.
Cordialement,
S

– Le mail est sobre et professionnel. C'est très rassurant, constaté-je.

– Sobre ?! Tu veux dire lapidaire ! « S », c'est pour

quoi, pour « sociopathe », « sadique » ou « serial killer » ?

– Arrête Lauren ! Il ne peut rien m'arriver, il me donne rendez-vous dans un lieu public !

– Faire semblant d'être amoureuse, ça te rassure, n'est-ce pas ? murmure soudain Lauren. Toi qui n'as jamais été capable de rester en couple avec quelqu'un plus de quinze jours…

Ouch. En plein dans le mille.

Ma sœur a raison, je ne suis pas très forte pour les relations longue durée. Je suis plus douée pour jouer les amoureuses sur les planches que pour tenir le rôle dans la vraie vie…

– J'ai le droit de vouloir conserver ma liberté et mon indépendance d'esprit, tout de même ! protesté-je. Et puis le cerveau mou comme de la gui…

– … mauve et les cœurs dans les yeux qui donnent un air niais, merci bien ! me coupe Lauren sur le ton de la récitation. Tu es trop attachée à ta liberté pour t'engager avec quelqu'un. Rendre des comptes, et puis quoi ?! Tu préfères les relations sans lendemain, au moins, tu restes maître à bord. Et puis les hommes, on les connaît ! Entre les lâches, les traîtres et les escrocs des sentiments, merci bien !

Ouch. Deuxième fois dans le mille. Ma sœur est très forte !

– Je connais la musique par cœur, Ivy, conclut Lauren avec malice.

– Venant de la part de quelqu'un qui attend le prince charmant depuis ses 6 ans, ta réaction ne me surprend pas trop, dis-je pour la taquiner.

Nos conceptions de l'amour sont radicalement différentes. Lauren est persuadée que, quelque part, il existe un homme juste fait pour elle. Selon sa théorie, ils se reconnaîtront au premier coup d'œil et leur amour durera toujours… Si cet homme sur mesure existe, il est bien caché. Parce qu'elle l'attend toujours…

– Eh ! J'oubliais ! Puisque nous parlons création, moi aussi j'ai quelque chose à vous montrer. Ou plutôt à vous faire goûter, interrompt soudain Ted.

Victor, Lauren et moi échangeons un regard inquiet. Depuis quelques semaines, Ted a décidé de se mettre à la cuisine, en autodidacte. Il veut faire de son bar un restaurant alternatif et il ne cesse d'inventer des recettes, plus audacieuses les unes que les autres. Il oublie souvent qu'en cuisine l'audace ne fait pas tout… il faut aussi que ce soit bon. Aussi, quand nous voyons arriver un plateau sur lequel trônent des espèces de petits tas vert foncé, nous commençons réellement à paniquer.

– Voici ma dernière création culinaire ! lance-t-il avec enthousiasme.

Création ou démolition ?

– Je ne vous dis rien ! Goûtez d'abord ! dit-il en nous tendant le plateau.

Des tartelettes, une espèce de mousse verte. Je suis la première à porter la chose à ma bouche. Lauren et Victor, ces deux espèces de lâches, ne me quittent pas des yeux. Avant de goûter, ils veulent s'assurer que je ne meure pas sur le coup.

– Tartelette à la mousse de chou kale, annonce fièrement Ted une fois que tout le monde a goûté son petit tas vert. Vous aviez reconnu ?

– Je rêve ou il y a une couche de fromage entre la pâte sablée et la mousse de salade ? dis-je.

– Exact ! Quel palais, Ivy ! C'est en hommage au cheese-cake, je pense baptiser cette recette « cheese-kale ». Ce qui est malin, c'est que la recette peut être servie en entrée ou en dessert. Et en plus, cette salade augmente l'espérance de vie, paraît-il !

Reste à savoir si le cheese-kale ne l'abrège pas.

Notre apprenti cuisinier est si enthousiaste que nous n'avons pas le cœur de lui dire que c'est bizarre… pas dans le bon sens du mot bizarre.

Les clients sont rares, ce soir, ce qui nous laisse le temps de discuter. J'adore les moments que nous passons ici, ma sœur, Ted et Victor, à parler de tout et de rien, à bâtons rompus. Depuis deux ans que j'y travaille, ce bar est un peu une deuxième maison.

Tard dans la soirée, nous aidons Ted à terminer le rangement puis nous nous séparons, après d'ultimes félicitations pour la sortie du CD. Ted et Victor n'habitent pas le même quartier que nous, mais Lauren et moi sommes voisines de palier.

Je ne pourrais pas vivre loin de ma sœur. Quand nous étions enfants, ma mère a quitté la maison pour aller vivre des aventures « plus excitantes que celle d'une mère au foyer », nous laissant avec notre père. Il nous a courageusement élevées seul, du mieux qu'il a pu, et nous n'avons jamais manqué d'affection. Mais ma sœur et moi avons compris ce jour-là à quel point nous étions précieuses l'une pour l'autre.

– Sois prudente, tout de même, Ivy, conseille Lauren alors que nous nous séparons sur le pas de la porte.

addictives

Rose Becker
Le Bébé, mon milliardaire et moi (aussi en poche)
Torride, sexy & dangereux
Forever You – saisons 1 et 2
Dangerous

Aimée Bianca
B.O.S.S. Beau, Odieux, Sexy, Snob

Phoebe Campbell
Lui résister… ou pas – l'intégrale
You Again
Single Daddy. Try Me if You Can

Mia Carre
Bad for You
Teach Me Everything
Charmant connard !

Mélodie Chavin
Campus Rules
Fucking Wedding
Coloc avec mon ennemi

Alexia Clemens
Red Python. Save Me

Sonia Eska
Ne me tente pas

Emma Green
Toi + Moi : L'un contre l'autre (aussi en poche)
Toi + Moi : Envers et contre tout (aussi en poche)
Toi + Moi : Seuls contre tous (aussi en poche)
Call Me Baby – volumes 1 et 2
Call Me Bitch
Love Me if You Can
Kiss Me if You Can
Bliss. Le faux journal d'une vraie romantique – volumes 1 et 2
Jeux interdits
Jeux insolents
Jeux imprudents
Une toute dernière fois
Fallait pas me chercher ! – volumes 1 et 2

Corps impatients (aussi en poche)
Cœurs insoumis (aussi en poche)
Âmes indociles (aussi en poche)
Cent facettes de Mr Diamonds – l'intégrale
Bliss. Le faux journal d'une vraie romantique – l'intégrale
(Im)parfait
Love Me if You Can – l'intégrale
Kiss Me if You Can – l'intégrale
It's Raining Love!
The Boy Next Room
Call Me Baby – l'intégrale
Call Me Bitch – l'intégrale
PS: Oublie-moi!
Fallait pas me chercher! – l'intégrale
Recherche coloc: emmerdeurs, râleurs, lovers… s'abstenir!
10 bonnes raisons de te détester!
Just 17
Love & Lies on Campus
Bien plus forte que toi!
If You Wanna Be My Lover…
The Boy on Fire

Megan Harold
Breaking the Rules
Initiation with My Boss

Ludivine Hart
Arrogant & Tattooed

Amy Hopper
Gone Boy
Le Coloc

Charlie Lazlo
Mon insupportable boss

Sienna Lloyd
Mords-moi!

Caroline Mongas
Mariage forcé. Un contrat indécent

June Moore
Étreinte – volumes 1 à 3

Zoé Murat
Stepbrother Love
Boss Me Around

Clara Oz
Arrogant

Lina Parker
Campus at Sea

Gaëlle Sage
Kiss, Kill & Ride
Lost Rider

Ana Scott
Dark Ride
Last Ride
Vicious Ride
The Dominant
Evil Ride
Sensual Stepbrother
Un enfoiré mais un coup d'enfer !
Say Yes to the Boss
Le Meilleur Ami de mon frère

Camilla Simon
Le voisin parfait est un enfoiré
Initiation with My Enemy
Le mec parfait est un inconnu… ou presque !
Le rockeur parfait est insolent et tatoué

Ève Souliac
Sexy Mistake

Liv Stone
Love Lessons

Lisa Swann
Adore-moi ! – l'intégrale

Louise Valmont
Toi & moi, c'est compliqué !
Campus Initiation
Mon insupportable voisin !

Chloe Wilkox
Extreme Lover – l'intégrale
Immoral
Dominant Boss. Apprends-moi
The Virgin's Price

Luv

Ana K. Anderson
Indompté
Scottish Bastard

Sophie Auger
Be with Me

Sonia Birdy
L'Initiation
Touchdown. Campus Star

Laura Black
Dark Initiation
Games of Desire
H.A.R.D. Hot, Arrogant, Rebelle, Déterminé
Sulfurous Bad Boy

Margot D. Bortoli
Too Young

Juliette Brunel
Delicious

Anne Cantore
Promets-moi. Louise et Marco

Sarina Cassint
Avec toi… peut-être
Insolent Boss

Romy Cole
Never Kiss a Soldier

Mary Ann Davis
Coach Me Love

Sarah Dheilm
Hot Reward

Gwen Delmas
Noël, toi & moi
Sex Friends. Pas de contraintes, que du plaisir !

Eugénie Dielens
Imprévisible boss
The Boss Next Door

Cléa Dorian & Ninon Vars
Dark Love

Laurie Eschard
Love Naked

Lil Evans
Savage Rider
Crash & Burn
Boss Affair

Lou Garance
Can You Keep a Secret?
Foutu coloc!

Alexandra Gonzalez
Shades of You

Erin Graham
Teach Me Love
The Boss
Secret Stepbrother
Strong Addiction
Coloc avec mon boss
The Initiation

Joh Harper
Crazy Love
Broken but Alive

Marie Hayle
Under Control
Lover Next Door

Ellie Jade
About Last Night

Emma S. James
Under the Rain

Lucie F. June
Fight with Darkness

Sara June
Rider in the Dark
Sexy Wild Rider

Emily Jurius
Love to Hate You

Allie Krown
High School Challenge

Antinea Kane
In Love with My Enemy

Marion Laurent
Mr Alpha
I Want You in My Bed!

Pauline Libersart
Tiger. Entre ses griffes

Nina Loren
Breaking the Ice
Teach Me Again. Impossible Desire

Ella Lores
Mariée par accident à un connard arrogant rencontré la veille…
My Best Enemy

Jessica Lumbroso
Emma X. Secrète et insoumise

Lili Malone
Coloc avec un inconnu

Mila Marelli
Dark Man in Love
Crazy Wedding

Mag Maury
My Hipster Christmas

Billie Morgan
Free Fighter

Aurore Nox
Foutu menteur!

Alix Parks
Never Kiss the Boss

Jeanne Pears
Insupportable coloc
Colocs & Sex Friends
H.O.T. Hypnotique, Obstiné, Ténébreux
The Most Insolent Man

Alexia Perkins
Arrogant Fake Lover

Sophie S. Pierucci
L'Inconnu de l'ascenseur & Moi (aussi en poche)
My Stepbrother. L'initiation

Silvia Reed
Darkest. La dernière heure
Too Close

Anita Rigins
No Rules
My Rules

Isla A. Rowley
Le coloc de mon frère

Avril Rose
Coffee, Sex & Law

Jana Rouze
Effet de vague – saisons 1, 2 et 3

Wendy Roy
Une seule fois (ou presque)

Ana Scott
À corps brisés

Adora Sky
Decadent Lover

Léana Soal
Fight & Hope

Cara Solak
Perfect Obsession

Izia Soley
Fauve
Initiation. On Your Skin

Liv Stone
Initie-moi. Mes jours contre tes nuits

Lena K. Summers
Perfect Bad Boy
Donovan, roi des connards

Kaly Swann
Austin. Breathe with Me

Lily Tortay
Dance for Me

Flore Valier
Ta peau contre la mienne

Anna Wendell
Arrogant Bad Boy
Apprends-moi le désir
Colosse. Le maître du jeu
Break Your Chains

Mina Zadig
Just Sex & Tattoos
Arrogant Highlander

New adult addictives

Sonia Birdy
California High School

Mélodie Chavin
Stepbro' Next Door

Sianna Milano
High School Initiation

Isla A. Rowley
Toxic Games

addictives POCHE

Rose Becker
Le Bébé, mon milliardaire et moi (aussi en grand format)
Désirs & Désastres

Marjorie Burbaud
The Campus Teacher

Phoebe Campbell
Tes ordres sont mes désirs

Olivia Dean
À lui, corps et âme – volumes 1 et 2

Sonia Eska
My Last Chance

Lou Everly
Bad Boy Crush

Erin Graham
Nos amours contraires

Emma Green
Seuls contre tous (aussi en grand format sous le titre *Toi + Moi : Seuls contre tous*)
L'un contre l'autre (aussi en grand format sous le titre *Toi + Moi : L'un contre l'autre*)
Envers et contre tout (aussi en grand format sous le titre *Toi + Moi : Envers et contre tout*)
Corps impatients (aussi en grand format)
Cœurs insoumis (aussi en grand format)
Âmes indociles (aussi en grand format)

Kim Grey
Fausse fiancée & vrais ennuis

Megan Harold
Sublime-moi !

Charlie Lazlo
Kiss Me I'm Famous
The Duke

Jeanne Pears
Jamais avec mon coloc !

Sophie S. Pierucci
L'Inconnu de l'ascenseur & Moi (aussi en grand format)
Deep & Dark

Lise Robin
Forbidden Stepbrother

Alexane Tolley
The Boss Rules

Chloe Wilkox
Your Game, My Rules

Fais-moi une place
Emma Green
(à paraître en novembre 2022)

Il a tous les défauts, elle les aime déjà.
Juliette chante l'amour sur scène tous les soirs, sans trop y croire. Quand elle se retrouve à la rue, elle accepte une drôle de mission : jouer les dames de compagnie pour une grand-mère aussi seule que guindée, en lui chantant ses airs préférés.
Mais une nuit, un inconnu vient s'installer juste sous les toits, au dernier étage de cet hôtel particulier perché sur les hauteurs de Montmartre : un mystérieux brun aux cheveux longs, à la barbe mal taillée, au regard noir et au verbe rare.
Entre Juliette, la chanteuse libre et romantique, Suzanne, la vieille dame snob et attachante, et Laszlo, le ténébreux aussi attirant que dangereux, cette colocation forcée s'annonce… compliquée. À moins que chacun accepte de faire une petite place à l'autre ?
Dans une ambiance douce et joyeuse, Emma Green parvient à instiller une tension irrépressible entre ses personnages.
Une histoire pétillante et parfaitement maîtrisée !

Auteure : Sonia Eska

Edisource – Éditions Addictives
100, rue Petit, 75019 Paris
Imprimé par Dupliprint, 733, rue Saint Léonard
53101 Mayenne cedex France
Dépôt légal : septembre 2022 – Achevé d'imprimer : juillet 2022
ISBN : 978-2-37126-523-3
Réf. contrat : ZNAE_001